KB270300

동양
시학과
시의 의미

황선열 평론집

동양 시학과 시의 의미

초판 인쇄 2016년 11월 10일 **초판 발행** 2016년 11월 20일
지은이 황선열 **펴낸이** 공홍 **펴낸곳** 케포이북스 **출판등록** 제22-3210호
주소 서울시 서초구 반포대로14길 71, 302호
전화 02-521-7840 **팩스** 02-6442-7840 **전자우편** kephoibooks@naver.com

값 21,000원   ⓒ 황선열, 2016
ISBN 978-89-94519-94-4 03810

황 선 열 평 론 집

동양
시학과
시의 의미

ORIENTAL POETICS
AND
MEANING
OF POEM

케포이북스
KEPHOI BOOKS

시란 무엇인가? 이 물음은 고대의 창힐(蒼頡)이 문자를 발견한 이래로 끊임없이 제기된 의문이다. 시가 무엇인지를 밝히는 것은 인간 존재의 근원을 밝히는 문제만큼이나 어려운 일이다. 시가 무엇인가라는 물음은 어쩌면 그 근원을 밝힐 수 없는 것일지도 모른다. 그런데도 시를 말하지 않을 수 없는 까닭은 사람들은 끊임없이 시를 쓰고 또 읽기 때문이다. 시는 인간의 감정이 사물에 반응하면서 일어나는 정서적 현상을 가장 쉽게 문자로 표현할 수는 형식이다. 이렇게 쉽게 표현할 수 있는 것이 시인데도 불구하고 그것이 하나의 시로 완성되었을 때는 깊고도 오묘한 의미의 층위를 가지게 된다. 조선시대 문장가 홍길주는 그의 문집에서 "문장은 하나의 기예에 불과하고, 시는 그 말단에 놓여 있다"고 말하고 있다. 이 말은 시는 모든 사람들이 쓸 수 있는 말단의 형식이라는 것이다. 그런데 그 말단의 시가 형용하는 세계는 인간 정신의 궁극을 보여주고 있다. 모든 것의 끝이야 말로 궁극의 지점이라는 말과도 같다. 시는 인간이 표현할 수 있는 모든 언어 방식의 총합이라 할 수 있다.

시는 문자로 표현된 언어 예술이다. 이렇게 문자로 표현된 시가 사람들에게 전달될 때는 각각의 시들은 하나의 생명력을 가지고 사람들의 정서에 스며든다. 시가 사람들의 마음을 기운생동(氣運生動)하게 하는 까닭은 여기에 있다. 시인이 선택하는 소재들도 살아있는 만물에 그 영역이 닿아 있지만, 시 그 자체도 사람들의 정서에 살아있는 존재로 다가가는 것이다. 시가 시대와 공간을 넘어서, 또한 각각의 사람에 따라서 다르게 읽히고 받아들여지는 까닭은 시가 하나의 생명으로 다가가기 때문이다. 한 편의 시는 하나의 생명을 가진 존재라고 할 수 있다.

시는 문자로서도 하나의 생명을 가지고 있지만, 시에 쓰이는 소재들 자체도 생명을 가지고 있다. 시는 무형의 존재도 언어를 통해서 유형의 존재로 형상화하고, 무정의 대상도 언어를 통해서 유정의 대상으로 형용해 낸다. 이 때문에 시를 말할 때는 생명이라는 말을 하지 않을 수가 없는 것이다. 시에서 생명이라는 말은 시 속에는 세상 만물의 모든 생명을 함의하고 있다는 말과도 같다. 시는 문자를 통해서 인간 개개인의 정서를 풀어쓴 것이지만, 시 속에는 세상 만물의 물색(物色)이 얼비치지 않는 것이 없다. 그것은 보이지 않는 것도 보이는 것처럼 형상화할 수 있기 때문이다. 시간은 특정 개념으로 나누고 쪼갤 수 없는 것이다. 그런데도 문자로 표현하는 순간 그 시간의 개념은 사계절의 변화로 나타날 수 있게 된다. 시는 변화무쌍한 만물의 변화를 담아내는 언어의 곳간이다. 시는 가까운 주변의 것으로부터 먼 우주의 공간까지 언어로 담아낼 수 있다. 시는 인간의 사유를 통해서 무궁무진한 변화로 나아갈 수 있다. 시는 말 그대로 문자로 형용할 수 있는 생명 그 자체라 할 수 있다.

이번 평론집은 그동안 시를 읽으면서 천착해온 시와 생명의 사유를 한 곳에 모은 것이다. 시는 근본적으로 생명을 가진 것이라고 전제하면서 동양 시학과 생명의 문제를 하나의 고리로 생각하려고 했다. 한국 근대 시론을 동양의 생명 시학으로 접근하려고 했고, 생명 시학을 중심으로 현대시를 바라보려고 했다. 시의 내면에 스며있는 존재의 소리와 생명에 귀 기울이면서 시를 읽고 분석했다. 시가 사람들에게 울림을 주는 원인이 무엇인지를 생각하다보면 시가 곧 생명의 하나로 다가오게 되고, 시를 통해서 시인이 무엇을 말하려고 하는지를 탐문하다보면 시인의 정서와 하나가 되는 생명의 합일을 발견하게 된다. 시가 문자로 형용된 하나의 생명이라는 사실을 전제로 할 때, 시는 더욱 풍성해지고 의미가 있는 존재로 거듭나게 된다. 시가 시집 속에서 활자가 된 상태로 죽어 있다는 것은 시와 소통하려는 정서의 죽음을 말한다. 시가 죽어가고 있는 시대에 시의 생명을 말하지 않을 수 없는 까닭도 여기에 있다.

이 책의 1부는 근대 시론을 동양 시학의 관점으로 해석한 글들을 모았다. 우리 근대시는 주로 일본의 영향으로 비롯된 것이라 생각하면서 서구의 시론 속에서 주로 논의해 왔는데, 이는 근대시의 심층을 한쪽으로만 들여다 본 결과라 할 수 있다. 근대 시론이 서구의 이론에 바탕을 두고 있다고 해도 그 근원에는 동양 시학의 전통이 스며들어 있을 것이다. 그런 점에서 근대 시론의 근원을 동양 시학의 관점으로 접근하는 것은 근대 시론을 새롭게 바라보는 관점이라고 할 수 있다. 2부는 현대시에 나타난 다양한 생명 시학의 근원을 살펴보았다. 시가 생명을 가진 존재로서의 의미가 있다면, 시적 소재로 쓰이고 있는 모든 것은 생명을 화두로 하지 않는 것은 없을 것이다. 이 때문에 시는 인간과 물질, 그 어떤 것이라도 생명이라는 주체 인식의 문제를 비껴갈 수 없는 것이다. 시가 생명을 가진 존재라는 기본 관점을 염두에 두고 접근하면 개인의 주관적 정서를 표현한 것이든, 물질의 형상을 표현한 것이든 그것은 시어와 함께 살아있는 실체로 다가올 것이다. 이런 관점에서 현대시는 거대한 생명의 그물 속에서 각자의 의미를 담아내고 있다고 할 수 있는 것이다. 3부는 삶의 다양한 편린들을 찾아간 시들을 살펴본 것이다. 삶에 대한 고통이나, 환상, 사물에 대한 새로운 접근은 상생의 담론을 찾아가기 위한 노력이라고 할 수 있다.

시는 생명이다. 그동안 이 하나의 정의를 시에서 발견하기 위해서 다양한 시들을 읽고 그 시들을 생명의 관점에서 바라보려고 했다. 언어를 매개로 전달되는 시적 세계가 사람과 사람을 이어주는 고리 역할을 하고, 그 고리는 거대한 하나의 그물망이 되어서 사람들과 공감하게 된다. 시가 생명을 가진다는 것은 소재의 측면에서만 국한된 것이 아니라, 그 정서를 공유한다는 측면에서도 그러하다. 시는 생명을 가진 존재이기 때문에 사람들이 더불어 감응하는 것이다. 시어는 살아있는 정서를 표현하고 전달하는 것이다. 또한 시는 사물과 사물의 의미를 이어주고 인간의 정서와 감정을 하나로 이어준다. 동양에서 말하는 신물감응이라는 말은 생명과 생명이 서로 소통하는 것을 말한다. 정신과 사물이 서로 감응한다는 것은 생명의 핏줄로 이어져 있다는 것이다. 시는 생명과 생명을 이어 주는 역할을 하고 있다. 이 때문에 시는 만물을 서로 소통하게 하는 살아있는 존재라 할 수 있는 것이다. 시와 생명은 만물과의 소통을 전제로 할 때 새로운 의미의 층위로 다가오게 될 것이다.

이번 평론집은 동양 시학의 구체적 관점을 생명 담론과 함께 논의한 글들이다. 그동안 시와 생명을 하나의 관점으로 바라보면서 시의 의미를 탐색한 결과물이다. 그 바탕에는 동양 시학이 자리 잡고 있다. 시를 쓰는 시인이나, 시를 읽는 독자들이나 모두 말단으로 밀려나 있지만, 그래도 시를 말하지 않을 수 없는 것은 시가 지향하는 궁극의 지점에 생명 담론이 놓여 있기 때문이다. 말단에 불과한 시를 논의한 평론집이 하나의 기예에 불과할지도 모르겠지만, 그럼에도 불구하고 이 책이 말단에 치우친 시의 의미를 새롭게 논의하는 가교(架橋)가 되기를 소망해본다. 성글어서 제대로 책이 될 수 있을지 두려웠는데, 선뜻 출간을 허락해주신 케포이북스 대표님께 감사의 말씀을 전한다. 하나하나 꼼꼼하게 교열과 편집을 맡아준 윤종욱 편집자께도 감사의 말씀을 전한다. 팔십이 넘은 나이에 한글 깨치기에 들어간 노모가 이 책을 읽을 수 있는 날을 소망해본다.

2016년 가을
갈현서재에서 황선열

제1부

근대 시론과 동양 시학

'생장(生長)-하는' 시학
동양 시학과 생명 시론
동양 시학으로 본 김춘수의 무의미시
생태시와 국면의 전환
욕망의 시대와 시적 대응

'생장(生長)-하는' 시학

김기림 시론의 의미

1. 김기림 시론의 변화상

　김기림의 시론을 유기체 시론으로 접근하는 방식은 그가 주장해온 과학적 체계와 분석이라는 방법론과는 어쩌면 대척점에 서있는지도 모른다. 김기림은 1930년대 초의 영·미 문학 이론이 도입되는 시기에 최재서와 함께 모더니즘 시론을 주장하면서 새로운 시적 근대성의 문제를 제기한 시인이다. 그는 1920년대의 병적 관능주의와 경직된 이념주의를 배격하고 감상과 이념을 초월한 문학 본연의 의미에서 시의 의미를 밝히려고 했다. 따라서 그는 산만한 이상주의의 경향과 실현하지 못할 혁명을 꿈꾸는 시로부터 벗어나 일상의 삶에서 그 의미를 찾는 생활시론과 체계와 분석의 의미를 강조한 과학시론을 주장하고 있다.

　그의 초기 시론은 낡은 인습과 전통을 부정하고 현대의 감각을 살리는 데 있었다. 이러한 현대의 감각은 '생활의 시론'라는 말로 설명할 수 있다. 그의 시론 중에서 「오전의 시론」은 일상의 삶과 밀착한 건강한 생활시의 발견이다. 오후의 일상은 나른하고 나태한 죽음의 시간을 상징한다면, 오전의 일상은 움직이고 활동하는 살아있는 시간을 상징한다. 그의 시론은 시가 살아 움직이는 하나의 실체라는 인식으로부터 출발하고 있다. 이를 동양 시학의 관점에서 보면 시는 '유동(流動)'하는 실체라고 말할 수 있다. 사공도(司空圖, 837~908)는 「이십사시품(二十四詩品)」에서 유동은 출렁대면서 움직이는 기운이라 전제하고, 이는 마치 "물을 받아들이는 수차와도 같고 쟁반에 구르는 구슬과도 같다"[1]고 말한다. 그의 시론에서 시가 살아있는 실체라고 보는 관점은 동양 시학과 그 맥락이 닿아있다.

모더니즘 시론은 리차즈의 영향을 받은 '과학의 시론'이다. 이는 작품 이해를 위한 분석의 태도를 보이는 시론이다. 그는 "문학의 인식과 이해를 위하여 도움이 될 보조과학은 특히 사회학, 심리학, 언어학, 의의학(意義學) 등"(3, 8)[2]이라고 말한다. 문학을 정확하게 이해하기 위해서는 다른 인접 과학과의 관계를 알아야 하며, 이를 통해서 종합적 인식으로 나아가야 한다는 것이다. 과학의 시론으로 볼 때 그의 시론은 체계와 분석을 강조한 비생명적 요소가 들어 있다고 볼 수 있다. 그러나 그가 말하는 '과학의 시론'은 시를 이해하기 위한 체계의 방식이 다른 인접 학문과 연계성 속에서 발견하려는 것이지 논리적이고 분석적인 방법으로 보려는 것은 아니다. 그의 과학 시론은 어디까지나 유기체

---

1   "若納水輨, 如轉丸珠."(안대회, 『궁극의 시학』, 문학동네, 2013, 618쪽)
2   이 글의 텍스트는 『김기림전집』(심설당, 1988)으로 한다. 인용표기는 전집 권수, 쪽수로 표기한다. (3, 8)은 전집 3권 8쪽이다.

의 관점을 염두에 두고 있다고 할 수 있다.

해방 후의 시작 태도에서 보이는 시론은 공동체 의식의 지향이라 할 수 있다. 이는 시가 만들어지는 장소에 대한 인식이라 할 수 있다. 그는 어떤 문학도 장소의 개념을 떠나서 존재할 수 없으며, 그 장소에서 독특한 문학이 나온다고 생각한다. 이는 문학이 굳건하게 디디고 있는 토양의 발견이라 할 수 있다. 문학이 생명을 가진 예술이라는 관점에서 접근할 때, 그가 말하는 장소의 개념은 매우 색다르게 조명될 수 있을 것이다.

2. '감응(感應)-하는' 관계

김기림의 문학적 인식은 "문학은 언어의 조직"이라는 가장 보편적인 관점에서 출발한다. 문자는 작가의 상념을 조직한 것이고 작가의 생각이 이어진 것이다. 따라서 그가 바라보는 문학은 말 그대로 문자의 상호 관계이고 이 관계의 이어짐을 통해서 작가의 사상을 전달하는 것이라 할 수 있다. 작가가 쓴 하나의 문맥 속에는 의미없는 기호가 하나도 없다는 관점이다. 이는 모든 문자 언어가 하나하나의 생명을 가진 존재라는 말과도 같다. 그렇기 때문에 문학에 쓰인 언어는 정밀한 조직으로 이루어져 있으며, 그 조직을 바탕으로 의미를 전달하는 것이다.

문학은 언어의 조직이오. 따라서 그대로 어떤 경험 내지 상념의 조직인 것이며, 말하자면 한 유기적인 전체인 것이다. 즉 문맥(文脈)의 조직을 가지는 것을 의미한다. 언어가 어떤 언어로서의 형식적 감각만 줄 수 있는 것같이 생각하는 것은 기계론(機械論)이었다. 의미없는 한마디의 말도 회화나 문장 속에는 있을 수 없다. 언어의 조직은 그대로 의미의 조직인 것이다.(3, 15)

그에 따르면 문학에 사용되는 언어는 기계적인 조합으로 이루어진 것이 아니다. 외려 문학 언어는 경험과 상념을 유기적 전체로 조직하면서 생명을 불어넣고 있는 것이다. 그는 언어의 조직으로 이루어진 문학은 형식적 감각만을 전해주는 기계적 조합이 아니라, 언어의 조직을 통해서 의미를 전달하는 "유기적 전체"라고 생각하고 있다. 그가 말하는 '문맥(文脈)'이라는 말은 문장의 맥박과 같이 생명을 가진 존재로 받아들일 수 있는 것이다.

문학에 있어서 무릇 언어로써 형상화해가는 과정이라는 것 자체가 한 막연한 상태에서 명료한 상태로 옮아가는 과정이며 형태가 잡히지 않는 것에서 모양을 갖추어가는 가는 길이며 혼돈에서 질서로 정돈되어 가는 길이다.(3, 18)

그에 따르면 문학은 막연한 혼돈의 상황에서 명료한 질서의 상황으로 옮아가는 과정 속에서 존재한다는 것이다. 이는 혼돈 속에서 스스로 질서를 찾아가는 과정을 말한다. 만물은 뒤섞여 있는 듯하지만, 그 바탕은 질서 정연한 체계로 되어 있다. 그런데 그가 생각하는 문학작품도 자연의 이치와 같이 만들어진다고 생각한다. 문학은 언어로써 형상화 해가는 과정을 거쳐서 사물과 관계를 밝히면서 질서로 정돈되어 가는 자연의 원리와 같다고 말한다.

　문자로써 모양을 갖추어가는 문학작품은 혼돈에서 질서로 정돈되는 길이다. 이러한 혼돈에서 질서로 나아가는 원리는 자연이 순환 과정으로 펼쳐지고 모이듯이 자연스럽게 일어나는 일이다. 그런 점에서 그가 말하는 혼돈과 질서는 동양 문예미학에서 말하는 자연의 이치에 따른 문학관과 다르지 않다. 혼돈에서 질서로 나아가는 상태를 천균이라고 하는데, 이는 "성인은 시비를 조화시키고, 자연의 균형[즉 만물제동(萬物齊同)의 도리]에서 쉬고"[3] 있는 상태이다. 여기서 성인은 문자로써 자신의 생각을 정리하는 작가에 빗댈 수 있다. 작가는 문자를 통해서 자신이 생각을 갈무리하고 시비를 조화시킴으로써 천균의 상황에 이르게 된다. 이때의 형국은 흔히 말하는 혼돈과 질서, 옳고 그름[是非], 있음과 없음[無有], 어두운 것과 밝은 것[陰陽]이 균형을 이루면서 두 쪽이 다 순조롭게 뻗어나가는 입장[兩行]에 놓여 있다. 이를 시학에 적용해서 말한다면, 사물[物]과 자아[我]가 균형을 이룬 상태이고, 이 두 개 관계가 막힘이 없이 가지런히 하나가 된 상태를 말한다. 이는 만물이 내게로 들어와 있는 상태로 '감응하는' 관계를 이루고 있다.

　그는 시야말로 그 작품의 내밀한 곳에서 끊임없이 사물과 자아가 유기적으로 조화를 이루고 있어야 한다고 보고 있다. 그러기 위해서는 먼저 시인은 문자의 결합으로 이루어진 시가 단어의 단순 조합으로 이루

3　　"是以聖人和之以是非, 而休乎天鈞."(안동림 역주, 『장자』, 현암사, 2013, 64쪽)

어진 것이 아니라, 문자들의 상관관계 속에서 작가의 생각을 갈무리하는 것이라는 사실을 깨달아야 하는 것이다.

> 개개의 빛깔은 그 자체가 미리부터 정해져서 어디로 가든지 고정 불변의 것이 아니라 이웃의 다른 빛과의 관계 또 그 자체가 다른 빛깔과 섞여서 나타내는 딴 빛깔과의 관계, 그보다도 화면 전체 속에 그 빛깔이 부분으로 서 있으면서 가지는 전체와의 관계에서 한 특정한 빛깔의 가치는 때를 따라 고장을 따라 달라지는 것이다.(3, 89)

문학예술의 근본을 이루는 문맥(文脈)은 자연의 빛깔과 같이 서로 관계를 이루면서 의미를 획득한다. 문학예술은 하나하나의 단어와 문맥이 개개의 빛깔만을 가진 채 하나로 존재하는 것이 아니라, 전체 속의 빛깔로 어우러졌을 때 그 빛깔이 제대로 된 빛깔을 드러내는 것이다. 문장의 원리는 하나의 단어에서 그 의미가 이루어지는 것이 아니라, 그 것이 문장으로 드러나서 전체라는 관계 속에 엉겨 있을 때 비로소 의미를 얻게 되는 것이다.

이러한 관계로 이루어진 상황을 동양 문예미학에서는 '응려(凝慮)'라는 말로 설명하고 있다. 응려는 부분과 전체가 단절되거나 분리되어 있지 않으며 전체 속에서 엉겨서 떼래야 뗄 수 없는 관계로 이루어진 상태를 말한다. 문학예술은 단어, 문장, 문맥이 상호관계를 이루면서 조화로운 상태로 엉기어 있을 때 의미를 획득할 수 있다. 이러한 관점은 문학예술을 살아있는 실체로 인식하는 유기적 조직으로 보기 때문이다. 문자언어로 된 문예(文藝)는 말 그대로 하나하나의 개별 문자의 의미보다는 문자의 관계 속에서 의미를 이루게 되는 것이다. 시는 시에 쓰인 언어 하나하나가 의미를 가지고 있지만, 개별 언어의 빛깔들이 유기적 관계를 이룰 때 진정한 의미의 시가 탄생되는 것이다. 그의 시론에서 다시 생각해보아야 할 것은 개별 문자로서의 의미보다는 문학의 감응이 일어나는 전체 구조 속에서 이루어지고 있다는 것이다. 이와 같이 그의 시론은 사물과 자아가 '감응(感應)-하는' 관계를 시의 근본 동기로 생각하고 있다.

그의 시론에서 중요하게 다루고 있는 또 하나의 의미는 생활 속에서 시를 발견하는 것이다. 그가 말하는 생활은 무엇인가? 그것은 살아가는 방편으로 늘 부닥치는 일상을 말한다. 시는 어떤 특정한 장소에서 살아서 움직이는 것이고, 사물과 유기적 관계를 가지면서 살아 있어야 한다. 이 때문에 그가 강조하는 지성은 견고한 이성주의를 바탕으로 한 것이 아니라, 격발하는 감성주의와 함께 하고 있다. 그는 시를 쓰기 위해서는 먼저 감응이 중요하다고 말하고 있다. 그가 말하는 감응은 동양 문예미학에서 가장 강조하는 지론(至論)이기도 하다.

유협은 『문심조룡』에서 시를 쓰기 위해서는 먼저 정(情)이 일어나야 한다고 전제하면서 "정(情)이라는 것은 문장의 날실이며, 말[辭]이라는 것은 이치의 씨줄이다. 날실이 바르게 된 뒤에 씨줄이 이루어질 수 있듯이 이치가 바르게 된 뒤에야 말을 펼칠 수 있다. 이것은 문장을 세우는 근본 원천이 된다"[4]고 말한다. 더 나아가서 "세월에 따라 그 사물이 일어나고, 사물에 따라 그 용모가 일어난다. 정서는 경물에 따라 변화

---

[4]   "故情者, 文之經, 辭者, 理之緯; 經正而後緯成, 理定而後辭暢. 此立文之本源也."(유협, 최동호 역편, 『문심조룡』, 민음사, 2008, 383쪽, '정채(情采)')

하고, 감정에 따라 문장이 일어난다"[5]고 말한다. 시는 사물과 감응하며 감정이 움직이고, 본성의 깊은 울림과 함께 일어나면서 문자로 펼쳐진 것이다. 동양 문예미학의 관점에서 시는 생활 속에서 사물과 감응한 것을 표현한 것이다. 이러한 생활 속의 감응은 그의 시론에서 말하는 시적 세계상이기도 하다.

> 생활이란 무엇이냐 그것은 한편에 있어서는 환경에 대한 개체의 적용이며, 또 한편에 있어서는 환경의 장애를 극복하여 나가면서 자기의 의욕을 실현해가는 일인 것이다. 하나는 생활의 자연적인 면이요, 다른 하나는 생활의 창조적인 면이다. (…중략…) 환경이라는 말로는 너무나 긴박하고 절실한 그 유기적(有機的) 관계를 모호하게 할 염려가 있으니까 우리는 그것을 우리가 생활하는 세계 그것이라고 부르는 게 좋겠다.(2, 256~257)

그가 말하는 생활이니 환경이니 하는 말은 결국 세계관 혹은 세계상이라고 할 수 있다. 시에 반영된 생활은 자연적이기도 하지만, 또한 창조적이기도 하다. 그것은 유기적 관계로 이루어져 있다. 그는 환경과 생활을 하나의 단어로 묶어서 생활이라고 말하고 있는데, 그것은 시가 드러내고 있는 세계관이다. 이 생활들은 서로 관계를 맺으면서 긴박하고 절실한 유기적 실체를 이룬다. 이러한 유기적 실체는 서로 긴밀한 관계를 형성하면서 하나의 중심을 향하고 있다. 이는 자연의 이치이다. 수레바퀴의 중심살[輻輳]이 한 곳에 모이는 것과 같으며, 부챗살의 중심

---

[5] "歲有其物, 物有其容; 情以物遷, 辭以情發."(유협, 앞의 책, 538쪽, '물색(物色)')

이 모이는 자리와 같은 것이다. 하나의 중심을 향해 모인다는 자연의 이치는 유기적 관계의 인식으로부터 시작한다.

유기적 관계로부터 인식하는 생활의 시론은 자연의 흐름에 따른 시론이라 할 수 있다. 그래서 생활의 시는 살아있는 자연의 시론이라 할 수 있다. 이러한 자연의 시론은 앞에서 말한 천균의 상태와 같은 것으로 모든 것이 순환하지만 그 변화의 중심은 변하지 않는다는 말과도 같다. 이것은 '둥근 중심을 얻는다[得其環中]'는 오묘한 자연의 질서와 같다. 시가 지향하는 궁극의 지점은 그 시인이 말하고자 하는 중심이다. 그의 시론에서 주장하는 유기적 관계의 인식은 동양 문예미학에서 말하는 순환의 중심을 깨닫는 것이라 할 수 있다.

그런데 이 시를 통해서 파악하는 세계상은 지성(知性)이 과학을 통해서 얻는 인식(認識)과는 다르다. 또는 논리적 추리(推理)에 의해서 얻는 것과도 다르다. 첫째는 느껴서 아는 파악이다. 다음은 종합적인 감명으로서의 파악이다. 즉 지성에만 의거한 인식이 아니라, 지성의 보조를 받으면서도 주로 정의적(情意的)으로 얻는 한 전체적 형상으로서의 세계상인 것이다.(2, 258)

여기서 그가 말하는 "정의적(情意的)으로 얻는 한 전체적 형상"에 주목할 필요가 있다. 지성에 의거한 인식과 더불어 정의적으로 얻을 수 있는 전체적 형상이란 감성과 이성의 조화와 융합으로 얻을 수 있는 인식 세계를 말한다. 먼저 정(情)이 움직이고 나중에 이(理)가 펼쳐지는[情動理發] 형국이라 할 수 있다. 그는 지성을 강조하는 주지주의 입장을 취하고 있으면서도 시는 지성을 통해서만 얻어지는 것이 아니며, 또한 논리적 추리에 의해서 얻어지는 것도 아니라고 생각한다. 시는 종합적 감응으로 나타나는 세계상이며, 이러한 감응을 통해서 표현된 전체의 형상이라는 것이다. 그는 시야말로 사물에 대한 관계를 통해서 감응이 일어나고, 그것이 정서적 종합으로 드러난 것이라고 말한다. 시에서 사물과 교감하는 것은 가장 중요한 정서적 상황이라고 할 수 있다. 동양에서는 사물과의 관계를 '정통(精通)'이라는 말로 설명하고 있다.

> 부모는 자식에 대해서 자식은 부모에 대해서 한 몸에서 둘로 나뉘어 나온 존재이고 기(氣)를 같이 하면서도 호흡만 따로 할 뿐으로 마치 풀에 꽃이 있는가 하면 열매가 있는 것과 같고 수목에 뿌리가 있는가 하면 심이 있는 것과 같다. 비록 다른 곳에 살더라도 서로 통하고 생각을 드러내지 않더라도 서로 연결되어 있다. 고통과 아픔에서 서로 구해주고 근심과 걱정은 서로 공감하며 살아 있을 때는 함께 기뻐하고 죽으면 서로 슬퍼하니 이러한 것을 골육의 친밀함이라고 말한다. 충심으로부터 신묘함이 우러나와 마음에 감응을 하고 두 사람의 정기가 서로 통한 것이니, 무엇 때문에 말을 나누기까지 기다려야 하겠는가?[6]

시를 쓰기 위해서는 우선 대상과 기운을 함께 나누듯이 지극해야 한다. 여기서 말하는 "골육의 친밀함"이 있어야 시의 궁극에 이를 수 있

---

[6] "故父母之於子也, 子之於父母也, 一體而兩分, 同氣而異息. 若草莽之有華實也, 若樹木之有根心也, 雖異處而相通, 隱志相及, 痛疾相救, 憂思相感, 生則相歡, 死則相哀, 此之謂骨肉之親. 神出於忠, 而應乎心, 兩精相得, 豈待言哉."(여불위, 정하현 역, 『여씨춘추』, 소명출판, 2011, 238~239쪽, '계추기(季秋紀)' '정통(精通)')

다. 대상과 더불어 지극한 정을 나누면 그 대상과 통하기 마련이다. 사람의 정성이 지극하면 다른 이들을 감동시킨다. 충심(忠心)으로부터 신묘함이 우러나오고 그것은 감응으로 이어진다. 충심은 마음의 중심이 모이는 곳이다. 마음의 중심에 늘 사물이 존재하면 지극하게 되고 지극하면 통하게 된다. 지극한 소통은 감응으로 이어진다. 감응은 억지로 이루어지는 행위가 아니라, 사물에 대한 지극한 마음에서 우러나오는 자연스러운 행위이다. 사물에 대한 감응은 지고(至高)의 경지에서 사물과 소통하는 것을 이르는 말이다.

지극함은 지극한 마음으로부터 시작한다. 지극한 마음으로부터 이루어진 말이란 신묘함의 경지에 있는 말이다. 이러한 지고의 경지에서 감응을 하는 것은 말을 하지 않아도 기운으로서 알 수 있으며, 그 기운 속에는 서로를 끌어당기는 자장(磁場)이 있다. 충심에서 우러난 말은 감응과 소통의 과정을 거치면서 독자들에게 진정한 의미로 다가갈 수 있다. 따라서 동양 문예미학에서 참된 시는 지극한 마음의 수양으로부터 시작한다고 말하고 있다. 그의 시론에서 말하고 있는 "정의적 전체 형상"이란 이런 측면에서 측은한 마음의 끝자락에 일어나는 감응을 형상화한 것이라 할 수 있다.

예술이 관련하는 정의(情意) 작용도 기실은 일정한 생리현상의 종합으로 나타나는 것이라 하겠다. (…중략…) 이러한 모든 변화의 결과로서 신체 내부에 연유한 감응(感應)의 파동이 의식에까지 떠오르는 것이다. 이러한 감응이 적어도 정의의 특수의식의 중추를 이루는 것이다.(2, 218)

이와 같이 그는 감응을 통해 일어나는 정의의 관점을 중요하게 다루고 있다. 정의가 생리작용처럼 일어나고, 그 감응은 의식의 중추(中樞)를 이룬다. 감응의 파동은 전체 신경을 자극하고 "정의의 특수의식의 중추"를 이룬다. 정의(情意)는 생명을 가진 유기체의 속성과 같이 감응의 파동을 가지고 있다. 이러한 유기체의 속성 때문에 "시는 살아있는 것"이라는 그의 시론은 타당성을 갖는다. 그는 살아있는 시를 쓰기 위해 먼저 즉물주의자(卽物主義者)가 되어야 한다고 주장한다. 그의 시론에 따르면 시는 사람과 함께 살고 있으면서 엑스터시(ecstasy, 무아경)의 상태에서 펼쳐지는 "발전제(發電體)"이다. 이 때문에 시가 어떤 시대에도 자라간다는 그의 시론은 시의 생장(生長) 논리라고 말할 수 있다. 그가 말하는 시는 한 시인의 공간과 시간의 경험들을 펼쳐 보여주기 때문에 늘 살아서 출렁대고 있어야 한다.

시란 요컨대 시인이 겪는 처음에는 산만하던 어떤 정의(情意)의 경험이 뭉쳐서, 그 뭉치가 다시 조정되고 조직이 되어가는 동안에 차츰 말이라는 기호(記號) 조직으로 객관화해 가서는 그것을 통해서 다른 사람에게 그 경험이 전해짐으로써 이루어지는 사람과 사람의 특수한 교섭인 것이다.(2, 226)

시는 정의의 경험들이 뭉쳐져서 조정되고 조직되면서 문자라는 기호로 표출된다. 이 문자 기호를 통해서 사람과 사람과의 교섭을 이루게 한다. 그는 시란 경험과 감응을 통한 사람과의 관계를 맺어주는 것이라고 생각한다. 따라서 시는 조직적으로 지어지지 않으면 안 된다. 이러한 조직은 기능으로서의 조직이 아니라, 유기적 전체로서의 조직이다.

사람과 사람의 교섭이 이루어지는 총체적 인식으로서의 조직이다. 그의 시론에 따르면 시는 정의로서 소통하고 그 소통을 통해서 사물과 관계를 형성하는 종합적 인식이다.

> 시는 나뭇잎이 피는 것처럼 물이 흐르는 것처럼 자연스럽게 쓰여져서는 안 된다. 피는 나뭇잎, 흐르는 시냇물을 지배하는 것은 자연의 법칙이다. 가치의 법칙이 아니다. 시는 우선 '지어지는' 것이다. 시적 가치를 의욕하고 기도하는 의식적 방법론이 있지 않으면 아니 된다.(2, 79)

시에서 경험과 감응은 서로 유기적으로 결합해야 하지만, 그렇다고 무작정 자연의 원리에 따라 나타나기를 기다려서는 안 된다. 시의 마음이 일어나는 것은 자연의 법칙에 따를 수 있을지 몰라도 시를 쓰는 과정은 의식적 방법론이 있어야 한다고 말한다. 이런 관점으로 볼 때 그의 정의적 시론은 시적 감응을 지고의 경지로 인식하는 동양 문예미학에 닿아 있다.

3. '생장(生長)-하는' 시학

이러한 전체 구조로 파악하는 시적 의미는 그 토양이 되는 바탕에 대한 인식이 무엇보다 중요하다. 그는 문학의 바탕은 특정 공간의 장소에서 이루어진다고 생각한다. 문학은 그 공간에서 일어나는 역사적, 사회적, 문화적 환경을 벗어나지 못한다. 이는 어찌 보면 역사주의 관점에서 문학을 보는 것이라고 생각할 수 있지만, 어디까지나 그의 문학론에서 장소의 개념은 그 문학이 생장할 수 있는 토대로서의 의미일 뿐이다. 그는 문학이 생장할 수 있는 장소와 풍토를 벗어날 수 없다고 말하고 있다.

> 피할 나위 없이 그것은 그러한 역사적, 사회적 연관이라는 장소에 얽매인 채 거기 밀려서 나오는 것이며 그 풍토에서 싹이 터 자라는 까닭에 그 풍토 특유한 영양의 분포(分布)의 영향을 받을 밖에 없으며 따라서 그 결과 독특한 조직을 가진 유기체로서 나타날 수밖에 없는 것이다.(3, 92)

그는 문학은 어떠한 상황에서도 그 장소를 떠나서 존재할 수 없다고 말하고 있다. 장소는 문학의 결을 만드는 독특한 조직을 가진 유기체로서의 역할을 가능하게 하는 토대가 된다. 결국 장소는 문학이 이루어지는 생장의 근원으로서 그 질적 바탕이 된다. 생명의 순환 과정을 원형이정(元亨利貞)으로 설명하는 동아시아의 관점에서 생각해본다면, 그가 말하는 장소는 바탕이 되는 '원(元)'의 자리이고 그것은 변하지 않는 자리이고 본성의 자리이다. 이 때문에 장소는 풍토를 형성하는 독특한 유기체를 만드는 근원이 되는데, 이것은 생명의 본질과 다르지 않다. 그의 유기체 시론은 구조의 측면에서 보이는 고정된 시론이기도 하지만, 생명의 근원을 바탕으로 한 유동하는 시론이기도 하다.

그의 문학론이 단순한 기계적인 조합과 같은 유기체론을 넘어서 존재한다는 것은 그가 바라보는 시적 상태가 생명의 질서를 거스르지 않는 자연스러움에서 시작하고 있다고 보기 때문이다. 그의 시론에서 시는 사물과 자아가 유기적 관계를 이루면서 존재하며 이를 문자로 형상화하여 균형의 상태로 표현된 것이라고 본다. 이 때문에 그의 유기체 시론은 단순한 생명의 존재 자체를 말하는 것이 아니라, 생명이 유동하고 있는 진행 상태인 '생장(生長)-하는' 시학이라 할 수 있다. 이는 작가와 독자와의 관계에서도 여실히 드러난다. 그는 작가야말로 자신의 작품을 완성하는 것으로 끝나지만 독자는 그 작품을 읽을 때의 상황에 따라 다르게 나타난다고 생각한다.

> 한 예술 작품은 그 자체가 객관적으로 고유한 가치가 있다느니 보다 감상자가 그 속에 던지는 감상자 자신의 감정에 의하여 한 작품의 가치가 여러 가지로 달라질 수 있다는 것이다. 감상자가 한 작품 속에서 읽는 것은 작품 그것에 내재한 그 무엇이라느니 보다 실은 작품 속에 그가 투영(投影)하는 자기 자신의 감정을 읽는 것이 된다.(3, 86)

이것은 문학예술에 있어서 감상의 자유로운 상태를 강조한 글이다. 작품을 쓴 작가와 독자와의 거리가 있다고 하더라고 모든 작품은 감상자의 입장에서 유동하고 달라진다. 작가의 손을 떠난 작품은 살아있는 실체로 존재하는 것이지, 고정된 존재로 죽어있는 것이 아니다. 그가 문예작품을 바라보는 관점은 다분히 작품에 내재한 출렁대는 가치의 발견에 초점을 두고 있다.

그의 초기 시에 해당하는 「태양의 풍속」이라는 시는 말 그대로 장소에서 싹트는 생명에 대한 갈구를 보여주고 있다. 이 시에서 태양은 생

명의 근원을 말하고, 풍속은 장소에서 자연스럽게 만들어지는 관계의
속성을 말한다.

> 태양(太陽)아
>
> 다만 한번이라도 좋다. 너를 부르기 위하야 나는 두루미의 목통을 비러오
> 마. 나의 마음의 문허진 터를 닦고 너는 그 우에 너를 위한 작은 궁전(宮殿)
> 을 세우련다. 그러면 너는 그 속에 와서 살어라. 나는 너를 나의 어머니 나의
> 고향(故鄉) 나의 사랑 나의 희망(希望)이라고 부르마. 그리고 너의 사나운
> 풍속(風俗)을 쫓아서 이 어둠을 깨물어 죽이련다.
>
> 태양아(太陽)아
>
> 너는 나의 가슴 속 작은 우주(宇宙)의 호수(湖水)와 산(山)과 푸른 잔디
> 밭과 힌 방천(防川)에서 불결(不潔)한 간밤의 서리를 핥아버려라. 나의 시
> 내물을 쓰다듬어 주며 나의 바다의 요람(搖籃)을 흔들어 주어라. 너는 나의
> 병실(病室)을 어족(魚族)들의 아침을 다리고 유쾌한 손님처럼 찾어오너라.
>
> 태양(太陽)보다도 이쁘지 못한 시(詩). 태양(太陽)일 수가 없는 설어운
> 나의 시(詩)를 어두운 병실(病室)에 켜놓고 태양(太陽)아 네가 오기를 나는
> 이 밤을 새여가며 기다린다.[7]

이 시에서 각 연마다 태양을 목청껏 부르고 있는 행위는 삶에 대한
욕망이라 할 수 있다. 마음의 폐허 위에 작은 궁전을 세우고 싶은 욕망

---

7   김기림, 「태양(太陽)의 풍속(風俗)」 전문.(『김기림 전집』 1, 17쪽)

은 희망을 찾으려는 화자의 욕망이다. 그래서 그는 시를 통해서 어둠을 몰아내고, 그 위에 자신만이 갈구하는 태양의 풍속, 즉 생명의 근원을 찾으려고 한다. 그의 태양은 유쾌한 손님처럼 자신을 찾아오는 존재이고, 어두운 병실의 분위기를 바꿀 수 있는 존재이다. 여기서 시어 태양의 의미는 그의 시에서 단순하게 사용한 소재의 의미가 아니라, 그의 시론 중에서 중요한 부분을 차지하는 「오전(午前)의 시론(詩論)」을 상징적으로 보여주고 있다. 그는 「오전의 시론」이라는 글에서 나른하고 나태한 오후의 이미지로 시를 쓰는 것을 반대하면서 건강하고 활기가 넘치는 오전의 시론을 제기한다.

또한 문학적 '이미지(영상)'를 유지함으로써 겨우 극히 희박한 정도의 인간성을 남겨 가지고 있는 시가 있다. 그러나 그 속에서 인간적 감격과 비판이 참가하지 아니한 시는 문자의 장식에 지나지 않을 게다. 그것은 지상의 모든 것으로부터 허공으로 눈을 돌리고 아름다운 황혼이나 찬란한 별들의 잔치에 참여하려고 하는 일이다. 모두 대낮에 피로한 오후의 심리다.(2, 159)

그는 「오전의 시론」에서 비록 지성을 강조하고는 있지만, 지성을 강조하다가 감성을 잃어버리고 인간성이 결핍된 시는 좋은 시가 아니라고 본다. 인간의 감격과 비판에 참가하지 않고 지상의 모든 것을 외면하는 시는 대낮에 피로한 오후의 심리라고 말한다. 화려한 이미지에 빠져서 인간의 문제를 드러내지 못하는 시들은 건강한 시가 아니고 전체를 종합하는 시가 될 수 없다. 그가 말하는 가장 위대한 시란 무엇일까?

가장 위대한 시는 (…중략…) 결국은 시적 감격이란 정신의 활동 속에 깃
드는 것이라 함은 명백한 일이다. 고정된 관념, 고정된 사상, 고정된 논리,
고정된 인식, 고정된 교리의 해석에 시종하는 고정된 시 속에 있는 것은 감격
이 아니고 타성이요 태만이요 죽음일 것이다. 결국에 있어서 세계를 고정한
것으로 볼 때에 거기서는 시적인 아무것도 발견하지 못할 것이다.(2, 168)

그의 시론에서 볼 때 고정된 것은 죽은 것이나 마찬가지라고 생각한
다. 세계를 고정된 것으로 본다면 거기서는 시적인 아무것도 발견할 수
없다고 단언한다. 시적 감격을 통해서 끊임없이 출렁대고 있을 때 살아
있는 시가 된다. 고정된 것은 사상, 이념, 생각, 표현, 형식에 있어서 하
나의 틀 속에 갇혀 있는 것을 의미한다. 정신의 활동 속에 깃들어 있는
건강한 생명의식이 시적 감격을 불러일으키고 그것은 오전의 시간과
같이 생명이 깃든 시가 된다. 여기서 고정된 것은 유동하지 않은 채, 감
격의 격랑을 표현하지 못하는 것을 말한다. 그는 고전주의의 방식과 낭
만주의가 섞여서 하나의 건강한 시적 태도를 형성할 수 있다고 보았다.

고전주의에 의하여 대표되는 지성을 시의 골격이라고 하면 육체로서 대
표되는 '휴매니즘'은 근육이요 혈액일 것이다. 완전한 시란 결국은 골격과
근육과 혈액이 한 개의 전체로 통일된 건강한 체격을 연상시킨다.(2, 163~
164)

골격과 근육, 혈액이 고루 갖추어진 시는 결국 고정된 존재로서 시가
아니라는 말이다. 그가 말하는 시란, 끝없이 살아 움직이는 시어를 통

해서 시적 의미망을 확장시켜나가는 것을 말한다. 그는 시를 하나의 유기체로 보고 그것은 골격과 근육, 혈액을 갖춘 하나의 생명을 가진 존재라고 생각한다. 시는 전체로 통일된 건강한 체격의 살아있는 존재로서 가치를 가지고 있다. 그래서 그는 생명의 흐름 속에서 끝없이 유동하는 것이야말로 살아있는 시라고 단언한다.

> 비유해서 말하면 시는 늘 살아있는 것이다. 이 말은 거기서 쓰여지는 말도 역시 살아있어야 한다는 것을 의미한다. 시를 떠나서 말 자체만을 보더라도 그것은 분명히 살아있는 것이다. 우리는 고어자전 속의 말을 가지고 이야기하지는 않는다. 살아있다고 하는 말은 늘 성장하는 것을 전제한다. 그것은 그 자체의 흐름을 가지는 동시에 여러 가지 외적 충격과 영향을 받아서 그 자체의 흐름을 굵고 넓게 만들면서 흘러가는 것이다.(2, 171)

살아있는 시는 생명이 있는 시어로 넘치는 시를 말한다. 늘 성장하는 시, 시어가 살아나서 움직이는 시가 되기 위해서는 그 자체의 내적 흐름을 가지고 있으면서도 여러 가지 외적 충격을 받아서 굵고, 넓게 펼쳐져야 한다. 이러한 살아있는 시는 감정의 미묘한 움직임과 함께 독자와 시적으로 감응하는 계기가 된다. 그래서 『예기(禮記)』의 '악기(樂記)'에서는 "사물에 감응을 일으켜서 움직인 뒤에 마음으로부터 그 사물의 형상을 기술할 수 있다"[8]고 말한다. 사물에 감응하면 감정이 일어나고, 감정이 움직이면[情動] 형상을 기술하게[理發] 한다. 살아있는 시는 감

---

8 "應感起物而動, 然後心述形焉."(권오돈, 『예기(禮記)』, 홍신문화사, 2013, 372쪽)

정이 격해서 일어나는 시어들을 통해서 사물을 형상화한다. 그러면서도 통일과 조화를 잃지 않는다. 따라서 그가 말하는 살아있는 시란, 동양 문예미학에서 말하는 사물에 감응하면서 '정동이발(情動理發)하는' 시라고 할 수 있다.

> 의미를 거부한 현대시의 어떤 과격파는 주제마저 내던져버렸다. 통일이라는 것, 조화라는 것, 균정(均整)이라는 것은 위대한 예술의 속성이면서 현대처럼 그것들이 천대를 받은 적은 없다. (…중략…) 아름다운 감성(感性)에 담긴 아름다운 관념의 질서-그것은 아름다운 시임에 틀림없다. 우리는 반드시 모든 사상적 주제·정치적 주제의 복귀를 자부하도록 편협해서는 아니 될 것이다. 그러나 여기 명심할 것은 무슨 사상이나 정치적 주제가 시에 들어올 때에는 완전히 시 속에 용해되어 한 개의 전체로서의 시의 질서에 일치되어야 한다는 것이다.(2, 176)

그는 시에 사상이나 정치가 개입되어서 전체로서의 시의 질서를 잃으면 안 된다고 말한다. 그가 말하는 현대시의 조건은 통일과 조화, 전체로서의 균정(均整)이 필요하다고 본다. 그의 시론에 깊이 잠재해 있는 의미는 시를 둘러싼 언어 조직, 시인의 생각, 독자의 감성이 전체로서 균정을 이루는 것이다. 이것은 앞에서 말한 자연의 질서에 부합하는 천균의 상태와 부합한다. 그는 이미지와 형상, 그리고 시적 언어유희가 시라고 생각하는 모더니즘 경향의 시를 비판하면서 전체의 조화를 이룬 시가 아름다운 시라고 주장한다. 리차즈의 시론에 깊이 감화를 받긴 했지만, 이 균정의 미학은 그의 시론에서 결코 간과할 수 없다.

사람과 사람의 마음이 이러한 서로서로의 교통을 추진하며, 격발하며, 이루어가는 가장 주요한 수단이 예술인 것이다. 시는 그러한 예술의 한 형태인 것이다. 이것이 리차즈의 유명한 평형(Ballance)론 또는 균형(Equilibrium)론이다. 그의 설에 의하면 미가 깃들어 있는 곳은 예술작품이라고 하는 객관적인 대상은 아니라는 것이다. 따라서 미의 일반적인 속성을 규정하려고 드는 것은 매우 부질없는 일이 된다.(2, 265)

비록 리차즈의 견해를 끌어와서 표현하고는 있지만 리치즈의 시론은 상당 부분 그의 시론에 영향을 주고 있다. 그는 리차즈의 견해와 마찬가지로 시는 사람과 사람과의 관계에 있어서 상호 소통을 꾀하고 있으며, 그 감정의 상태를 함께 하는 예술이라고 주장하고 있다. 예술은 객관적 대상으로 머물러 있는 것이 아니라, 사람과 사람과의 관계에서 끊임없이 흐르고 있다는 것이다.

'리차즈'는 이 균형설의 착상을 공자(孔子)의 중용(中庸, Synaestbesis)설에서 빌어다가 자기의 심리주의적 이론을 받아들여서 통용시킬 수 있는 융통 자재한 술어를 만든 다음에 지나간 날의 예술가들과 비평가들의 미적 경험의 뭇 진술로써 이를 보장하려고 하였다.(2, 266)

그는 이 중용의 미학이야말로 시의 가치를 평가하는 데 매우 중요한 의미로 작용한다고 생각한다. 시는 관계의 의미를 통해서 끝없이 유동하면서 살아있는 존재로서 가치를 갖는다. 이런 의미에서 볼 때 그의 시론은 동양 문예미학의 정경교융(情景交融)이나 물아일체(物我一體)의 자연 원리에 그 근본 바탕을 두고 있다. 그의 시론은 고정된 존재로서 시를 보고 있는 것이 아니라, 끝없이 사물과 관계를 맺으면서 살아서 움직이는 '생장(生長)-하는' 존재로서 시를 바라보고 있다.

4. 「시론」의 시학

그는 시의 바탕을 이루는 것은 각자의 경험에 따라 펼쳐지는 개별의 상황이라 할 수 있지만, 그것이 실현되고 펼쳐지는 것은 의식적 가치를 지향하도록 해야 한다고 생각한다. 개별의 상황에서 표출되는 시는 사물과의 관계 속에서 늘 출렁대면서 교섭하고 각자의 상황에 따라 다르게 펼쳐진다. 이 때문에 그의 시론은 사물과 사람, 사람과 사람의 관계 속에서 끝없이 유동하는 존재로서 시의 가치를 바라보고 있다. 이러한 그의 시론을 시로써 표현하고 있는 시가 있다. 그는 이 시에서 그의 시론의 근원과 의미를 함축의 방법으로 보여주고 있다.

　－여러분－
여기는 발달(發達)된 활자(活字)의 최후(最後)의 층계(層階)올시다
단어(單語)의 시체(屍體)를 짊어지고
일본(日本) 조희의
표백(漂白)한 얼골 우헤

꺽구러저

헐떡이는 활자(活字)―

'뱀'을 수술(手術)한

백색(白色) 무기호문자(無記號文字)의 해골(骸骨)의 무리―

역사(歷史)의 가슴에 매여달려

죽어가는 단말마(斷末魔)

시(詩)의 샛파란 입술을

축여줄 '쉼표'는 업는냐?

공동변소(公同便所)―

오래동안 시청(市廳)의 소제부(掃除夫)가 니저버린 질식(窒息)한 똥통
속에

어나곳 '센티멘탈'한 영양(令孃)이 흘리고간

타태(墮胎)한 사아(死兒)를 시(市)의 검찰관(檢察官)의

삼각(三角)의 귀밑눈이 낙시질했다

―시(詩)다―뿌라보―

나기를 넘우 일즉히 한 것이여

생기기를 넘우 일직히 한 것이여

감격(感激)의 혈관(血管)을 탈창당(脫脹當)한

죽은 '언어(言語)'의 대량산출(大量産出) 홍수(洪水)다

사해(死海)의 범람(汎濫)―경계(警戒)해라

시(詩)의 궁전(宮殿)에—골동(骨董)의 폐허(廢墟)에

시(詩)는 질식(窒息)했다

'안젤러쓰'여

선세기(先世紀)의

오랜 폐인(廢人)

시(詩)의 조종(吊鐘)을

울여라

천구백삼십년(千九百三十年)의 들에

예술(藝術)의 무덤 우에

우리는 흙을 파언자

'애상(哀傷)'의 매음부(賣淫婦)가

비장(悲壯)의 법의(法衣)를 도적해 둘르고

거리로 끌고 간다

모—든 슬픔이

예술(藝術)의 일홈으로

대륙(大陸)과

바다—

모—든 목숨의

왕좌(王座)를 짓밟는다

탁류(濁流)—탁류(濁流)—탁류(濁流)

'센티멘탈리즘'의 홍수(洪水)

크다란 어린애 하나가

화강(花崗) 채ㅅ죽을 휘둘른다

무덤을 꽃피운

구원(救援)할 수 업는 황야(荒野)

예술(藝術)의 제단(祭壇)을 휩쓸어 버리려고

위선자(僞善者)와

느렁쟁이―'어적게'의 시(詩)들이여

잘잇거라

우리들은 어린아히니

'심볼리즘'의

장황한 형용사(形容詞)의 줄느림에서

예술(藝術)의 손을 잇글자

한 개의

날뛰는 명사(名詞)

금틀거리는 동사(動詞)

춤추는 형용사(形容詞)

(이건 일즉이 본 일 업는 훌륭한 생물(生物)이다)

그들은 시(詩)의 다리(脚)에서

생명(生命)의 불을

뿜는다

시(詩)는 탄다 백도(百度)로—

빗나는 '푸라티나'의 광선(光線)의 불길이다

모—든 율법(律法)과

'모랄리틔'

선(善)

판단(判斷)

—그것들 밧게 새 시(詩)는 탄다

'아스팔트'와

그러고 저기 '렐'우에

시(詩)는 호흡(呼吸)한다

시(詩)—딍구는 단어(單語)[9]

　여기서 호명하고 있는 "여러분"은 불특정 독자와 시인들이다. "여기는"이 지칭하는 것은 시론을 쓴 책이다. 이미 죽어있는 활자의 세계에서 새로운 생명을 불러일으킬 시가 필요하다고 말한다. 당대의 시는 공중변소에서 어떤 어린 미혼모가 버리고 간 사생아와 같다. 그 질식할 듯한 죽음의 상황 속에서 시는 새로운 재생과 부활을 해야 한다. 그의 시론은 이러한 척박한 현실을 이겨내는 생명의식에서 시작하고 있다. 이 시에서 알 수 있듯이 그는 "감격(感激)의 혈관(血管)을 탈창당(脫脹當)한 / 죽은 '언어(言語)'의 대량산출(大量産出)"하는 시대를 벗어나 살아있

9　김기림, 「시론(詩論)」 전문.(『김기림 전집』 1, 274~277쪽)

는 언어들이 넘치는 시의 세계를 열망한다. 무덤을 꽃피운 지난날의 시들을 휩쓸어버리고 "날뛰는 명사(名詞)"와 "금틀거리는 동사(動詞)", 그리고 "춤추는 형용사(形容詞)"가 있는 시를 써야 한다고 말한다. 그가 말하는 시는 그야말로 일찍이 본 일이 없는 훌륭한 생물이다. 그것은 생명의 불을 뿜으면서 활활 타는 존재이다. 그가 말하는 시는 기운이 준동하고 생명이 있으며 뒹구는 단어들의 종합이다.

그의 시 「시론」에서 알 수 있듯이, 그는 끊임없이 살아있는 존재로서의 시를 갈망하고 있다. 그는 일제 식민지 시대 만연한 병적 낭만주의와 무절제한 기호의 나열에 빠져있던 초현실주의와 현실의 혁명을 꿈꾸었던 경향문학을 벗어나 단어가 살아있는 시를 쓰려고 했다. 이런 관점에서 볼 때 그의 시론은 동양 문예미학에서 강조하는 사물과 감응하는 물활론의 관점이라 할 수 있다. 이것은 그동안 그의 시를 모더니즘 시론으로만 보았던 관점을 벗어나 새롭게 그의 시론을 바라보는 방법론이지 않을까 한다.

동양 시학과 생명 시론

조지훈, 『시의 원리』를 중심으로

1. 조지훈 시론의 행방

조지훈 시론의 행방을 밝히는 데 가장 많이 논의되고 있는 것은 유기체 시론이다. 그것은 조지훈의 시론인『시의 원리』에서 주장하고 있는 '시는 제2의 자연이다'라는 명제로부터 시작한다. 시는 우주의 생명을 바탕으로 창조되는 생명의 존재라는 것이다. 조지훈 시론에서 이 유기체(有機體) 시론은 전통적 자연주의에 그 뿌리를 두고 있다고 주장하기도 하고, 서구의 낭만주의에 뿌리를 두고 있다고 주장하기도 한다.[1]

유기체(有機體) 시론은 시가 언어로 생성되는 인간 정신의 산물이라는 점을 강조한 것이다. 이것은 모든 물상에 정령이 깃들어 있다는 만

---

[1] 유기체 시론에 대한 대표적인 논의는 구모룡, 「한국 근대 문학유기론의 담론분석적 연구 ─조지훈, 김동리, 조윤제를 중심으로」, 부산대 박사논문, 1992; 박남희, 「한국현대시의 유기체적 상상력 연구」, 고려대 박사논문 2009, 117쪽 등이 있다.

물 운화의 동양 사상에 그 뿌리를 두고 있다. 이 글에서는 지금까지 조지훈 시론에서 논의되었던 유기체 시론의 근거를 동양 고전 시학에서 찾아보려고 한다. 조지훈의 초기 시론에서 말하고 있는 시(詩)와 선(禪)은 불교 사상을 근간으로 하고 있다. 그의 이러한 시학은 『시의 원리』에 포괄적으로 나타나고 있는데, 그것은 자연주의 시학과 생명 시학으로 이어지고 있다. 조지훈의 시론에서 생명 시학은 동양의 전통 사상인 기(氣)의 흐름이 있다고 주장하기도 하면서 그 기의 흐름은 시의 소재와 구성, 운율의 문제에까지 미치고 있다고 분석하기도 한다.[2] 이 글에서는 조지훈의 생명담론이 전통 시학과 어떤 맥락으로 이어지고 있는지, 그리고 그것이 구체적으로 어떤 영향관계를 이루고 있는지를 중심으로 살펴보려고 한다.

2. 동양 시학과의 관계성

1) 환원하는 생명의 그물망

생명시 혹은 생태시는 생명을 길러내는 데 일정한 역할을 하는 시를 말한다. 따라서 생명 시학은 생명이라는 관점을 중심에 두고 논의할 수

---

2   이찬, 「조지훈의 『시의 원리』 연구」, 『민족문화연구』 제35집, 고려대 민족문화원, 2001.

밖에 없을 것이다. 현대사회에서 생명 시학은 과거의 자연주의 문학관과 사상을 바탕으로 생명을 중심으로 사회의 관계를 설명하고 있다. 이 때문에 "생태문학이 생태시학적 시각에 의해 이루어진 문학이라면 생명 시학은 전통의 사상과 문학론에 연원하고 이론적 성찰을 바탕으로 한다"고 정의하고 있다.[3] 생명 시학이 전통문학의 자장 속에서 이루어지고 있기 때문에 한국의 고전문학은 말 그대로 동양의 전통적 자연과 생명 사상 위에서 잉태되었다고 할 수 있다. 이러한 고전문학의 생명담론의 전통은 근대 문학에서도 예외없이 적용될 수 있을 것이다. 그러나 안타깝게도 한국의 근대문학은 일본의 서구화한 문명이 도입되는 과정에서 싹텄기 때문에 전통적 생명담론이 단절되었다고 할 수 있다.

임화의 이식문학론은 일종의 전통단절론을 말하는 것이지도 하지만, 생명담론이 없는 죽은 문학으로서 근대문학을 조명한 것이기도 하다. 그런 점에서 우리의 고전문학은 근대 이후 우리가 망각해가던 사물을 보는 하나의 관점, 즉 자연과 인간을 분리하지 않고, 내면적으로 깊이 결부시켜 파악하는 관점을 일깨워 준다고 할 수 있다.[4] 조지훈의 시론은 전통단절론의 극복이라는 입장에서도 매우 중요한 전통적 사상의 연결고리를 취하고 있다.[5] 그것은 시를 서구의 관점으로 분석하고 해체

---

3   박종은, 「한국 현대시의 생명 시학―조지훈, 신석정, 이상화의 작품을 중심으로」, 경기대 박사논문, 2009, 23쪽.

4   박희병, 「한국 고전문학의 전통과 생태적 관점」, 신덕룡 편, 『초록생명의 길』, 시와사람사, 1997, 348쪽.

5   임승빈은 조지훈의 시론을 유기체의 관점으로 접근하면서 "지훈이 주장한 시의 유기체설은 생명체이고, 생명있는 존재가 가장 가치 있다는 점에서, 시의 부분과 전체가 유기체처럼 필연적 관계를 지녀야 한다는 것이다. 그리고 또 바로 이런 점 때문에 지훈의 구조론은 또 고전주의의 성향을 띤다고 말할 수 있다"고 말한다.(임승빈, 「조지훈 시론 연구」, 『인문과학논총』 22, 청주대 인문과학연구소, 2000, 238쪽)

하는 것이 아니라, 소재와 리듬, 구성이 하나로 연결된 거대한 생명의 그물망으로 보고 있기 때문이다. 조지훈의 시론은 단순히 유기체의 구성을 띤 생명담론을 보여주지 않고 인간과 자연이 하나의 생명으로 묶여서 서로의 기운으로 운화하고 있다는 관점을 취하고 있다. 이것은 현대의 물질문명 속에서 삶이 점차 파괴되어가고 있는 상황에서 더불어 살아가는 삶의 모습을 준다는 점에서 매우 중요한 시적 관점이라 할 수 있다. 이 때문에 그의 시론을 장회익의 '온생명'과 연결하는 논의는 의미가 있다고 생각한다.[6] 조지훈의 시론은 개체의 생명이 따로 따로 놓여서 생명을 영위하는 것이 아니라, 낱생명이 서로 유기적 관계를 이루면서 전일적 상태로 존재할 때 비로소 의미가 있다는 것을 보여준다. 이는 종래의 낱생명이라는 개체적 관점을 넘어서 전체 우주의 질서 속에 놓인 생명의 의미를 살피고 있다는 점에서 그의 생명시론은 전일체로서의 생명담론이라 할 수 있다. 동양의 자연관에 따르면 생명은 하나의 개체들이 서로 어울려 거대한 생명의 그물망을 이루고 있는 형국을 말하며, 그것은 자연의 실체이다.[7]

---

6   이를테면 박남희는 "그는 시간을 직선으로 인식하지 않고 순환하는 시간으로 인식하고 있다"고 전제하면서 "이러한 동양적 시간관은 그로 하여금 과거는 낡은 것이고 미래는 새로운 것이라는 고정관념으로부터 벗어나서 세계를 바라볼 수 있게 해준다. 이러한 사유의 바탕이 되는 것이 동양적 우주관에 토대를 두고 있는 그의 유기체적 상상력이다"라고 말한다.(박남희, 앞의 글, 144쪽)

7   이에 대해서 이찬은 다음과 같은 말로써 시적 초월성을 설명하고 있다. "현실적 조건과 배치를 넘어서고자 하는 시의 초월성은 '一者的 無限性'으로 환원되지 않는다. 그것은 무한한 뻗어내림을 통해서 복수적인 관계의 그물을 형성한다. 또한 이 그물은 우주적 이데아라는 '一者'로 중심화 되지 않는다. 오히려 무한한 힘들의 복수적인 배치만이 일원적이다. 그 배치 외부에 별도로 그것을 주재하는 원리(우주적 이데아)를 설정하지 않기 때문이다.[一卽多 多卽一]"(이찬, 앞의 글, 449쪽)

문(文, 문학 혹은 문장)이라고 하는 특징은 크다. 그것은 하늘과 땅의 원리와 함께 만들어졌다. 어째서 그런가? 하늘과 땅의 구별이 생기면서 [하늘은] 둥글고, [땅은] 모가 난 체제로 나누어졌다. 해와 달은 아름다운 옥을 겹쳐놓은 것과 같이 하늘의 형상을 아름답게 드리우고 있다. 산과 하천은 꽃무늬를 새겨놓은 비단과 같이 빛나서 땅의 형상에 두루 펼쳐져 있다. 이것이 대개 [자연의] 도(道)라고 하는 문장이다. (…중략…) [하늘과 땅을 표현할 수 있는] 마음이 생기고, 언어가 세워지고, 언어가 세워지면서 문장이 분명해진다. [이것을 일러] 자연의 도라고 부른다.[8]

동양 시학의 관점에서 문장이라고 하는 것은 하늘과 땅의 원리로 만들어졌다. 그것은 하늘이 둥글고 땅이 모난 것과 같이 일정한 체제로 나누어져 있다. 해와 달은 비단을 겹쳐놓은 것과 같이 아름다운 형상을 드리우고 있다. 이러한 천지의 상황을 진실되게 아는 마음이 생기고 나야 언어가 바로 세워지고, 그 다음에 문장이 생긴다. 이 말은 자연과 진정한 소통이 이루어진 다음에라야 문장이 펼쳐진다는 것이다, 이른바 동기감응의 상황에까지 나아갔을 때, 진정한 시가 나온다는 말과도 같다. 자연의 도는 문장을 생성하는 바탕이 되고 그 진정한 소통의 과정 속에서 문학의 참된 아름다움이 있다는 것이다. 그런 점에서 문장이라고 하는 것은 제2의 자연이라 할 수 있다. 그것은 자연을 유사하게 묘사하려는 인접성만을 말하는 것이 아니라, 혼연일체가 이루어진 마음의 공감 상태를 말하는 것이다.

---

8   "文之爲德也大矣, 與天地並生者, 何哉? 夫玄黃色雜, 方圓體分, 日月疊璧, 以垂麗天之象; 山川煥綺, 以鋪理地之形; 此蓋道之文也. (…中略…) 心生而言立, 言立位文明, 自然之道也." (유협, 최동호 역편, 『문심조룡』, 민음사, 1994, 31쪽, '원도(原道)')

시의 소재는 우주의 삼라만상과 인간생활 일체의 내용 속에 편만(遍滿)함을 인정하지 않을 수 없다. 그러나 시의 소재로서 자연은 어디까지나 소재일 뿐 그대로는 아직 시라 할 수 없는 것이다. 나는 이를 '넓은 의미의 시' 다시 말하면 '시정신(詩精神)'이라 부르고 이 소재가 시인의 개성있는 가슴과 손을 통하여 창조되어 이루어진 것을 '참 뜻의 시'라고 부른다.[9]

조지훈이 말하는 시의 소재란 말 그대로 우주 삼라만상과 인간 생활 곳곳에 존재하는 모든 것이라 할 수 있다.[10] 시의 소재가 되는 자연은 시정신의 바탕이 되고, 그것은 작가의 정과 성을 통해서 구현되었을 때 진정한 시가 될 수 있는 것이다. 그렇다면 자연에 있는 모든 것은 시가 될 수 있는 씨앗들이고 그것이 시인과 감통(感通)할 때 비로소 시가 된다는 것이다. 유협이 말하고 있는 '자연의 도'와 조지훈이 말하고 있는 시의 소재는 그 의미가 동일하다고 할 수 있다. 그렇기 때문에 그의 시는 "자연과의 교감을 통해서 생명에 몰입하고 이러한 몰입을 통해서 생명들이 서로 연대하는 모습이 제시되어 있다. 자연은 하늘과 땅, 그리고 사물들과 화자가 서로 함께 공존하고, 서로 교류하도록 작용한다"고 말하고 있는 것이다.[11]

'모시(毛詩)'의 서에서 시라는 것은 뜻하는 바를 말하는 것이다. 마음속에 뜻하는 것이 있어서 그것을 언어로 표현한 것이 시이다. 감정이 마음 가운

---

9   조지훈, 『시의 원리』, 신구문화사, 1959, 17쪽.
10 사공도는 「이십사시품」 '자연(自然)'에서 "허리 구부려 주우면 그게 바로 시이니 굳이 다른 곳에서 찾지 않는다[俯拾卽是 不取諸隣]"고 말하고 있다.(안대회, 『궁극의 시학』, 문학동네, 2013, 288쪽) 사공도의 이 구절은 조지훈의 시론에서 그대로 적용되고 있다.
11 박종은, 앞의 글, 56쪽.

데서 일어나고 그것을 언어로써 표현한 것이다. 말로써 그것을 다 표현하지 못하여 탄식하기도 한다. 탄식하는 것으로써 다 표현하지 못하여 노래를 읊조리고, 노래를 읊조리는 것이 부족하여 자신도 모르게 손과 다리를 들고 춤추는 것이다.[12]

『시경』을 해석한 '모시(毛詩)'의 서문을 인용한 이 말에서 조지훈이 말하고 있는 생명의 시가 무엇인지를 알 수 있게 한다. 자연을 바라보면서 느끼는 감정이 먼저 일어나고, 그것을 언어로써 표현한 것이 시인데, 문제는 그것만으로 시가 다 표현할 수 없을 때가 있다는 것이다. 그것은 탄식으로 나타나고, 그 탄식도 부족하여 노래를 읊조리고, 그것도 부족하여 손과 다리를 들고 춤춘다고 한다. 민요무용이라고 하는 종합예술이 시의 궁극이라는 말이다. 자연과 동화되는 것을 언어로 표현한 것이기는 하지만, 그것은 한계가 있는 것이고, 궁극의 지점에는 불립문자가 있다는 것이다. 이심전심의 상황이 시의 자연스러운 경지인 것이다. 그래서 그는 "자연미의 구극(究極)이 예술미의 결정(結晶)이고 예술미의 구극은 자연미에 환원(還元)된다"고 말한다.[13] 시가 언어로 이루어진 것이지만, 그 궁극에는 춤과 율동이 있다고 한다. 그래서 시는 시간과 공간을 초월하여 항존성을 가지고, 시의 기교를 초월하여 시가 존재한다고 한다. 이러한 무의식의 층위에 놓인 시는 말 그대로 선(禪)의 경지에서 존재하는 초월적 개체인 것이다. 인간의 힘으로 어쩔 수 없는 거대한

---

12 "詩者 志之所之也 在心爲志 發言爲詩 情動於中而 形於言 言之不足故嗟歎之 嗟歎之不足故永歌之 永歌之不足 不知手之舞之 足之蹈之也."(조지훈, 『시의 원리』, 172쪽)
13 조지훈, 『시의 원리』, 16쪽.

기(氣)가 흐르는 자연의 경지에 시는 존재하는 것이다.[14] 이러한 절대적 경지는 생명의 질서를 관장하는 우주의 생명력과 자연의 생명력이 공존하면서 그물망을 이루고 있는 것이다. 그의 말에 따르면, 시는 살아 움직이는 우주의 생성원리를 질서있는 율동으로 멋스럽게 표현한 것이다. 그에게 있어서 자연은 생명이 없는 존재가 아니라, 모든 것이 생명이 있는 존재로서 의미가 있는 것이다. 이러한 "항존성의 추구로서의 소재가 지훈시에서의 산이요, 물이요, 바위(돌)인 것이다. 그 속에서 화자는 그것들과의 일체화를 통하여 초자연적인 세계, 즉 절대 정신의 세계에 도달하고자 하며, 그렇기 때문에 그것들은 무감정 무표정한 것이 아니라 생명감으로 충만한 것일 수밖에 없다"[15]고 할 수 있다.

동양 시학에서 자연은 저절로 형상화된 것들이다. 그렇기 때문에 그 것을 형상화하는 것은 자연의 이치에 따라 이루어진다. 자연은 천지의 기운에 따라 변화하고 그 변화의 기운 속에서 끝없이 운기생동(韻氣生動)하는 것이다. 그의 시론은 동양의 시학 중에서 문장의 원리를 말하는 자연의 도리를 계승하고 있다고 할 수 있다. 동양 시학에서 자연의 도리는 "봄과 가을은 번갈아 가며 차례를 지키나니, 음의 [기운은 사람의 마음을] 처량하게 하고, 양의 [기운은 사람의 마음을] 펼쳐지게 한다. 경물의 색이 변하는 것은 또한 사람의 마음을 동요하게 한다"[16]고 말한다. 이러한 자연의 도리는 조지훈의 시론에서 그대로 반영되어 있다.

---

14 이를테면 "조지훈 시론은 '생명'의 '부분과 전체' 그리고 시의 '독자성과 통일성'을 논하는 데 있어서 상호모순적인 명제들을 공존시키고 있다. 이 문제는 동양의 전통적인 우주론(주리론)과 서구의 근대적인 분류법(문학장르론, 미적 자율성론)을 그의 시론이 함께 수용하는 것에서 발생한다"는 관점이 그것이다.(이찬, 앞의 글, 422쪽)
15 권택우, 「동양화법으로 본 지훈시 연구」, 부산대 석사논문, 1987, 30쪽.
16 "春秋代序, 陰陽慘舒; 物色之動, 心亦搖焉."(유협, 앞의 책, 534쪽)

대자연은 자연 전체의 위에 그 '본원상(本原相)'을 실현하지만 반드시 개개의 사물에 완전히 나타나는 것은 아니기 때문에 어느 의미에서 시인은 자연이 능히 나타내지 못하는 아름다움을 시에서 창조함으로써 한갓 자연의 모방(模倣)에만 멈추지 않고 '자연의 연장(延長)'으로써 자연의 뜻을 현현(顯現)하는 하나의 대자연일 수 있는 것이다. 바꿔 말하면 시는 시인이 자연을 소재로 하여 그 연장으로써 다시 완미(完美)한 결정을 이룬 '제2의 자연'이라고 할 수 있다.[17]

봄의 기운과 여름의 기운과 가을의 기운, 겨울의 기운이 각각 다른 것과 마찬가지로, 그 기운에 따라 사람의 기운도 움직이는 것이다. 『황제내경』에서는 이 기운에 따라 움직임을 조절하지 않을 때 기운의 변화가 일어나고 그것은 질병의 원인이 된다고 한다. 모든 자연의 이치가 이러하듯이 사람의 기운도 이와 마찬가지로 변한다. 조지훈의 시론은 이러한 자연과 인간의 조화와 질서를 통해서 생명의 참된 의미를 찾아가는 것이라 할 수 있다. 이 때문에 그의 시론에는 동양 시학에서 말하는 환원하고 생성하는 자연의 도가 그 바탕을 이룬다고 할 수 있다. 이러한 순환의 원리를 동양의 고전인 『여씨춘추』에서는 "정기(精氣)는 올라갔다 내려왔다 하며 순환하면서 반복해 뒤섞여 한 곳에 머무르는 법이 없다. 그러므로 하늘의 원리는 둥글다"[18]라고 말한다. 이 순환과 반복의 원리는 조지훈의 시론에서는 환원의 원리로 설명하고 있다. 우주

---

17 조지훈, 『시의 원리』, 16쪽.
18 "精氣一上一下, 圜周複雜, 無所稽留, 故曰天道圜."(여불위, 정하현 역, 『여씨춘추』, 소명출판, 2011, 97쪽)

의 생성이론과 그의 시론은 그런 점에서 같은 맥락에서 이해할 수 있을 것이다. 그의 초기시론에서 말하는 시와 선의 문제, 그리고 『문심조룡』의 시학을 끌어온 것은 그의 시론이 이러한 미적 특질을 바탕을 하고 있다는 것을 말하고 있다.

2) '영감(靈感)'을 바탕으로 한 상상력

시적 상상력은 자연 혹은 물질에 대한 상상력을 바탕으로 한다. 모든 우주 만물을 살아있는 존재로 인식하는 '물활론'의 관점은 사물을 생명이 있는 존재로 보는 것이라 할 수 있다. 그의 시론에서 말하는 생명담론은 시적 상상력을 바탕을 하고 있는데 그는 이 상상력을 '영감(靈感)'이라고 말한다. 이와 대응하는 것으로 '주의력'을 들고 있는데, 주의력은 시를 생성시키는 원동력이긴 하지만, 시의 궁극에 도달하기에는 부족한 상태를 말한다. 시적 묘사의 방법, 혹은 사물의 외형을 있는 그대로 형상화하는 것이 주의력이라고 한다면, 영감은 사물의 내면과 조응하는 상태를 말한다. 그것은 감응의 상태라 할 수 있다. 상상력은 시를 만드는 근간이 되는 정신작용을 말한다.

이러한 시적 상상력은 동양 시학에서 매우 중요하게 다루었다. 유협은 『문심조룡』에서 문학 작품의 창작론을 설명하는 첫 번째 자리에 상상력의 중요성을 말하고 있다. 그것은 시적 상상력이야말로 창작을 위한 전제 조건이 된다는 말과도 같다. 동양 시학에서 형사(形似)보다는 신사(神似)를 강조하는 것은 이 때문이다. 동양 시학에서 시의 기교주의

보다는 시적 수양의 자세나 기운을 기르는 것이 더 중요하다고 보는 관점도 이와 유사하다고 할 수 있다. 시는 문채(文采)보다도 정성(情性)이 더 중요하기 때문에 시적 상상력이야말로 시의 골격을 이루는 것이라 할 수 있다.

> 무릇 정신과 상상력이 사방으로 운화(運化)하게 되면 만 리의 길에 싹이 나는 곳으로 향하고, 텅 빈 위상은 사방이 바로 잡히고, 형태가 없는 것은 형상을 새기게 된다. 사람이 산을 오를 때는 그 생각과 감정은 산에 가득하고, 또한 사람이 바다를 바라보고 있으면 그 뜻은 바다에 넘친다.[19]

정신과 상상력이 운화(運化)의 과정을 거치면 그 물질에 대한 교감의 폭이 넓어진다. 그것은 시인의 기운이 미치는 범위이다. 정신과 상상력의 변화는 물질을 보는 시인의 세계관이 변화하는 것을 의미한다. 하나의 풍경이나 사물을 관조할 때, 시인의 시적 상상력은 사물의 세계와 깊이 교감할 필요가 있다는 말이다. 시적 상상력이 어디까지 미칠 것인지는 시인의 생각이 어떻게 운화의 과정을 거치는가에 달려 있다. 시는 시인의 시적 상상력이 미치는 곳까지 이른다. 그러나 그 상상력이 닫혀 있으면 더 이상 나아가지를 못한다. 그 상상력이 언어에 이르면서 더욱 세밀해져야 하고, 그 세밀함은 결국 시를 쓰는 바탕이 되는 것이다. 여기서 상상력은 사물의 기(氣)와 닿아 있으며, 기는 작품을 쓰는 골격을 이룬다.

---

19 "夫神思方運, 萬塗競萌, 規矩虛位, 刻鏤無形, 登山則情滿於山, 觀海則意溢於海."(유협, 앞의 책, 330쪽)

시의 창작은 실제로 봐서 영감과 주의력을 엄밀히 구분할 수 없는 것이요, 이 양자가 혼일(混一)되는 것이란 말이다. '영감'은 우주의 무한광대한 원주(圓周)를 무의식계라 하고 이 무의식계를 포에지의 세계로 본 다음 시인의 자아를 그 원의 중심점으로 하여 자아의 중심점이 무의식의 원주 안에 용화(溶化)되는 절대 무의식의 상태를 최선의 방법으로 삼는데 반하여 '주의력'은 자아의 의식 중심점을 확대하여 무의식의 원주에까지 침식(侵蝕)하는 완전 의식의 상태를 최선의 방법으로 삼는 것이다.[20]

조지훈은 영감을 '무의식의 경이(驚異)'에서 비롯된다고 한다. 그리고 주의력은 '의식의 성찰(省察)'에서 비롯된다고 말한다. 영감은 정신의 무한대한 열림을 말하고, 주의력은 의식이 닿는 감각을 말한다. 주의력은 물질의 외형을 관찰하는 인식의 과정이라면, 영감은 사물을 통해서 알게 되는 깨달음의 과정이라고 할 수 있다. 영감과 주의력은 구분할 수 없는 것이지만, 시 창작은 이 두 가지가 혼일(混一)되어서 나타나는 것이라고 한다. 영감은 우주의 무한광대한 원주와 같은 것으로 혼(魂)과 정신이라고 할 수 있다. 시는 이 무의식의 경이로움이 열릴 때 시작한다고 본다. 『문심조룡』에서 말하는 시적 상상력은 텅 빈 중심을 잡는 것이고, 형상을 잡는 것이라고 말하는데, 이를 조지훈의 시론에서는 자아의 의식 중심점을 확대하여 무의식의 원주까지 나아가는 것을 말한다. 따라서 조지훈의 시적 상상력은 동양 시학에서 말하는 정신의 위상과 닿아 있다. 정신이 형상을 따르지 않고, 형상이 정신을 따르지

---

20   조지훈, 『시의 원리』, 80쪽.

않으면서 하나의 실체로 존재하는 것이 조지훈이 말하는 시적 진실이다. 그래서 그는 "시에 있어서 영감과 주의력, 또는 경이와 성찰의 교호 작용은 구경(究竟) 가감(假感)과 진실의 공동체인 것이다"[21]라고 주장하고 있다.

그의 시론에서 강조하고 있는 영감은 정신의 파문이 확장되어가는 것을 의미하는데, 이는 그의 초기 시론에서 보여주는 선(禪)의 미학을 바탕으로 하고 있다고 할 수 있다. 사실 그의 초기 시론은 시적 산문에 불과하다고 평가 절하하는 것이 보통이지만,[22] 다른 한 편으로 볼 때 그의 초기 시론은 동양적 정신주의를 잘 보여주고 있다고 평가하기도 한다.[23] 시와 선의 문제는 그가 말하고 있는 시적 상상력의 근원을 이루는 것으로 특히 "「시선일미(詩禪一味)」는 엄우의 『창랑시화』 이래 한시론 특히 선취시론의 대표적 핵심어"[24]라는 사실은 부인할 수 없을 것 같다. 이 때문에 그의 동양적 상상력의 시학은 "단순한 시학의 차원에 머무는 것이 아니라, 그의 시적 세계관과 우주관에 닿아 있으며, 그의 삶의 총체성과 연결된 총체적인 시학"이라는 것을 말해준다.[25] 이러한 그의 시적 사유는 모든 사물에 미치는 영감[상상력]은 "쇳덩어리 하나 들어 올

---

21 조지훈, 『시의 원리』, 88쪽.
22 "조지훈은 『문장』지 등단에 따른 시인으로서의 출발기에 이미 「서창집 역일시론(亦一詩論)」, 「시선일미(詩禪一味)」, 「방우산산고(放牛山莊散稿)」 등의 시론을 선보였다. 그러나 이 글들은 본격적인 시론이기 보다는 그의 한문학과 불교 등의 교양체험을 바탕으로 한 시적 산문에 가까운 것이었다."(홍신선, 「조지훈의 시론 연구」, 『한국문학연구』 제18집, 동국대 한국문학연구소, 1995, 25쪽)
23 "조지훈의 동양적 정신주의는 유가의 주역과 불교의 선적인 가치관을 아우르는 폭넓은 세계관을 지향하고 있지만 무엇보다도 그 바탕에는 노장적 도(道) 사상이 자리하고 있다."(박남희, 앞의 글, 147쪽)
24 홍신선, 앞의 글, 26쪽.
25 박남희, 앞의 글, 155쪽.

리는 데도 도가 있거늘 어찌 시에 도가 없으리오. 종교와 도덕과 철학을 초월한 그러나 그것까지도 포함한 미의 도. 시가 선처럼 그 구극의 자리에 선다"[26]라는 주장으로 이어지고 있다.

> 상상적 현실은 가공의 허구가 아니요, 생활의 진실한 체험의 표현이기 때문에 이 상상적 현실은 실상 '자연(自然)'이라는 말로 돌아가지 않을 수 없다. 여기서 말하는 자연의 개념은 서양에서 이르는 바 자연이 아니요, 동양의 그것이며, 동양에서도 특히 우리의 생활화된 '자연'이다.[27]

상상력은 가공(假空)의 것이 아니고, 생활의 진실한 체험이라는 말의 논조는 결국 생활의 진실한 체험을 표현하는 시는 자연으로부터 시작한다는 것이다. 서양과 동양의 자연관의 차이는 자연을 주관화하느냐 객관화하느냐의 차이일 것이다. 시에서 말하는 비유의 매개체를 '객관적 상관물'로 보고 있는 서양의 자연관은 사물과 동기감응하려는 동양의 자연관과는 다르다. 조지훈의 시론에서 자연관은 모든 사물이 주관으로 내면화됨으로써 사물과 하나가 되는 총체적 관점을 취한다. 그런 점에서 조지훈의 시론에서 말하는 시인은 사물을 새롭게 만드는 창조자인 것이다. 창조자는 생명을 관장하고, 사물은 시를 통해서 새로운 생명과 기운을 얻는 것이다. 이 때문에 동양 시학에서 시인은 "성인(聖人)이라고 하고, 풀어서 쓰는 자를 현인(賢人, 明)이라고 부르고 있다. 성과 정은 [성인이 남긴 책을 통하여] 도야[陶鑄]할 수 있으니, 그 공적은 고대의 성인

---

26   조지훈, 「서창집(西窓集)」, 『문장』 제2권 9호, 1940.11, 175쪽.
27   조지훈, 『시의 원리』, 89~90쪽.

들에게 있다"[28]고 말한다. 시인은 새로운 것을 창조한다는 동양 시학을 그대로 받아들이고 있는 조지훈은 "시인은 구경 하나의 창조자이다. 그러나 그는 상상적 우주의 창조자이다. 그 상상적 창조의 언어문자적 표현을 시(창작) 곧 문학(창작문학)이라고 부르는 것이다"[29]라고 말한다.

조지훈의 시론에서 상상력은 영감과 주의력이 협동해서 발현되는 것이다. 상상력은 결국 무의식의 층위에 있는 것을 끌어올려서 의식화하는 과정에서 발현되는 것이다. 상상력의 발동으로 이루어지는 감성적 이미지의 형상화는 변용하는 것이 아니라, 항상성(恒常性)을 가지고 있어서 구체적이고 직관적이라고 한다. 그래서 시적 상상력은 생명의 꿈과 힘을 바탕으로 새로운 것을 창조해내는 원소(原素)가 되는 것이다. 이런 관점에서 그는 "시는 상상력의 창조"[30]라고 정의하고 있는 것이다.

3) 운기생동(韻氣生動)하는 생명의식

조지훈의 시론은 동양 시학에서 말하는 운기생동하는 기운을 시의 바탕으로 보고 있다. 그것은 혼돈 속의 질서를 찾아가는 조화로운 생명의식이고, 시는 말 그대로 사물의 생동하는 기운을 언어로써 표현한 것이라고 할 수 있다. 시는 사물의 내면에 생동하는 율동을 발견하고 그것을 형상화한다. 그렇기 때문에 시는 말 그대로 살아있는 유기체로서

---

28 "夫作者曰聖, 述者曰明, 陶鑄性情, 功在上哲."(유협, 앞의 책, 44쪽)
29 조지훈, 『시의 원리』, 159쪽.
30 조지훈, 『시의 원리』, 89쪽.

의 의미를 가지는 것이다. 모든 우주 만물은 살아있는 존재들이고, 그 것은 각 개체가 나름대로의 기운으로 생명을 유지하고 있다. 자연의 모든 생명은 하나의 그물망 속에 포섭되어 있으며, 서로의 관계를 통해서 운화를 하고 있다. 최한기는 『기학』에서 "기(氣)의 성(性)은 활동운화(活動運化)하는 물건이다. 이것이 우주 안에 가득 차서 털끝만큼도 빈틈이 없다"[31]고 말한다. 동양 시학에서는 모든 만물의 기운은 천지자연의 조화로움 속에서 활동운화를 하면서 우주의 질서에 부합하고 있다고 말한다. 이러한 거대한 질서와 조화의 세계 속에 있는 우주만물은 각각의 생명들이 상관관계를 가지고 있기 때문에 파괴되지 않으면서 끝없이 유동하고 있는 것이다. 동양 시학에서 말하는 시는 말 그대로 만물이 움직이는 것을 가지는 것이다.

위대한 순임금이 말하기를 '시는 뜻을 말하는 것이고, 노래는 말을 길게 늘여놓은 것이다'라고 하였다. 성인의 말을 분석해보면, 그 뜻은 이미 분명해진다. 이것으로써 마음속에 뜻하고 있는 것을 말로 펼쳐놓은 것을 시라고 한다. 글로써 표현하고 담아내어 펼치는 것이라고 말하는 그것이 여기에 있다. 시라는 것은 가지는 것인데, 인간의 성과 정을 가지는 것이다.[32]

동양 시학에서 시는 뜻을 말하는 것이고, 노래는 말을 늘여놓은 것이라고 말한다. 마음속에 뜻하는 것을 말로 펼치고, 인간의 성(性)과 정(情)을 담아내는 것이다. 이 때문에 시는 살아있는 생명의 역할을 하는

---

31 "夫氣之性元是活動運化之物. 充滿宇內."(최한기, 손병욱 역주, 『기학』, 통나무, 2004, 24쪽)
32 "大舜云 '詩言志, 歌永言', 聖謨所析, 義已明矣. 是以在心爲志, 發言爲詩, 舒文載實, 其在玆乎! 詩者, 持也, 持人情性."(유협, 앞의 책, 91쪽)

것이고, 시인의 정성이 담겨져 있는 정신의 산물인 것이다. 시가 가지는 것은 만물의 소재를 가지는 것이다. 시는 마음으로부터 일어나는 감정의 발동 상태를 가지고 글로써 표현한 것이다. 사공도의 『이십사시품』에서는 시가 도달하는 궁극의 지점은 "거대한 지구는 지축(地軸)을 싸고돌고 까마득한 우주는 천축(天軸)을 따라 운행"[33]하는데 있다고 말한다. 시는 마음속에 일어나는 감정을 우주의 질서와 같이 조화롭게 창조해내는 것이다. 이 때문에 그의 유기체 시론은 서양의 낭만주의 유기체 이론과는 다른 측면에서 이해해야 하는 것이다.[34] 그의 시론에서 생명의 의미는 "조화의 시관"[35]이라 할 수 있다.

'시를 자기 이외에서 찾은 저의 생명이요, 자기에게서 찾은 저 아닌 것의 혼'이라고 한다. 다시 말하면 '대상을 자기화 하고 자기를 대상화 하는 곳에 생기는 통일체(統一體) 정신'이 시의 본질이라고 나는 믿는다. '인간의식과 우주의식의 완전일치의 체험'이 시의 구경(究竟)이라고 믿어진다는 말이다. 이런 뜻에서 우주의 생명적 진실을 수정(受精)함으로써 시를 생탄(生誕)시키는 것은 시인의 보편한 지향이라 할 것이다. 시의 세계는 질서와 조화의 세계이다. 하나의 우주이다.[36]

---

33 "荒荒坤軸 悠悠天樞."(안대회, 앞의 책, 619쪽)
34 "표현이론에 바탕을 둔 유기체론이란 그 자체 내의 에너지에 의해서 발전하고 적절한 형태를 만들어간다는 것인데, 지훈의 그것은 시가 자연을 닮아 자연과 다름없어야 한다는 것이기 때문이다. 그러므로 이때의 유기체라는 말은 S. T. Coleridge 등의 낭만주의 유기체 이론에서 뜻하는 것과는 달리 '조화(調和)'라는 개념일 수밖에 없는 것이다."(박호영, 『조지훈 문학연구』, 서울대 박사논문, 1988, 27~35쪽)
35 "조지훈의 『시의 원리』는 조화의 시관이라고 할 수 있을 것이다. 그 조화는 완미한 제2의 자연으로서 시가 내부에 간직한 여러 가지 질서와 원리를 통하여 실현한 것이다."(홍신선, 앞의 글, 1995, 37쪽)

조지훈의 시론에 따르면 "시는 제2의 자연이요, 생명의 표현이므로 하나의 유기체(有機體)이다"라고 한다. 시는 사람의 생명이 정신과 육체의 합동에 있듯이 지(知), 정(情), 의(意)가 통합되는 지점에 있다. 시는 시정신을 언어로 표현한 것인데, 이 시정신은 인간의식과 우주의식의 완전한 일치의 체험이 이루어진 상태를 의미한다. 시가 질서와 조화의 세계를 지향한다는 말은 자연의 흐름과 같이 원만해야 한다는 말이다. 그의 시론은 동양 시학에서 말하는 지극한 마음으로 우주 만물을 바라보고 그것을 자신의 마음으로 가져오는 것이다. 지극한 정성이 시적 생명을 가지는 것이다. 시인이 "우주의 생명적 진실을 수정(受精)"해야 보편적인 시가 나오는 것이다. 시의 언어는 시 속에 녹아서 "뼈와 살, 빛과 소리, 혼과 향기"를 이루고 있다.[37] 그것은 한 시인의 정신이라 할 수 있기 때문에 시 속에 깃들어 있는 시의 언어는 우주의 생명이 깃들어 있다고 할 수 있는 것이다.

시가 생명을 가진 존재이기 때문에 시는 시인이 "예정조화에 의해서 펼쳐지는 언어원자의 장"이 되는 것이다. 시는 언어를 기계적으로 배열하는 것이 아니라, 부분이 전체에 녹아있고, 전체가 부분 속에 혼용되어 있어야 한다. 동양 시학에서 말하는 '용재(鎔裁)'의 과정처럼 단련하고 다듬는 것을 말한다. 하나가 섞여서 여럿이 되고, 여럿이 섞여서 하나가 되는 것이다. 그러나 그가 말하는 부분과 전체의 관계는 서구의 분석적인 태도와는 달리 통합적이라고 할 수 있다.[38] 그것은 그의 '심지골(心之

---

36   조지훈, 『시의 원리』, 23~24쪽.
37   조지훈, 『시의 원리』, 45쪽.
38   "시를 창조하는 데 있어서 지성보다 감성을 우위에 두는 바탕에는 시를 하나의 생명체로
      인식하는 태도가 내재되어 있다. 객관주의적, 혹은 합리주의 태도가 논리적 사유 체계를

骨)'에 동양 시학이 뿌리를 내리고 있기 때문이라 할 수 있다. 따라서 그의 시론과 동양 시학에서 말하는 조화로움은 시인이 제2의 자연을 창조하는 창조자로서의 역할을 하고 있다는 맥락에서 이해할 수 있다. 그의 시론에서 기교주의를 강조하지 않고, 시정신을 강조하는 것도 시정신이야말로 만물에 기운을 불어넣은 근본이라는 동양 시학과 닿아 있다.

일거수일투족이 무비(無非) 법(法)에 맞는 생명이 고조된 약동(躍動)! 그것은 기술의 연마에서 구경에 생기는 생명 그대로가 아닌가. 시의 기법도 마침내 이곳에 이르러야 한다. 그것이 시도(詩道)이다.[39]

조지훈이 말하는 시의 도(道)는 창작의 기법이 없으면서도 생명이 약동하도록 하는 것이다. 그가 말하는 시란, 기술의 연마를 통해서 얻어내는 생명 그 본래의 모습이다. 이를 동양 시학에서는 기운을 기르는 과정이라고 설명한다.

또한 무릇 생각이 예민하고 예민하지 않을 때가 있는가 하면, 때때로 생각의 길이 통하고 막힐 때도 있다. 머리를 감을 때는 곧 심장은 뒤집히기 때문에 또한 평상과 반대가 되기도 한다. 정신이 혼미하여 머리가 맑지 않으면, 재삼 생각해도 더 더럽혀질 수 있다. 이 때문에 작문의 기예로 창작을 할 때

지닌다면, 작품을 유기체로 파악하는 태도는 부분과 전체를 통합하는 사유 체제를 지닌다. 즉 시적 대상을 인식하는 주체의 의식 자체가 전자가 '분석적'이라면 후자는 '통합적'이라 할 수 있다."(엄경희, 「조지훈 시론에 관한 일고찰(一考察)」, 『숭실어문』 제10집, 1993, 525쪽)

[39] 조지훈, 『시의 원리』, 123~124쪽.

는 생각을 조절하는데 힘쓰고, 그 마음을 맑게 하고, 그 기운을 화창하게 하고, 마음이 지나치게 사용되는 것을 멈추고, 막히고 소통되지 않는 것을 하지 말고, 뜻을 얻을 때는 붓을 들어[命筆] 품었던 생각을 펼치고, 논리가 감추어지면 즉시 붓을 던지고 감추어서 거두고, 피로를 제거하기 위해서 소요하고 담소하여 피로한 것을 고쳐야 한다. 항상 즐기면서 한가롭게 하면서 재능을 날카롭게 해야 한다. 글을 쓰고도 남을 정도의 재능과 힘을 갖고 있어야 하고, 칼날을 새롭게 간 것처럼 해야 하고, 살갖[滕]의 이치와 같이 막힘이 없어야 한다. 비록 고대의 심신 수양 방법[胎息]과 같이 할 수 있는 기술은 아닐지라도 이것은 역시 양기를 기르는 한 방법은 될 것이다.[40]

조지훈이 말하는 시 창작의 원리는 기술의 연마와 같은 심신의 수양에 있다. 그가 말하는 무비(無非)의 법(法)이란, 법도와 규범이 정해져 있지 않는 것이라는 말이다. 시는 자연의 흐름 속에 기운을 맡겨둘 때 생탄되는 것이다. 시는 시인의 시정신이 자연스럽게 흘러가는 것이지 억지로 가고 오는 것이 아니다. 동양 시학의 한 관점인 '양기(養氣)' 편에서 말하는 시 창작의 원리는 시를 억지로 붙들고 있으면 추하게 되고, 추하게 되면 증오하게 되고, 증오하게 되면 죽음에 이른다는 관점이다. 시를 쓰기 전에 마음이 움직이지 않으면서 행동을 하는 것은 자연의 이치를 거스르는 행위라는 것이다. 시는 자연의 흐름에 따라서 자연스럽게 머물고 가는 것이다. 자연의 근본 원리는 질서와 조화 속에

---

40 "且夫思有利鈍, 時有通塞, 沐則心覆, 且或反常, 神之方昏, 再三愈黷. 是以吐納文藝, 務在節宣, 淸和其心, 調暢其氣, 煩而卽捨, 勿使壅滯, 意得則舒懷以命筆, 理伏則投筆以卷懷, 逍遙以針勞, 談笑而藥倦. 常弄閑於才鋒, 賈餘於文勇, 使刀發如新, 腠理無滯, 雖非胎息之邁術, 斯亦衛氣之一方也."(유협, 앞의 책, 490쪽)

있으면서도 변하지 않는 근본이 있다. 근본이 변하지 않는다는 것은 자연의 흐름이라는 근원이 변하지 않는다는 것이다. 우주의 원리는 자연의 흐름에 따라 만물이 생성, 성장, 소멸해 간다. 이와 같이 조지훈의 시론에서 말하는 시의 도(道)는 단련과 수양의 과정을 거치면서 스스로 자연의 법도에 이르는 동양의 시학에 닿아 있다.

3. 감성과 모성의 생명의식

조지훈의 시론은 감성 혹은 감정의 생성력과 모성의 생명의식을 바탕으로 하고 있다는 점에서 미래의 대안으로서 생명의식을 보인다고 할 수 있다. 그런 점에서 그가 말하고 있는 시의 언어와 구성의 생성력은 탈근대를 향한 것이라 할 수 있다.[41] 조지훈의 시론은 과학적이고 분석적인 방법을 부정하고 감성과 직관으로 접근하는 태도를 견지하고 있다. 그런데 이러한 방법론이 한편으로는 서구의 낭만주의 방법론과는 다른 동양의 전통에 뿌리를 둔 시적 방법론이라고 호평하기도 하지만,[42] 다른 한편으로는 유기적 생명의 배태 과정을 설명하는 데 있어서

---

[41] "서구적 해체주의가 카오스적이라면 노장사상은 오히려 코스모스적이다. 이것은 세계의 모든 것을 살아있는 유기체로 바라보는 조지훈의 유기체 시관의 바탕에 생명 시학이 자리하고 있기 때문이다. 유기체적 생명 시학은 근대의 기계론적이고 이성중심적인 세계관의 대안적 성격을 지닌 생태주의 시학에까지 연결된 탈근대적 비전을 보여준다."(박남희, 앞의 글, 148쪽)

[42] 엄경희, 앞의 글, 526쪽.

주관적 견해에 머무를 수 있다는 점에서 한계가 있다고 지적하기도 한다.[43] 이 글에서는 전자의 호평에 대한 그 근본적 동기가 어디에 있는지를 중심으로 살펴보았다. 따라서 이 글은 그가 뿌리를 두고 있는 동양 시학이 그의 시론에 어떤 상관성을 가지는지를 해명하는 데 초점을 두었다.

그의 시론은 동양 시학에서 말하는 순환 원리의 자연관을 보여주고 있다. 그것은 문장을 우주의 근본 원리와 동일하게 바라보는 동양 시학에 뿌리를 두고 있으며, 이를 조지훈의 시론에서는 '제2의 자연'으로 명명하고 있다. 시는 우주 만물의 소재들을 내면화하여 그 만물의 존재가 낱낱의 생명으로 형상화하는 과정에서 나오는 것이라고 보고 있다. 이 때문에 시는 살아있는 생명으로서 그 역할을 하고 있으며, 시인의 시정신이야말로 생명 속에 깃들어 있다고 할 수 있는 것이다. 그의 시론에서 말하고 있는 자연의 의미는 동양 시학의 근본 원리와 상통한다고 할 수 있다.

그의 시론에서 강조하고 있는 영감과 주의력은 시적 발상의 근원을 이룬다. 영감은 동양 시학에서 시적 상상력이라고 부른다. 동양 시학에서 형사(形似)보다는 신사(神似)를 우위에 두는 까닭은 사물의 형상보다는 사물의 내면에 들어있는 정신을 더 중요하게 생각하기 때문이다. 그의 시론에서 시를 쓰기 전에 영감이 일어나는 것이 먼저라고 생각하는 것은 시는 과학적 분석이 아니라 직관적 감응이 시 창작의 근본 원리라고 생각하기 때문이다. 그의 시론에서 말하고 있는 영감은 동양 시학에

43　허윤회, 「조지훈 시론 연구」, 『반교어문연구』 제6집, 반교어문학회, 1995, 305쪽.

서 말하는 시적 상상력과 동일한 맥락에서 이해할 수 있다.

　마지막으로 그의 시론에서 말하고 있는 조화와 질서의 세계는 동양 시학에서 말하는 운기생동하는 기운을 바탕으로 하고 있다. 그것은 지성보다는 감성의 질서를 강조하는 태도이다. 이러한 감성의 시학은 과학적이고 객관적인 시학이 아니라, 비과학적이고 주관적인 시학이라 할 수 있다. 이 때문에 그의 시론은 현대 시학의 모범적 사례를 보여주기에는 일정한 한계가 있다고 말하기도 한다. 그렇지만, 그의 이 감성의 시학은 분석과 해체의 논리가 지배하는 현대 시학의 반향으로서 새롭게 바라볼 수 있는 계기가 될 수 있다고 생각한다.

동양 시학으로 본 김춘수의 무의미시

1. 무의미시와 관계의 '의미'

김춘수의 시론을 말하는 자리에 빠짐없이 나오는 말은 무의미시이
다. 무의미시라는 말에서 무의미는 의미가 없다는 말이 아니라, 사실은
의미가 많다는 말로도 해석할 수 있다. 동양 시학의 관점으로 볼 때, 없
다는 말은 있다는 말을 염두에 둔 것이고, 있다는 말은 없다는 말을 염
두에 둔 것이다. 동양의 사유방식에서 말하는 없음과 있음의 관계는 김
춘수가 말하는 의미와 무의미의 관계이다. 이런 관점에서 볼 때, 김춘
수의 무의미시는 "무의미시라는 이름에서 무(無)는 의미의 없음을 뜻하
는 것이 아니라, 오히려 다(多), 즉 의미의 많음을 뜻하는 것"[1]이라고 볼
수 있을 것이다.

---

1 함종호, 「김춘수 '무의미시'와 오규원 '날이미지시' 비교 연구—'발생 이미지'를 중심으
   로」, 서울시립대 박사논문, 2009, 39~40쪽.

　김춘수의 무의미시는 의미가 끝나는 지점에서 시작하는 새로운 의미의 관점이다. 그것은 순수 세계로 돌아가는[回歸] 과정이라고도 할 수 있으며, 시의 본질로 돌아가는 과정이라고도 할 수 있다. 김춘수의 무의미시를 존재의 본질 탐색이라는 현상학적 측면으로 설명할 때 그 반대편에는 의미 있는 존재의 탐색이라는 또 다른 의미가 놓일 수밖에 없을 것이다. 그러나 무의미를 의미의 대척점이 아닌 '무(無)'라는 말과 '의미'라는 떼어놓았을 때, 무(無)는 새로운 세계에 대한 동경, 혹은 새로운 있음의 세계를 지향해가는 시적 대응이라는 말로 설명할 수 있다. 무의미시의 시적 지향은 역사와 시대에 맞서지 않는 자신에 대한 반성과 함께 개인의 유토피아를 향해가는 도정에 놓인 방법론이라고 할 수 있는 것이다. 이런 관점으로 볼 때, 김춘수의 무의미시는 자연으로의 회귀이든지, 본질의 근원으로 돌아가려는 노력이든지 간에 그가 돌아가려고 하는 궁극의 세계를 표상하는 것이라는 점에 대해서는 이견이 없을 듯하다. 시 창작의 주체가 어떤 상황에 놓여 있든지 간에 한 편의 시는 시인이 표상하는 세계에 도달하려는 욕망의 표현이라는 점[2]에서 김춘수의 무의미시는 그가 추구하는 새로운 세계를 찾아가려는 욕망의 방법론이라고 할 수 있다.

　이를 전제로 해서 이 글에서는 두 가지 관점에서 김춘수의 무의미시를 살펴보려고 한다. 그 중의 하나는 시 정신의 문제로써 시인과 맞서고 있는 현실과 자의식의 대립 속에서 의식의 근원으로 돌아가려는 것이 무엇인지를 밝혀보는 것이고, 다른 하나는 시작(詩作)의 방법론으로

2　　김참, 『현대시와 이상향』, 한국학술정보, 2012, 25쪽.

써 서술적 이미지와 전통적 율격의 의미를 발견함으로써 시의 본질로 돌아가려는 것이 무엇인지를 살펴보는 것이다. 따라서 이 글은 김춘수의 무의미시가 서구의 현상학적 측면에서 벗어나 동양 시학의 관점에서 살피기 위한 의도에서 출발하고 있다. 이 글에서는 김춘수의 무의미시를 의미와 무의미의 대립 개념으로 보고 있는 종래의 관점에서 벗어나, 무의미시를 있음과 없음의 상호 융화의 개념으로 설정하고 있는 동양 시학의 관점에서 살펴보려고 한다.

2. 무의미시의 '다(多)'-양한 '의미'

김춘수의 초기시를 이해하는 데 있어서 의미와 무의미는 매우 중요한 요소로 작용하고 있다. 왜냐하면 그의 초기 시론을 대표하는 말이 의미와 무의미이기 때문이다.[3] 김현은 김춘수의 유년시절 시를 분석하면서 "자신의 시를 무의미시라고 부르고 있지만, 나는 차라리 순진함의 시, 존재의 빛이 환하게 드러나는 시라고 그의 시를 부르고 싶다"[4]라고 말하고 있다. 이는 그의 시가 무의미에서 의미를 도출하는 시적 방법론이라고 보는 견해이다. 이런 관점으로 본다면, 그의 무의미시는 순수의 상태로 돌아가서 자신의 근원이 어디서 출발하고 있는지를 살펴보기

---

3   김춘수, 『의미와 무의미』, 문학과지성사, 1980.
4   김현, 「김춘수의 유년시절시」, 『문학과 유토피아』, 문학과지성사, 1980, 174쪽.

위한 시적 노력의 일환에서 나온 방법론이라고 할 수 있다.

순수의 상태를 지향하려는 그의 의도가 무의미시로 나타났다면, 김춘수의 무의미시는 동양 시학의 관점에 그 기원을 두고 있다고 할 수 있다. 순수라는 말은 동양 사상에서 핵심이 되는 의미이다. 동양 사상의 근원이 되는 『역경』에서는 만물이 궁극의 지점에 이르는 길이 순수의 세계라고 했고[白色無咎], 『시경』에서는 사악함이 없는 상태[思無邪]가 시의 본질이라고 했다. 이러한 순수의 상태를 무(無)의 개념으로 설명하고 있는 『장자』의 경우는 "내가 사물의 근원을 생각해 볼 때, 그것은 다함이 없고 그 종말을 찾아보면 멈춤이 없다. 이처럼 말도 다함이 없고 끝남이 없으니 말을 무(無)로 하여 초월할 때 사물의 근본적인 도리와 하나가 된다"[5]라고 말하고 있다. 김춘수의 무의미시에서 '무(無)'만 떼어놓고 생각해본다면, 그의 시론은 동양 시학의 근원으로 돌아가고 있다고 할 수 있다. 김춘수가 무의미시를 시의 방법론으로 내세울 때 쯤 그는 어린 시절의 무의식 세계를 동경하는 태도를 취한다. 그 까닭은 여러 가지로 해석할 수 있겠지만, 근본적으로 그는 역사와 사회 속에서 개인을 분리시켜 생각하고 하기 때문이다.

젊었을 때 나는 일본(군국주의)의 유치장에서 겪은 일이 있다. 배고픔과 추위 때문에 나는 나를 잃어가고 있었다. 나 자신 몸과 정신이 모두 객체가 되어가고 있었다. (…중략…) 이 경험을 통하여 말하지만, 추위와 배고픔에 대한 상상력만 자극한다는 것은 잔인한 일이고 주체로서의 인간을 어떤 뜻

---

[5] 吾觀之本, 其往無窮, 吾求之末, 其來無止, 無窮無止, 言之無也 與物同理.(안동림 역주, 『장자』, 현암사, 2013, 647쪽)

으로는 포기한다는 것이 된다. 불행한 일이다. 시는 이 불행을 구제해야 한다. 그것은 주체(주관)로서 객체와의 아이러니컬한 관계를 유지하며, 객체의 일방적인 득세를 막아야 한다는 것이 된다.[6]

어린 시절의 따뜻한 기억 속으로 돌아가려는 것은 무의식의 세계를 향한 시인의 욕망이라고 할 수 있다. 그가 젊었을 때 고통을 당한 기억은 외려 그 고통을 극복하려는 강한 기제로 작용하고 있다. 이러한 불행을 구제할 수 있는 것이 시의 역할이고 기능이다. 주체[개인]와 객체[현실]의 불완전한 관계를 해소하고, 특히 객체의 일방적인 상황을 벗어나는 것이 주체의 인식이다. 주체의 인식은 무의식의 세계에서 의식의 세계로 나아가는 길이고, 그것은 의미의 확장이고, 무의미에서 의미를 확인하는 과정이다. 인용한 부분에서 그가 무의미시를 말하고 있는 배경에는 어린 시절의 따뜻한 의식의 공간으로 돌아가려는 욕망과 젊었을 때 일본의 유치장에서 보낸 고통의 기억들을 소멸하고 새로운 관계를 형성하기 위한 수단이고 방편이었음을 확인할 수 있다.

김춘수는 무의식의 공간이야말로 의식을 지탱하는 발판이라고 생각한다. 의식이 빛이라면 무의식은 그 빛을 만들어내는 바탕이 된다는 것이다. 무의식이야말로 의식의 어머니라고 말하고 있다. 무의식은 의식을 태어나게 하는 원동력이고, 무의식을 통해서 비로소 의식의 지평을 얻을 수 있다고 생각한다. 그렇기 때문에 그는 "무의식은 그 끝을 헤아릴 수 없는 어둠이지만, 커다란 하나의 동력이 된다"[7]고 말하고 있는 것이

---

6 『김춘수 시론전집』 2, 현대문학, 2004, 316~317쪽. 다음 인용은 '시론전집'과 쪽수만 명기한다.

다. 무의식이야말로 의식을 끌어들이는 동력이 된다는 것은 무의미야말로 의미를 끌어들이는 주체로서 역할을 할 수 있다는 말로 바꿀 수 있다. 이 때문에 김춘수의 무의미시는 이른바 무의식의 지층에서 발현되는 욕망의 표출이라 할 수 있는 것이다. 그는 시를 "왜 쓰느냐"라는 자문(自問)에 스스로 시를 쓰는 이유에 답하기를 "누구를 위하여 쓰느냐", 그리고 "시를 쓰고 싶은 욕망" 때문에 쓴다고 말하고 있다.[8] "누구를 위하여 쓰느냐"의 문제는 대상을 염두에 두고 있다는 말이고, "쓰고 싶은 욕망" 때문에 쓴다는 것은 자신의 무의식을 표현하는 것이라는 말로 바꿀 수 있다. 그런데 이 두 가지 의도는 같은 의미를 가지고 있다. 누구를 위해서 쓰느냐의 문제는 결국 자신의 욕망을 위해 쓴다는 말로 돌아오고 있다.

김춘수가 생각하는 시 쓰기의 본질은 역사나 현실과 같은 객체를 염두에 두고 있는 것이 아니라, 주체의 욕망을 실현하기 위한 방편이라고 할 수 있다. 이 때문에 김춘수가 말하는 무의미시의 본질은 주체의 무의식을 표현하기 위해서 "쓰고 싶은 욕망"의 방법론적 대응이라고 말할 수 있다. 그가 무의미시의 시적 방법론으로 서술적 이미지를 끌어들이고 있는 것도, 외려 서술할 수 없는 것들을 서술하기 위한 수단이었다고 할 수 있다. 그가 서술할 수 없는 것들은 사회적으로 금기시하고 있는 것, 개인의 고통과 관련해서 기억하고 싶지 않은 것, 그리고 관습에 따라 말할 수 없는 것들이 모두 포함되어 있다.[9] 그의 시에서 서술할 수 없는 것들은 사실 무의미한 것들이지만, 그것은 또 다른 의미 관계

---

7   『시론전집』 2, 119쪽.
8   『시론전집』 2, 146쪽.
9   최라영, 「김춘수의 무의미시 연구」, 『비교문학』 제56집, 2012.2, 179쪽.

를 이루면서 새롭게 다가오고 있는 것들이다. 이 때문에 무의미시는 외려 "무의미시가 대상을 지워버린 의미의 공백화가 아니라 오히려 타자에 대항하는 강력한 담론"[10]이라고 할 수 있는 것이다.

김춘수의 무의미시는 언어에 대해서나 기존의 관념에 대해서는 허무의식을 반영하고 있다. 그렇지만 그는 허무의식에 머물고 있는 것이 아니라, 그것을 바탕으로 새로운 동력을 형성하는 방편으로 삼고 있으며, 다양한 시적 의미를 형상화하는 원동력으로 끌어올리고 있다. 그것은 개인의 시적 한계라기보다는 새로운 시적 모험이라고 할 수 있다. 어쩌면 이러한 시도는 시적 완성도를 끌어올리기 위한 새로운 모색이라고 할 수 있을지도 모른다.[11] 이런 관점에서 볼 때, 김춘수의 무의미시는 개인의 경험 속에 잠재해 있는 무의식의 층위를 새로운 시 정신으로 발전시키기 위한 존재 차원의 시운동이라고 할 수 있다.

필자 개인으로서도 60년대의 후반에 접어들어 이른바 '무의미시'라는 시의 새로운 실험적 시도를 하게 되었다. 필자 나름의 해체의식이 싹트게 된 것이리라. 시를 의미(관념) 차원에서 존재 차원으로 회전시키는 운동이다.[12]

나는 의식과 무의식의 시작에서의 상관관계를 천착하게 되었다. 타성(무의식)은 의도(의식)를 배반하기 쉬우니까 시작 과정에서나 시가 일단 완성을 본 뒤에도 타성은 의도의 엄격한 통제를 받아야 한다.[13]

---

10   조두섭, 「김춘수 시 연구」, 『우리말글』 22집, 우리말글학회, 2001, 309쪽.
11   구모룡, 「한 완전주의자의 시적 모험—김춘수론」, 『시의 옹호』, 천년의시작, 2006, 173쪽.
12   『시론전집』 2, 167쪽.
13   『시론전집』 1, 535쪽.

이 두 인용문을 통해서 김춘수가 말하고 있는 무의미시의 행방을 찾을 수 있을 것이다. 그가 주장하는 무의미시는 새로운 실험적 시도임에 틀림없다. 그는 무의미시를 해체의식의 결과라고 생각한다. 그런데 그 해체의 본질은 관념의 차원에서 존재의 차원으로 회전시키는 운동이라고 한다. 관념의 차원이 의미라고 한다면, 존재의 차원은 무의미라고 할 수 있다. 그는 의식과 무의식의 상관관계에서 무의식은 의식의 엄격한 통제를 받아야 하는 것이라고 생각한다. 무의미는 의미와 관계망을 이루고 있으며, 그 관계망은 상호 균제와 통제 속에 놓여 있다고 생각한다. 이 때문에 무의미는 의미의 바탕을 이루고 있으며, 의미는 무의미를 통제하는 수단이 되는 것이다. 이러한 관계망은 결국 '무(無)'와 '유(有)'의 관계라고 말할 수 있다.

> 공즉시색이란 무(공)와 유(색)를 표리의 관계로 포착한 말이다. 없는 것이 있는 것(따라서 있는 것이 없는 것이 된다)이라 함은 부재와 존재의 이면성을 가리킨다. 부재는 물론 존재의 시간성이요, 존재는 부재의 공간성이다. 공간적으로 보면 모든 것은 정지되어 있다. 육안으로 포착이 된다. 그러나 시간적으로는 정지란 있을 수 없다. 시간은 곧 운동이기 때문이다.[14]

인용한 부분은 의미와 무의미의 관계를 설명하고 있는 글이다. 무와 유의 관계는 부재와 존재의 이면성과 동일한 관계이다. 그런데 문제는 이러한 이면성이 멈추지 않고 있다는 말이다. 관계의 부재와 소멸이 아

---

14 『시론전집』 2, 398쪽.

니라, 관계의 지속과 생성이라는 말이다. 이는 동양 시학에서 말하는 유동(流動)의 관점이라고 할 수 있다. 동양 시학의 품격을 말한 사공도의 『이십사시품』에서 유동은 말 그대로 흐르면서 움직이는 물결과 같은 것이라고 말한다. 그 움직임은 자연스러운 모습이고 부드러운 모습이다. 따라서 이 품격은 자연(自然)이라는 품격과 함께 자연스러운 인간 삶을 생각하게 하는 품격 중의 하나라고 말할 수 있다.

김춘수는 무의미시를 관념과 존재 차원의 회전운동으로 설명하면서 그 관계는 운동성을 가진 것이라고 생각한다. 이 때문에 김춘수의 무의미시에서 '무(無)'는 관념의 차원에서는 없음으로 인식할 수 있지만, 존재 차원에서는 또 다른 있음을 생성시키는 원동력을 갖고 있다고 할 수 있는 것이다. 그는 생성하는 무의식의 층위에 존재하는 것이 영감이라고 한다. 그는 무의미시를 주장하면서 영감과 상상력을 강조하고 있는데, 그는 "영감을 알기 위해서는 우리는 아득한 추억이 세계 '그 어두운 미명의 세계'에까지 내려가야 한다"[15]라고 주장한다. 시는 의미[현실 혹은 객관]의 세계와는 일정한 한계가 있을 수밖에 없으며, 시로 말할 수 있는 부분과 말할 수 없는 부분이 있을 수밖에 없기 때문에 영감의 세계로 나아가게 되는 것이다. 그래서 그는 개인의 무의식을 지향하면서 현실의 의식을 배제하고 있는 것이다. 이것은 순수시를 향한 새로운 모험이라고 할 수 있다. 그는 의미가 없는 무의미시를 쓴 것이 아니라, 의미를 거부하고 새로운 시적 방법론의 모색을 위해서 무의미시를 쓴 것이다.[16] 이 때문에 김춘수의 무의미시는 순수시의 새로운 관점이라고

15　『시론전집』 1, 211쪽.
16　이은정, 「무의미 시학과 시적 자율성의 시교육」, 『한국초등국어교육』 제34집, 2007, 310쪽.

보기도 한다. 그는 시에서 사상이나 도덕적인 교훈을 피하고 설명을 배제한 표현의 단순화를 꾀함으로써 어휘의 복잡화, 의미의 다층화를 가져온다고 생각했다. 따라서 김춘수의 무의미시는 무의미의 '다(多)'-양한 의미의 확장이라고 할 수 있다. 다만, 그는 무의미를 다양하게 확장시켜나가면서 언어의 의미를 희생시키면서까지 리듬의 아름다움을 쫓아가거나, 언어 그 자체의 질서가 있다는 데 대한 이해와 그것에 대한 감동이 없다면, 그야말로 "무의미한 시(nonsence poetry)"[17]가 되거나 언어와 언어의 이상적인 관계를 맺지 못하는 형국이 되고 만다고 한다. 김춘수가 말하는 무의미시의 진정성은 "어떤 정신적 지성-기교-노력"[18]의 결과로 빚어지는 순수한 시의 형식이라고 할 수 있다. 그는 의식과 무의식의 경계에서 끊임없이 고민하고 있다. 그는 의미의 무의미를 찾아가는 것이 아니라, 의미와 무의미의 긴장 속에서 새롭게 나타나는 실존의 종합을 지향하고 있다.

3. 시적 방법론의 '의미있는' 해체

그러면 이러한 의식의 차원에서 시도된 무의미시의 행방이 어떤 시적 방법론으로 펼쳐지고 있는가? 관념의 차원을 배제하고 존재의 차원

---

17   『시론전집』 1, 202쪽.
18   『시론전집』 1, 218쪽.

으로 변화하는 시적 운동은 방법의 무의미를 말하는 바탕이 된다. 시적 방법론의 무의미시를 말하기 위해서는 시작(詩作)의 방법론에서 가장 중요하게 다루고 있는 이미지, 리듬이 김춘수의 무의미시에서 어떻게 나타나고 있는지를 살펴보아야 한다.

시는 사물에 대한 관념을 이미지로 표현한 것이다. 그런데 그 관념에 빗대는 방법론은 비유적 이미지로 감추는 방식이 있고, 서술적 이미지로 풀어쓰는 방식이 있다. 김춘수는 무의미시에서 비유적 이미지는 관념의 수단이 되기 때문에 처음부터 불순한 동기를 가지고 있으며, 서술적 이미지는 사물의 관념을 서술적으로 풀어씀으로써 관념을 지워버리고 이미지 자체를 소멸시킴으로써 순수한 상태를 얻게 된다고 말한다. 이 때문에 무의미시의 방법론으로 제기한 서술적 이미지는 하나의 이미지가 다른 이미지를 지워버림으로써 이미지가 스스로 소멸해버리는 무의미시의 시적 방법론이 될 수 있는 것이다. 그는 사물의 인식에 있어서 두 가지 측면을 말하고 있는데, 그 중의 하나는 '기물진사(寄物陳思)'의 방법론으로 사물에 대한 관념과 생각을 위탁하는 것과 목적과 수단을 뚜렷하게 구별하지 않는 애매한 관점을 보여주는 것으로 나누고 있다. 그는 무의미시의 방법론으로 목적과 수단이 뚜렷하게 구별되지 않는 방식인 후자의 관점을 선택한다. 그야말로 시는 다만 아무것도 말하지 않는다는 입장에서 시 창작의 본질이 있다는 것이다. 이른바 관념적 이미지의 소멸에서 시의 진정성을 발견할 수 있다는 것이다.

그런데 그의 시에서 이미지의 소멸은 언어 자체의 관념을 배제하는 것이 아니다. 시에서 사물이 가지고 있는 일반적인 관념을 벗어나서 현상 너머의 세계를 바라보긴 하되 의도(관념)를 독자들에게는 알려야 한다는 것이다. 시가 언어를 떠나서 존재할 수 없듯이 관념을 완전히 배제할 수는 없는 법이다. 그렇지만 적어도 상식적인 선에서 벗어나 일탈을 시도함으로써 언어의 기존 관념과 질서로부터 벗어날 수는 있는 것이다. 언어의 일탈 속에서 자기의 생각을 전달할 수 있는 새로운 방법의 모색이 김춘수의 무의미시가 지향하는 방법론이라고 할 수 있다. 결국 그는 시는 언어를 떠나서 존재할 수 없지만, 자기가 쓸 언어의 성격을 잘 파악해두는 것이 필요하다고 보는 것이다. 그가 주장하는 관념을 배제한 시는 이미지를 서술적으로 쓰는 것이다.

관념을 배제하기 위하여 이미지를 서술적으로 쓰자. 순수이미지, 또는 절대 이미지의 세계를 만들어보자. 그것은 일종의 묘사 절대주의의 경지가 된다. 설명을 전연 배격한다. 설명은 관념의 설명이기 때문이다. 이렇게 되면 가치관의 입장으로는 일종의 회의주의가 되기도 하고, 현상학적 망설임(판단 중지, 판단 유도)의 상태, 판단을 괄호 안에 집어넣는 상태가 빚어진다. 묘사된 어떤 상태만을 인정하되 그 상태에 대한 판단(관념의 설명)은 삼가키로 한다. 어떻게 보면 철저한 실재주의의 입장 같기도 한다.[19]

이미지란 말에는 두 개의 가닥이 있다. 그 하나는 물상(物象)이요 그 다른 하나는 심상(心象)이다. 앞의 것은 글자 그대로 사물에 대한 감각을 드러내는 이미지[象]요 뒤의 것은 심리적으로 굴절된 이미지다.[20]

---

19   『시론전집』 1, 548쪽.
20   『시론전집』 2, 467쪽.

그는 사물에 대한 감각을 드러내는 물상(物象)의 관점을 취하고 있다. 심리적 이미지인 심상(心象)은 말 그대로 굴절된 이미지이다. 심상은 묘사된 상태만을 강조하고, 그 현상을 설명하지 않는다. 그렇기 때문에 무의미시의 방법론인 서술적 이미지는 실재주의 입장이 강하고, 물상의 이미지에 가깝다고 할 수 있다. 무의미시가 지향하는 방법론은 물상의 관점이요, 서술적 이미지의 관점이다. 그런데 이 두 가지 방법론은 근본적으로 존재를 위협하는 비본질적인 것에 대항하기 위한 전략이라는 점에서 상호 회통(會通)하고 있다.

그가 말하는 서술적 이미지의 방법론은 서로 다른 둘 이상의 대상이 동일한 의미로 작용하지 않도록 동어 반복, 통사구문의 해체 등의 방식으로 이미지를 연쇄시키는 방식이다. 이것은 종래의 비유적 방식에서 벗어나 새로운 시적 방법론을 제시하는 것이다. 서술적 이미지는 시의 주체가 의도하는 관념을 지워버림으로써 새로운 관념에 이르게 되고, 그 관념은 또 다른 관념에 의해 지워짐으로써 연쇄적으로 소멸되는 이미지이다. 그가 생각하는 시적 방법론은 이미지에 구속되는 것이 아니라, 이미지로부터 해방되는 것이다. 이미지로부터의 해방은 결국 사물을 보는 관점의 문제에 이르게 된다. 이는 달리 말하면 사물을 있는 그대로 보는 관점과 유사하다. 이는 동양 시학에서 말하는 '있는 그대로'[自然]의 묘사 방법이라고 할 수 있다. 유협은 물상을 묘사할 때는, "세월에 따라 그 사물이 일어나고, 사물에 따라 그 용모가 일어난다. 정서는 경물에 따라 변화하고, 감정에 따라 문장이 일어난다"[21]고 전제하면

---

21 "歲有其物, 物有其容; 情以物遷, 辭以情發."(유협, 『문심조룡』, 민음사, 2008, 535쪽)

서, 그 사물의 정경에 감응(感應)하는 것이 시작(詩作)의 본질이라고 말하고 있다. 이런 관점으로 볼 때 김춘수의 무의미시에서 말하고 있는 서술적 이미지는 동양 시학에서 말하는 서술의 관점을 취하고 있으며, 기왕의 시적 방법론에서 벗어난 새로운 시적 방법론으로 나아가려는 '의미 있는' 해체의 과정을 보여주고 있다고 할 수 있다.

시는 언어를 떠나서 존재할 수 없다는 관점에서 볼 때, 서술적 이미지는 언어의 관념으로부터 벗어나 자유와 해방의 방법을 모색하는 방법론이며, 언어의 관념이 주는 한계성을 자각한 행위라고 할 수 있다. 그가 말하고 있는 서술적 이미지는 실제로 존재하지 않는 것을 마치 실재 그 자리에 존재하는 것처럼 자연스럽게 형상화하는 시적 방법론이라 할 수 있다. 김춘수가 무의미시에서 제시하고 있는 서술적 이미지의 방법론은 이미지의 새로운 관점을 추구하려는 시적 방법론의 하나라고 할 수 있다. 그리고 이러한 관점의 제시는 사물을 있는 그대로 보여주려고 한 동양 시학의 관점과 유사하다고 할 수 있다. 그런데 여기서 주목해야 할 사실은 그가 무의미시를 주창한 배경으로 여러 가지 요인을 들 수 있지만, 무엇보다도 먼저 한국 현대시의 반성과 성찰에서 비롯하고 있다는 것이다. 이 때문에 그의 무의미시는 개인의 시적 한계 차원에서 벗어나서 생각해야 하는 것이다.

오늘날 시는 완전히 형태의 무정부상태를 이루고 있다. 이것은 형태가 없다는 말이 아니라(형태가 없는 시는 없기 때문에), 한 시대가 능히 시인할 만한 형태가 시에 있어서 해체되어버렸다는 말이다. 이것 역시 모든 가치가 해체되어가고만 있는 시대의 한 풍조일 것이다. 이것은 비단 한국에만 국한된 현상이 아니라 세계적인 현상인데, 세계란 개념은 오늘에 있어 서구란 개념과 직통해버리기 때문에 오히려 시에 있어서의 형태의 해체현상은 한국이 스스로 만들어낸 것이 아니라, 피동적으로 서구에서 받아왔다고 해야 할 것이다. 서구적인 근대 내지 현대시의 전통이 희박한 한국에 있어서는 그러니까 자칫하면 한국적 전통마저 완전히 상실해버릴 우려가 없지 않다. 이런 해체현상 속에서 한국만이 제 홀로 제 전통을 바로 찾아 시의 현대적 형태를 세울 수 있으리라는 것은 오만인지는 모르겠으나, 그에 대한 염원만은 버릴 수 없는 것이다. 그리고 시의 현대적 형태를 바로 세운다는 것은 시 그것을 바로 세우는 데 있어 불가결의 요소가 될 것이다. 현대시 50년에 있어서의 그 형태의 변천상과 해체해간 과정을 더듬어보는 중요한 까닭이 여기에 있다.[22]

그는 한국의 현대시를 관망하면서 피동적으로 유입된 서구 시적 관점에 문제가 있다고 생각하고 있다. 그는 한국 현대시에 있어서 그 형태의 변천상과 해체의 과정을 살펴보면서 자생적으로 변화하고 해체하지 못했던 문제점을 지적하면서 그것은 한국의 전통 서정시의 형태를 상실한 때문이라고 말하고 있다. 이 때문에 김춘수가 제기한 무의미시의 방법론은 전통적 맥락의 관점에서 재해석할 여지가 있는 것이다. 그는 한국시의 전통 속에서 현대시의 형태를 바로잡는 것, 그것을 바로 세우는 것이야말로 한국의 전통 서정시를 회복하는 길이라고 생각하고 있다.

22　『시론전집』 1, 37쪽.

김춘수는 현대시 50년의 변천 과정 속에서 전통 서정시를 회복하는 길은 기존의 방식을 벗어나 새로운 형태를 창출하는 데 있다고 본다. 피동적으로 수용된 서구의 현대시에서 벗어나 새로운 형태를 만들어내는 것이 현대시 50년을 반성하고 새로운 현대시를 정립하는 길이라고 생각한다. 이런 관점에서 그가 제시하고 있는 무의미시의 방법론은 개인의 시적 한계성을 벗어나기 위한 것이 아니라, 현대시 50년의 전통 속에서 피동적인 수용의 방법에서 벗어나서 시적 진정성을 발견하기 위해 제기한 방법론이라 할 수 있다. 이러한 시적 방법론의 제기에 있어서 형태를 강조하면 다른 조건이 제약을 받기 때문에 형태의 문제에만 국한하는 것이 아니라, 언어의 전달 방식의 변화를 꾀해야 한다는 관점으로 나아가게 되는 것이다. 그가 시에서 새로운 리듬의 방법, 그리고 새로운 형식의 발견, 새로운 의미의 발견을 강조하고 있는 것은 이러한 시적 방법론의 반성과 성찰을 통해서 제기된 것이다.

이 때문에 그의 무의미시의 방법론은 해체를 위한 해체가 아니라, 해체를 통한 새로운 방식의 제시라고 할 수 있다. 시 「처용단장」 연작시에 보여준 해체의 방식은 전통적 소재를 끌어들인 것뿐만 아니라, 언어유희, 언어 해체를 통한 새로운 율격의 발견으로 나아가고 있다. 동양 시학에서 율격은 무엇보다 중요한 시적 방법론으로 다루고 있는데, 일찍이 율격의 중요성에 대해서 유협은 "문장은 율격으로써 음을 조절하는데 그것을 가히 소홀히 할 수 있겠는가!"[23]라고 경고하고 있다. 유협에 따르면, 동양 전통 서정시는 율격으로써 시적 미학을 획득한다고 말

---

23   "音以律文, 其可忽哉!"(유협, 앞의 책, 400쪽)

할 수 있다. 물론 중국의 한자의 성조와 한국어의 율격은 그 구조의 측면에서 다른 율격 체계를 형성하고 있지만, 한국의 전통 서정시에서는 우리말이 가진 전통적 율격을 매우 중요하게 생각했던 것이 사실이다. 이러한 전통적 율격의 특징을 전제로 해서 그는 서구의 현대시를 피동적으로 수용한 한국 현대시를 거부하고 전통시의 율격을 발견하려고 하고 있다. 그것은 그의 무의식의 심층에 자리잡고 있는 전통 율격의 재발견이라고 할 수 있다.

우리말의 언어구조가 체계의 변화를 일으키지 않고 오늘날에 있어서도 여전히 유효한 이상, 율동형의 자연스러움 역시 오늘날 우리들 의식의 심층에 자연스러움의 원형으로 남아 있을 수밖에 없다. 진정한 의미의 율동적 자유와 개성은 오히려 이들 의식의 심층에 놓여 있는 자연스러움의 원형을 무시하지 않고 받아들일 때 획득된다. 언어를 생명으로 하는 시인이라면 우리말의 언어미에 촉각을 곤두세울수록 이 자연스러움은 더욱 절실해지지 않을 수 없을 것이다.[24]

성기옥의 이러한 진술에 따르면, 우리말의 언어구조가 지닌 율동형의 구조는 언어를 생명으로 하는 시인의 무의식 층위에 자연스러운 원형으로 남아 있다고 할 수 있다. 이런 관점에서 볼 때, 김춘수가 시적 방법론의 해체를 통해서 새로운 율격의 방법론을 제기하고 있는 것은 자신의 심층에 자리잡고 있는 자연스러운 율동의 발견이라고 할 수 있

---

24 성기옥, 『한국시가 율격의 이론』, 새문사, 1996, 296쪽.

다. 그가 무의미시의 방법론을 말하면서 춤과 언롱(言弄)의 중요성을 제기하고 있는 것도 그의 무의식 층위에 놓인 자연스러운 율동의 구조를 확장한 것이라고 할 수 있다.

한국어는 그 언어의 성격상 제약으로 여태껏 주로 음수만으로 운율을 즐겼는데, 그 운율이 이루어놓은 포엠을 보면 빈약하고 단조로웠다. 영시의 경우를 교향악에 비긴다면, 한국시는 독주 정도의 느낌이었다. 암만해도 아쉬운 정을 금할 수가 없다. 언어의 성격이 다른 언어 전통에서 자란 어떤 외국의 고명한 시인이 제 나라의 언어를 염두에 두고 한 말을, 그 말이 아무리 원칙으로 봐서 타당하다고 그대로 받아들여서는 안 될 것이다. 그대로 받아들였기 때문에 시를 망치는 일이 왕왕 있었을 줄로 생각한다.[25]

이처럼 김춘수는 시에서 율격을 중요한 미적 요소로 생각하고 있다. 서구의 시적 형식을 받아들이면서 한국적 전통의 율격을 잃어버리고 말았다는 반성을 통해서 그는 무의식의 층위에 자리잡고 있는 한국시의 자연스러운 율동을 찾아가고 있는 것이다. 그가 언어에서 의미를 배제하고 무의미시에서 새로운 시적 방법론을 발견하려고 한 것은 언어의 '소리' 즉 율격의 재발견이라 할 수 있다. 그는 시의 의미를 배제하는 자리에 생명력이 가득한 소리의 재현이야말로 완벽한 무의미시에 도달하는 것이라고 보고 있다. 이 때문에 김춘수의 시를 "의미의 연속성이 없는 무의미한 소리의 반복, 반복적 율격에서 나타나는 소리의 주

술성, 소리의 조화를 통해서 의미를 넘어서 진정한 무의미시의 방법론을 보여주고 있다"[26]고 말하고 있는 것이다.

그런데 그의 무의미시는 방법론의 회의만을 보여주지 않고, 의미의 융화를 통해서 조화로움의 세계를 지향하고 있다. 이런 관점에서 볼 때, 그의 무의미시는 세계에 대한 긍정적 인식의 차원을 보여주고 있다고 할 수 있다. 어린 시절의 체험과 젊은 시절 한때의 고통이 그의 무의식에 자리잡은 비극적 세계관이었다면, 그 비극적 세계를 부정하고 기존의 시적 방법론을 해체한 것은 새로운 유토피아를 발견하려는 것이라고 할 수 있다. 이 때문에 김춘수의 무의미시는 새로운 세계를 향한 조화로움을 추구하고 있다고 할 수 있다.

김춘수의 무의미시는 형식의 해체를 통해서 새로운 시적 의미를 발견하고 있다. 그것은 서술적 이미지의 발견과 전통적 율격의 재구성으로 나타난다. 그 외에도 다양한 시적 방법론을 실현하고 있는데, 시의 내용과 형식에 놀이의 개념을 끌어들이기도 하고, 시의 내용을 형상화하는 데 있어서 환상과 상상력을 중요한 제재로 끌어들이기도 한다. 이처럼 무의미시는 언어의 의미 바깥에서 또 다른 의미를 발견하기 위한 시적 방법론이라 할 수 있다.

---

26 이은정, 앞의 글, 313쪽.

4. 조화와 화해의 세계로 돌아감

김춘수가 말하고 있는 무의미시가 궁극적으로 도달하고 있는 지점은 의미의 재편성을 통한 조화와 화해의 세계이다. 무의미시가 의미의 해체를 통해서 새로운 의미를 획득하는 과정이라고 할 때, 그 의미의 발견을 위해서 시인은 언어에 대해서 세심한 고려를 해야 한다. 김춘수의 무의미시는 의미의 해체를 통한 다양한 의미의 발견 과정에서 나타난 방법론이다. 그는 의미의 다양성을 발견하기 위해서 사물의 일반적인 관념에서 벗어난 순수한 의미 상태로 돌아가려고 했다. 순수한 의미 상태로 돌아가는 것은 의미를 강조하는 언지(言志)에서 벗어나 무의미를 지향하는 언롱(言弄)의 상태로 나아가는 것을 말한다. 그런데 언롱의 상태로 나아가기 위해서는 먼저 언지가 바탕이 되어야 한다. 이 때문에 무의미시는 의미의 일반적 관념인 언지와 관념을 배제한 언롱이 서로 융화를 이루게 되는 것이다. 사물의 일반적 의미[관념]를 강조하다 보면, 그 관념의 의미에 빠져서 사물의 다양한 의미[무의미]로 나아가지 못하게 된다. 그의 무의미시가 순수시를 지향하고 있다는 것은 의미의 융화를 위한 근본 바탕이 의미의 본질을 발견하는 데 있기 때문이다.

김춘수의 무의미시는 언지보다는 언롱을 강조하고, 보행(步行)보다는 춤을 강조하고 있는데, 이는 이미 규정된 관념의 의미보다는 자유로운 연상과 의미의 해체를 통해서 사물의 의미를 자유롭게 하기 위한 것이라고 할 수 있다. 하나의 의미로 규정된 사물은 그 관념에 빠져서 의미로 고착될 수 있기 때문에 자유로운 의미, 혹은 다양한 의미를 획득할 수 없게 된다. 그의 무의미시에서 실존의 문제를 화제로 끌어들이고 있는 것도 기존의 시간 질서를 부정하고 놀이와 환상을 통한 새로운 존재의 차원을 발견하기 위한 것이다. 그가 시인 것과 시 아닌 것을 구별하기 위해서 흘러 움직이는 물처럼 부단히 유동하는 언어 현상에 주목하고 있는데, 이것은 시야말로 생활 현상에서 느끼는 지성과 감성의 조화로움을 꾀하는 기제로 작용해야 한다는 것이다. 그는 시의 원동력이야말로 감성과 지성의 활발한 유동 속에 있다고 생각하고 있다. 이는 김춘수의 무의미시가 동양 시학에서 말하는 유동의 미학에 뿌리를 두고 있다는 것이다.

김춘수의 무의미시는 의미의 해체를 통해서 의미를 발견하고, 관념화된 언어의 의미를 언롱의 차원으로 바꿈으로써 언어의 의미를 자유롭게 한다. 또한 의미와 음률의 조화를 통해서 시적으로 완성된 문예미학을 추구하려고 한다. 그가 놀이를 시의 순수성으로 연결하려고 하고 있는 것도 이러한 차원에서 이해할 수 있다. 그는 무의미시를 통해서 완전한 시적 형상을 발견하려고 했으며, 이를 통해서 그는 "무상의 감동과 정신적 해방"[27]에 이르고자 하였다. 그는 완전한 시의 세계는 인격의 완성을 통해서 이루어진다고 말하고 있는데, 이러한 발언도 완전한 시와 인격의 추구라는 동양 문예미학에서 말하는 인격의 함양과 같은 차원에서 이해할 수 있다. 그가 말하고 있는 무의미시가 도달하려고 하는 궁극의 지점은 순수한 시의 본질을 발견하는 것이다. 이 순수성의 추구는 그의 무의미시론이 조화와 화해를 지향하고 있다는 말과도 같

---

[27]   이은정, 앞의 글, 302쪽.

다. 다음에 인용하는 김춘수의 말은 사공도의 『이십사시품』에 나오는 '자연(自然)'의 품격과 일치한다는 점에서 그의 무의미시가 궁극적으로 지향하고 있는 것이 무엇인지를 짐작하게 한다.

> 우주의 삼라만상이 다 시의 제재가 될 수 있고 인사의 백반이 다 시의 제재가 될 수 있다. 시는 좁고 답답한 것이 아니다. 넓고 큰 것이다. 자연만이 또는 자연 중의 어떤 부분만이 시의 제재가 될 수 있다든가, 인간의 내면세계의 어떤 부분만이 시의 제재가 될 수 있다든가 하는 구속은 원래 없는 법이다.[28]

> 허리 구부려 주우면 그게 바로 시이니
> 굳이 다른 곳에서 찾지 않는다
> 도(道)에 몸을 싣고 여기저기 가면서
> 손을 대기만 하면 봄 풍경이 된다[29]

이러한 자연의 이치를 동양 시학에서는 천균(天鈞)의 조화로움이라고 부른다. 이른바 자연의 균형이라고 부르는 천균의 상황은 동양 시학에서 말하는 자연스러움이 지향하는 궁극의 세계이다. 천균의 상황에서는 "성인은 시비를 조화시키고, 자연의 균형에서 쉰다"[30]고 한다. 김춘수의 무의미시론은 편견과 관념의 늪에서 벗어나 진정한 자유와 해방을 찾아가는 시론이라 할 수 있다. 그가 굳이 서양과 동양의 상황을

28　『시론전집』 1, 235쪽.
29　"俯拾卽是 不取諸隣 俱道適往 著手成春."(안대회, 『궁극의 시학』, 문학동네, 2013, 288쪽)
30　"是以聖人和之以是非, 而休乎天鈞."(안동림, 앞의 책, 64쪽)

비교하면서 기교(인공)를 멀리하고 동양의 전통을 끌어들이고 있는 것은 그의 시적 근원이 동양의 전통 서정시에 뿌리를 두고 있다는 것을 말하고 있는 것이다. 따라서 김춘수의 무의미시는 현상학적 차원에서 의미 없음의 관점에 아니라, 의미를 자유롭게 하려는 동양 시학으로 돌아가려는 시적 방법론이라고 할 수 있다.

생태시와 국면의 전환

> 인간은 만물의 척도가 아니라 우주 만물 가운데 하나일 뿐이고, 자연
> 만물은 제각각 자율성과 독립성을 가지며 동시에 서로 뗄 수 없이 연
> 결되어 있다.
>
> —게리 스나이더(Gary Snyder)

1. 생태학과 생태시

생태학(生態學, ecology)이라는 용어는 1866년 독일의 생물학자 에른
스트 헤켈(Ernst Haeckel)이 만든 신조어이다. 헤켈은 생태학이라는 용
어를 경제학에서 끌어왔는데,[1] 그 어원으로 볼 때 생태학은 고대의 봉

---

1   그리스어 오이코스(Oikos)의 개념을 끌어들인 것이다. 오이코스는 공적(公的) 영역으
    로서의 폴리스에 대비되는 사적(私的) 생활단위로서의 '집'을 의미한다. J. K. 로트베르

쇄적 자급자족 형태로 유지되는 공생공존의 공간 개념에서 출발한다고 할 수 있다. 헤켈에 따르면, '생태학'은 지구에 살아가는 생물들이 서로 부딪히고 갈등하면서 빚어지는 문제를 연구하는 인류학이면서 동시에 인간학이라는 것이다. 생태와 유사한 용어로 '생명(生命, life)'이라는 말을 쓰고 있는데, 생명이라는 말도 유기적 공동체를 이루고 살아가고 있다는 점에서 생태학이나 생명학은 하나의 범주로 사용될 수 있는 개념이라 할 수 있을 것이다.

생태학은 공생공존의 방법을 모색하고, 그 대안을 제시하는 학문이다. 환경학(環境學)이 인간을 둘러싼 생태에 대한 연구라는 점에서 인간 중심주의 사고에 토대를 두고 있는 용어라고 한다면, 생태학은 존재 상호간의 관계를 중시하는 우주적 사고에 바탕을 두고 있는 용어라 할 수 있다.[2] 관계성을 중시하는 생태학은 생물들이 서로 생존하기 위해서 필요한 조건들을 밝히고, 그것을 준거로 공생공존하는 길이 무엇인지를 제시한다. 생태학의 관점으로 볼 때, 생물들은 스스로 생명을 유지하기 위해 공생의 길을 모색하고, 그런 방법을 통해서 생명 유지를 위해 필요한 환경을 만들어내고, 그 환경에서 서로 유기적 관계를 맺고 있다. 생태학은 이러한 공생의 원리를 지향한다.

로만 야콥슨(R. Jacobson)은 자연과 문화(인간)의 관계를 '요리법의 유형'으로 설명하고 있는 있는데, 그 대응 구도는 삼각형의 꼭짓점을 중심으로 '원초적인 것(non-elabore)'과 '가공된 것(elabore)'의 관계로

투스가 1865년에 발표한 논문에서 제정기의 로마를 대가산(大家産)의 봉쇄적 자급자족 경제의 시대라고 보고, 이를 Oikenwirtschaft(대가산)라 부른 데서 고대경제사의 중요한 기본개념이 되었다.
2   정경민, 「생태문학 연구의 동향과 전망」, 이화여대 한국문화연구원, 2006.

이루어져 있다고 한다. 야곱슨의 이론을 생태학의 원리에 적용하면, 생태학은 '원초적인 것'인 것이 무엇인지를 탐색하는 작업이고, 그 원초적인 세계를 복원하는 것이라 할 수 있다. 최근 생태학이 하나의 문제 의식으로 제기되는 것은 '원초적인 것'의 대척점에 있는 '가공된 것'이 생명의 유기적 관계를 교란하기 때문이다.

생명이 자연의 섭리에 따라 자연스럽게 이루어지고 있다면 생태 문제가 일어나지 않았을 것이다. 그런데 근대 산업자본주의는 생명의 질서를 파괴하고 서로 간의 관계성을 여지없이 무너뜨리고 말았다. 인간이 생태계를 파괴하면서 지구상에 살아가는 수많은 생물들은 이제 그들 스스로 생명을 유지하지 못하는 상황에 이르고 말았던 것이다.

미국의 역사학자 린 화이트(Lynn White)는 기독교야말로 인간중심 사고의 극단에 있는 종교라고 전제하면서 자연과 인간의 대립구도 속에서 인간이 자연을 개발하고 착취하는 것이 신의 원리라고 생각하면서부터 생태계의 파괴가 시작되었다고 한다. 뿐만 아니라 생태문제는 18세기 계몽주의가 낳은 인간 중심주의에도 그 원인이 있다. 인간중심주의는 자연을 파괴하면서 인간을 소외시켰으며 이로 인한 생태계의 파괴, 환경오염과 같은 부정적 결과를 양산시켰다.

생태공간은 원래부터 자연스럽게 존재했던 공간이었다. 그런데 그동안 인간중심주의 사고가 지배하면서 그런 자연스러운 생태공간은 여지없이 무너지고 말았고, 더 나아가 기술 자본주의는 생태적 상상력까지 흔들어버리고 말았다. 현대사회는 발명과 업적을 중시하는 종적사회(mobile society)이며, 종합재능과 인간적 교환의 가능성이 반복되는 정적 사회(static society)이다.[3] 그야말로 경제적 논리만 강조하는 자본

주의 사회이고, 일방통행을 지향하는 기계주의 사회이다. 이러한 일방
통행의 논리는 반생명 사회의 논리이고, 폭력의 논리이다. 생태학은 이
러한 사회에 대한 반향으로 일어난 것이다.

2. 생태시의 인식

일찍이 레비스트로스(Levi Strauss)는 "진보는 문화적 기형(奇形)과 추
악함을 가져올 것"이라고 예견한 바 있다. 그는 인류가 도달해야 할 원
시적 공동체는 이미 존재하지 않고, 과거에도 존재하지 않았을 것이며,
미래에도 존재하지 않을 것이라고 단언하고 있다. 그는 그러한 이상적
공간을 신석기 시대의 사회구조에서 발견하고 있다. 그의 말처럼, 가장
이상적인 형태의 사회구조는 영원히 존재하지 않을 수도 있지만, 생태
시를 쓰는 시인들은 존재하지 않는 세계에 대한 희망을 버리지 말아야
할 것이다. 살아있는 모든 생명체들이 공생공존하는 세계를 만들기 위
해서 노력하는 것이 이 시대 시인들이 감당해야 할 책무일 것이다. 생
태시가 존재해야 하는 까닭은 이러한 이유 때문이다.
　생태시는 이러한 현실에 맞서면서 나타난 문학운동이다. 따라서 생
태시는 생존을 위협하는 환경문제에 민감하게 반응하여 자연스럽게 반

3　레비 스트로스, 박옥줄 역, 『슬픈 열대』, 한길사, 2005, 86쪽.

문명적이고, 반권위적이고, 인간 만물을 포함한 자연 만물의 생존과 공존에 최대의 가치를 두고 있는 것이다.[4] 생태시는 자연에 대한 사고의 전환을 강조하고, 타자의 목소리를 전달하는데 작가의 상상력을 동원한다. 그렇다고 생태시가 자연을 소재로 하여 그 자연의 목소리를 전달하는 것만 목표로 삼아서는 안 된다. 생태시를 쓰는 시인들은 무엇보다 세계에 대한 철저한 자기인식이 있어야 한다. 이를테면, 모든 생물은 다른 모든 생물과 연관되어 있다는 공생의 인식, 모든 생물은 자리를 옮길 뿐이고, 이 세계에서 영원히 사라지는 것은 없다는 인식, 자연 생태계는 가장 최선의 상태로 존재한다는 인식 따위가 될 것이다. 미국의 시인 게리 스나이더는 이런 생태시의 공간 지형으로 지구공동체를 설정하고 있다. 그는 생명공동체를 욕망의 성취 공간으로 보지 않고, 자신의 삶을 영위하는 공동의 장소로 보고 있는 것이다. 동양의 관점으로 말한다면, 물아일체, 주객일체의 인식이라 할 수 있을 것이다.

마이어 타쉬(Mayer Tasch)가 내린 생태시의 개념도 경청할 만하다. 타쉬는 "균형과 불균형, 절도와 무절제, 뒤엉킴의 해결과 같은 생태학적 주제를 특별히 압축하여 표현하고 있는" 시들을 생태시라고 정의한다. 이는 생태시가 단순히 생명과 자연에 대한 문제만 다루는데 머무르는 것이 아니라, 인간과 자연을 둘러싼 모든 문제까지 다루어야 한다는 것이다.

가타리는 실천적인 방법으로 생태시의 개념을 정의하고 있다. 프랑스의 철학자 펠릭스 가타리(Felix Guattari)는 최근의 생태학에 대해서

---

4   윤미순, 「게리 스나이더의 『사물의 본성』 연구」, 중앙대 석사논문, 2002.

"개인들이 타자에 대해서 연대함과 동시에 타자와 점점 다른 존재로 되어야 한다"고 전제하면서,[5] 환경, 사회, 정신생태학의 세 가지 생태의 삼위일체가 되어야 생태학의 본질을 해결할 수 있다고 말한다. 그는 임계점에 이른 환경의 위기, 주체성의 위기, 사회체(socius)의 위기에 대해서 생태철학(ecosophie)의 관점에서 세 영역을 윤리적, 정치적으로 '절합'[6]하는 방식의 대처가 필요하다고 주장한다. 그는 이 세 영역을 다음과 같이 설명한다.

> 첫째 사회생태학 차원에서는 커플, 가족, 도시생활, 노동 등과 같은 집단적 존재양식 전체를 재구축해야 한다. 거시적 제도 수준에서만 아니라 미시 사회적 수준에서도 실효성 있는 실험적 실천을 실행에 옮겨야 한다. 둘째 정신생태학의 차원에서는 신체, 환상, 지나간 시간, 생과 사의 신비에 대한 주체의 관계를 재발명하는 쪽으로 나아가야 한다. 셋째 환경생태학의 차원에서는 그 어느 때보다 자연과 문화가 구분되기 어렵게 되었기에 생태체계, 기계권, 사회적이고 개인적인 준거체계 간의 상호작용을 횡단하는 방법을 배워야 한다.[7]

이 세 가지는 각기 다른 영역이지만, 하나의 문제로 묶여 있다. 하나가 무너지면 다른 하나도 온전하지 못하다. 이처럼 가타리는 생태학을 삼위일체로 보고 이를 실천하는 방법론을 제시하고 있다. 사회생태학

---

5 펠릭스 가타리, 윤수종 역, 『세 가지 생태학』, 동문선, 2003, 105쪽.
6 절합(節合)은 소쉬르의 용어인데 '분절적 접합'(articulation)을 말한다. 마디를 나누어 붙인다는 것으로 개별을 하나로 묶는 방법이다.
7 심광현, 『프랙탈』, 현실문화연구, 2005, 25~26쪽.

차원에서 집단적 존재양식을 실행에 옮기는 것이고, 정신생태학 차원에서 주체의 관계를 재발명하는 것이고, 환경생태학 차원에서 개인과 사회의 준거체계 간의 상호작용하는 방법을 배워야 한다는 것이다. 이 세 가지 방법은 유기적이고 긴밀한 상관성을 갖고 있으며, 구체적이면서도 실천 가능한 방법을 제시하는 것이라고 할 수 있다.

가타리의 방법론은 기계적 생태학(mechanic ecology)에 바탕을 두고 있기 때문에 상호 모순된 진술로 보일지도 모른다. 그러나 가타리의 기계적 생태학은 개방적이고 살아있는 기계론이지, 외부 세계와 폐쇄된 단절된 관계만을 말하는 도구적 기계학과는 다르다. 가타리의 생태학은 자연, 인간, 사회가 '자기-조직' 기계론으로 전환하는 것을 말한다. 가타리의 생태학을 프랙탈(fractal) 공간으로 설명할 수 있는 것은 이러한 생성 공간을 중시하기 때문이라 할 수 있다.[8] 가타리가 제시하는 프랙탈 공간은 유클리드 공간처럼 텅 빈 것이 아니라, 연속적으로 변주하면서 스스로 생성되는 공간이다. 이는 들뢰즈(Gilles Deleuze)와 가타리가 동시에 말하고 있는 '매끈한 공간'의 개념이라 할 수 있다. '매끈한 공간'은 유목적 지리정치학의 핵심개념이라 말할 수 있는데, 이는 새로운 가능성을 향해 열려있는 공간을 말한다. '매끈한 공간'은 어디로 갈 것인지 알 수 없는 애매모호한 공간이면서 동시에 창조적 공간이다. 이는 죽어있는 공간이 아니라, 살아있는 공간이다. 단선적이고, 수직적인 공간이 아니라, 연속적으로 변주되는 집합체의 공간이다. 가타리의 생

---

8 프랙탈 이론의 핵심은 언제나 부분이 전체를 닮는 자기 유사성(self-similarity)과 소수 (小數)차원을 특징으로 갖는 형상을 특징으로 한다. 독립된 개체이면서도 하나의 전체와 어울리는 것으로 가타리의 생태학은 프랙탈 생태학의 방법이라 할 수 있다.

태학은 생성하면서 동시에 연속적으로 존재하는 '자기-조직'의 공간에
존재하는 것이다.

　가타리의 관점으로 생태시를 정의하면, 생태시는 대량소비에 기초
한 위험사회를 지속 가능한 문화사회로 전환하는 사회적 실천운동이
며, 세 가지 생태공간을 집요하게 '절합'하면서 새로운 윤리적, 미적 패
러다임을 열어가는 서술 전략이라 할 수 있다.

3. 생태시를 넘어서

　게리 스나이더, 가타리, 들뢰즈의 생태학이 자연과 인간을 둘러싼 관
계의 문제에서 출발하고 있다면, 최근의 생태학은 기계적 생태학과 이
론적 생태학을 넘어서 실천적이고 구체적인 생태학으로 나아가고 있
다. 서구의 경우는 이미 복원생태학으로 그 방향을 잡아가고 있으며,
그것을 구체적으로 실천한 사례들도 보인다. 우리나라의 경우는 동양
사상, 전통사상, 민속, 무속과 같은 원시적 감수성에서 생태학의 본질
을 찾으려고 한다. 김종철은 구체적 실천운동의 방향으로 "공생공락(共
生共樂)의 가난"이라는 논리로 소비 제한의 방법을 주장하고 있으며,[9]
김지하는 "자발적 가난"이라는 최소한의 소비를 주장하고 있다.[10]

9　　김종철, 『땅의 옹호』, 녹색평론사, 2008.
10　　김지하, 「바다로 가는 길」, 『신생』 34호, 2008년 봄호, 166쪽.

생태학의 방향을 찾아가는 구체적 실천 운동은 기술문명에 대한 거부, 인간 중심주의, 물질 중심주의, 도구적 이성, 맹목적 합리성을 비판하고, 생명의 공생과 조화, 상호관계의 회복을 통한 새로운 세계를 이룩하려는 이념으로 발전하고 있다. 김지하가 말하는 생명사상의 핵심은 모든 존재들이 서로 연결된 우주적 차원의 관계로 보는 것이다. 그 우주 속에는 무수한 존재들이 그물망처럼 얽혀 있다. 그들을 공경(모심)하는 것이 생명운동의 시작이라는 것이다.

이와 같이 최근의 생태학은 인류가 생존하기 위한 절대적 패러다임으로 인식하고 있는 것이다. 김종철의 공동체 운동이나, 김지하의 흰 그늘의 미학이 지향하는 것은 원시 문명으로 돌아가는 것이다. 레비스트로스가 말하는 먼 신석기 시대가 아니라, 가까운 과거로 귀환하는 것은 가능한 실천운동이 될 수 있다는 것이다. 그런 점에서 우리는 서구의 복원생태학을 생태운동의 구체적 실천 방법론으로 받아들이지 않을 수 없는 것이다.

훼손된 환경에 대한 교정이 적극적으로 수행될 때 세 가지 목적이 가능하다. 첫째는 복원(restoration)인데, 여기에서 시도하고 있는 것은 정확히 교란 이전의 상태로 돌아가는 것이다. 본래의 생태계가 수세기 또는 수천 년에 걸쳐 발달해왔기 때문에 이러한 수준에 도달하기는 매우 어려울 것 같지만 호주와 영국에서는 상당히 성공한 사례도 있다. 두 번째 가능성은 충분한 복원과 유사한 어떤 것을 목표로 삼고 있는데 우리는 그것을 복구(rehablitation)라고 한다. 모든 복원을 사실 복구라고 주장할 수도 있으나, 성과보다는 목표를 고려할 때 이와 같이 구분할 수 있는 것이다. 여기에서

정의하는 복구는 충분한 복원을 기대하지 않고 아극상(subclimax)과 같은 수준의 평형상태를 목표로 한다. 세 번째 가능성은 본래의 상태를 회복하려는 시도가 아니다. 그 대신 본래의 생태계를 다른 어떤 것으로 대체(replace-ment)하는 것이다.[11]

미래의 생태학으로 제시하고 있는 복원생태학은 훼손된 환경을 교정하는 작업이다. 복원생태학이라는 용어 속에는 복원, 복구, 대체라는 말을 포함하고 있다. 훼손된 환경을 복원하는 데는 인간의 노력이 따른다는 점에서 인간이 중심이 된 기계적 과정의 복원이라 할 수 있다. 복원생태학은 자연의 질서를 인간의 관점에서 운용하고 관리하는 하나의 시스템이라 할 수 있다. 복원생태학의 한계를 넘어서기 위해서는 기술적 차원의 교정 작업과 더불어 인간 사고의 전환이 선행되어야 한다. 생태학은 인간학이라는 관점을 넘어서 자연과 인간, 우주적 차원의 공생과 조화라는 사실을 명심할 필요가 있을 것이다. 복원생태학은 생태학의 미래이고, 인간 존재의 본성을 회복할 수 있는 새로운 패러다임이라 할 수 있다.

생명시 혹은 생태시는 그 자체로서 존재가치가 없는 것은 아니지만 이보다 이것이 오늘날의 반생명, 반생태적 현실을 타개하고 개조하는 사회운동 혹은 자연의 정치로 발전할 때 의미가 있다. 자연의 글쓰기가 늘어나는 반면 생명운동, 생태환경운동에 대한 열의가 식어가는 까닭은 무엇일까? (…중

---

11   이창석·유영한, 「미래를 위한 생태학으로서 복원생태학의 발전과 전망」, 『한국생태학회지』 24권, 2001, 194쪽.

략…) 자연의 글쓰기는 어떤 형태이든 실천과 결합해야 한다. 따라서 이것
은 자연의 정치가 되어야 한다. 땅의 시학은 전지구적인 시각을 지닌 생태환
경운동과 결합해야 한다. 신생의 시들은 지행합일의 성과물이 되어야 하고
또 다른 과정이 되어야 한다.[12]

구모룡의 이러한 진술은 새로운 생태시의 한 방향성을 제시해주는
주장이다. 시운동의 주체를 시인의 몫으로 돌리고 땅의 시학은 생태환
경운동과 결합해야 한다는 것은 원론의 문제를 넘어서 실천적 사회운
동으로 나아가는 방법론이라 할 수 있다. 여기에 덧붙여 생태운동과 관
련한 구체적인 생태시가 나타나야 할 것이다. 지금까지 생태시는 자연
과 합일하는 동양적 물아일체의 관점을 취했다면, 앞으로의 생태시는
훼손된 생명을 끌어안고, 그들의 운명을 공동의 문제로 제기해야 할 것
이다. 자연 친화를 소재로 한 시가 생태시라는 수동적 관점에서 벗어나
시궁창에 빠져 있는 생명들을 끄집어내는 실천적 생태시가 나와야 할
것이다.

이제 생태학은 새로운 패러다임으로 전환할 때가 되었으며, 생태시
는 방향전환을 보여주는 구체적인 성과물로 나타날 때가 되었다. 우리
의 생태시 운동은 90년대 포스트모더니즘의 경향주의와 문법의 해체
에 맞서면서 새로운 서정시의 필요성 때문에 나타났다. 여기에는 환경
문제와 같은 전지구적 위기의식도 한 몫을 했지만, 우리 문학에서 생태
시가 일어난 궁극적 원인은 서정시의 위기로부터 비롯되었다고 보는

---

12   구모룡, 「땅의 시학을 위한 단상」, 『신생』 32호, 2007년 가을호, 187쪽.

것이 옳을 것이다. 최근 생태시 운동은 다양한 방향으로 그 관심의 영역이 확장되고 있다. 환경문제, 땅, 전통, 제의, 영성을 넘어서 최근에는 고통의 문제, 추의 문제까지 그 영역이 넓어지고 있다. 근대 이후 문학은 줄기차게 미(美)를 추구했다면 그 반대편에 있는 추(醜)를 추구하는 것은 새로운 생태시의 모습이라 할 수 있을 것이다. 근대 시학이 동일성의 논리에 의존해왔다면, 이제 그 너머의 시학이 필요한 시점이 된 것이다. 새로운 생태담론은 이러한 관념의 틀을 벗어나는 데서 시작한다. 미래 생태시학은 단순한 생명운동으로 끝나는 것이 아니라, 생태를 복원하고, 인간 정신의 변혁을 꿈꾸는 실천운동에 있다고 할 수 있다.

4. 생태시의 다양한 지평

시전문 계간지 『신생』은 창간호부터 지금까지 생태시를 지향해왔다. 창간호 서문에서 밝히고 있는 것처럼, 신생의 이념은 "지금의 기술적이고 기계적인 관계의 세계를 유기적이고 생태학적인 관계로 전환하는" 데 있다고 할 수 있다. 그 일환으로 『신생』에서는 지난 10년간 꾸준히 생태공간을 찾아다녔다. 생태시는 관념이 아니라, 실천이기 때문에 운동의 차원으로 접근해왔던 것이다. 우포도 살아있는 생태공간의 현장이라 할 수 있다.[13] 『신생』에 실린 시들 중에서 우포를 소재로 한 시들을 중심으로 생태시의 다양한 지평을 살펴보기로 하자.

우포는 생태의 보고(寶庫)이면서 동시에 공생과 공존의 조화를 잘 보여주는 생태공간이다. 그런 공간을 호명하면서 시인은 무엇을 말해야 하고, 어떤 의미를 찾아야 하는 것일까. 우포늪을 둘러싼 생태시를 쓰는 시인들은 우선 이런 점에 주목해야 할 것이다. 사물과 조응하는 동일성의 시학을 넘어서 우포를 통해서 생태시의 본질을 찾고, 진정한 생명의 근원을 모색하는 길이 무엇인지를 고민해야 할 것이다.

> 시는 사물을 분석 해부하는 정서적 반응에 따른 장치를 갖는다. 사물에 대한 새로운 해석으로 사물 스스로도 미처 깨닫지 못한 됨됨이를 시인이 앞질러 밝혀준다. 그것은 물론 시적 대상에 신선감을 불러일으키는 장치가 뒤따르기 마련이다. 우포늪을 새롭게 해석할 때 우포늪은 또 다른 늪이 되어 읽고 보는 사람의 감동을 불러일으킨다.[14]

시인들이 우포늪을 새롭게 해석하고, 그 사물에 새로운 의미를 부여할 때, 우포늪은 다른 늪이 되어서 사람들에게 다가올 것이다. 생태시는 자연 그대로 놓여진 것에 대한 사랑을 전제로 한다. 우포늪은 변하지 않는 존재로 남아있지만, 사람은 끊임없이 변하는 유동하는 존재이다. 생태시는 변하지 않는 존재에 대한 공경으로부터 시작한다. 그런 점에서 생태시는 세상의 변화에 대한 반동, 그 변화가 어떤 것인지를 두려워하고 그 변화에 민감하게 대응해 나가야 한다. 생태시는 생태 변

---

13 『신생』 16호, 2001년 봄호에 "신생의 현장을 찾아서 ─ 생명의 거처"라는 제목으로 우포늪 현장 취재 내용이 실려 있다.

14 유병근, 「우포늪 부들이 되어」, 『신생』 16호, 2003년 가을호, 221쪽.

화에 민감하게 반응하면서 그 변화에 대응하는 실천적 전략의 하나가
되어야 할 것이다.

물풀 속

제 모습을 가꾸기 위한 네 번의 탈바꿈동안

그 오랜 경작의 침묵의 늪에서

제 갈길 조금씩 갉아내는 밭

맨 땅 두둑의 고랑따라

세월의 몸이 흔들리고 있다

털어내고 남은 자의 여유를

가늘게 뽑아내고 있는 물 억새의 가지처럼

우리는

셔터내린 어느 기슭에서

오무려 설렘으로 오가는 각시붕어를

통발의 잠속에 가두고

수억년의 비늘을 벗겨낸다

나무가 잘리고 두 손 들어

비닐의 몸 감싸

부력으로 몸 풀고 있는 가시연꽃

푸른 여름에서 갓 피운

가시 돋친 눈

여긴 살 수 있다고

—이진욱, 「우포늪」 전문[15]

이 시를 읽을 때 우리는 가시연꽃의 말에 주목할 필요가 있다. 이 시를 거꾸로 읽으면, 화자는 가시연꽃은 "가시 돋친 눈 / 여긴 살 수 있다"고 말한다. 우포늪은 살아있는 공간이라는 말이다. 우포늪의 물 풀 속에는 비밀이 고스란히 담겨 있고, 오랜 세월 우포와 함께 살아온 생명들이 몸을 흔들고 있다. 각시붕어가 오고 가는 물 풀 속에는 한가로움이 있다면, 바깥에서는 나무가 잘리는 고통의 세월이 흘러가고 있다. 변하지 않는 세계와 변하는 세계가 동시에 공존한다. 그것은 고통스런 가시연꽃의 눈으로 본 세상의 모습이다. 그래서 가시연꽃은 바깥을 보면 살 수 없지만, 물 풀 속을 보면 살아갈 수 있다고 말하는 것이다. 우포는 변하는 것과 변하지 않는 것이 공존한다. 이 시는 그 변하지 않는 것을 간직하려고 한다. 이 시를 통해서 우포늪이 주는 생명의 소리를 들을 수 있을 것이다.

> 무당이 있었다, 바람의 주술에 걸려
>
> 온몸 부들부들 떨면서 머리카락 헤치던 그 무당
>
> 열병처럼 차오르는 神氣 풀어내지 못해
>
> 보름달밤이면 휘파람 불며 풀숲을 쏘다녔다
>
> 몸 가득 풀물이 들고
>
> 지쳐 쓰러진 채로 아침을 맞곤 했다
>
> 버선발로 동구에 숨어들면
>
> 동네 개 몇 마리 숨 끊어질 듯 짖어대고
>
> 무당의 풀린 눈동자에서 몇 개 별의 찬 기운이 흘러내렸다

15　『신생』 4호, 2000년 여름·가을 합본호.

아이들은 슬금슬금 피해갔고, 어른들은

끌끌 혀를 찼지만,

집안 굿판 동네 굿판을 맡겼다

읍내까지 소문 짜했던 그 바람 무당

칠월 칠석 날 밤 제 몸 속 神과 멱 감으러 간다고 나서더니

첨벙첨벙 물소리만 남기고 영영 돌아오지 않았다

누군가는 보름달 뜰 때마다 그 무당 푸른 눈빛

늪 물면에 얼비치더라고 증언했고

또 누군가는 풀숲 허공에 떠다니더라고 말했지만,

여름 내내, 꾸불꾸불 실뱀같은 小路 덮으며

어른 키 높이만큼 시퍼렇게 자란 부들

바람 없는 날에도 부들부들

지나가는 내 목덜미 휘감는 그 무당의 손길

오늘도 나는

神들릴 일 없는 세상 주술이나 걸어보자고

환한 대낮에도 열병처럼 떨고 선 그 부들 숲길 걷는다

—배한봉, 「부들에 대하여」 전문[16]

이 시는 사물과 하나 되는 생태시의 전략을 잘 보여주고 있다. 부들에 무당의 영혼을 불어 넣음으로써 자연과 인간이 일체가 된다. 늪가에 핀 부들은 무당의 혼과 동일시되고 있다. 긴 사설 속에는 부들부들 떨

16　『신생』 7호, 2001년 여름호.

고 있는 무당의 영혼이 부들이 되었다는 전설을 만들어낸다. 전설과 같은 담화를 끌어들이는 복고주의 경향은 생태시가 지향해야할 방향이기도 하다. 그는 이 시에서 인간의 영혼과 자연의 영혼을 하나로 묶음으로써 물아일체의 동양적 자연관을 획득하고 있는 것이다. 자연계의 모든 사물에 생명이 있다는 정령신앙(精靈信仰)은 현대인의 관점으로 볼 때, 비논리적이고, 비과학적이지만, 이것은 어디까지나 인간중심의 관점에서 자연을 바라보기 때문에 일어난 착각이다. 굳이 레비스트로스의 예를 들지 않더라도 우리는 전통적 방법이 더 논리적이고 과학적인 방법이라는 사실을 종종 발견한다. 정령신앙이 비논리적이라는 발상은 합리성을 준거로 본 관념 때문이라 할 수 있다. 이 시는 단순히 부들을 의인화하는 데 머무르지 않고, 그 부들에 영혼을 불어넣음으로써 생명의식을 획득하고 있다. 무당의 혼이 부들이 되었다고 생각하며 그 혼은 부들 숲길을 지날 때마다 내 목덜미를 휘감는 상상을 하게 되는 것이다. 이 시는 자연을 의인화하는 데 그치는 것이 아니라, 사물의 영혼과 하나가 되는 생태적 상상력을 보여준다.

여명은 없었으니
물살이 추적대며 잠 깨는 소리 들렸다
푸른 물이끼의 눅눅한 이부자리 헤치고
늪 가까이 다가서자
낯선 발소리에 컹컹 동네 개 한 마리 짖었다
긴 밤을 엎드려 있던 게으른 안개가
그때마다 몸을 일으키자

풀썩풀썩 품 안에 갇혀 있던 새벽이

수초 틈을 헤집고 나왔다

그 중 초겨울 서리로 하얗게 얼어붙은 눈썹 몇

억새 위해 맺혔다

새벽이 빠져나간 여백으로

오래 기회를 엿보았을 습지 새들이 줄행랑을 쳤다

후드득 붕어잡이 어부들이 그물을 거두어들이자

긴 휘파람 소리 따라

지상으로 거처를 옮기는 참붕어떼,

돌아 나올 때 아까 짓던 개가

잠자코 꼬리를 흔들고 있었다

내 뒤를 따라 나선

새벽안개가 반기는 중이었다

—최영철, 「새벽 우포에서」 전문[17]

이 시의 화자는 관념을 드러내지 않으면서 우포늪의 개별 사물을 묘사한다. 그렇지만 화자와 사물은 주체와 타자로 분리되지 않는다. 1행과 2행에서 화자는 물살 소리에 잠을 깬 것인지 아니면 잠을 깨어 물살 소리를 들은 것인지 애매하다. 사물들을 향한 이러한 서술 전략은 상호 조응의 담론효과를 유발한다. 개-안개-새벽-방문자들-새-어부-참붕어떼들은 서로 연관된 가운데 조응한다.[18]

---

17   『신생』 10호, 2002년 봄호.
18   구모룡, 「타자 혹은 사물(事物)에의 교감」, 『신생』 10호, 2002년 봄호, 144쪽.

이 시는 사물과 하나 되는 서술 전략과 상호조응의 방법으로 풍경과 화자를 동일시한다. 사물을 타자로 바라보고 있으면서도 자아와 하나가 되는 것이다. 모든 물상들이 유기적으로 관계하고 있다는 것은 자연에서 공동체의 삶을 찾아내는 것이다. 푸른 물이끼에서 참붕어떼까지 이어지는 생명들은 유기적 관계로 연결되어 있다. 주체와 타자가 조응하고 사물과 사물이 교감한다. 그 속에 자아가 존재한다. 생태시가 생명을 둘러싼 모든 것들에 대한 사랑이라고 한다면, 이 시는 생태시의 모범을 보여준다고 할 수 있다.

봄날 자운영이 꽃바람을 이기지 못해
해질 무렵 물빛을 온통 붉게 물들이고 있었다
창연하다 지난 겨울
들것에 실려나간 기러기떼 통곡소리가
채 끝나지도 않았는데
철없는 철새들이 노을빛에 화냥기가 도져서
서녘 하늘 가득 홍등을 켜놓고
교미를 즐긴다 낄낄거리며
노을 타고 낙동강을 건너온 봄바람 몇 자락
늪에는 온통 암내가 무성하였다
그랬다 내 열 두 살 적이었던가
화냥기에 젖어
밤꽃 냄새 하나 견디지 못해 끙끙대던 과수댁
청둥오리 같은 엉덩이 들이밀며

그 짓 내내하다가

동네 총각이랑 배맞아 도망한 여편네

미안하다며 인편으로도 소식을 부치지 않았다

남세스러워라

이듬해 농약 먹고 죽은 상촌할배

늪을 돌아나가던 꽃상여가 봄햇살을 받고

저리 붉었으랴

명당자리라고 고래고래 고함지르며 천기누설하는

왜가리들이 둥지로 돌아가는 저녁

과수댁 달거리 서답이 저리 붉었으랴

온종일 하얗게 조밥을 뿌려대던 조팝나무도

노을에 붉게 젖는 늪가에서

또 하루가 저물고 있었다

그 중대백로 날개짓 활활 붉다 못해

불타는 봄날이었다 거기에 늪이 있었다

—성기각, 「붉은 소벌」 전문[19]

이 시는 "성과 속의 이분법이 사라져버린 삶 그 자체의 세계, 생명의
세계에 대한 철저한 긍정이 있는 세계"[20]를 지향한다. 삶의 질곡을 벗
어던지고, 과거의 고통이 끝나는 자리에 붉게 타는 노을이 있다. 이는
무(無)의 세계이며 동시에 시와 생태학이 만나는 지점이다. 그곳은 황

---

19 『신생』 37호, 2008년 겨울호, 241쪽.
20 이성희, 「예술과 신성, 그리고 무」, 『신생』 30호, 2007년 봄호, 154쪽.

홀한 아름다움이 있는 세계이다. 속된 욕망을 말하고 있지만, 그 속됨은 곧 삶의 고통과 한 속으로 사라져버린다. 인간 삶의 부침 속에 봄날은 살아서 활활 타오른다. 고통이 사라지고, 생명이 살아있는 봄날의 늪은 무의 세계이고, 이 세계는 시와 생태학이 공존하는 세계이다.

사람의 이야기와 늪의 이야기가 서로 만나고 그곳에는 '불타는 봄날'이 있다. 봄날은 생성의 공간이고, 성과 속이 사라진 공간이다. 이 시의 화자는 우포늪 주위에 살고 있는 사람들의 속된 이야기를 늘어놓는다. 화자는 관찰자이면서 동시에 타자의 서러운 이야기와 공감하는 존재이다. 자아를 무아에 맡기고 현상 속으로 침잠하는 것이다. 이 시는 자아와 대상의 조응을 말하지 않고 생명에 대한 철저한 관찰만 말하고 있다. 생명을 관찰하는 눈이 생명에 대한 사랑으로 발전하는 자리에 진정한 생태시가 존재한다. 이 시는 이러한 생명의 근원을 담담한 시선으로 관찰하고 있다. 타자가 되어 생명을 공경하는 것은 생명사상의 본질일 것이다.

5. 생태시의 근원 – 국면의 전환

전쟁과 폭력, 해체와 파괴가 개발을 내세운 자본주의의 산물이라면, 자연과 환경, 생명을 둘러싼 생태문제는 미래 사회의 모습이다. 레비스트로스는 "역사는 인간의식의 양식을 변경시키지 않는다"고 말한다.

인간은 결국 '역사적 온도'를 낮춘 곳에서 존재하는 것이다. 인간이 진정 추구해야 하는 삶의 궁극적인 도달점은 변하지 않는 것, 본성과 야생의 사고를 지켜내는 것이다. 그것은 기계적으로 조작되는 세계가 아니라, 매끈한 공간처럼 자기 생산적이고, 창조적인 세계이다.

　여기서 우리는 신화의 시대를 생각해볼 필요가 있을 것이다. 신화의 시대는 자연의 질서에 순응한 시대이다. 자연의 상징을 따르고 자연의 상징을 믿었던 시대이다. 지금 우리는 신화의 세계를 잃어버리고 말았지만, 시인들은 그 신화적 상상력을 찾아내야 할 것이다. 그것은 진정한 생태학의 공간이라 할 수 있다. 신화는 인간의 삶에 새로운 질서를 부여하는 과정에서 파생된 일종의 사회체계라 할 수 있다. 집단의 이기심과 집단의 믿음이 반드시 필요한 신화는 고대 사회, 혹은 국가를 형성하게 하는 기본구조가 되는 것이다. 그래서 신화 이전의 시대로 돌아가야 한다는 선언이 필요한 것이다. 신화 이전의 시대, 인간이 자연의 질서에 순응할 수 있었던 시대, 그런 시대를 향한 복원이야말로 복원생태학의 핵심 개념일 것이다. 지금 이 시대의 폭력과 전쟁, 기계론적 사고방식은 끊임없이 생태를 파괴하는 요인으로 남아있을 것이다. 사고의 전환, 패러다임의 전환이야말로 인류의 미래에 장밋빛 희망을 안겨줄 것이다. 우리는 그런 시대를 희망하면서 문학을 하고 있는 것이 아닐까.

1. 욕망의 속성과 '–되기(becoming)'

현대사회는 거대자본이 세계를 움직이는 힘으로 작용하고 있다. 생태운동가 펠릭스 가타리는 우리가 겪고 있는 현대사회를 '통합된 세계자본주의'[1] 시대로 규정하고 있다. 통합된 세계자본주의 시대에서는 자본이 모든 세계의 위계질서를 폭력적으로 장악하고 있으며, 욕망은 자본이 통제하는 권력구조에 예속될 수밖에 없는 것이다. 그러나 욕망은 권력으로부터 벗어나려는 속성이 있다. 욕망은 정보나 내용에 구속되

---

[1] 가타리는 네그리가 제시한 '제국'의 개념에 앞서 '통합된 세계자본주의'라는 개념을 제시하였다. 가타리는 정치와 경제, 자본과 국가는 통합되었는데, 노동의 공격에 대응한 자본주의적 재구조화는 국민경제들의 국제적 통합이 점차 세계적 규모에서 이루어지고 그것들은 다중심적이고 엄격하게 계획된 통제기획 안에 종속시키는 방향으로 전개되었다. 세계시장의 통일성을 조정하면서도 그것을 의사국가적인 성격을 지닌 생산적 계획, 금융적 통제, 정치적 영향 등의 수단들에 종속시키는 지배모습을 '통합된 세계자본주의'라고 하였다.(윤수종, 『욕망과 혁명』, 서강대 출판부, 2009, 207쪽)

는 것이 아니고, 권력구성체 속에서 왜곡되어가는 것도 아니다. 욕망은 구속된 형식들을 이탈시키고 변화시키고 수정하고 조직한다. 결국에는 스스로가 모든 형식들을 버리고 해방을 추구한다. 따라서 욕망을 말할 때는 주체성의 문제를 떠나서 생각할 수 없는 것이다. 주체성은 욕망이 억압당하는 소수자들이 주류사회에 대항하기 위해 자신을 부각시키는 행위이다. 욕망에 억압당하는 인간은 그 욕망의 구조 속에서 벗어나기 위해서 주체성을 강조한다. 이것은 대부분 자본주의에 대항하는 기제로 작용한다.

통합된 세계자본주의 구조에 억압당하는 현대사회에서 주체성은 무엇보다 중요한 문제로 떠오르고 있다. 통합된 세계자본주의 시대에 자본의 구속으로부터 벗어나 욕망의 구조에서 벗어나기 위한 혁명은 주체성에 대한 인식을 바꾸는 것이고, 지배체제로부터 벗어나기 위해 욕망을 억제하는 힘이 필요하다. 자신의 주체성을 인식하는 것뿐만 아니라, 타자라는 경계를 허물고 서로 합성될 수 있는 '–되기(becoming)'의 과정을 통해서 새로운 질서를 만들어 가는 것이다. 이러한 '–되기'의 과정은 억압당하는 존재들을 이해하는 과정이고, 자본이 위압적으로 억누르는 시대에 욕망의 구속으로부터 해방될 수 있는 방법론이 될 수 있는 것이다.

2. '부드러운 억압'과 욕망 통제 수단

독재국가 지배체제는 욕망을 물리적 힘으로 통제하는 방식을 택했다면, 통합된 세계자본주의 지배체제는 욕망을 자본의 지배구조 속에 포섭하는 방식을 선택하고 있다. 이러한 새로운 지배체제에서 욕망은 '보이지 않는 억압'에 의해 조정되고 있다. 이 '보이지 않는 억압'은 욕망을 보다 효율적으로 통제하고 조정하는 수단이 된다. 대부분의 존재는 이 견고한 억압체제를 이해하지 못하고, 그 지배체제에 순응하면서 살아가고 있다. 이처럼 견고한 지배체제를 갖춘 통합적 세계자본주의 구조는 개인의 욕망뿐만 아니라 민족과 국가가 지향하는 욕망까지도 마음대로 조작한다. 국가가 개인을 억누르는 과거의 물리적 파시즘 체제는 자본이 국가와 개인의 욕망을 통제하는 정신적 파시즘의 체제로 변하고 있다. 이러한 패러다임의 전환 시대에 욕망은 새로운 국면으로 인간을 규제하고 통제하는 수단이 된다. 집단의 욕망이 세계를 장악하던 과거의 파시즘 체제에서 혁명의 대상은 가시적 형태로 나타났지만, 국가뿐만 아니라 개인의 욕망도 통제하는 자본파시즘의 체제에서 혁명의 대상은 비가시적 형태로 존재하고 있다.

인간은 근본적으로 욕망을 추구하는 존재이고, 따라서 그 욕망을 달성하기 위해 주변의 것들을 억압하고 통제한다. 이 때문에 욕망을 통제하는 사회는 의식적, 무의식적으로 개인과 충돌하고, 개인은 사회에 저항할 수밖에 없는 것이다. 인간 존재는 욕망의 해방을 통해서 느끼는 쾌락보다는 욕망의 억압을 통해서 느끼는 고통을 더 심각한 문제로 받아들인다. 이 때문에 욕망의 억압에 저항하는 것은 지극히 당연한 일이라 할 수 있을 것이다. 라이히는 "욕망을 억압하는 사회구조가 왜곡된 성격구조를 만들며, 이는 곧 합리적 행동의 원인이 된다"고 전제하면서 "비합리적 행동의 근본원인은 개인에게 있는 것이 아니라 억압적 사회구조에 있다"[2]고 말하고 있다. 이러한 욕망의 근본적인 속성 때문에 통합된 세계자본주의 체제 하에서 인간은 자본과 국가권력이라는 이중의 지배체제에 저항할 수밖에 없는 것이다.

마르쿠제는 테크놀로지가 고도로 발달된 소비자본주의 사회에서 인간은 향락만을 추구하는 일차원적 존재로 전락하고, 기술적 합리성과 도구적 이성이 매몰된 인간이 되고 만다고 경고한다. 이러한 사회에서 억압은 부드러워지고 더욱 분산되며, 그 억압은 점차 일반화되지만 동시에 훨씬 폭력적으로 진행된다. 이런 사회에서 개인적 투쟁 방식은 더 이상 현실적인 사회변혁을 이끌어내지 못한다. 국가가 개인을 규제하던 시대에는 계급과 계급의 갈등구조를 바꿀 수 있는 집단 혁명이 가능했지만, 자본이 개인의 욕망을 통제하는 시대에는 서로의 이해관계가 복수형으로 얽혀 있기 때문에 '몰(mole)'적 개념의 혁명만 가능할 뿐이다.[3] 왜냐하면 현대사회는 주체와 객체의 대립구도가 뚜렷한 거대 혁명사회가 아니라, 개인의 자율성과 특이성이 존중되는 소수 혁명사회이기 때문이다.

2　전경갑, 『욕망의 통제와 탈주—스피노자에서 들뢰즈까지』, 한길사, 1999, 155쪽.
3　몰(mole)과 분자(moleculaire)의 개념쌍은 변증법적인 것이라기보다는 움직임과 방향과 방식을 지칭하는 것이다. 몰적이라는 개념은 어떤 하나의 특정 대상을 중심으로 모든 것을 집중해가거나 모아가는 것을 말하며 자본이 모든 움직임을 이윤 메커니즘에 맞추어 초코드화하는 것을 말한다. 분자적이라는 개념은 미세한 흐름을 통해 다른 것으로 되는 움직임을 지칭하는 것이다.(윤수종, 앞의 책, 176쪽)

　‘부드러운 억압’에 놓인 현대사회는 대중매체를 사용하여 개인의 욕망을 정신적으로 통제하고, 상업 스포츠, 영화와 같은 자본과 관계를 맺은 매체를 통해서 무의식적으로 체제 속에 편승하게 한다. 가타리가 영화에 대해서 "비표적인 기호론으로 나아가는 욕망하는 기계"라고 비판하는 것은 영화가 개인의 욕망을 통제하고 규제하는 수단으로 이용되고 있음을 경계하는 말이기도 하다. 또한, 현대사회는 자본주의 체제를 유지시키기 위해서 권력만으로 통제하는 것이 아니라, 기계적 노동력의 양성, 규격화된 인간, 특정한 생활양식을 통해서 그 사회에 적응하도록 만들어 간다. 이 때문에 현대인들은 획일화된 인간형, 자본의 논리에 순응하는 인간형으로 만들어지고, 무의식적으로 자본의 질서에 적응해가고 있는 것이다.

　통합적 세계자본주의 체제에서 국가권력은 스스로 고유한 수단에 의해서 그 지배 체제가 강화될 뿐만 아니라, 조합이나 정당들, 사회보장제도, 집단적 시설, 대중매체 등을 권력구조 속으로 끌어들임으로써 그 지배체제는 더욱 공고해진다. 이러한 지배체제의 원리 속에서 국가권력은 전체주의 체계에 가까워지고 있으며, 그 국가권력의 지배를 받고 있는 대중매체들은 국가권력의 시종(侍從)이 되어서 개인의 욕망을 지배하는 또 다른 권력으로 부상하고 있는 것이다.

3. 주체의 변화와 생명공동체

이러한 상황 속에서 개인 욕망은 어떻게 권력의 예속으로부터 해방될 수 있을까. 욕망의 통제 수단으로부터 '탈주'할 수 있는 길은 무엇일까. 이에 대해 가타리는 "이 시대 자본의 혁명은 정치적 수준에서뿐만 아니라 주체의 변화, 욕망의 변화, 과학기술의 변화라는 분자적 차원에서 일어나야 한다"고 주장한다. 그는 주체의 변화를 통해서 '폭력적인 탄압'이나 '부드러운 억압'에서 벗어나 아우토노미아(자율자치)의 가능성을 모색할 수 있다고 말한다.

주체의 변화는 민족이나 국가의 권력으로부터 벗어나 욕망의 해방을 꾀하는 것이다. 푸코는 한 시대를 특징짓는 무의식적 조건을 '에피스테메(episteme)'라는 개념으로 설명하고 있는데, 그에 따르면, 현대사회의 에피스테메는 '인간'이라는 '주체'를 생각하는 시대라는 것이다. 현대사회는 어느 시대보다도 주체철학이 강조되고 있는 시대인 것이다. 자본이라는 지배논리 속에서 인간은 '원형감옥(panopticon)'에 갇혀서 감시당하고 관찰당하고 있다. 이러한 감시체제 속에서 개인의 욕망은 끊임없이 길들여지고 이에 따라서 주체가 상실되는 비극적 상황으로 치달리고 있는 것이다.

이 비극적 운명을 극복하고, '자본파시즘'으로부터 벗어나기 위해서 주체의 변화가 절실하게 요구되는 것이다. 주체의 변화는 특정 지역과 민족, 국가를 넘어서 범세계적 차원에서 이루어져야 한다. 가타리는 세계를 '횡단성'의 개념으로 받아들임으로써 혁명이 가능하다고 말한다.

'횡단성'이란, 우리가 살아가는 사회제도 속에서는 형식상 수직관계가 수평관계를 이끄는 구조로 되어있지만, 실제로 이 둘 사이에는 '횡단적'으로 결합된 무수한 관계가 내재적 구조로 이루어져 있다는 것이다. 횡단성의 개념으로 세계를 바라보면 항상 권력과 반권력은 이에 상반하는 벡터가 존재하며, 그 벡터가 어디로 향할지는 오로지 욕망의 향방에 따라 결정된다는 것이다.

주체의 변화와 마찬가지로 인간은 자신의 존재를 보존하려는 욕망이 있고, 이러한 욕망은 자신의 삶에서 가장 고귀한 우주적 자연의 필연성으로 인식할 때 가장 고차원적 욕망이 된다. 이 고차원적 욕망의 실현은 '자본파시즘' 시대에 맞서는 새로운 주체성의 변화라 할 수 있다. 이 시대에 자신의 존재를 찾아가는 길은 인간과 자연을 둘러싼 환경문제를 스스로 인식하는 것이라 할 수 있다. 결국 욕망의 구속으로부터 해방되고, 인간 존재의 주체를 찾아가는 것은 가타리와 들뢰즈가 주장하는 생태운동이 그 실천적 대안이 될 수 있을 것이다. 이들이 주장하는 욕망의 해방과 주체성의 회복은 환경과 인간의 문제를 다루는 환경생태학, 사회의 관계를 모색하는 사회생태학, 인간의 주체를 문제로 삼는 정신생태학의 조화를 통해서 이루어진다는 것이다.

자본주의는 끊임없이 개발하고 파괴하면서 그 자본의 구조 속으로 개인의 욕망을 구속시켜 왔다. 따라서 현재의 상황을 극복할 수 있는 방법은 그 원류를 거슬러 올라가서 바꾸는 길밖에 없는 것이다. 일찍이 프로이트는 자본주의가 발달하면서 이룩한 문명을 유지, 존속하기 위해 치러야 할 위험성을 다음과 같이 경고한 적이 있다. 우선 인간이 자연을 정복하여 문명사회를 이룩하는 과정은 인간과 자연 모두를 파멸시키는 과정이다. 인간은 노동을 통해서 문명사회를 이루었지만, 그것은 타나토스(Thanatos, 죽음의 본능)의 승리일 뿐이다. 인간의 노동은 파괴적 본능을 자극하여 자연을 정복하는 활동이며, 정복의 욕망은 끝이 없기 때문에 자연을 전면적으로 파괴하게 되고, 이는 결국 인간의 생존 자체를 근본적으로 위협하기에 이르게 되는 것이다. 또한, 문명의 발전과 관련된 가장 심각한 문제는 인간의 죄책감을 심화시키고, 이러한 죄책감으로 해서 생기는 불행은 문명의 진보를 위해 인간이 치러야 할 대가라는 것이다. 프로이트가 경계하고 있는 것처럼, 인류 문명의 발전은 자연과 공존하지 못하는 심각한 위기 상황을 만들어내고 있다.

프로이트뿐만 아니라 로만 야콥슨도 인간이 만들어낸 문화가 인류를 자멸의 길로 나아가게 할 것이라고 경고하고 있다. 야콥슨은 자연과 문화의 관계를 원초적인 것과 가공된 것의 대립으로 본다. 그런데 이 차이를 인정하고 생명의 연대를 만들어가야 하는데도 불구하고 인간은 자연을 개발하고, 그것이 문화의 진보라고 명명하면서 일종의 문화적 기형(奇形)을 조장하고 있는 것이다. 문화적 진보를 넘어서 원초적인 것을 회복하는 것이 인류를 살리는 길이다. 야콥슨이 제시하는 원초적인 야생의 사고는 의미론적 체계 자체이고, 무시간성의 개념이다. 원시적 사고의 총합이라 할 수 있는 주술(呪術)은 그 자체로서 질서의 논리가 작용하고 있는 것이다. 원시적인 것의 회복이야말로 자연과 공존하는 방법을 찾아가는 길이다. 원시적인 것의 회복은 게리스나이더식으로 말하면 '지구공동체'의 개념과 맞닿아 있다. 지구공동체는 자본의 욕망을 성취하는 공간이 아니라, 개개의 생명들이 어우러져 자신의 삶을 영위해가는 공동의 생태 공간이다. 자본과 욕망의 성취만을 향해 개발하는 것은 생명의 근원적 질서를 흔드는 논리이다. 따라서 오늘날의 생태학은 굳이 높낮이가 다르지 않더라도 자연경관을 이루는 하나의 공간요소로서 생태계와 생태계가 이루는 상호의존성을 연구하기도 한다.[4] 인간과 더불어 존재하는 자연생태계는 수많은 구성요소의 순환 고리로 형성된 복잡하고 역동적인 총체의 체계이다. 한 국가는 사람과 정보, 상품의 국경을 넘어 유입되거나 유출되는 것을 완벽하게 통제할 수 없게 되었고, 세계 각국 간에는 정치, 군사, 경제, 문화 등 모든 영역에서 상호 의존관계가 형성되고 있다.

역사학자 에릭 홉스 봄은 극단의 시대인 20세기는 가고, 21세기에는 분야 간의 경계가 무너지는 다원주의와 복잡계를 대상으로 하는 새 문명현상이 벌어지고 있다고 진단하면서 이 새로운 문명현상은 생태적 사유라고 말한다. 생태주의의 관점은 공생공존과 상호의존성을 전제로 한다. 이러한 상호의존성의 사유는 '그물의 사유(네트워크 사유)'이다. 레고의 사유는 부분의 합이 전체이지만, 그물의 사유는 부분은 전체의 합 그 이상을 의미한다. 따라서 그물의 사유는 하나의 생명을 하나로 보는 것이 아니라, 전체의 생명 속에서 존재하는 하나로 보는 것이다. 생태학은 전일론(全一論)이라는 개념은 이러한 사유를 바탕으로 한 것이다.

---

4   에코포럼, 『생태적 상호의존성과 인간의 욕망』, 동국대 출판부, 2006, 28쪽.

4. 욕망과 생태시의 층위

생태시는 관념이 아니라, 실천이기 때문에 운동의 차원으로 접근하기도 하고, 시를 통해서 구체적으로 보여주기도 한다. 그동안 발표된 생태시들은 '자본파시즘'의 시대를 살아가는 시인의 고통이 어떤 것인지, 어떻게 저항하고 변혁해 나갈 것인지를 잘 보여주고 있다. 생태시는 '자본파시즘'에 맞서서 새로운 생명공동체를 꿈꾸는 우리 시대 시인들의 목소리이기도 하다. 그러면 최근의 시인들이 욕망의 시대로부터 해방되기 위해서 어떤 시도를 하고 있는지를 살펴보기로 하자.

1) 생명공동체의 인식

생명공동체를 지향하는 시정신은 새로운 생명을 옹호하는 것이다. 시를 쓰는 행위는 근본적으로 생명의식을 탐구하는 작업이다. 사물과 하나가 되는 것이 서정시의 본질이듯이, 생명과 하나가 되려고 하는 것은 인간의 본성에 해당하는 것이다. 이 세상에는 생명이 없는 것은 없다. 존재하는 것 자체가 생명을 가진 것이다. 동양에서 말하는 격물치지는 모든 사물의 자리를 말하고 있는데, 이는 어떤 사물이든지 제자리가 있으며, 그 제자리를 찾아가는 것이 생명의 근본 질서라는 것이다. 생명과 소통한다는 것은 결국 대상이 제자리를 찾아가게 하는 것을 말한다. 죽어가는 생명에 대한 사랑이든, 살아있는 생명과 소통하려는 것

이든, 그것은 일종의 숭고한 생명의식에 속하는 행위에 속한다. 생명과
소통하는 시들은 이러한 생명의식의 본질을 추구하고 있다.

나무가 나를 서있게 한다
눈으로 보라 하고
입으로 말하라 한다
뿌리로 흙을 움켜쥐고 흔들리지 않게
두 발로 걷게 한다
내가 나무를 사랑하는 만큼
나무가 나를 사랑한다

황금가지에 앉아
부러질 염려가 없는 가지를 골라
몸의 무게를 맡겼다
나를 떠받치는 원시의 힘
독 묻은 화살촉으로 짐승을 잡고
큰 재앙으로부터 사랑을 얻기 위해
나무 아래 머리 숙이고 숭배하느니

나무가 나를 늙게 한다
미간을 찡그리며 돌아누울 때

나무통은 기다린다

내가 삭아 물이 될 때까지
물이 되어 나무를 키울 때까지
기다리는 나무가
물을 떠서 내게로 온다

—강영환, 「내가 가고 싶은 곳」 전문

나무뿌리에 잠시 쉬어가네
핏줄 같은 이 실뿌리에선
언제쯤 손 놓을 수 있을까
아직 멀고먼 길

흙 한줌 되어야
석탄쯤이나 되어야
지구라 할까
계단을 내려가 또 한 층
하루에 한 층씩
지구가 되어가는 나날들

지구의 심장에
뜨끈히 몸 누이고
아, 지친 몸 지져보자
아, 이제야 살 것 같다
하고파

낙엽도

지구가 되어가는,

낙엽 더미를 헤치고

죽은 물고기를 땅에 묻는

시월 오후

문드러진 지느러미를 쫙 펴고는

비로소 화들짝 웃는 나의

장례식

—정영, 「물고기의 사인에 관한 고찰」 전문

강영환의 「내가 가고 싶은 곳」은 나무와 소통하는 화자의 겸허한 자세가 잘 보이고, 정영의 시는 물고기를 나무 아래 묻으면서 그 작은 생명이 지구의 한 구성원이 되고 있는 과정을 날카롭게 시화하고 있다. 인간은 죽으면 어느 곳으로 가는 것일까. 결국 나무 아래 흙이 되고, 물이 되어 삭아간다. 나무로 해서 존재를 인식하고 그 나무를 인식함으로써 존재를 깨닫는다. 정영의 「물고기의 사인에 관한 고찰」은 물고기의 사체를 묻으면서 그 작은 생명이 언젠가는 지구라는 거대한 땅덩이와 하나가 될 것이라고 생각하는 시이다. 작은 생명에 대한 깊은 애정의 자세는 생명과 소통하려는 숭고한 생명의식의 발로라 할 수 있다.

세상과 화합하고 생명의 조화를 꿈꾸는 것은 자본의 논리와는 상치되는 것이다. 개인의 욕망을 접고 대상과 소통하는 것은 자신을 버리고 타인을 받아들이는 행위이다. 이 행위야말로 생명의 가치를 인식하는 최초의 포즈라 할 수 있다. 자본의 거대논리에 맞서는 이 시의 궁극적 지향점은 생명의 화합과 조화를 모색하는 것이다.

　2) 소박한 것에 대한 사랑

　세상은 거대한 논리가 지배하고 있지만, 작은 것이 거대한 세상을 만드는 기원이 된다는 것은 잊고 사는 일이 많다. 개발의 미명 아래 죽어가는 숱한 생명에 대한 애정은 거대자본의 논리에 맞서는 길이다. 낙동강 개발 지역에서 멸종 위기의 맹꽁이를 포획해서 이주시키는 일은 작은 생명을 살림으로써 거대한 생명의 숲을 살리는 바탕이 된다. 작은 것, 그동안 아무렇지도 않게 생각했던 것들이 너무도 소중한 우리들의 삶의 일부임을 느끼게 될 때, 우리는 생명의 소중함을 깨닫게 되는 것이다. 어쩌면 우리는 세상에서 가장 따뜻한 작은 등불들을 망각하고 사는지도 모른다. 생명운동이란, 그 작은 등불을 찾아가는 것이다. 소박한 것, 하찮게 생각했던 것들에서 삶의 소중함을 발견한다. 생명의 가치를 발견하는 기쁨은 거대한 일상에서 오는 것이 아니라, 작고 소박한 일상으로부터 시작한다.

　　그 집은 아마 우리를 기억하지 못하겠지
　　신혼 시절 제일 처음 얻었던 언덕배기 집
　　빛을 찾아 우리는 기어오르곤 했어

손에는 무거운 가방을 들고

나는 두드렸어

그러면 문은 대답하곤 했지

삐꺽 삐꺽 삐꺽

세상에서 가장 빛나는 빛이 거기서 솟아나고 있었어,

씽크 대 위엔 미처 씻어주지 못한 그릇들이 쌓여 있었지만

마치 씻어주지 못한 우리의 젊은 날처럼 쌓여 있었지만

그 창문도 아마 우리를 기억하지 못할 거야.

싸구려 커튼이 밤낮 출렁거리던 그 집

자기들이 얼마나 멀리 아랫동네를 바라보았는지를

그 자물쇠도 우리를 기억하지 못할 거야

자기들이 얼마나 단단히 사랑을 잠글 수 있었는가를

그 못자국도 우리를 기억하지 못할 거야

자기들이 얼마나 무거운 삶의 옷가지들을 거기 걸었었는지를

어느 날 못의 팔은 부러지고 말았었지

새벽은 천천히 오곤 했어

그러나 가장 따뜻한 등불을 들고

그대를 기다리곤 하던 그 나무계단을 잊을 순 없어

가장 깊이 숨어 빛을 뿜던 그 어둠을 잊을 순 없어

어두울수록 등불의 살은 은빛으로 빛나더니

아, 그 벽도 우리를 기억하지 못하겠지

저녁이면 기대 앉아 커피를 들던

그 따스한 벽

순간도 영원인 환상의 거미 날아오르던 곳

자기가 얼마나 튼튼했는지를

사랑의 잠 같았는지를

—강은교, 「그 집」 전문

아침이면 동촌 할머니 콩밭 푸른 콩잎들 깨끗한 햇살 한 줌 놓치지 않으려고 쑥쑥 손바닥 펼치는 소리 들었습니다

한낮의 마당 가득 옥양목 흰 빨래 속의 맑은 물기가 하얗게 마르는 소리 들었습니다

저물 무렵 그대의 저녁 밥상을 위해 샘물을 길어 담근 쌀들이 편안하게 불어나는 소리 들었습니다

밤이 오면 반딧불이 사랑을 위해 자신의 꼬리에 뜨거운 등불을 밝히는 소리 들었습니다

—정일근, 「청도, 방음리에서 듣다」 전문

우리는 초대장 없이 같은 숲에 모여들었다. 봄에는 나무들을 이리저리 옮겨 심어 시절의 문란을 풍미했고 여름에는 말과 과실을 바꿔 침묵이 동그랗게 잘 여물도록 했다. 가을에는 최선을 다해 혼기(婚期)로부터 달아났으며 겨울에는 인간의 발자국 아닌 것들이 난수표처럼 찍힌 눈밭을 헤맸다. 밤마다 각자의 사타구니에서 갓 구운 달빛을 꺼내 자랑하던 우리. 다시는 볼 수

없을 처녀 총각으로 헤어진 우리. 세월은 흐르고, 엽서 속 글자 수는 줄어들고, 불운과 행운의 차이는 사라져갔다. 이제 우리는 지친 노새처럼 노변에 앉아 쉬고 있다. 청춘을 제외한 나머지 생에 대해 우리는 너무 불충실하였다. 우리는 지금 여기가 아닌 곳에서만 안심한다. 이 세상에 없는 숲의 나날들을 그리워하며.

—심보선, 「나날들」 전문

강은교의 「그 집」은 가난한 젊은 시절 살았던 언덕배기집을 회상하면서 그 시절의 따뜻한 인간의 정을 어루만지고 있다. 가난한 날의 기억 속에 남아있는 '그 집'이야말로 가장 소중한 생명의 공간이다. 그곳은 작고 하찮았지만, 세상에서 가장 따뜻한 등불이 있는 곳이었다. 생명은 시간 속에 존재하는 것이다. 시간의 경과에 따라 생명은 빛을 잃는다. 과거의 시간 속에 존재하는 것은 생명의 원천을 이루는 어떤 것이다. 원초적인 것, 기억 속에 존재하는 것은 모두 생명이 존재하기 때문에 살아있는 것이다. 비록 삐걱거리는 문일지라도 자신을 따뜻하게 감싸주었던 공간이 생명이 존재하는 공간인 것이다. 정일근의 「청도, 방음리에서 듣다」는 시골의 한적한 풍경을 통하여 사람살이의 등불을 발견하고 있다. 아침, 한 낮, 저물 무렵, 밤의 시간이 한 줄의 서정으로 펼쳐지면서 그 풍경 속의 소리에 귀 기울이고 있다. 이 시는 시각적 이미지와 함께 겹쳐오는 청각적 이미지가 따뜻하게 다가온다. 삶의 일상으로부터 발견할 수 있는 풍경이 깊은 울림을 준다. 작고 하찮은 풍경이지만, 그 속에는 진정한 생명의 울림이 존재하고 있다. 심보선의 「나날들」에서도 지나간 삶의 흔적들이 따뜻한 서정과 함께 펼쳐진다. 봄,

여름, 가을, 겨울을 지나는 동안 변해갔던 청춘들, 한때 청춘이었던 그들이 모여서 삶의 흔적들을 뒤적인다. 이제는 사라진 청춘의 흔적들이고 변해버린 존재들이지만, 그들이 모인 숲에서는 아름다운 삶의 추억이 살아있다. 지나간 삶에 대해서 후회하는 것이 아니라, 물들지 않았던 세상에 대한 그리움이다.

이 시들은 단순한 복고주의 자세와 회고주의 취향을 말하고 있는 것이 아니라, 생명의 진정성이 살아있는 공간, 따뜻한 인정이 살아있는 공간을 찾아가고 있는 것이다. 가난했던 시절의 따뜻한 삶의 모습을 통해서, 혹은 평범한 일상 속에서 만나는 삶의 풍경을 통해서, 세상에 물들지 않았던 과거의 모습을 통해서 삶의 진정성을 발견하고 있다. 그것은 물질적 풍요, 자본주의의 폭력에 맞서는 진정한 생명 운동이라 할 수 있다. 권력과 폭력, 자본의 논리가 개입되지 않았던 순수한 인간의 모습, 여기서 우리는 진정한 인간의 모습을 만날 수 있을 것이다. 욕망이 해방된 공간은 생명이 살아있는 공간이고, 이러한 공간이야말로 생명공동체의 공간이 아닐까. 소박하지만, 인정이 살아있는 진정한 사람살이의 공간이라 할 수 있다.

3) 식물성의 옹호

동물성은 폭력과 억압의 정신이라면, 식물성은 비폭력과 해방의 정신이다. 동물성은 동적인 힘을 상징하지만, 식물성은 정적인 에너지를 상징한다. 동물성은 세상을 잠식하는 개발의 정신이라면, 식물성은 자신의 존재를 자연의 질서에 던져두는 반개발의 정신이다. 식물성은 파시즘의 폭력에 묵묵히 맞서고 있는 정신이다. 식물성은 말없음의 정신이고, 고요함의 정신이다. 시간과 공간에 묵묵히 순응하는 질서의 정신이다. 식물성의 존재는 세계의 폭력성에 흔들리지 않고, 자신의 삶을 온전하게 자연에 맡기고 있다. 이들은 시간과 공간에서 벗어나지 않으면서 우주적 질서에 순응하는 생명의 정신이다.

식물성을 옹호하는 것은 생명의 가치를 인식하는 행위이다. 사물과 조응하고, 그 사물과 감응하면서 생명공동체의 질서에 따라 살아가는 것이다. 따라서 식물성의 정신이야말로 이 시대 인간이 추구해야 하는 바람직한 삶의 정신인 것이다. 이 시대 인간이 시대적 욕망으로부터 해방되어 진정한 삶의 질서를 회복할 수 있는 방법이 될 것이다. 생명이 있는 것, 모든 것을 우주적 질서에 따라 살아가는 것, 그것이야말로 생명의 본질인 것이다. 식물성의 옹호는 자본파시즘으로 파괴되고 있는 생명의 질서에 온전하게 항거하는 또 다른 저항방식이다. 식물성은 폭압적 위력과 권력 앞에서도 초연하게 생명을 영위해가는 우주적 질서를 옹호한다. 이러한 식물성이야말로 또 다른 생명공동체의 모습이라 할 수 있다.

> 잡목림은 뒤를 숨긴다 그러나
> 새들은 뒤에서도 솟아오른다
> 잡목림을 돌아가면 전씨의 밭에
> 팥배나무 한 그루가 있다
> 맑은 날에는 팥배나무의 허리까지

먼 하늘이 내려와 걸리고

흐린 날에는 물론 흐린 날이 엉긴다

팥배나무는 밭의 둑 밑에

엄청난 뿌리를 숨겨두고 있다

그 주변을 열매가 가득 달린 들찔레와

망개의 넝쿨이 덮고 있다

새들도 자주 즐겁게 들찔레와 망개의

가지 사이에 몸을 밀어넣고

스스로 넝쿨이 된다

—오규원, 「뿌리와 가지」 전문

나팔꽃이

공장 울을 점령하듯 휘감아 오른다

어디서 날아와

이곳에 뿌리를 내렸나

아침 비둘기 한 마리

눈길 머물다 떠나고

한가한 들쥐들

코 씰룩이며 스치는 곳

이곳에서 너는 밖을 향한 꿈을 키워 왔구나

행여 외로운 날

바람에 먼 소식 묻어오면

꽃잎 오므려 아픔을 견디고

담장 너머

아침 햇살 비추면

힘찬 나팔소리 울려

다시 일어서는

나팔꽃

따가운 햇볕이 내리쬐는

공단하늘 밑

안과 밖 경계에서

너는 왼쪽으로 왼쪽으로

팔을 뻗어

담장을 넘으려 하는구나

—표성배, 「나팔꽃」 전문

오규원의 「뿌리와 가지」는 서로 어울려 살아가는 자연의 모습을 잘 보여주고 있으며, 표성배의 「나팔꽃」은 식물성의 저항을 잘 보여주고 있다. 오규원의 시는 자연이 질서에 순응하면서 살아가는 팥배나무의 모습에서 생명공동체의 아름다운 조화를 발견하고 있다. 맑은 날은 맑은 날대로, 흐린 날은 흐린 날대로 받아들이면서 자신의 내면에는 깊은 뿌리를 내리고 있다. 그 뿌리는 또 다른 생명을 길러내고, 가지는 가지대로 넝쿨을 받아들이면서 스스로 넝쿨이 되고 있다. 거부하지 않는 자연인의 모습이다. 식물성은 이와 같이 자연을 그대로 받아들인다. 그러면서 서로 어울려서 살아가는 생명공동체를 이룬다. 뿌리가 뿌리이기만 고집하지 않고, 가지가 가지이기만 고집하지 않는다. 그렇다고 팥배나무가 팥배나무이기만을 고집하지 않는다. 팥배나무가 들찔레와 망개의 넝쿨과 어울려지면서 하나의 존재가 된다. 하나하나의 개체가 전체의 생명으로 연결된다. 이처럼 식물들은 자신을 내세우지 않으면서 주변의 것을 그대로 자신의 것으로 만들어 버린다. 표성배의 「나팔꽃」은 공단 한 쪽에서 안과 바깥의 경계를 넘어서 나아가려는 '나팔꽃'을 통해서 자본의 상징인 공단에 저항하고 있다. 나팔꽃은 자본이 만들어낸 상징적 공간 아래서 수시로 찾아오는 자연의 생명들과 함께 호흡하면서 생명의 나팔을 불고 있는 것이다. 나팔꽃이 경계의 안과 바깥의 담장을 넘으려 하는 것은 개발의 폭력에 맞서는 저항의 몸짓이라 할 수 있다. 이러한 식물성의 저항에서 우리는 생명공동체를 향한 열망을 만날 수 있다.

4) 소외된 존재와 공감하기

거대자본은 인간과 인간을 소외시킬 뿐만 아니라, 자연과 인간까지도 소외시킨다. 인간의 욕망이 만들어낸 거대한 통조림 공장에는 인간의 나약한 몰골이 있기도 하지만, 비대한 인간의 모습도 있기도 하다. 그들은 서로 소외당하고, 서로 소외시키는 비극적 상황으로 존재한다. 존재의 본질이 무엇인지를 망각한 채 현실에 적응해가면서 살아간다. 욕망의 혁명은 소외된 이들과 하나가 되어보는 것이다. 소외된 자들과 하나 '-되기'는 결국 동질성의 회복이고, 삶의 가치를 공유하려는 행위이다. 이것은 거대한 자본의 논리에 포섭된 인간의 무의식을 일깨우는 행위이기도 하다.

부활절 밤이었다

사람들이 미사를 마치고 무지개색 예쁜 달걀 바구니를 가슴에 품고

집으로 돌아가는 봄날 밤이었다

산비탈에 얼레지도 피고

공원 길가에 마가목 새잎이 새록새록 터지는 밤이었다

별빛들이 강물에 쏟아져 사람들도 마냥

애기꽃사슴처럼 뛰어다니고 싶은 날이었다

깊은 밤이었다 전철이 한강을 지나

타워펠리스가 있는 강남으로 가는 늦은 밤이었다

차림이 꿰재재한 노숙자 한 사람 자리를 잡자

옆 사람이 일어서 자리를 옮겼다

그 옆 사람도, 그 옆 사람도,

손으로 코를 움켜잡은 채 자리를 떴다

봉두난발에 때절은 잠바에 흙범벅인 운동화에

터지고 때꼽 긴 손톱은 길어

손톱 끝 부분만 삭월朔月처럼 빛나던,

이 지상엔 갈 곳이 없어 길 위에서 잠을 자는 이웃 사람이었다

금방 요한복음 한 구절 암송하고 나온

백합 향기 그윽한 부활절 밤이었다

생명과 부활을 상징하는 황금달걀을

가슴에 안고 행복한 얼굴로 집으로 돌아가던 밤이었다

그레고리오 성가가 담장을 타오르던 성벽의 교회
골짜기 빈 무덤의 부활은 믿지만
아직 살아있는 사람, 지상에 방 한 칸 없는 가난한 사람은

길가에 짓밟힌 꽃잎마냥
한 순간도 용서할 수 없는
달빛도 기울어 하현下弦으로 가는 슬픈 봄밤이었다.

—나종영, 「황금달걀」 전문

나종영의 「황금달걀」은 부활절날 밤, 돌아오는 전철에서 노숙자를 만난 장면을 그리고 있다. 봉두난발에 때가 절은 잠바를 입은 그 사람 곁에는 어떤 사람들도 앉기를 거부한다. 우리의 이웃인 그 사람은 다른 사람들로부터 소외를 당하고 있는 것이다. 네 이웃을 사랑하라고 한 예수의 부활을 기리는 날, 돌아오는 전철 안에는 소외된 이웃을 외면하는 사람들을 통해서 소외된 사람과 공감하려고 시도해보는 것이다. 지상에 방 한 칸이 없는 가난한 사람이나, 길가에 짓밟히는 꽃잎이나 무엇이 다르단 말인가. 인간이 인간을 소외하는 슬픈 봄밤에 화자는 노숙자의 처지와 공감하는 사회가 되기를 소망한다. 인간의 욕망이 만들어낸 거대한 소외 구조 속에서 '네 이웃을 사랑하라'는 성인의 가르침을 실천하려고 한다. 이들에 대한 사랑과 관심이야말로 진정한 생명운동일 것이다.

5) 원초적인 삶의 지향

생명운동은 훼손되지 않는 원형 그대로의 삶을 지향한다. 그것은 로만 야곱슨이 말하고 있는 '날 것'의 삶이다. 가공되지 않는 것, 원초적인 것은 생명의 본질이다. 과거의 삶도 이러한 원초적 것들 중의 하나라 할 수 있다. 개발되지 않은 상태의 모습, 그 모습에서 생명의 질서를 만날 수 있다. 자본주의의 특징이 개발의 욕망에 있다면, 그것은 원초적인 상태를 보존하려는 자연의 근본적 질서이다. 자연의 흐름은 인간의 욕망과는 반대로 철저히 자기 보존 방식을 통해서 생명을 지속해나간다. 원초적인 것들은 생명의 본질이고, 원초적인 상태를 유지하는 것은 생명운동의 출발이라 할 수 있다.

(씨앗사람들을 데리고 도요새떼 여길 지나갔네 비 많이 와 늙은 도요의 눈 속이 흠뻑 젖어 있었네 그들의 마지막 말을 누군가 편집했지만,)

여기가 좋아요
뭍도 아니고 바다도 아닌
중음(中陰)의 보드라움, 몽유하는 혼들이 숨구멍처럼 열렸네요 오, 예뻐요, 빗방울처럼 제각각 몸을 둥글린 시간들
우리가 오직 날개의 무게로만 와도
씨앗들 퍼지네요 음악처럼 별빛처럼 무화과 입속처럼
여기가 좋아요
뭍이기도 바다이기도 한

살가운 접촉, 흔적이 흔적 속에 잘 스며들어, 당신이 나를 낳기 좋은 아침이 왔죠 내가 당신을 낳기 좋은 저녁이 왔죠 젖멍울 짠한 노을이 땀냄새 풍기며 우리에게 젖을 물려 주었어요 여러 겹의 수평이 번져간 발치엔 오래 전의 목숨들이 세족식의 물대야를 받치고 있었죠

이 틈이 좋아요

내 살과 당신의 살 사이, 서로 다른 육즙의 신선한 향내

뭍으로도 가고 바다로도 가는

여기는 시들지 않는 신접살림이 바람개비처럼 까불거리죠

이쪽이기도 하고 이쪽 아니기도 한, 소슬한 틈새의 베갯머리에서

시간이 숨구멍처럼 휘는 이곳의 혼돈이 좋아요

우리가 오직 날개의 무게로만 와도

날갯짓 아스라한 혼돈의 파도가 하늘 어딘가 상한 데를 쓰다듬고 온 것처럼 우리가 모르는 사이 그런 것처럼

뭍과 바다 사이

이토록 모호한, 어디에든 속하고 어디에도 속하지 않은

이 드넓은 틈 사이에 씨앗사람들을 내려 놓을게요

(그런데 혹시 이 모호함이 두려운가요? 그래서 자꾸 딱딱해지고 싶은 건가요?)

* 새만금 갯벌엔 해마다 수십만 마리의 도요새떼가 지나간다.

—김선우, 「뻘에 울다」 전문

여명은 없었으나

물살이 추적대며 잠 깨는 소리 들렸다

푸른 물이끼의 눅눅한 이부자리 헤치고

늪 가까이 다가서자

낯선 발소리에 컹컹 동네 개 한 마리 짖었다

긴 밤을 엎드려 있던 게으른 안개가

그때마다 몸을 일으키자

풀썩풀썩 품 안에 갇혀 있던 새벽이

수초 틈을 헤집고 나왔다

그 중 초겨울 서리로 하얗게 얼어붙은 눈썹 몇

억새 위에 맺혔다

새벽이 빠져나간 여백으로

오래 기회를 엿보았을 습지 새들이 줄행랑을 쳤다

후드득 붕어잡이 어부들이 그물을 거두어들이자

긴 휘파람 소리 따라

지상으로 거처를 옮기는 참붕어떼,

돌아 나올 때 아까 짖던 개가

잠자코 꼬리를 흔들고 있었다

내 뒤를 따라 나선

새벽안개를 반기는 중이었다.

—최영철, 「새벽 우포에서」 전문

김선우의 「뻘에 울다」는 뭍도 바다도 아닌 경계에서 살아 숨 쉬는 생
명의 갯벌을 형상화하고 있다. 살과 살이 맞닿아 만들어내는 생명의 신
비로움을 고스란히 간직하고 있는 곳에서 땀냄새와 살냄새를 맡으면서

생명의 의미를 발견한다. 무질서 속에서 자연의 질서가 있고, 그 속에서 수많은 생명들이 신접살림을 차리고 있다. 경계의 안과 바같을 구분하지 않은 채, 생명의 씨앗을 내려놓는다. 최영철의 「새벽 우포에서」는 식물과 동물, 안개와 서리, 억새와 새, 어부와 참붕어떼가 하나의 풍경으로 스크랩되고 있다. 서로가 서로에게 감응하고 조응하면서 조용한 새벽을 맞이하고 있다. 태초에 인간과 자연이 융화된 모습이다. 이러한 세계에서는 폭력과 억압이 존재할 틈이 없다. 동기감응하는 자연의 질서만 존재할 뿐이다.

인간이 만들어낸 환경과는 완전히 다르지만, 자연의 세계는 너무도 완벽한 질서 속에 있다. 혼돈인 것 같지만, 혼돈이 아닌 세상이다. 인간이 만들고 유형화한 세상이 아니라, 인간의 손길이 닿지 않는 곳에 있는 것, 이 세계야말로 새로운 생명이 자라는 공간이다. 개발의 손길이 폭력적으로 자행되고 있는 현실에 맞서서 이들 시들은 자연의 공간을 끝없이 보여주고 있는 것이다. 그것이 진정한 생명의 길이라는 것을 말하고 있는 것이다.

5. 생태시의 의미

지금 이 시대의 화두는 얼마나 풍족하게 사느냐가 아니라, 얼마나 행복하게 사느냐에 달려 있다. 더불어 사는 길, 그것이 행복한 삶의 길이다. 인간의 욕망은 끝이 없고, 그 욕망을 달성하려는 집단적 상황은 무자비하면서도 거대한 폭력의 상황으로 이어지고 있다. 의식적이고 물리적인 폭력의 상황을 넘어서 무의식적이고, 정신적인 폭력의 상황으로 나아가고 있다. 개인의 삶이 보이지 않는 권력에 의해 장악되고, 그 보이지 않는 힘에 의해 개인은 철저히 유린당하고 조작되고 있다. 그것이 자본주의 시대 인간의 모습이다. 거대한 욕망의 구조 속에서 개인의 삶은 여지없이 파괴되고 있으며, 집단의 욕망이 흐르는 방식에 따라 무의식적으로 흘러가고 있을 뿐이다.

욕망하는 기계적 흐름에서 인간이 해방되는 길은 무엇일까. 그 인간의 욕망에 저항하고 마침내 혁명을 성취할 수 있는 길은 생명의 근원을 찾아가는 길뿐이다. 지금 이 시대에 생명공동체의 회복이 절실하게 요청되는 까닭은 생명의 질서를 바로잡고, 보다 행복한 삶을 살아가는 길이 무엇인지를 모색하는 방법이 필요하기 때문이다. 그것은 생명과 생명의 연대, 작고 하찮은 것에 대한 사랑, 소외된 존재와 공감하기, 원초적인 것의 복원과 같은 실천운동을 통해서 풀어가야 할 것이다. 그것은 가타리가 말하고 있는 분자혁명이라 할 수 있을 것이다. 끊임없이 욕망하는 사회, 욕망의 기계적 흐름, 통합된 자본주의 체제의 모순 구조를 벗어나 진정한 인간 해방을 위해서, 또한 생명공동체의 회복을 위해서 실천운동이 절실하게 요청되는 시점에 서있다.

생태적 상상력과 겸허의 미덕

이동순론

1. 응시

　서정시는 대상과 주체가 하나로 합일하는 동일성의 시학을 추구한다. 이 때문에 서정시의 화자는 대상과 일정한 관계를 형성하고 있다. 그 관계가 분열로 나아갈 때는 의식이 강조되는 서정시가 되고, 그 관계가 화합으로 나아갈 때는 감성이 강조되는 서정시가 된다. 대상과 주체의 불화가 조장되는 현대시들은 의식의 경계를 넘어서 존재하기도 한다. 그러나 서정시의 본질이 대상과 주체와의 관계 속에서 화합과 조화를 지향하고 있다는 것은 부인할 수 없는 일이다.

　등단 37년째를 맞이하는 이동순의 시를 한 마디로 말하면 대상과 주체의 관계에서 대상과 주체가 화합하는 전통 서정시의 방법론을 고수하고 있다는 것이다. 대상에 맞서는 주체의 관점은 변화하고 있을지라도 대상과의 관계 속에서 끊임없이 주체를 확인해나가고 있다. 그를 두고 '지사적 품성'을 지닌 시인이라고 하는 까닭도 변함없이 전통 서정시의 방법론을 지켜나가고 있기 때문이다.

지금까지 발표한 열세 권의 시집에 흐르고 있는 기본 정조는 자연과 합일하거나, 그 자연과 감응하는 자세를 취하고 있다. 대상과 주체가 합일하는 동일성의 시학을 넘어서 대상을 응시하고, 그 대상과 감응하는 동기감응의 시학을 보인다. 무위자연의 시학이 그의 시에서 하나의 화두로 등장하고 있는 것은 이러한 동기감응의 시학과 무관해보이지 않는다. 동양의 자연관은 근본적으로 '생태적 자연관'이라 할 수 있다. 그것은 더불어 살아가는 공동체의 삶을 지향한다는 것이고, 대상과 화자가 은밀하게 조우하면서 서로 감응한다는 것이다. 감응은 대상의 내면과 소통하는 것이고, 내면과 내면이 서로 조화롭게 바라보는 것이다. 이 때문에 그의 시는 근본적으로 생태시를 지향하고 있다.

그의 시에서 대상은 화자에게 경이롭게 보이기도 하고, 숨죽이는 감동으로 다가오기도 하고, 조용한 울림으로 다가오기도 한다. 그의 시에서 대상은 외면으로 다가오지 않고, 내면의 깊은 곳으로부터 다가온다. 화자의 시선은 대상의 내면 깊은 곳까지 다가가 있다. 그는 사물을 깊이 '응시'하고 있는 것이다. 그는 대상을 통해서 자신을 바라보고, 자신의 내면을 통해서 다시 대상의 내면을 바라보는 것이다. 이러한 상호 관계 속에서 그는 자신을 끝없이 낮추는 겸허한 태도를 보이고 있다.

그는 언덕에서 불어오는 한 점의 바람에서도 생명의 신비를 발견하고, 양말 속에 감추어진 작은 벌레 하나에서도 존재의 의미를 발견한다. 그가 대상을 응시하는 태도는 근본적으로 생태적 상상력을 바탕으로 하고 있으며, 이를 바탕으로 이 세상에 존재하는 모든 것들에게 존재의 의미를 부여하고 있다. 그는 대상을 찬찬히 '응시'하면서 존재에 의미를 부여한다. 그 '응시'는 작은 사물에서부터 우주적 상상력이 미치는 공간까지 확대된다. 이동순의 시가 전통 서정시의 방법론을 굳건히 유지하면서 끝없이 변주할 수 있었던 것은 사물을 응시하는 태도가 변하지 않았다는 데 있다. 그는 늘 따뜻한 감성으로 대상을 응시하고, 그 대상을 자신의 내면으로 끌어들이면서 동기감응하고 있다. 서정시의 본령이 주객일체에 있다면, 이동순의 시는 이러한 서정시의 본령을 충실하게 지켜내고 있다고 할 수 있다. 그런 점에서 그의 시는 독자들에게 변함없는 사랑을 받고 있는 것이다.

2. 동기감응하는 생태적 상상력

이동순의 시는 사물의 내면을 살펴보는 성찰의 자세가 돋보인다. 그것은 격물치지(格物致知)의 관점이라 할 수 있다. 격물치지는 유교철학에서 흔히 인식이론의 기초라고 말한다. 사물의 바른 위치는 모든 학문의 근원이라는 이 사상은 동양철학의 출발점이라 할 수 있다. 주희는 『대학장구』에서 격물치지를 "사물의 이치를 궁극에까지 이르러 나의 지식을 극진하게 이른다"라고 해석하고 있다. 여기서 말하는 사물의 이치란 우주의 원리를 말하는데, 모든 사물이 놓여있는 위치가 어디에 있는지를 궁구하는 것이다.

격물치지의 원리는 사물의 위상을 자리매김하는 것으로 학문과 수양의 기본 태도라 할 수 있다. 그것은 곧 서정시의 정신이기도 하다. 시인의 경지가 닿는 곳이 도에 이르는 경지이다. 이것은 서정시의 정신이야말로 근본적으로 학문 수양의 정신이라는 말과도 상통한다. 이동순의 시는 자아와 자연과 동화하는 서정시의 근본주의를 지향하고 있으며, 그것은 전통적 서정시의 정신이라 할 수 있다. 그의 시는 자연동화를 통해서 깨달음의 경지에까지 다다른다. 그의 서정시 정신은 사물을 성찰하는 깊은 의식으로부터 생성되고 있는데, 그것은 사물을 통해서 세상을 관조하려는 학자의 태도에서 발현한다고 할 수 있다.

대상에 대한 인식은 생명에 대한 인식이다. 서정시는 근본적으로 자아와 세계의 합일과 포용의 태도를 지향한다. 이 때문에 서정시의 원리는 근본적으로 생태적이라 할 수 있다. 특히, 이동순의 시에서 생명에 대한 인식은 중요한 자리를 차지한다. 그는 시를 통해서 생명의 소중함을 인식하고, 이를 통해서 삶의 진리를 터득한다. 첫 시집 『개밥풀』에서 생명을 잃어버린 농촌의 현실을 통해서 생명의 땅을 회복할 것을 주장했다면, 시집 『물의 노래』에서 현실을 송두리째 빼앗기는 수몰민의 비애를 통해서 반생명성에 저항하고 있다. 이러한 생명의식은 다양한 진폭으로 확대 변주되어 나타났다. 그의 시는 생명의식의 회복이라는 서정시의 본령을 추구하고 있다. 그 생명의식은 지극히 작은 일상에서의 깨달음으로부터 시작하고 있다.

양말을 빨아 널어두고
이틀 만에 걷었는데 걷다가 보니

아, 글쎄

웬 풀벌레인지 세상에

겨울 내내 지낼 자기 집을 양말 위에다

지어놓았지 뭡니까

참 생각 없는 벌레입니다

하기사 벌레가 양말 따위를 알 리가 없겠지요

양말이 뭔지 알았다 하더라도

워낙 집짓기가 급해서 이것저것 돌볼 틈이 없었겠지요

다음날 아침 출근길에

양말을 신으려고 무심코 벌레집을 떼어내려다가

작은 집 속에서 깊이 잠든

벌레의 겨울잠이 다칠까 염려되어

나는 내년 봄까지

그 양말을 벽에 고이 걸어두기로 했습니다

—「양말」 전문

이 시는 일반적으로 자연과 동화하거나, 자연을 관찰하는 서정시와는 사뭇 다르기 읽힌다. 전통적 서정시가 자연을 관찰하면서 그들과 동화하려고 하는 동일시의 경향을 보인다면 그의 시는 동일성의 시학에서 더 나아가 자연의 내면과 동화하려는 동기감응의 경향을 보인다. 자연주의 시들이 자연의 일부로서 인간 존재를 발견하고 있는데, 이 시는 자연시를 넘어서 생태환경시를 지향한다. 생태는 자연과 생명을 아우르는 말로서 자연 속에서 서로 감응하면서 함께 살아가는 것을 말한다.

자연의 친화와 동화를 넘어서 인류가 추구해야 할 가치가 있다면, 자연에 감응하면서 생명들과 소통하는 것이다.

　작은 풀벌레는 양말을 생명의 근원으로 삼고 있다. 그 양말 속의 작은 풀벌레를 떼어내는 순간, 그 벌레는 집(생명)을 잃고 말 것이다. 그러나 화자는 그 작은 풀벌레가 생명을 영위할 수 있도록 지금 당장 신어야 할 양말을 내년 봄에 신을 것이라고 미룬다. 이 순간, 그 작은 풀벌레는 생명을 얻게 된다. 생태학적 상상력은 작은 생명에 대한 사랑과 감응으로부터 출발한다. 그것이 곧 나의 생명과 소통하고 있다는 각성, 그 각성의 근원에는 생태시의 본질이 놓여 있다. 생태시는 자연의 근원이 되는 작은 생명과 감응하면서 출발한다. ‘양말’이라는 흔한 소재를 끌어왔지만, 그 일상적 소재는 생명의 신비로움을 발견하는 깨달음으로 나아가고 있다. 양말 속의 생명을 살리기 위한 화자의 작은 노력이 놀라운 생명 존중사상으로 나타난 것이다.

　　　아닌 밤 중에 일어나
　　　실눈을 뜨고 논귀에서 쿵쿵거리며
　　　맴도는 개밥풀
　　　떠도는 발끝을 물밑에 닿으려 하나
　　　미풍에도 저희끼리 밀고 밀리며
　　　논귀에서 맴도는 개밥풀
　　　방게 물장군들이 지나가도
　　　결코 스크램을 푸는 일 없이
　　　오히려 그들의 등을 타고 앉아

휘파람 불며 불며 저어가노나

볏짚 사이로 빠지는 열기

음력 사월 무논의 개밥풀의 함성

논의 수확을 위하여

우리는 우리의 몸을 함부로 버리며

우리의 자유를 소중히 간직하더니

어느날 큰비는 우리를 뿔뿔이 흩어놓았다

개밥풀은 이리저리 전복되어

도처에서 그의 잎파랑이를 햇살에 널리우고

더러는 장강의 소용돌이에 휘말렸다

어디서나 휘몰리고 부딪치며 부서지는

개밥풀 개밥풀 장마 끝에 개밥풀

자욱한 볏짚에 가려 하늘은 보이지 않고

논바닥을 파헤쳐도 우리에겐 그림자가 없다

추풍이 우는 달밤이면

우리는 숨죽이고 운다

옷깃으로 눈물을 찍어내며

귀뚜라미 방울새의 비비는 바람

그 속에서 우리는 숨죽이고 운다

씨앗이 굵어도 개밥풀은 개밥풀

너희들 봄의 번성을 위하여

우리는 겨울 논바닥에 말라붙는다

—「개밥풀」 전문

첫 시집 『개밥풀』의 표제작이기도 한 이 시에서 그의 시가 지향하는 생명 사상의 원류를 파악할 수 있다. 개밥풀은 연약하고 작은 생명들이지만, 그들은 거대한 자연과 맞서고, 그 맞섬이 다하는 날 기꺼이 목숨을 버릴 줄 안다. 그들은 삶과 죽음에 연연해하지 않으면서도 "너희들 봄의 번성"을 위해서 기꺼이 자신을 버릴 줄 안다. 그러나 그 연약한 개밥풀도 생명이 있는 순간까지 자신을 몫을 다하면서 자연의 흐름에 따라 요동치기도 하고, 격렬하게 투쟁하기도 하고, 세상의 변화를 슬퍼하면서 숨죽여 울기도 한다.

시 「개밥풀」에서 자연에 감응하는 생태적 상상력의 세계를 만날 수 있다. 그의 시정신은 자연뿐만 아니라 그 자연과 더불어 살아가는 모든 생명에 대한 경외감과 함께 그들에 대한 따뜻한 사랑으로 이어지고 있다. 세상의 어떤 장애물이 있어도 "스크램"을 풀지 않던 개밥풀은 세월의 흐름에 따라 서서히 자기 몸을 논바닥에 되돌려 준다. 그러나 그것은 영원한 죽음이 아니라, 새 봄의 번성을 위해 잠시 자리를 내어주는 것뿐이다. 개밥풀이라는 작은 생명을 통해서 삶과 죽음이 하나로 이어지는 거대한 자연의 순환 고리를 발견하고 있는 것이다. 그 고리는 지극히 자연스러운 질서의 고리이고, 생명과 죽음의 순환고리이다. 그렇기 때문에 개밥풀의 죽음은 신성한 것이고, 오히려 재생을 위한 숭고한 죽음으로 받아들일 수 있는 것이다. 그는 개밥풀과 동화하는 데서 더 나아가 그 개밥풀과 은밀하게 감응하고 있는 것이다.

한번 성질 내면
온 산 다 뜯어먹어도 시원찮지만

지금 그 성질 많이 눌러놓고 있지

슴베 곧은 조선낫 들게 갈아

이 산에서 번쩍

저 산에서 번쩍

온 산기슭 뻐들어가는 칡넌출 후려가면

날 얇은 까끄랑 왜낫들

감히 따라들 어림도 못하지

쥘손 헐거우면

아무 돌멩이로나 낫공치를 탁탁 치고

갱기를 손바닥으로 바싹 죄어서

관우장비 창칼 되어 동정서벌 헤쳐나가지

까막눈에겐 기역자 글 가르쳐주고

살모사 능구렝이떼 멀리 쫓으며

어려울 땐 모든 낫들 한곳에 모여

그 누구도 함부로 못할 광풍해일 되었지

밀어 깎는 풀낫 갈대 베는 벌낫

담배 귀 따는 담배낫

백정들 눈물로 고리 짜던 버들낫

반달 같은 논배미의 반달낫

물음표의 옥낫 왼손잽이 왼낫

안 쓸 때 녹 낄라 조심조심

숫돌에 매우 갈아 기름 먹여 걸어두게

배고플 때 무우깎기 제격이듯

더부룩한 삼팔선 풀 깎는 날 꼭 있으리니

―「낫―農具노래 18」

이 시는 농구노래 연작 중의 하나이다. 농구노래 연작에 나오는 따비, 베틀, 오줌장군, 도리깨, 돌확, 똥바가지, 호미들은 이미 농촌사회에서 사라지고 있는 농기구들이다. 사라지는 것들에 대한 사랑이 농구노래 연작이다. 그의 생명의식은 생물에서 무생물까지 확장되고 있다. 기계화의 영향으로 사라지게 되는 농기구들도 생명을 잃어가는 사물임에 틀림없다. 그는 그 농구를 의인화해서 그들의 목소리를 대신해서 반생명성을 지향하는 인간들의 행태를 비판하고 있는 것이다. 이처럼 그의 생명의식은 생물과 무생물, 그리고 현실의 문제, 사라지는 것에까지 확장되고 있는 것이다.

이 시는 농기구 낫의 존재 이유를 다양한 측면에서 살피고 있으며, 그것은 곧 낫의 생명력으로 이어지고 있다. '낫'은 왜낫에 맞서고, 세상의 온갖 불의와 맞서기도 하고, 더러는 창칼 노릇도 하고, 더러는 문자가 되기도 한다. 그러나 낫이 가장 하고 싶은 것은 더부룩한 삼팔선의 풀을 베어내는 일이다. 낫은 국토의 분단을 가장 아파하고 있다. 분단이야말로 반생명의 전형이다. 이데올로기의 상징인 삼팔선은 죽음의 상징이다. 6·25동란 때 어머니를 잃은 그의 어릴 적 체험은 삼팔선을 죽음으로 인식하는 원초적 동기가 된다. 그에게 있어서 분단은 혈육의 고통이며 동시에 죽음의 상징이다.

또한 삼팔선은 조국의 고통을 의미한다. 국토는 인간이 살아가는 생명의 땅이다. 그 땅을 경계짓는 삼팔선은 생명의 단절을 상징한다. 시집

『철조망 조국』에서 끊임없이 말하고 있는 것은 국토에 둘러쳐진 철조망을 없애자는 것이다. 이처럼 그의 생명 의식은 국토라는 대지까지 확장되고 있는 것이다. 분단의 상징물인 철조망은 반생명성을 상징하는 것이고, 대자연의 질서를 거스르는 상징물인 것이다. 시 「낫」에서 '낫'이 잃어버린 농촌(자연)의 회복을 상징하듯이, 철조망을 없애는 것은 이념의 노예가 된 인간 정신의 회복을 상징하는 것이다. 농구노래 연작에서 그는 사라지는 것들에 생명을 불어넣고 있다. 사라지는 것들에 대한 사랑은 파괴된 농촌현실을 바라보는 시선에서도 그대로 드러난다.

> 그대 다시는 고향에 못가리
>
> 죽어 물이나 되어서 천천히 돌아가리
>
> 돌아가 고향하늘에 맺힌 물 되어 흐르며
>
> 예섰던 우물가 대추나무에도 휘감기리
>
> 살던 집 문고리도 온몸으로 흔들어 보리
>
> 살아생전 영영 돌아가지 못함이라
>
> 오늘도 물가에서 잠긴 언덕 바라보고
>
> 밤마다 꿈을 덮치는 물꿈에 가위 눌리니
>
> 세상사람 우릴 보고 수몰민이라 한다
>
> 옮겨간 낯선 곳에 눈물 뿌려 기심매고
>
> 거친 땅에 솟은 자갈돌 먼곳으로 던져가며
>
> 다시 살아보려 바둥거리는 깨진 무릎으로
>
> 구석에 서성이던 우리들 노래도 물속에 묻혔으니
>
> 두 눈 부릅뜨고 소리쳐 불러보아도

돌아오지 않는 그리움만 나루터에 쌓여갈 뿐

나는 수몰민, 뿌리채 뽑혀 던져진 사람

마을아 억센 풀아 무너진 흙담들아

언젠가 돌아가리라 너희들 물 틈으로

나 또한 한많은 물방울 되어 세상길 흘러 흘러

돌아가 고향하늘에 홀로 글썽이리

—「물의 노래」 전문

이 시는 시집 『물의 노래』에 실린 같은 제목의 연작시 중에서 첫 번째 시이다. 옮겨 앉은 고향마저 상실하고 만 수몰민의 비애는 그들만의 비애가 아니라, 우리 모두의 비애이다. 그것은 자연의 훼손이라는 극단적 생명 파괴일뿐만 아니라, 궁극적으로 삶의 뿌리를 흔드는 일이다. 이 시는 생명의 근원을 빼앗기고 떠나야 하는 수몰민의 현실적 비애를 통해서 생명의 소중함으로 일깨우고 있다. 새들도 떠날 때는 자신의 깃털을 남기는데 인간은 그들이 살았던 생명의 터전을 흔적도 없이 사라지게 만들어 버린다. 이러한 절망적 상황에서도 그는 절망에 빠지지 않는다. 생명의 터전이 빼앗기는 절망적 상황 속에서도 그는 생명의 노래를 부른다. 자연의 질서에 따르면, 죽음은 영원한 소멸로 가는 길이 아니다. 죽음은 다시 태어나는 생명을 위한 소멸일 뿐이다. 이 때문에 이 시의 화자는 돌아갈 수 없는 고향일지라도 언젠가는 돌아갈 수 있을 것이라고 말한다. 그는 한 많은 물방울이 되어 굽이굽이 흘러서 고향으로 돌아갈 것이라고 확신하고 있다.

원형적 상징에서 물은 생명을 상징하면서 동시에 죽음을 상징한다.

생명의 터전을 빼앗긴 수몰민들이지만, 언젠가는 자연의 흐름에 따라 그들의 고향으로 돌아갈 수 있을 것이라고 생각한다. 이 시는 물의 비애를 노래하고 있으면서도 죽음을 넘어서는 생명의식으로 나아가고 있다. 이러한 건강한 생명의식은 어디에서 연유하고 있는 것일까. 그것은 그의 등단작 「마왕의 잠」에 나타난 반생명성에 대한 저항의식에서 찾아볼 수 있다. 그의 저항의식은 죽음에 대한 저항이고, 억압된 것에 대한 저항이고, 폭력과 독재에 대한 저항이다. 초기시의 대부분은 건강한 민중들의 삶이 투영되어 있다.

맨드라미의 하늘도 시들어

꽃피던 마을은 이제 처참하다

깨어진 자유처럼 풀씨 흩날리고

토종개들의 눈빛은

죽어서도 먼 바다를 머금고 있다

해안을 돌아온 아이들의 귀

재잘거리는 몇 개의 말미잘

잔잔한 어둠이 바다의 허공을 일렁이고

피로한 물풀의 잠아

너는 신의 발목을 안고 몸을 떤다

네 손바닥의 못자국을 뜯어내면

향나무숲으로 파고드는 햇살소리가 들리고

만사의 잠을 보채는 무형의 바람이 보였다

—「魔王의 잠 1」 전문

시 「魔王의 잠」은 공포의 세상에 휘둘리는 현실을 상징적으로 보여 주고 있다. "맨드라미의 하늘"도 시들었고, "꽃피던 마을"도 처참하게 무너진 현실 속에서 그는 과연 무엇을 보았던가. 그것은 무형의 바람이 었다. 그는 그 무형의 바람을 어둠이 밀려오는 바다의 끝자락에서 만난 다. 그러나 그는 그 어둠의 상황 속에서도 "향나무 숲으로 파고드는 햇 살"소리를 듣는다. 절망과 공포의 폭력 상황 속에서도 '고슴도치의 눈' 처럼 초롱초롱 빛을 내는 시인의 시선은 언젠가는 새로운 희망의 세계 가 올 것이라는 확신으로 가득 차 있다.

70년대 유신치하의 억압구조가 마왕이 통치하는 무서움의 시대였다 면, 그는 그 무서움의 시대 뒤에 있는 새로운 희망의 세계를 보고 있는 것이다. 현실의 문제까지도 자연의 섭리로 받아들이는 건강한 생명의 식은 등단작으로부터 최근의 시에까지 이어지고 있다. 물론 그것은 화 법의 변화와 상황의 변화를 동반하고 있는 것이긴 하지만, 그의 시정신 은 전통 서정시 세계관에서 한 걸음도 벗어나 있지 않다. 그는 세상의 곳곳을 다니면서 수많은 사물과 만나며, 그들에게서 생명의 소중한 의 미를 발견한다. 자연과 감응하는 생태적 상상력은 그의 시가 지향하는 지평이라 할 수 있다.

그의 서정시는 전통시의 맥락에서 볼 때 자연주의 세계관과 닿아있 다. 그 자연주의는 전형적 서정시의 세계를 말한다. 그의 시는 현실에 대한 반성과 같은 시대성을 담아내기도 하지만, 근원적으로는 노장사 상과 그 맥락을 같이 하면서 동양적 형이상학의 세계를 보여주고 있다. 전통 서정시가 자연동화를 지향하고, 그것은 자연과 합일하려는 무위 자연에 그 뿌리를 두고 있는 것은 이러한 이유 때문이다. 이동순의 시에서 노장사상은 자연을 넘어서 우주적 상상력과 결합하면서 새로운 생명의 발견으로 나아간다.

> 캄캄한 숲이었다
>
> 그 무성하던 초록도 어둠에 묻히고
>
> 숲의 얼굴은 일시에 털 숭숭 돋은 검은 짐승으로 바뀌었다
>
> 난 숲에 살아있는 태고의 숨결이 두려워
>
> 한 걸음도 앞으로 나가갈 수 없었다
>
> 바람이 한차례 불어가고
>
> 누운 채로 숲이 한바탕 몸을 뒤척였다
>
> 바로 그때였을 것이다
>
> 밤하늘의 모든 별들 숲으로 내려와
>
> 일제히 눈빛을 반짝이기 시작한 시간은
>
> 나는 너무도 감격에 겨워
>
> 황홀한 별들의 눈을 오래오래 바라보고 있었다
>
> ―「반딧불이」 전문

이 시는 어둠의 공간에서 만나는 신비로운 생명의 세계를 형상화하고 있다. 어둠의 공간은 죽음의 세계이고, 반생명의 세계이다. 그곳에는 신비로움과 두려움이 교차하고 있다. 숲은 "털 숭숭 돋은 검은 짐승"으로 변해간다. 그 어두운 공간에서 그는 근원적 고독과 두려움으로 오들오들 떨고 있다. 그 반생명의 공간에서 그는 또 다른 생명의 공간을 발견하고 있다. 우주와 같은 아득한 세계, 거대한 죽음의 세계가 가로

놓여 있는 숲에서 그는 반딧불이의 불빛을 발견하는 것이다. 그 불빛은 세상의 어떤 불빛보다도 아름다운 불빛이다. 그것은 생명의 빛이고, 황홀한 축복의 빛이다. 거대한 어둠의 숲에서 두려움과 공포에 떨고 있을 때 그 공포를 벗어나게 하는 것은 작은 반딧불이의 불빛이었다. 그들은 어두운 숲에서 별처럼 빛나는 또 다른 생명들이었다. 그것은 죽음의 세계와 같은 곳에서 발견하는 위대한 생명들이다. 그는 세상의 작은 생명을 통해서 생명의 본질을 발견하고 있는 것이다. 어둠을 두려워하는 생명들이 있다면, 그 어둠 속에서 빛을 발하는 또 다른 생명들이 있는 것이다. 이는 생명과 반생명성을 하나로 보는 우주적 상생 원리의 발견이라 말할 수 있다. 자연을 통해서 인간 존재의 근원을 탐색하고, 자연 속에서 진정한 인간 존재의 의미를 발견하고 있는 것이다. 그는 생명과 반생명성을 통섭하는 태도를 견지하고 있으며, 이는 무위자연의 인식을 넘어서 우주적 공간의 인식으로 나아가고 있는 것이다. 이러한 생태적 상상력은 그의 서정시가 지향하는 또 다른 세계관이라 할 수 있는 것이다.

봄이 되자 플라타너스는
단단한 자신의 가슴을 열어서
많고 많은 씨앗의 군단을 바람에 날려 보낸다

솜털 보송보송한 씨앗들은
산 넘고 개울 건너 우리가 상상도 못한 먼 곳까지
큰 뜻을 품고 날아가 뿌리를 박는다

가만히 생각해 보면

세상의 숲이란 숲은 모두 이렇게 해서 생겨난 것

이 수풀 속에서 오늘도 어린 싹은 자라고

숲을 거니는 사람들은 큰 나무 밑동 두 팔로 안아보며

감개무량한 얼굴로 세월을 더듬는다

―「숲의 정신」 전문

비교적 최근의 시들에서 발견할 수 있는 이러한 생태시들은 그의 시적 지향점이 어디로 향하고 있는지를 상징적으로 보여주고 있다. 이 시에서 '숲'은 자연의 질서를 말한다. 자연의 질서는 숲의 정신이라 할 수 있다. 그는 자연의 정신에서 끝없이 생명의 위대함을 발견하고, 그 생명의 원리를 깨닫고 있다. 생명의 정신을 발견하는 것은 그의 시가 지향하는 지평이라 할 수 있다. 그렇다고 그는 자연을 무작정 바라보는 관조의 자세를 취하고 있지는 않다. 그가 바라보는 자연은 생명에 대한 경외감을 깨닫는 대상이라 할 수 있다. 씨앗을 날리면서 숲은 새로운 생명을 만들어내듯이, 모든 것은 자연의 질서에 따라 생명이 만들어지고, 또 사라지게 되는 것이다. 그는 자연을 관조하고 즐기는 대상으로 보는 것이 아니라, 그 자연의 일부로 감응하면서 더불어 살아가는 생명의 공간으로 보고 있는 것이다.

그의 시에서 유독 자유라는 말이 많이 사용되는 것도 이러한 생명의 사유체계를 바탕으로 하고 있기 때문이다. 자연과 동기감응하려는 마음이 있기 때문에 그는 갈 수 없는 땅을 두고 슬퍼하고, 별의 생애와도 같은 인간의 삶을 측은한 마음으로 바라보는 것이다. 이러한 생명 의식을 통해서 그는 인간 존재도 자연의 일부에 불과하다고 인식하게 된다.

자연과 하나가 되는 동기감응의 근원에는 생명에 대한 각성이 자리 잡고 있다. 그 각성은 단순한 자연동화라는 관점을 넘어서 자연과 감응하고 하나가 되려는 생태학적 상상력으로 나아간다. 그의 시가 전통 서정시의 맥락을 넘어서 생태주의 시의 우뚝한 자리를 차지할 수 있는 까닭도 이러한 생명의식 때문이라 할 수 있다. 자연과 감응하고, 그 자연의 질서 속에서 참된 진리에 도달하는 길, 그것이 이동순의 서정시가 지향하는 시적 세계관이다.

3. 겸허의 미덕

그의 시에서 화자는 끝없이 자신을 낮추고 있다. 대상을 높은 곳에서 관망하면, 그 대상을 둘러싼 세상을 넓게 볼 수 있지만, 그 대상의 본질을 보는 눈은 멀어진다. 그러나 대상을 낮추어서 살펴보면, 그 대상을 둘러싼 작은 사물까지도 인식할 수 있다. 겸허함은 자신을 낮추는 행위에서 비롯하는 덕목이다. 겸허한 태도로 세상을 바라보면 작은 사물까지도 눈에 들어온다. 생명을 사랑하는 시선은 높은 곳에서 낮은 곳으로 시선을 두는 데서 시작하는 것이 아니라, 낮은 곳에서 더 낮은 곳으로 시선을 둠으로써 시작한다. 낮은 곳에 시선을 두면, 동시에 더 높은 곳에 있는 사물까지도 바라볼 수 있게 된다.

　노자는 자신을 낮추는 것은 자연의 섭리에 따른 행위라고 말한다. 자연의 섭리는 자신을 낮추는 겸허한 태도에 있다고 한다. 강과 바다는 자신을 끝없이 낮추기 때문에 온갖 시냇물의 왕이 될 수 있는 것이다. 사람들은 말뿐만 아니라 몸까지도 다른 사람에게 낮추어야 한다. 돈이 집에 가득하면 그것을 지킬 수 없고, 부귀하면서 교만한 사람은 스스로 허물을 남기게 된다. 공을 이루고 나면 몸은 스스로 물러나는 것이 하늘의 도리이다.

　이동순의 시는 이러한 노장적 사유체계를 바탕으로 생명을 인식한다. 낮은 곳을 지향하는 것은 하늘의 도리이고, 이는 또한 자연의 도리이기도 하다. 노장 사상의 중심이라 할 수 있는 겸허의 미덕은 이동순의 시가 지향하는 정신세계이다. 자연의 도리에 순응하는 것은 전통 서정시의 태도라 할 수 있다. 그는 작은 대상들에 대한 사랑을 통해서 미처 깨닫지 못한 존재들에 대해서 자각을 하고, 그 자각은 거대한 자연의 한 생명으로서 자신을 깨닫는 과정으로 이어진다. 생명에 대한 자각은 자연의 이치에 따라 살아가겠다는 엄숙한 선언과도 같다. 그래서 그는 삶과 죽음의 경계를 지극히 자연스러운 이치로 받아들인다. 이 때문에 그에게 있어서 죽음이란 또 다른 생명이라는 인식으로 나아가는 것이다.

　　이 땅에 먼저 살던 것들은 모두 죽어서
　　남아 있는 어린 것들을 제대로 살아 있게 한다
　　달리던 노루는 찬 기슭에 무릎을 꺾고

날새는 떨어져 그의 잠을 햇살에 말리운다

지렁이도 물 속에 녹아 떠내려가고

사람은 죽어서 바람 끝에 흩어지나니

아 얼마나 기다림에 설레이던 푸른 날들을

노루 날새 지렁이 사람들은 저 혼자 살다 가고

그의 꿈은 지금쯤 어느 풀잎에 가까이 닿아

가쁜 숨 가만히 쉬어가고 있을까

이 아침에 지어먹는 한 그릇 미음죽도

허공에 떠돌던 넋이 모여 이루어진 것이리라

이 땅에 먼저 살던 것들은 모두 죽어서

남아 있는 어린 것들을 제대로 살아 있게 한다

성난 목소리도 나직이 불러보던 이름들도

언젠가는 죽어서 땅위엣 것을 더욱 번성하게 한다

대자연에 두 발 딛고 밝은 지구를 걸어가며

죽음 곧 새로 태어남이란 귀한 진리를 얻었으니

하늘 아래 이 한 몸 더 바랄 게 무어 있으랴

—「序詩」 전문

　　이 시는 그의 생명의식과 시정신을 상징적으로 보여준다. 이 세상에 살고 있는 모든 생명은 죽어서 땅위엣 것을 번성하게 한다. 이러한 인과론적 깨달음은 일찍이 그의 시를 오도(悟道)의 경지에 이르게 한다. 그의 생명의식은 죽음과 부활이라는 소멸과 생성을 기반으로 하고 있다. 그래서 그는 "이 땅에 먼저 살던 것들은 모두 죽어서 / 남아 있는 어린 것들을 제대로 살아 있게 한다"고 말하고 있는 것이다. 그는 생명의 죽음과 부활을 통해서 우주를 보고 있는 것이다. 그에게 죽음은 새로운 부활이라는 인식을 바탕으로 하고 있다.

동양 철학에서는 오행의 첫 자리에 화(火)를 놓고 있다. '화'는 죽음과 소멸을 상징한다. 그러나 화는 영원한 죽음과 소멸을 말하는 것이 아니다. '화' 다음 자리는 수(水), 목(木), 금(金), 토(土)로 이어진다. 우주의 근간을 이루는 이 오행은 끝없는 순환 구조 속에 있다. '화'는 죽음, 소멸을 상징하지만, 그 다음의 '수'는 생명을 상징한다. 자연의 질서에서 죽음은 곧 생명을 위한 전제가 되는 것이다. 그것은 영원한 소멸이 아니라, 재생과 부활인 셈이다. 한 생명의 죽음은 또 다른 생명에게 자리를 내어주는 행위이다. 모든 우주만물의 이치가 이렇기 때문에 그는 "하늘 아래 이 한 몸 더 바랄" 것이 없는 것이다.

죽음에 대한 이러한 인식은 생명을 경외하고, 죽음을 엄숙하게 받아들이는 겸허한 자세로 나아간다. 겸허한 마음으로 세상을 바라보기 때문에 시적 화자는 대상과 감응하고, 그 대상을 사랑하는 마음이 발동하는 것이다. 대상과 감응한다는 것은 대상의 안과 바깥이 만나는 것이다. 심미적 관계에서 말할 때, 감응은 모든 대상과 무한한 연결망으로 이루어져 있으며, 그 대상들은 서로 감응하는 감응의 체계로 이어져 있다고 할 수 있다. 거대한 자연의 고리를 말하는 것이다. 죽음이 곧 생명이라는 깨달음은 그의 시가 궁극적으로 도달하고자 하는 정신적 경지라 할 수 있다. 자신의 자리를 대자연의 이치에 따라 자연스럽게 내놓을 수 있는 것은 끝없이 자신을 낮추려고 하는 겸허한 태도에서 우러난 행위라 할 수 있다.

쇠기러기 한 마리

잠시 앉았다 떠난 자리에 가보니

깃털 하나 떨어져 있다

보숭보숭한 깃털을 주워들고 나는 생각한다

내가 머물다 떠난 자리에는

이런 깃털조차 하나 없을 것이다

하기야 깃털 따위를 남겨놓은들

어느 누가 나의 깃털을 눈여겨보기나 하리

—「쇠기러기의 깃털」 전문

이 시는 겸허의 미덕을 무엇보다 잘 보여주고 있다. 쇠기러기 한 마리 머물다 떠난 자리에 남겨진 깃털을 들고 화자는 사색에 잠긴다. 쇠기러기는 깃털을 남기지만, 자신이 머물다 떠난 자리에는 깃털도 하나 없을 것이라고 생각한다. 이는 자신의 존재가 어떤 생명들보다도 우위에 있지 않다고 생각하는 것이다. 이것이 그의 시에서 발견할 수 있는 겸허의 미덕이다. 이러한 자각이야말로 시인의 정신주의를 집약적으로 보여주고 있다. 자신의 욕망을 버리고 자연으로 돌아가서 감응하는 것, 그것이야말로 겸허한 삶의 모습이 아니고 무엇이겠는가. 자신의 욕심을 채우기에 급급하고, 더 높은 곳으로 올라가기 위해 안달을 부리는 세상에서 자신의 삶을 돌아보면서 화자는 더 낮은 곳으로 시선을 두고 있는 것이다. 그는 욕망의 부질없음을 깨닫고 자신을 무욕의 자리에 옮겨 놓고 있는 것이다.

시 「쇠기러기의 깃털」은 자연으로 돌아갈 수밖에 없는 인간 존재의 근원을 탐색하면서 겸허한 마음으로 자연과 감응하고 있는 깨달음의 경지를 보여준다. 자신의 자리에서 자신 보다 낮은 대상을 응시하고, 관찰하고 감응함으로써 세상을 겸허하게 받아들이고 있다. 그의 시는 낮은 곳에 시선을 두고, 길과 길로 이어지고 있다. 그가 생각하는 겸허는 변하는 것은 변하는 것대로, 변하지 않는 것은 변하지 않는 것대로 받아들이면서 자연과 순응해가는 것이다. 그에게 있어서 길은 시이고, 그 길의 숱한 생명들은 시적 대상이 된다. 발은 땅을 딛고 있지만, 몸은 하늘을 향하고 있으며, 그의 정신은 우주를 향하고 있다. 그 공간으로 천천히 그는 발걸음을 떼어 놓고 있다. 그 발길에 채이고 있는 수많은 사물들을 향해서 애정 어린 시선을 보내고, 그 생명들의 존재 방식을 기록해 나갈 것이다. 앞으로 더 많은 사물들이 그의 우주적 상상력을 통해서 새로운 모습으로 우리에게 다가올 것이다.

농촌의 서정과 현실

1

　'농촌시'라는 말은 장르 개념으로 쓰일 수 있는 말은 아니겠지만, 성기각을 두고 '농촌 시인'이라는 말은 쓰일 수 있을 것이다. 그의 시는 첫 시집부터 최근 시집까지 농촌을 배경으로 농촌의 일상을 담아내고 있다. 그동안 그의 시는 농촌의 일상을 다양하게 그려내는 소재의 변화는 있었지만, 그 소재를 담아내는 표현방법과 시적 형식에는 일관성을 유지하고 있다. 그는 여전히 농촌을 배경으로 한 '농촌 시인'의 길을 가고 있는 것이다. 그는 변화를 두려워하는 것이 아니라, 변하지 않는 농촌공동체를 꿈꾸고 있는 것이다. 변화는 개발을 전제로 한 것이고, 개발은 파괴라는 속성을 동반하고 있다. 그는 이 개발과 파괴가 가져오는 반생명성을 알기 때문에 그 변화를 거부하는 것이다. 변하지 않는 것에 대한 열망. 그것은 그의 시정신이라 할 수 있을 것이다.

그의 시는 농촌공동체에 뿌리를 두고 있다. 그 농촌공동체라는 것은 단순히 과거의 기억 속에 남아있는 추억이나 향수를 말하는 것이 아니라, 상생과 조화의 삶을 지향했던 근대적 농촌공동체를 말하는 것이다. 이는 이웃과 이웃, 생명과 생명이 서로 화합하고 공생하는 그런 곳을 의미한다. 농촌의 삶이란, 땅과 필연적 관계를 맺고 있다. 땅은 농촌 사회의 경전(經典)이고, 근본 바탕이 되는 것이다. 그 땅은 생명들이 공생하는 공간이고, 생명들이 유기적 관계를 맺고 있는 공간이다. 그의 시는 이런 생명공동체의 삶을 지향하고 있다. 이 때문에 그의 시에는 세상의 풍파를 이겨낸 억척스런 농촌 사람들의 이야기가 있고, 그 사람들과 더불어 살아가는 풀, 나무, 새, 곤충과 같은 생명들의 이야기도 있다. 농촌은 자연의 질서에 순종하는 진정한 생명공동체가 살아있는 공간이다. 그가 꿈꾸는 농촌은 자연개발을 둘러싸고 한 개체가 다른 개체를 죽이는 반생명성이 지배하는 곳이 아니라, 태초부터 더불어 살아가는 생명성이 지배하는 공간이다.

성기각의 시는 이러한 생명성이 존재하는 농촌을 시적 배경으로 하고 있다. 그는 물질이 지배하는 산업사회를 거부하고, 모든 생명이 유기적 관계를 형성하고 있는 근대적 농촌공동체를 지향한다. 그가 농촌을 배경으로 시를 쓰는 것은 생명을 사랑하는 하나의 방법이고, 그가 지향하는 이상적인 공간을 실현하기 위한 방법이라고 할 수 있다.

2

고려 시대의 대표적인 '농촌 시인'을 꼽으라고 한다면, 김극기(金克己)를 손꼽을 수 있을 것이다. 그는 귀족계급이면서도 끊임없이 농민들의 삶에 접근하고 있다. 그는 그 정신의 뿌리를 농촌에 두고 있었던 것이다. 그는 농촌을 다른 어떤 시인들보다 철저하게 관찰하고, 그 내면의 상황을 적확하게 파악하고 있었다. 이 때문에 그는 외침이 잦았던 고려 시대의 시인임에도 불구하고, 그가 쓴 시들은 농촌의 현실을 고통으로 인식하지 않고 있다. 그는 농촌을 그 현실을 극복하는 새로운 이상향으로 제시하고 있는 것이다. 그런 점에서 김극기가 본 고려 시대 농촌의 현실은 고려가요 「청산별곡」에서 제시하고 있는 이상향의 세계와 크게 다르지 않아 보인다.

대 숲 길은 시내 좇아 열렸고, 초가집은 언덕을 의지해 섰네. 한 겨울에 북쪽 봉창 흙으로 막는 것은 바람과 눈을 막고자 함이려니 그래도 추위를 겁내지 않고 매와 개를 데리고 사냥 나가네. 여우와 토끼를 쫓아 달릴 때, 짧은 옷에는 흐르는 피 묻었네. 집에 돌아오자 온 이웃이 기뻐하고, 모여 앉아 실컷 먹네. 날고기 먹는 것이 무엇이 이상하랴. 거처하는 곳이 큰 둥우리와 굴이거니 마른 석장이에 불을 붙이니, 온 방이 어두웠다 밝았다 하네. 두 다리 사이에 '온돌방에 깔아 말리는' 붉은 팥이 어지러우니, 옷깃과 옷자락 그 따라 찢어지네. 베 이불에 뭇 아이들 끼고 누우니, 궁하기가 새끼 거느린 오리와도 같아라. 한 밤이 다하도록 잠들지 못해 농사 이야기로 새벽에 이르렀네.

김극기의 「전가사시(田家四時)」 연작 중, 겨울의 농촌풍경이다. 서거정이 편찬한 『동문선』에 실려 있는 이 시는 겨울 농촌의 풍광이 눈앞에 펼치듯이 선명하게 묘사되어 있다. 대 숲을 따라 난 시내길, 그 길가의 언덕에 있는 초가집, 북쪽에서 부는 겨울바람을 막기 위해 봉창을 막고, 매와 개를 데리고 사냥을 나가는 농촌 사람들, 곧이어 사냥을 끝내고 돌아와 잡은 고기를 온 이웃이 나누어 먹는 장면이 나온다. 날고기를 먹든, 구워서 먹든 그것이 무엇이 이상하겠는가. 다만 한 동네 이웃들이 온돌방에 앉아서 고기를 먹는 것이 정겨울 뿐이다. 비록 고려 시대의 현실이 "궁하기가 새끼 거느린 오리"와도 같지만, 새벽까지 농사이야기를 하는 따뜻한 농촌의 정경이 아름답게만 보인다. 가난이 힘겨워 보이지 않고, 정겹게 느껴지는 것은 이러한 공동체의 삶이 주는 풍요로움 때문일 것이다.

지금 우리 시대를 그대로 대변해주는 듯한 김극기의 시에서 우리는 오늘날 '농촌 시인'의 한 본보기를 발견할 수 있다. 오늘날 우리 농촌도 궁하고, 힘들기는 마찬가지이다. 한미 FTA와 쌀 시장 개방으로 농민들의 생존권까지 위협받고 있는 요즘, 우리 농촌의 서정은 사라지고 말았다고 해도 과언이 아닐 것이다. 70년대 근대화의 물결 속에서 이미 우리 농촌은 삶의 뿌리마저 뒤흔들리고, 이농(離農)과 폐농(廢農)이 늘어나고, 사람들은 점차 도시로 빠져나가면서 농촌은 동공(洞空)의 상태에 빠지고 말았다. 우리 시단도 예외는 아니다. 70년대와 80년대 한때 '농민시'의 기치를 내세웠던 시인들도 한 시대의 유행처럼 시단에서 물러나고 말았다. 농촌을 소재로 한 시들은 이제 드물다 못해 희귀한 상황에까지 이르게 된 것이다. 그런데도 아직 농촌에 뿌리를 두고, 그 농촌의 이야기를 쓰고 있는 시인이 있다. 그들을 대표하는 시인 중의 한 명이 창녕의 성기각 시인이다. 농촌을 소재로 한 시들이 사라진 자리에 그 농촌의 서정을 줄기차게 노래하고 있는 성기각 시인의 시는 그래서 더 값지게 보인다.

성기각 시인은 처음부터 끝까지 농촌을 배경으로 시를 쓰고 있다. 첫 시집 『통일벼』(열음사, 1989)는 농촌 정서를 사실적으로 표현하고 있으며, 두 번째 시집 『일반벼』(시문학사, 2000), 세 번째 시집 『쌀밥 보리밥』(모아드림, 2002)에서도 여전히 농촌 정서를 사실적으로 표현하고 있다. 이 세 권의 시집에 실린 시들은 한 권으로 묶는다고 해도 전혀 이상하게 보이지 않을 정도로 시종일관 농촌의 서정을 표현하고 있다. 그렇다고 그의 시에서 농촌 생활은 고단하거나 힘겨워 보이지 않는다. 앞의 김극기의 시에서 볼 수 있었던 것처럼, 그의 시에서 농촌 생활은 오히려 아름답고 평화로워 보인다.

그는 줄기차게 농촌 문제를 고심하고 있다. 그것은 그의 시 정신에는 창녕 성씨 가문의 선비정신이 흐르고 있기 때문일 것이라고 할 수 있을 것이다. 성기각 시인이 사는 석동 부락은 조선시대 사육신의 한 사람인 성삼문의 후손이 사는 마을이다. 그 마을 입구의 성씨 고가는 그런 선비정신을 상징하는 곳이다. 성씨 고가는 해방 전에는 독립군 자금을 조달했던 곳이고, 해방 후에는 좌익 인사들의 은거지로도 알려지면서 한때 많은 핍박을 받은 곳이기도 하다. 이 집안 출신 성재경 씨는 일본에서 양파를 가져와서 전파한 사람이고, 성혜림은 김정일의 아내로 알려져 있기도 하다. 이러한 근대사의 부침(浮沈) 속에서 있었던 성씨 고가가 있는 석동 부락에 살면서 그는 그 마을의 뿌리가 얼마나 소중한 것인지를 스스로 깨달았을 것이다. 그가 변하지 않고 '농촌 시인'으로 남아 있으려고 하는 것은 이런 선비정신과 무관하지 않을 것이다.

이런 영향 때문일까. 그는 우직하고도 고집스럽게 농촌을 배경으로 한 시를 쓰고 있다. 70년대와 80년대를 거치면서 시단의 풍속이 급속도로 변하고, 최근에는 많은 시인들이 농촌 문제에 손을 떼고 있을 때에도 그는 한결같이 농촌 문제를 우리 시단으로 끌어들이고 있다. 그의 시는 땅을 경전(經典)으로 삼고 있는 농민들의 우직한 삶을 그리는 데 있어서는 한 치의 양보도 허락하지 않고 있다.

대목 장날 동실 앞마당에 모여
석동댁 원촌댁 낙돌이 아재
우리는 경운기를 타고 읍내를 간다
고추 보통이 찹쌀 보통이
검둥이가 낳은 강아지 몇 마리도 태우고
십릿길 비포장도로를
불평처럼 투덜투덜 달려서 간다

—「경운기를 타고」 부분

지난 주 일요일 해거름
창녕에서 남지로 오는 길가에
경운기 한 대가 봇도랑에 머리를 처박고 있었다
마치 투신자살한
운동권 대학생 꼴이었다

환갑은 넉넉히 지낸 듯한 어르신이

경운기 핸들을 붙들고 씨름을 하고 있었다

내가 차에서 내려

할아버지의 경운기를 꺼내려고 하자

경운기는 아무나 만지는 게 아니라는 말씀에

한 때 경운기로 농사짓던 내 솜씨를

몰라주시는 할아버지가 서운하기도 했다

-「경운기를 위하여」 부분

이 두 시는 비교적 시간의 격차가 있지만, 그 내용과 전달 방식은 일관성을 유지한다. 둘 다 경운기를 둘러싼 서사로 전개되고 있으며, 그 서사는 농촌에서 평범하게 만날 수 있는 사건이다. 앞의 시는 경운기를 타고 읍내장으로 가는 활기찬 농민들의 웃음을 보고 쓴 시이고, 뒤의 시는 명색이 농민과 함께 한다는 시인이 할아버지의 경운기를 끄집어 내지 못하고 집으로 돌아오고 난 뒤 자신을 반성하면서 쓴 시이다. 서사의 내용만 다를 뿐이지, 서사의 방법, 그리고 서사문법과 표현 방식은 동일하다. 시간의 격차가 있는 이 두 시에서 시적 변화는 찾아볼 수가 없다. 그는 농촌의 일상을 쉽게 전달하면서 그들의 삶을 있는 그대로 전달하고 있을 뿐이다. 그의 시는 더 이상의 기교나 화려한 수사가 없는 '무미(無味)의 시'라고 말할 수 있다. 그는 농촌을 배경으로, 농촌의 일상을 담담하게 표현하는 것을 중요한 미덕으로 삼고 있다. 이러한 묵직한 농심(農心)은 그의 시가 출발하는 공간이기도 하다.

3

농촌을 배경으로 한 그의 시는 몇 가지 방식으로 농촌 현실을 재현하고 있다. 먼저, 그는 농촌 생활의 비극적 체험과 기억들을 생생하게 재현하고 있다는 것이다. 그 체험과 기억은 대부분 개인의 과거 체험과 기억에 의존하고 있지만, 이러한 개인의 기억뿐만 아니라, 그가 살았던 동네 이웃들에게 들었던 사소한 체험과 기억까지 포함하고 있다. 체험과 기억은 대부분 일정한 시간과 장소 속에 존재하기 마련이다. 그의 기억 속에 있는 시간은 주로 유년의 특정한 시점이고, 장소는 그가 나고 자랐던 창녕이라는 공간이다. 이번 시집은 앞의 세 시집만큼이나 과거의 기억과 체험에 의존하는 작품이 많아 보이지는 않는다. 그런데도 여전히 과거의 체험과 기억은 유효하게 보인다.

저는 시방 늪에서 올라오는 뻘냄새를 맡고 있습니다 이 냄새를 맡을 때마다 늪에서 놀던 어린 날을 떠올립니다
뻘구덩이에 빠져 죽다 살아난 적 있었습니다 살아보겠다고 얼마나 몸을 썼는지 모릅니다 물빛 아찔하였습니다 명줄 긴 탓에 살았겠지요 며칠동안 코에 뻘내를 달고 살았습니다

—「서찰」 부분

내가 열두 살 먹던 해에
상체보다 하체가 짧은 열다섯 구태는

우리 집 꼴머슴으로 들어왔다

소벌 둑길에 자북자북 자란 소꼴 베던 구태는

잘 벼린 조선낫에 툭 하면 손을 베고

난닝구 아래쪽을 잘라 쳐매주곤 했다

—「구태 이야기」 부분

온실에 빛깔 성한 디딤돌 놓여 있다

출타하시던 아버지 칼칼한 모시옷

강길 삼십리 합천 초계장터에서

젊은 아버지 지게에 지고 온 다듬잇돌

—「디딤돌」 부분

　어린 시절, 뻘 구덩이에 빠져 죽다 살아난 무서운 기억뿐만 아니라, 열두 살 먹던 해 꼴머슴 구태의 기억까지 그의 시는 어린 시절의 체험과 기억을 생생하게 재현하고 있다. 심지어 온실에 놓여진 디딤돌을 보면서 젊은 아버지의 기억을 떠올리기도 한다. 이처럼, 그의 시에서 과거의 체험과 기억은 매우 중요한 시적 동인으로 작용하고 있다. 그의 시는 "창녕성문昌寧成門 맏며느리"로 살다간 "광지댁 할매"에 대한 기억(「동지바랭이」), 어린 시절 흰 염소를 키우던 기억(「염소젖을 짤고 싶다」), 어느 날 들판을 걸어가다가 떠오른 초등학교 때의 추억(「토평천 연가」)과 같은 소소한 체험과 기억들로 채워져 있다. 브래들리는 서정시는 미적 자율성에 따라서 시인의 순수 동기에 의해 창작된다고 말하고 있다. 이를 다시 해석하면 서정시는 시인의 주관적 정서가 강하게 작용하여

그 정서를 풀어내는 창조적 행위의 성과물이라는 것이다. 그런 점에서
성기각의 시는 개인의 체험과 기억 속에 용해되어 있는 정서의 파편들
을 끌어모아서 정성스럽게 갈무리한 것이라고 말할 수 있다. 그는 개인
의 체험과 기억 속에 잠재해 있는 일상들을 끝없이 반추하면서 현재의
농촌과 과거의 농촌을 팽팽하게 맞세우고 있다. 그것은 결국 농촌 생활
의 새로운 공간을 창출하려는 시인의 욕망이라 할 수 있다.

기억하라고?
기억한다는 설움이여!
(…중략…)
나는 보았다 털복숭이 수캐 녀석이
온몸에 도깨비풀 씨앗 달고
쫄래쫄래 따라오는 모습을
보았다 소싯적 어머니 미싱바늘 같은
그것들이 꿈속까지 따라와
내 구린 자리마다 꾹꾹 찔러대고 있었다.

─「가을 산책」 부분

　　대부분의 서정 시인들은 과거의 기억들을 아름답게 떠올리려고 하
지만, 그는 과거의 기억들을 썩 아름답게 떠올리지만 않는다. 그것은
동시대 우리 농촌 사람들의 삶이 그리 아름답지 못했기 때문일 것이다.
그는 땅만 바라보고 순박하게 살았던 농민들이 도시화의 거대한 물결
속에 여지없이 천덕꾸러기로 전락해가는 모습을 똑똑히 보았다. 이 때

문에 그의 체험과 기억 속에 있는 농촌의 현실은 그리 녹녹하지 않았던 것이다. 70년대 농촌 근대화사업의 하나로 전개된 새마을운동, 다수확을 위한 비료와 농약의 살포는 결국 농촌을 또 다른 광풍지대로 몰아갔다고 할 수 있다. 이러한 시대적 여건에서 농민들의 삶은 비참할 수밖에 없었고, 그것은 농촌을 더욱 병들게 했다. 그런 장면을 똑똑히 보아온 시인으로서 농촌의 삶이란 비극적일 수밖에 없었다.

<blockquote>
한때 저 집엔 마을이장이 살았는데

아침부터 동네사람들 몰려와 멱살잡이 했다

모르긴 몰라도

비료값 농약값 따위 떼먹었겠지

그 날로 야반도주 했다

뒤따라 성주아재가 들앉았다

십년 지나

강원도 탄광 갱 속에서 죽은 마을이장은

논 여덟 마지기와 뼛가루로 돌아왔고

기갈 센 여편네 이기지 못하던

성주아재는 싸움 끝에

파라티온 농약 마시고 죽었다
</blockquote>

—「옆집 이야기」 부분

이 시에 나오는 마을 이장과 성주아재는 그의 기억 속에 있는 농촌의 이웃이다. 이 시의 제목은 「옆집 이야기」이지만, 사실 이것은 옆집 이야기가 아니고, 자신의 이야기일 수도 있다. 옆집의 불행을 나와 동일시하면서 그 비극적 장면은 심화되고 있다. 우리 농촌의 현실을 여실히 고발하고 있는 이 시에서 우리는 농촌의 비극적 현실을 만날 수 있다. 이런 농민들의 처절한 모습은 과거의 일로 그치는 것이 아니라, 오늘날까지 이어지고 있다는 데 문제의 심각성이 있다. 비료값 농약값을 떼먹고 야반도주하고 끝내는 강원도 탄광 갱 속에서 죽은 채로 돌아온 마을 이장의 모습은 과거와 현재의 고통을 한꺼번에 떠안고 살아가는 우리 농민들의 자화상에 다름 아니다. 그의 기억 속에 있는 할머니, 아버지, 그리고 가족들은 비극적 농촌의 현실을 벗어나지 못한 채 살아가는 농민들이었다. "갓 시집온 새댁이었던 할머니 / 또한 저러했을 것"이고(「가마솥 수련」), "살아생전 양파농사 끝에 출타하시던 아버지"(「창녕양파」)의 모습도 그러했을 것이다. "밤꽃 냄새 견디지 못해 끙끙대던 과수댁"(「붉은 소벌」)이 머슴과 배 맞아 도망쳐야 했던 것도 어쩔 수 없는 농촌의 현실이었을 것이다. 그가 농촌에서 만난 이웃들은 대부분 멍든 가슴으로 살아가는 사람들이었다. 그래서 그의 체험과 기억 속에 존재하는 농촌은 아름답지 못하고 비극적인 것이다.

그렇지만 그는 그 비극적 체험에 절망하지 않고, 오히려 그 비극적인 농촌 현실을 따뜻한 서정으로 감싸고 있다. 그는 비록 어린 시절에 "옆집 서까래 썩어가는 냄새"를 맡으면서 자랐지만, 그 썩은 기억 속에서 사람살이의 진정한 의미를 찾아내고 있는 것이다. 이러한 긍정적 인식 때문에 그는 비극적 현실을 통어(通御)하고, 그 스스로 새로운 농촌공동체를 찾아가고 있는 것이다. 이러한 긍정적 인식은 비극적 체험과 기억을 뛰어넘어 이웃과 생명에 대한 관심과 사랑으로 나아가고 있다. 이 때문에 그의 시는 더욱 살갑게 읽힌다.

삼복더위 초저녁에 한 잔 한다

면소재지 한마음슈퍼에서

늙도 젊도 않은 둔터아지매

양파 삯메기 하고 와서

무학소주 한 잔 한다

눈에 불이 돋아 노가리포 뜯는다

지난 가을 오토바이 몰고 가다가

비명횡사非命橫死한 둔터아재

명복 빌고 있는지

서녁 개밥바라기 샅차다

— 「둔터 아지매」 부분

희붐한 새벽 자전거 페달 밟고 가는

우리 동네 밤실할매

허연 밤꽃 치렁치렁 머리에 이고 간다

젊어 남정네 북망산천 보내고

조쌀하고 칠칠하게 살기는 싫다

그 길로 창녕 장터 싸전에서 되질 했다나

절망도 단단해지면 힘이 되는 일

팔순 나이에도 쌀가마니 번쩍 든다

— 「밤실할매」 부분

갓 서른 오달진 나이에 서방 앞세우고

받아줄 새 남정 하나 없을까

서방 죽어 염통이 흉근胸筋 찢고 튀어나올 듯

고동치곤 했는데

생김생김 성미가 모지락스럽지 못하고

담쟁이 담 타듯 악착같지 못하다

(…중략…)

애면글면 환갑 진갑 다 넘기고

멍든 염통 고동쳐서

마른 날도 욱신욱신 삭신 쑤시는 한터댁.

―「한터댁」 부분

이 시들에 나오는 인물들은 고유한 이름이 없다. "둔터 아지매", "밤실 할매", "한터댁"은 고유명사가 아니라, 그 당시 농촌에 살았던 우리 시대 여성들을 상징하는 보통명사이다. 이들의 삶이란, 신산하기 짝이 없다. 비명횡사한 남편을 잃고도 꿋꿋하게 살아가는 "둔터 아지매", 젊은 나이에 남편을 보내고 혼자서 살면서도 "조쌀하고 칠칠하게 살기는 싫다"고 싸전에서 쌀장사를 하는 "밤실 할매", 갓 서른에 서방을 보내고 그녀가 살아온 세월만큼이나 "욱신욱신 삭신" 쑤시는 육신으로 버티는 "한터댁". 이들은 서럽고 힘겨웠던 시절을 살았던 우리 여성들의 모습이기도 하다. 그는 비록 농촌에 대한 비극적 체험과 기억을 갖고 있지만, 그가 만나는 농촌의 이웃들은 삶의 고통들을 이겨낸 건강한 의식을 보여준다. 보도연맹 빨갱이로 몰려 고통을 받았던 귀동할배도, 먼

저 죽은 자식을 건사하기 위해 "흰 옷고름 풀어서 언 땅"을 덮어주는 외
할머니도 있지만, 이들은 그 신산한 삶을 꿋꿋하게 이겨낸 농민들이다.
이러한 농민들의 삶에서 그는 진정한 농촌공동체의 의미를 발견하고
있는 것이다.

겨우내 푹푹 속을 썩히던

마당귀 두엄자리가 잔치 벌였나

난리굿이다 봄이라고

개나리 노란 속곳 활짝 펼치고

난쟁이붓꽃 지 신명대로 붓대 흔들고 있다

앞집 고양이는 새끼까지 데리고 와서

고등어꽁다리 물어가고

체통 없는 오디새가 콩나물대가리 찾고 있다

대문 지키는 수캉아지 개똥

모란꽃잎 명태 곤이鯤鮞

새가 먹고 족제비도 먹고

끝내 버림받은 잡것들이 푹푹 썩어문드러져

다시 덩굴장미 평평 꽃 피워내고 있다

탱글탱글한 봄햇살에

주렁주렁 몇 됫박 감꽃 피게 하는

저 잡것들 썩은 속내에 새삼 경의를 표하나니

버림받고도 저렇게 속 썩혀서

내 깜냥으로도

봄 한 철 결팡지게 꽃잔치 베풀 수 있을지.

—「두엄자리」 전문

　이 시는 더불어 살아가는 농촌공동체의 모습을 잘 보여주고 있는 시이다. 이 시야말로 그가 꿈꾸는 진정한 생명공동체의 모습을 가장 잘 보여주는 시가 아닐까 한다. 두엄더미 속에서 먹이를 찾고, 또한 생명을 꽃피우는 모습은 정겹기만 하다. 그는 하찮은 두엄더미 속에서도 진정한 생명공동체의 모습을 발견하고 있는 것이다. 버려진 두엄자리에 개나리도 피어나고, 난쟁이붓꽃도 피어나고, 고양이는 새끼까지 데리고 나와서 고등어꽁다리를 물고 간다. 오디새는 콩나물 대가리를 찾고, 수캉아지는 먹이를 찾는다. 이 시에서 그는 지금 세상은 두엄더미처럼 더럽고 볼썽사납지만, 언젠가는 "봄 한 철 결팡지게 꽃 잔치"를 베풀어줄 날을 기다리고 있는 것이다. 이와 같이 이 시는 그의 시 전체를 관류하는 생명공동체 의식을 그대로 반영하고 있다. 버려진 삶을 상징하는 두엄과 그 두엄에서 짐승들이 먹이를 찾고, 그 속에서 살고 있는 생명들은 서로를 위안하고 격려하면서 살아간다. 이것이 그가 꿈꾸는 농촌공동체인 것이다. 거름의 존재가치는 스스로 썩으면서 새로운 생명을 길러내는 데 있다. 지금의 농촌은 두엄더미 같은 어두운 현실에 놓여 있지만, 그의 마음속에는 아름다운 농촌공동체에 대한 희망이 꽃피고 있는 것이다.

　70년대 '농민시'가 일종의 자기 위안이나, 폭력에 절망한 나약한 농민의 설움을 표현하고 있었다면, 지금 성기각의 시는 이런 현실을 극복하려는 의지가 강하게 드러나 있다. 두엄자리에 열리는 생명들의 울림, 그 울림이야말로 세상을 바꾸는 계기가 될 것이다. 그렇지만 그는 그 변화를 서두르지 않는다. 옹골차게 한 시대를 지키고 있으면서 서서히 세상의 변화를 지켜보고 있는 것이다. 그는 농촌을 소재로 한 시를 쓰는 '농촌 시인'이기를 고집하면서, 그리고 실제로 농촌에 살면서, 꾸준하고 느리게 세상을 바꾸어 가려고 하는 것이다. 시인이 자신의 위상을 갖기 위해서는 세계를 향한 우직한 뚝심 하나쯤 갖고 있어야 한다. 그런 점에서 그는 우직한 뚝심 하나로 이 시대 '농촌 시인'의 위상을 굳건히 지키고 있는 것이다.

성기각 시의 또 다른 특징으로 농촌의 풍경을 매우 사실적으로 재현해내고 있다는 점을 들 수 있다. 그 풍경을 전달하는 방법이 또한 군더더기가 없어서 담백하게 읽힌다. 그것은 농촌의 현실을 그대로 드러내려는 의도도 있지만, 그 풍경을 놓치지 않고 기술함으로써 일종의 심리적 공감대를 형성하려는 의도도 있어 보인다. 그는 잃어버린, 혹은 상실해가는 농촌 사람들의 풍광을 있는 그대로 보여주면서 진정한 농촌 공동체를 찾아내기 위해 노력하고 있는 것이다.

소란 끝에 꽃 피는 마을이 있다
간밤 도둑비에
돌올하게 들판 메우는 양파 꽃대궁
마을 초입初入 명자꽃 함빡
양파 시배지始培地 표지標識돌 서있다

무꽃 비릿한 향내에서 시취屍臭를 맡던
난리통 머슴들

한때 물꼬싸움에 피 흘렸던 남정네들

술비 내린다고 부잣집 마당에 모여

자글자글 돼지비계 굽던 이월 초이레

한숨 돌리고

똥장군 져나르던 발길 바쁜데

냄새 구린 풍문風聞은 마을에 자자하였다

빨치산 맨발로 숨어 울던 까치고개

건밭에 핀 메꽃이 더 곱다는 것을 아는지

부잣집 행랑채 봄비 맞아 이끼 푸르다

이제 와서 부잣집에

그 무슨 구경거리 났다고

양파꽃 마늘꽃 허락도 없이

드나들이 하는 도회 멀건 낯짝들

볼썽사납다

부지깽이도 일어서는 양파 뽑던 날

마뜩잖아 마뜩잖아

아재들 쓴 입맛 쩍쩍 다시는

우리 동네 석동마을.

—「우리 동네」 전문

봄날 벌떼처럼 몰려드는 잠

태어나 처음 누웠던

　　진자리에서 낮잠을 잔다

　　깨어나 보니

　　막걸리 사발 메밀묵 접시

　　머리맡에 놓여 있다

　　늙은 어머니 지팡이 짚고

　　저만큼 경로당으로 가고 있다

―「낮잠」 전문

　　난리통에 목숨 잃은 사람들, 물꼬 싸움에 서로 피흘렸던 남정네들, 빨치산으로 곤욕을 치렀던 사람들, 도회에 나갔다가 잠시 고향에 온 사람들, 그렇게 "드나들이" 하는 사람들이 모여 사는 마을. 그 마을사람들이 부잣집 마당에 모여 돼지비계 굽는 장면이 무엇보다 정겹게 다가온다. 마을의 여러 가지 풍문들이 들썩거리는 시골 마을의 풍경이 사람들이 살아가는 진정한 모습일 것이다. 농촌에 사는 사람들의 모습이란 대개 이런 것이지만, 석동마을 사람들의 풍경은 더 인정이 넘친다. 그는 이러한 인정이 넘치는 농촌 마을을 꿈꾸고 있는 것이다.

　　그가 꿈꾸는 농촌의 정경은 시 「낮잠」에서도 여실히 드러난다. 메밀묵 안주에 막걸리 한 사발을 먹고, 낮잠을 자는 모습이 평화롭다. 한 낮의 평화가 이만한 곳이 어디 있겠는가. 늙은 어머니가 경로당으로 가는 모습에서 더 완만한 여백의 풍경을 발견할 수 있다. 그가 사는 마을은 이웃끼리 서로 아웅다웅 싸우기도 하지만, 어느 곳보다 인정이 넘치고 평화로운 곳이다. 그는 이런 마을을 보여줌으로써 잃어버린 농촌공동체를 회복하려고 하는 것이다. 그의 시가 농촌의 풍경을 사실적으로 묘사하고 있는 이면에는 이러한 시인의 의식이 깔려 있는 것이다. 그가 줄기차게 농촌을 배경으로 한 시를 쓰고 있는 까닭은 언젠가는 돌아가야 할 인간 본연의 자리가 이러한 농촌이기 때문일 것이다. 도시로 나간 사람들이 고향으로 돌아오자, 마을 사람들은 "마뜩잖아 마뜩잖아"라고 쓴 입맛을 다시지만, 그렇게 돌아온 사람들을 감싸 안고 있는 곳도 바로 농촌인 것이다.

이러한 농촌공동체를 꿈꾸면서 그는 자신의 마을과 그 마을을 둘러싼 산천초목을 낱낱이 기록하고 있다. 산동할매, 초동할매 동네 할마시들이 모두 모여 정월 대보름 달맞이하는 장면을 스크랩하기도 하고(「달맞이」), 철따라 찾아드는 철새들의 소리에 귀를 기울이기도 하고(「소목에서」), 양파냄새 물씬 풍기는 한터 들판을 따라 생명이 어떻게 깃들이고 사는지를 유심히 살피기도 한다(「한터 둑길」). 자신이 살고 있는 지역에 대한 사랑은 그곳에 깃들어 살고 있는 생명들에 대한 사랑으로 이어지고, 그것은 또 다른 생명의식으로 이어지고 있다. 그는 소벌에서 그들과 함께 살아가는 말조개, 말밤, 가물치 새끼, 소금쟁이, 참붕어, 떡붕어, 반딧불이, 노루오줌꽃, 가시연, 갈대, 따오기, 두루미와 같은 여러 동식물을 하나의 생명공동체로 인식하고 있는 것이다. 그의 시가 현장성을 가질 수 있는 것은 그들의 삶과 밀착해 있기 때문에 가능한 일일 것이다. 직접 그곳에 살지 않고는 그렇게 살아있는 언어가 나오지 않을 것이다. 그는 그곳에서 "깊고도 얇은 초록소리에 푸른 귀 내놓고 / 눈알까지 푸른 소리에 젖으면서"(「소벌 가는 길」) 시를 쓰고 있는 것이다. 그는 붕어찜이 맛있는 소벌의 맛을 음미하면서 새로운 농촌공동체를 만들어 가고 있다.

이런 살아있는 언어의 재현에 빼놓을 수 없는 것이 지역 언어를 잘 살리고 있다는 것이다. 물론 앞의 시집에서도 예외는 아니지만, 이번 시집은 지역 언어에 대한 각성이 남달라 보인다. 그 단적인 예로 '우포'와 '소벌'이라는 단어의 차이를 들 수 있다. 그는 이번 시집 제목을 굳이 『붉은 소벌』이라고 붙이고 있는데, 이는 우포라는 한자말을 밀어내고, 소벌이라는 순우리말을 선택하겠다는 말에 다름 아니다. 사실 그는 세 번째 시집까지 「우포늪 가을 편지」, 「우포 물옥잠」, 「우포, 소벌, 우포」라는 시에서 알 수 있듯이, '우포'라는 말을 비판 없이 사용하고 있었는데, 이번 시집에서는 유독 '소벌'만을 고집하고 있다. 이것은 지역 언어에 대한 남다른 애정이라 말하지 않을 수 없다.

'우포'와 '소벌'은 한자와 순우리말의 차이이지만, 그 차이만큼 지역민이 가지고 있는 언어의 특징도 강하게 반영하고 있다. 그 지역에 살았던 사람들은 '우포'에 대한 기억보다 '소벌'에 대한 기억이 훨씬 가까울 것이고, '소벌'이라는 말이 지역의 구체성을 더 단단하게 이어줄 것이다. 그는 시집 서문에서 "'우포'는 '소벌'이므로 그 이름을 되찾아주는 일이 다급하다. 그 참한 이름을 누가 감히 뜯어고쳤는지 몰라도 참으로 고약한 일이다. 그래서 우리가 진작부터 불러왔던 그대로, '우포牛浦'는 '소벌'로, '목포木浦'는 '나무갯벌'로, '사지포砂旨浦'는 '모래늪'으로, '쪽지벌', '황새늪', 그 예쁜 이름을 되돌려주고자 내 여기에 물음을 썼다"고 고백하고 있다. "물음"이라는 서부 경남지역의 사투리를 쓰면서까지 '소벌'이라는 지역 언어에 대한 애착을 보여주고 있다.

오려논에 어거리풍년 들었다.

— 「오려논」 부분

속적삼만큼 얇은 햇살 밑에서

술기운 짝자르하게 올랐는지

육신 자닝하게

꼭뒤 냉기 뻗치는 마동할배

—「입동」 부분

들숨 날숨 겨우 붙은 마을 노친네들

돌림고뿔에 당나귀기침 터진다

—「꽃샘추위」 부분

산동 아지매 옴팡진 돌짝밭에

동부콩 강낭콩 익었다

—「상강 무렵」 부분

환우患憂 위급한

비탈비탈 주매마을

풋눈만 내려도 깜빡 자물시더라.

—「단감」 부분

"오려논"과 "어거리풍년"은 지역에 국한된 단어는 아니지만, 순우리 말을 살린 단어이다. "오려논"은 올벼를 심은 논을 말하고, "어거리풍 년"은 매우 드물게 곡식이 잘된 해를 말한다. 농사짓는 사람들이야 잘 아는 단어들이지만, 농사를 짓지 않는 사람들에게는 이미 잊혀져가는 단어나 다름없다. 지역 언어를 살린다는 것이, 곧 우리말을 살린다는 말과 다르지 않다면, 그는 이런 낱말들을 통해서 신선하고 아름다운 우리말을 풍성하게 재현해내고 있다고 말할 수 있을 것이다. 그 다음 인용시에 보이는 "짝자르하게"는 지역 언어이고, "자닝하게"는 '약한 자의 참혹한 모양이 너무 불쌍하여 차마 보기 어렵다'는 순우리말이다. "돌림고뿔"은 유행성 감기의 순우리말이다. "당나귀기침"은 당나귀울음 소리를 내면서 하는 기침이라는 뜻의 순우리말이다. "옴팡진"은 '속이 오목하게 들어간'이라는 말로써 '옴파다'에서 파생된 지역 언어다. "자물시더라"라는 말도 지역 언어이다. 이들 시어들에서 그는 지역 언어에 대한 남다른 애정을 보이고 있음을 확인할 수 있다.

　지역 언어 살리기와 함께 생각해보아야 할 것으로 감각언어를 풍부하게 활용하고 있다는 점을 들 수 있다. 우리말이 다른 언어들과 특히 다른 점이 있다면, 이러한 감각언어인데, 그는 지역의 특징을 살리는 감각언어를 풍부하게 활용함으로써 농촌의 현장성을 보다 효과적으로 전달하고 있다.

　　　파들파들 찬바람 살밭 파고들면
　　　나는 겨우살이 땔감 장만하는
　　　나무꾼이 된다
　　　부렁부렁 기계톱 시동을 걸고
　　　아름드리 참나무 척척 베어낸다
　　　희나리도 뎅강뎅강
　　　참나무 속살향기 덮어쓰고 나면

막걸리 사발사발

동그랑땡 들고 나오는 마누라

그 손길 맑고 깔밋해

지 무슨 선녀라고

군불에 익은 낯을 발그레 내놓는다

보무도 당당한 나무꾼 앞에.

—「선녀와 나무꾼」 전문

이 시에서 감각언어를 구사한 부분을 눈여겨 살펴보자. "파들파들", "부렁부렁", "뎅강뎅강", "사발사발"과 같은 직접 표현한 시어말고도, 시각적 이미지를 이용하여 그 시적 의미를 증폭시킨다. 이러한 감각언어의 구사는 일부러 언어에 기교를 부리기 위한 것도 있겠지만, 그보다는 대부분 현장성을 살리기 위해 쓰인 것들이다. 그의 시는 화려한 수사나 표현기교가 없이 사실을 있는 그대로 전달하는 특징을 갖고 있는데, 감각언어만 놓고 본다면, 한껏 기교를 부린 시를 쓰고 있는 셈이다. 그러나 이런 감각언어는 지역 언어를 살리기 위한 하나의 방법이라 할 수 있을 것이다. 특히, 사투리에 많이 나타나는 감각언어를 살려냄으로써 그 지역 언어를 풍성하게 하고 있는 것이다.

사실 이러한 감각언어는 현장을 더욱 사실적으로 전달하는 효과도 있다. 이를테면, "알콩달콩 논두렁콩"이라고 표현함으로써 서로 대화를 하면서 자라고 있는 논두렁콩의 모습을 연상하게 하고, "바글바글 톡톡 튀는 가을볕"이라고 말함으로써 가을날의 분주함을 훨씬 실감나게 전달한다. 이런 표현방식은 농촌의 현실을 그대로 전달하는 시문법이라 할 수 있다. 그냥 쌀밥이라고 말한다면 밋밋하겠지만, "오돌오돌 흰 쌀밥"이라고 한다면, 벌써 입에서 군침이 돌 정도로 사실적이다. 청둥오리떼가 "짜작짜작" 줄지어간다고 표현하면, 서로 몸을 맞대면서 작은 발걸음으로 걸어가는 오리떼를 떠올리게 될 것이다. 그는 꽃 사이로 지나는 바람을 "싸락싸락"하는 살 안치는 소리로 들을 정도로 예민한 감각으로 농촌의 일상을 살피고 있다. 그의 시에서 유독 감각언어가 많은 까닭은 농촌의 현실을 사실적으로 드러내기 위해 열린 감각으로 농촌을 체감하고 있기 때문이라 할 수 있다. 이와 같이 그의 시에서 감각언어는 농촌의 현실을 드러내는 데 있어서 매우 중요한 역할을 하는 시문법이라 할 수 있다.

4

성기각의 시는 농촌의 서정을 풍부하고도 다양한 방법으로 드러내고 있다. 그리고 그 실현 방법도 다양하다. 농촌에 살아가는 이웃의 소담한 이야기로부터 피폐한 농촌의 현실을 극복하지 못하는 슬픈 사연에 이르기까지 구구절절한 사연이 담겨 있다. 이것은 우리 농촌의 현실이기도 하다. 여러 등장인물의 다양한 삶을 통하여 농촌의 현실을 드러내고 있는 그의 시는 말 그대로 농민시의 살아있는 교과서이다.

그의 시는 지역성을 강하게 드러내고 있는데, 이는 가장 중요한 장점이기도 하다. 이번 시집에는 백두산 천지, 영랑생가, 밀양 영남루 정도가 보이지만, 대부분의 시들은 창녕을 벗어나지 않고 있다. 그만큼 그의 시는 지역이라는 장소성이 중요한 위상을 차지한다. 이와 더불어 그의 시는 지역의 살아있는 말들을 풍성하게 재현하고 있다. 서부 경남 지역 사투리가 풍부하게 담겨 있는 그의 시를 읽으면 한 지역을 이해하는 바탕이 될 수 있을 것이다.

지역성이라는 특징과 함께 그의 시는 농촌의 서정과 현실을 다양한 방법으로 재현해내고 있다. 사실적인 표현뿐만 아니라, 지역의 언어를 풍부하게 살리면서 농촌공동체의 진정성을 찾아가고 있다. 같은 지역에서 살아가는 많은 이웃들과 그 이웃과 함께 살아가는 생명들에게도 관심을 기울이고 있다. 그것은 새로운 생명운동이라 할 수 있을 것이다. 또한 그는 감각언어를 많이 사용하면서 농촌의 현실을 효과적으로 드러내고 있다. 이는 농촌의 서정과 현실을 반영하는 독특한 시문법이라고 할 수 있다. 그의 시는 담백하고 사실적으로 읽힌다. 그것은 꾸밈이 없다는 말이다. 그의 시는 이런 농촌의 소박한 천심(天心)을 시로 재현하고 있다. 그의 시에 믿음이 가는 것은 이런 우직한 농심을 끝까지 고수하고 있다는 것이다.

그럼에도 불구하고 그의 시에서 우려되는 것은 그의 시는 지나친 지역성에 갇혀 있다는 것이다. 그의 시는 지역성을 넘어서 보편적인 담론을 생성해낼 때, 보다 뛰어난 농촌 서정을 획득할 수 있을 것이라고 생각한다. 지금까지 그는 시종여일하게 농촌을 소재로 시를 쓰고 있으며, 그 농촌공동체의 삶에서 새로운 희망을 찾으려고 하고 있다. 그의 이런 저력으로 미루어 볼 때, '농촌 시인'으로서 그 가능성은 밝아 보인다.

그의 시는 농촌공동체의 회복을 위하여 한 걸음 한 걸음 나아갈 것을 믿는다.

고통의 현상학과 시적 방법론

유행두 시의 편린

1. 시와 고통

최근 서정시는 세계와 화합하는 질서정연한 상태를 말하기보다는 세계와 화합하지 못하는 분열의 상황을 말하는 경향이 짙다. 이 때문에 최근 서정시라고 말해지는 것들은 대부분 세계와 맞서지 못하는 주체를 대상으로 하고 있다. 전통시가 물아일체의 동일성을 추구했다고 한다면, 최근 서정시들은 불화하는 세계 속에서 새롭게 존재를 발견하는 방향으로 나아가고 있다. 시와 고통이라는 화두가 제기되는 것은 이러한 시적 상황의 변화와 관련이 있다.

유행두의 시를 말하면서 고통의 문제를 먼저 떠올리게 되는 것은 그녀의 시에는 존재에 대한 내면적 고통과 그 존재의 현실에 대한 고통이 심연에 가로놓여 있기 때문이다. 시는 고통으로부터 나오고 고통이 없으면 시가 될 수 없다고 한다면, 그 고통은 시를 이루는 바탕이 될 것이다. 유행두의 시에 고통의 문제가 시적 소재로 쓰이게 된 까닭은 가난 체험 때문이라 할 수 있다. 그녀의 시에는 어린 시절의 가난 체험과 도시 주변에서 보냈던 가난의 고통, 그리고 슬픈 가족사가 자리잡고 있다. 따라서 그녀의 시에서 시적 주체는 처음부터 세계와 화합하지 못하고 그 세계를 고통의 현상으로 바라보게 되는 것이다. 현대 사회가 안고 있는 문제적 개인과 같이 그녀의 시는 고통의 결과물이라고 할 수 있을 것이다. 그러나 시적 주체가 겪고 있는(혹은 겪었던) 고통은 그리 힘겨워 보이지 않는다. 왜냐하면 그 고통을 바라보는 시적 주체의 시선이 따뜻하고 잔잔하기 때문이다.

유행두의 『태양의 뒤편』(문학의전당, 2009)에서 보이는 고통은 불우하거나 절망적인 상황에 놓여 있는 것이 아니라, 그것을 운명으로 받아들이고, 그것을 자아의 내면으로 끌어들이고 있다. 오히려 그 가난을 아름다운 순간으로 치환함으로써 의식의 평화를 누리고 있는 것이다. 그녀의 시에 보이는 가난과 소외는 물질주의 시대에 자신을 돌아보는 계기가 될 것이다. 사람과 사람 사이의 인정이 사라진 시대에 따뜻한 인간애를 느끼게 하는 긍정적 가난, 혹은 '자발적 가난'을 떠오르게 한다.

유행두의 시가 최근 서정시의 존재방식과 다른 점은 고통을 극복하는 힘과 그 고통을 운명으로 받아들이는 여유로움이 있다는 것이다. 이러한 여유로움은 고통을 극복하는 힘과 방편이 된다. 이처럼 고통을 극복하는 남다른 시적 방법론은 그녀의 시를 지탱하는 바탕이 된다고 할 수 있다. 이러한 시선은 종교적이라 할만큼 엄숙하고도 겸허하다. 그녀의 시가 '고통의 현상학'을 보이고 있지만, 그 고통은 끊임없이 자아를 갱생하는 힘으로 존재한다. 유행두의 시가 남다르게 보이는 까닭은 고통의 세계를 끌어안는 넉넉한 품성이 있기 때문이다.

2. 시적 주체의 고통

고통의 유형은 육체적 고통, 내면적 고통, 세계의 부정으로 발생하는 사회적 고통, 역사적으로 인식하는 고통이 있다. 이들 중에서 유행두의 시에서 보이는 고통의 유형은 내면적, 사회적 고통이 지배한다. 그녀의 시에서 고통은 가난이라는 가족의 문제로부터 출발하고 있으며, 이는 사회적 문제와 무관하지 않기 때문에 세계와 맞서는 주체의 고통이라고 할 수 있다. 그녀의 시에서 고통의 문제는 가난한 가족의 문제로부터 도시의 서민, 소외받는 사람들까지 이어진다.

그녀의 시에는 과거의 기억을 회상하는 시편들이 더러 보이는데, 그 과거의 기억은 가난하고 힘겨운 고통의 순간들이었다. 그 고통의 순간을 자기인식의 세계로 끌어들임으로써 생명의 조화로움을 발견한다. 과거의 추억은 고통스럽게 느껴지지만, 그것을 관조의 태도로 받아들이면 고통의 순간이 아름다운 풍경으로 변용되게 되는 것이다. 그녀의 시에 투영된 과거의 기억은 사소한 가족사로부터 주변의 이웃으로 확장되지만, 결국 그 고통은 차이의 심연을 거쳐 동일성으로 나아간다.

그녀의 시에 등장하는 고통받는 사람들은 주변 사람들이거나 자신의 분신과도 같은 사람들이다. 그들은 대단한 존재들도 아니고, 물질적 풍요를 마음껏 누리는 존재들도 아니다. 고만고만하게 살거나 더 이상 가난할 수 없는 처지에 놓인 사람들이다. 그녀의 시는 이러한 사람들의 고통을 담아내고 있다. 그들의 일상을 바라보는 시적 주체의 시선은 남다르다. 그 시선은 고통의 순간과 기억들을 끌어안는 따뜻함이라 할 수 있다.

버스가 아미고개만 지났으면 좋겠다고

어머니는 고부랑 골목을 쓸고

아버지가 오기까지 자지 않으리라

나는 눈 탁, 탁 털고 올 아버지 기다리는데

눈꺼풀엔 눈이 자꾸자꾸 내리고

뉴스 사이에서 비틀거리는 아버지

땅콩과자와 술안주 노가리 담긴

검정 비닐봉지 손가락에 걸고

눈이 나린다 눈이

어둠 속을 허둥거리는 아버지

버스는 끊어졌고 택시도 오지 않는

대학병원 1번 출구에, 함박눈이

송이송이 눈이 오고

형광등 시린 불빛 내 눈에 내리는데

뉴스 속에 아버지는 없고

들것에 실려 나가는 사람의 소매깃이

아침밥 먹을 때 본 아버지 줄무늬랑 비슷한 것도 같고

눈이 나린다 눈이

정말, 버스가 아미고개만 지났으면 좋겠다고

어머니는 희끗희끗 날리는 하늘만 바라보고

차 소리 끊어지고 길도 없어진 길에

버려진 하룻강아지가 짖지 않아서

눈이 나린다 눈이

쓰레기봉투 물어뜯던 강아지가 싼 생똥 위에, 불 꺼진 옆집 창문 앞에, 깡

마른 살구나무에, 대문 없는 창문 앞에, 헐렁헐렁 신발 앞에, 내 눈꺼풀에

　눈이 나린다 눈이

코를 고는 아버지 머리카락에, 시끄러워 잠못 드는 내 눈꺼풀에

　눈이 나린다 눈이.

—「겨울 아미동」 전문

　이 시는 도시 주변에 살아가는 가난한 서민들의 삶을 한 폭의 풍경화처럼 선명하게 그리고 있다. 어머니는 골목을 쓸면서 일하러 간 아버지를 기다리고 있다. 그 풍경 속으로 비틀거리며 돌아오는 아버지의 모습이 보인다. 아버지는 "땅콩과자와 술안주 노가리"를 가지고, 검정 비닐봉지를 손가락에 걸고 늦게 귀가한다. 그런 아버지를 기다리는 가족들. 이 시는 이러한 가족의 애틋한 정을 "눈이 나리"는 풍경으로 감싸고 있다. 비록 도시의 변두리에 살아가는 가난한 사람들이지만, 이들 가족들이 겪는 가난의 고통은 시적 주체의 내면적 체험과 동일시함으로써 고

통을 모르는 시적 주체의 무한한 욕망으로 나아가게 한다.

　이 시의 소재인 눈은 매우 중요한 역할을 한다. 눈은 이들 가족이 겪고 있는 가난이라는 고통을 고통으로 받아들여지지 않게 하고, 그들의 가난을 오히려 따뜻한 눈으로 감싸는 형국으로 나아가게 한다. "눈"은 강아지의 생똥 위에도, 불 꺼진 창문 앞에도, 대문 없는 창문 앞에도 내린다. 이렇게 푸지게 눈이 내리는 겨울 아미동의 풍경은 조용하면서도 포근하게 세상의 한 편에 자리잡고 있다. 이 시의 공간 배경이 되는 아미동은 주변부 삶의 고통을 상징하는 공간이기도 하며, 주체의 기억 속에 놓인 고통의 공간이기도 하다. 그 고통의 공간은 절망과 희망이 동시에 존재한다. 도시에 나간 아버지를 하염없이 기다리는 절망의 공간이기도 하고, 가족이라는 따뜻한 품이 존재하는 희망의 공간이기도 하다. 아미동은 가난의 고통 속에 허덕이는 절망적이고 탈출하고 싶은 공간이지만, 시적 주체는 그 가난의 공간을 가족의 정이 넘치는 따뜻한 공간으로 치환함으로써 고통을 극복하는 공간으로 인식하게 한다. 이처럼 그녀의 시는 과거의 고통이 시적 동인으로 작용하고 있지만, 그 고통은 우울하거나 절망적인 상황에 놓여 있지 않다. 오히려 그 고통을 시적 주체의 내면으로 끌어들이면서 희망의 국면으로 바꾸어 놓는다.

　「겨울 아미동」에서 보는 바와 같이 그녀의 시는 가족의 고통이 시적 근원을 이룬다. 치매병동에 입원해 있는 어머니, 가난을 대물림해 준 아버지, 집이 망해서 "딱지"가 붙게 된 상황, 김밥장사를 했던 여동생의 죽음, 한때는 신용불량자가 되기도 했던 일. 시적 주체를 둘러싼 이런 고통스런 환경은 그녀의 시가 고통으로부터 출발할 수밖에 없는 단초를 제공한다.

웃음을 한 토막씩 나눠 먹고 있을 즈음

다음 생으로 페이지를 넘기고 있었던 것이다

주석 같은 조카들이 밑줄 아래 울고 있다

─「밑줄」 부분

아버지는 없고 어머니는 달아나고

식탁도 아닌 두레밥상에

아이는 할머니 한숨 위에 수저를 드는데

─「오월」 부분

아버지는 2대 독자, 해는 뉘엿하고도 섣달 하고도 비스듬, 절구통에 콩떡
콩떡 시린 바람 쿵떡 엄마, 와 이리 배가 땡기노, 아버지 기차 꼬랑지 슬쩍
숨은 뒤, 인절미에 붙을 콩가루 윗목으로 밀려밀려, 배만 틀모 우째 바닥을
긴다노 엄마는, 쪽 머리 하얀 적삼 성경책 넘어가는 소리 파르르 할머니 우짜
꼬우짜꼬 고양이도 나이 먹기 바쁜 그믐날
위로 쪼르르 언니 넷은 조금 있다 말 하구요

─「기찻길 옆 오막살이」 부분

　인용한 시들에서 시적 주체의 고통을 인식할 수 있을 것이다. 「밑줄」
은 김밥장사를 하던 여동생의 죽음을, 「오월」은 부모 없는 아이가 할머
니와 함께 살아가는 고통을 그리고 있다. 「기찻길 옆 오막살이」는 2대
독자인 집안에 내리 딸만 낳은 기구한 운명을 말하고 있다. 이런 기구

한 운명에 놓인 가족사임에도 불구하고, 이 시는 그 운명의 고통을 고
통으로 받아들이지 않게 장치되어 있다. 그것은 투박한 사투리와 해학
적 언어기교 때문이다. 기구한 운명에 고통을 받고 있는 아버지의 절박
한 문제의식을 해체함으로써 그 고통을 극복하는 힘으로 작용하게 하
고 있는 것이다.

이러한 극복의 힘은 농촌을 떠나 도시로 나가 살다가 죽어서 농촌으
로 돌아온 아버지의 사연을 담은 「우리기」에서도 잘 나타나 있다. 아버
지의 죽음은 고통스러운 일이다. 억장(億丈)이 무너지는 듯한 그 고통스
러운 일을 오히려 담담하게 받아들임으로써 그 고통을 극복하고 있는
것이다. 아버지의 죽음은 세월 속에서 일어날 수밖에 없는 운명이다.
그래서 시적 주체는 영배아부지, 경자아부지가 나란나란 누워서 또 다
른 세상을 말하는 정겨운 장면을 보여줌으로써 그 고통의 상황을 슬쩍
비껴가고 있는 것이다. 이는 극도의 고통을 극복하는 방법은 최선의 평
화를 생각하는 것이라는 역설의 방법이라 할 수 있다.

김밥장사 여동생의 죽음을 바라보면서도 시적 주체는 그 현실을 담
담하게 받아들이고, 부모 없이 할머니와 살아가는 아이의 슬픈 운명도
차분한 마음으로 받아들인다. 이런 일들이 모두 슬픈 일이긴 하지만,
그것을 운명으로 받아들임으로써 그 고통을 극복하는 계기를 마련하는
것이다. 여동생의 죽음은 슬픈 일이지만, 이제 동생의 삶에 "밑줄"을 그
으면서 새로운 삶을 준비하고 있다. 이러한 긍정적 인식은 고통을 고통
으로 받아들이지 않고 그 고통을 새로운 삶의 희망으로 변용하는 의지
로 나아가게 한다.

어둠이 해물레를 돌렸던 봄이었을 것이다

막잠 끝낸 누에 따라 섶에 든 어머니

누에들의 흰 벽이 둥글어져 갈 때

뽕밭 오디도 까맣게 익어갔다

느지감치 자리에서 일어나

세상 밖으로 나온 누에고치들

어머니의 누에는 보이지 않았다

생애 가장 연한 순을 빼앗긴 오디처럼

내 기다림도 까맣게 익어갔다

누에들이 하얀 껍질을 쌓아가는 동안

어머니는 무얼 하고 계셨을까

얼레가 돌고

생사가 비단으로 빛이 익어 갈 때까지

집 한 채도 짓지 못하는 어머니

아직도 못다 지은 하얀 꼬치 속에서

반 토막 단단한 껍질을 보이며

밤마다 빛을 풀어내는

그곳엔 누구도 면회가 되지 않는다.

─「누에의 집」 전문

　어머니의 고통스러운 삶은 여러 작품에 투영되어 있다. 「엄마의 브라자」, 「문밖에는 봄」, 「치매병동」, 「아주 옛날에는 사람이 안 살았다는 데」, 「칼라 바람이 부는 흑백 사진」 등과 같은 작품에서 어머니의 고

통은 다양하게 나타나고 있다. 인용한 시에서 어머니의 삶이란 누에고
치 속에 갇힌 고통스런 삶이다. 평생 집 한 채도 짓지 못한 어머니와 누
에의 집은 선명한 대조를 이루면서 어머니의 가난에 대한 고통을 부각
시킨다. 누에가 집을 짓고 실을 뽑아내고 그 실이 비단이 될 때까지도
어머니는 집도 하나 마련하지 못했다. 가난의 고통 속에서 살아야 했던
어머니는 이제 누구도 면회가 되지 않는 닫힌 공간에서 고독한 여생을
보내고 있다. 시적 주체는 그 어머니의 삶 속에서 고통의 시간을 체험
한다. 어머니의 고통을 주체의 고통으로 끌어들이고 있는 것이다. 시적
주체는 누구도 면회가 되지 않는 곳에서 세월을 보내고 있는 어머니의
모습에서 고통의 본질을 발견하고 있는 것이다.

가난에 물려본 짐승이면 안다

신용불량자는 무섭다는 걸

아버지를 비싼 중환자실 침대에 눕혀놓고

동생은 주유소 아르바이트 보내고

꼬박꼬박 이자에 이자를 붙이는

사채업자보다 무서운 짐승이다

심장을 물어뜯어 팔딱거리게 하고는

슬픔은 잘도 분양해주면서

행복은 카드 무이자 할부는커녕

부은 몸뚱이의 장기는 사주지 않는다

빚쟁이에게 쫓겨 다닐 때만 해도 그렇다

이삿짐은 번번이 지하에 가둬 놓아야 하고

전화기는 꺼져 있어야 한다

비가 오면 쉬어야 하고

햇빛 부신 날 일용직도 간당간당 하면서

아버지 영정 사진 앞에서도

일당을 걱정 해야하는

불량딱지 몸뚱이 정말 무섭다.

―「태양의 뒤편 7」 전문

　"가난에 물려본" 고통을 겪은 사람만이 진정한 고통의 의미를 안다. 신용불량자가 된 아버지, 그 아버지는 이미 "중환자실 침대에" 누워 있고, 동생은 주유소에서 아르바이트를 하고, 이자도 갚지 못해서 "장기"까지 팔아야 하는 극한의 상황에까지 이른다. 이 처절한 가난의 고통 속에서 시적 주체는 "태양의 뒤편"에서 살아가는 사람들의 모습을 발견한다. 아버지의 영정 사진을 놓고도 울 수 없는 상황. 그것은 당장 먹고 살 일 때문에 눈물이 나지 않는다는 말과도 같다. 이 가난의 고통은 연작시 「태양의 뒤편」에 흐르는 기본 정조다.

　그녀의 시가 출발하는 공간이 고통이라고 한다면, 그 도착점도 고통이다. 그녀의 시는 고통에서 출발하지만, 그 고통은 고통이 고통을 낳는 비극적 상황이 아니라, 고통을 극복하는 힘의 방편으로 작용한다. 시적 주체는 가난에 물려볼 정도로 고통을 겪었지만, 그 가난은 오히려 세상을 따뜻한 시선으로 바라보게 하는 힘이 되는 것이다. 지독한 고통을 겪고 나면 그것이 고통으로 받아들여지지 않듯이, 시적 주체는 가난의 고통을 고통으로 생각하지 않는다. 그래서 시적 주체는 소외받는 사람들에게 따뜻한 시선을 보내고 있는 것이다. 시적 주체가 세계에 초연한 자세를 갖게 되는 것도 더 이상 떨어질 수 없는 곳에서 세계를 보고 있기 때문인 것이다.

신체의 일부인 장기까지 팔아야 할 극한 상황에 도달했을 때, 그야말로 가난의 고통이 바닥에까지 이르렀을 때, 이미 자신의 고통을 넘어서는 자리에서 새롭게 고통을 바라볼 수 있는 힘이 생기는 것이다. 시적 주체는 이러한 역설의 방법으로 세상을 보고 있는 것이다. 그녀의 시에서 시니컬한 풍자의 방법이 보이는 것도 고통을 극복하는 시적 방법론이라고 할 수 있다.

그녀의 시에서 시적 주체의 가난 체험은 소외된 자에 대한 따뜻한 시선으로 이어지고 있다. 그들은 농촌에 있는 사람, 도시의 변두리에 살아가는 사람들, 도시 속에서 소외된 사람들이다. 자식들은 모두 도시로 떠나고 시골에 혼자 남아서 남은 세월을 죽지 못해 살아가는 사람들이고 일일 노동자로서 힘겨운 삶을 살아가는 사람들이다.

> 숫골엔 재수 없이 둘이만 산다
> 광대뼈 골 높은 서황댁이랑
> 뻐드렁니도 없어 밥알 녹여먹는 모동댁이랑
> 앙살스런 과부 이가 서 말이라고
> 서황댁 흉보는 모동댁
> 마늘밭 고랑에서 무릎 시리다 푸념하고
> 모동댁 아들 없다 무시하는 서황댁
> 박힌 우물 차지하고 파뿌리 다듬는다

솟골에

솥단지 하나씩 걸어놓고

바람소리에 개 짖으면 서황댁

이민 간 아들 같아 삽작문 밀어보고

구름 내려앉아 도둑고양이 처마 밑 기웃거리면

모동댁

미운 척 밥 한 술 던져준다

아랫동네 염쟁이영감 새끼 꼴 힘이라도 남아 있을 때

죽어야 한다고

속없는 아랫배에 쪼글쪼글한 말 집어넣고

서황댁 모동댁

먼저 죽기 내기한다

메아리도 꼴딱 넘어가지 않는 솟골

서황댁 모동댁

징글징글 산다.

—「솟골」 전문

　

"솟골"이라는 공간도 이러한 주변부 사람들이 겪는 고통의 공간 중의 하나이다. 이곳에는 소외된 두 과부가 살고 있다. 서황댁과 모동댁은 서로 무시하면서 살아가지만, 그래도 두 사람은 동병상련의 마음으로 서로를 위로한다. "메아리도 넘어가지 않는" 그 솟골에서 서황댁과 모동댁은 서로 "징글징글"하면서 살아가고 있다. 시적 주체는 서로서로 위로하면서 살아가는 이들의 모습에서 고통을 극복하는 진정한 삶의 의미를 발견하고 있는 것이다. 시적 주체의 눈에 비친 두 과부의 삶은 신산하기 그지없지만, 그렇다고 외롭거나 고독해 보이지 않는 것이다.

그녀의 시집에 나오는 서민들은 가난에 찌들려 살아가는 것이 아니라, 그들 나름대로 그 고통을 운명처럼 받아들이면서 살아가고 있다. 소프라노 빵집 아줌마처럼 자주 부부 싸움을 하고 더러는 남편에게 맞아서 "허벅지에 시퍼런 스프링 자국"이 남을 정도로 폭행을 당하기도 하지만, 언젠가는 "노릇노릇 잘 구워진 공갈빵처럼 / 듬성듬성 통깨 같은 아이의 웃음을 핑계 삼아 / 삶을 빵빵하게 발효시키고 있는 건 아닌지 / 혹시 모르겠어요"(「소프라노 빵집」)라는 말로 위안을 삼고 있는 것이다. 그들은 힘들고 고통스러운 삶을 살고 있지만, 그 고통 속에는 건강한 희망이 존재하고 있는 것이다. 인력시장에 나가는 서민들은 고통의 삶을 살고 있지만, "바람이 술잔 위를 출렁거려도 / 자, 우리 남아있는 온 생을 위하여 / 건배!"(「태양의 뒤편 1」)할 수 있는 여유가 있는 것이다. 그녀의 시가 고통을 극복하는 힘이 있다는 것은 이러한 건강한 희망의 싹들이 곳곳에 있기 때문이다.

그런데 고통의 문제를 말하면서 지나칠 수 없는 것은 시적 주체가 서민들의 고통스런 삶을 바라보는 시선의 뒤에는 시적 주체의 내면적 고통이 자리잡고 있다는 것이다. 연작시 「태양의 뒤편」은 이러한 시적 주체의 내면적 고통을 잘 보여주고 있다. "태양의 뒤편"이라는 시 제목은 그 고통을 상징한다. "태양"은 밝음, 뜨거움, 열정을 상징한다. 그런데 그 태양의 "뒤편"을 바라보는 행위는 밝음의 뒤편을 바라본다는 것과 같다. 밝은 곳을 보면서 뒤편을 생각하는 것. 이것은 고통 속에서 평화를 바라보는 것과 다르지 않다. 밝음 속에는 항상 어두움이 동시에 존

재한다는 인식. 이러한 역설의 방법은 고통의 극단에 놓인 것이 평화라
는 주체의 인식이라 할 수 있다.

> 자궁에 꽃이 피었다고
> 의사는 초음파기만 바라보고
> 나는 물방울무늬 치마만 물끄러미 내려다본다
> 물소리 출렁인다
> (시들어도 떨어지지 못하는 꽃은 슬플까)
>
> 수술대에 누웠다
> 흑점처럼 까만 회전등이 보인다
>
> 올라가면 늦게까지 고드름을 키우는 임대아파트
> 여섯 살 딸과 팔순 노모
> 이제는 내 아이가 된 죽은 시동생 아이들이
> 근심을 기워대는 재봉틀 소리에 졸고
> (뿌리는 태양의 반대쪽으로 자란다)
>
> 내려가면 햇살이 비껴가는 음지 모퉁이
> 어쩌다 여기에다 뿌리를 내렸는지
> 가시에 찔린 시뻘건 겨울
> 떨어진 꽃잎이 파르르 떨고 있다
> (고드름은 태양의 반대쪽으로 자란다)

—「태양의 뒤편 3」 부분

이 시는 시적 주체의 내면적 고통을 잘 보여주고 있다. "자궁에 꽃이 피었다"는 것은 시적 주체의 고통이지만, 그 수술을 끝내고 집으로 돌아가면 임대아파트에 여섯 살 딸, 팔순 노모, 죽은 시동생의 아이들까지 함께 살아야 하는 고통스러운 현실이 있다. 이 때문에 시적 주체가 바라보는 세상의 모든 풍경은 "태양의 뒤편"과 같이 고통스러운 것이다. 그녀의 시가 고통의 문제에 결코 자유롭지 못하다는 것은 이러한 고통의 현실과 그 고통의 현실에서 살아가야 하는 시적 주체의 운명 때문이라 할 수 있다. 올라가면 고통스러운 현실이 있고, "내려가면 햇살이 비껴가는 음지 모퉁이"가 있는 이 끝없는 고통의 연속성 때문에 시적 주체의 현실에 대한 인식은 "가시에 찔린 시뻘건 겨울"처럼 처절하기만 할 뿐이다. 그래서 시적 주체는 태양의 전면에 있는 것이 아니라, 태양의 반대편에서 "떨어진 꽃잎"처럼 파르르 떨고 있는 것이다.

> 후두, 후두둑 구름이 떨어졌다 돌풍이 지붕을 핥았다 산은 움찔움찔 소름을 뱉었다 월남전에 두 팔을 떼어준 할아버지 초점 없이 튀어나온 눈이 팽그르르 돌아 새둥지로 날아갔다 짝짓기 하던 개구리도 울음을 멈추었다 걸러지지 않는 바람이 마을을 집어 올렸다가 투, 투둑 떨·어·뜨·렸·다
>
> ─「태양의 뒤편 5」 부분

연작시 「태양의 뒤편」에 나타나는 전반적인 분위기는 고통의 연속이다. 어딘지 모를 불안감과 고통스러운 풍경이 시의 전경(全景)을 억누르고 있다. 소름끼치는 산, 돌풍을 몰고 오는 구름, 짝짓기 하던 개구리도 울음을 멈추는 적막한 고통만이 이어질 뿐이다. 그 마을에는

그야말로 걸러지지 않는 불안감과 함께 고통만이 자리잡고 있다. 「태양의 뒤편 6」은 사막과 같은 공간에 시적 주체가 놓여 있는데, 그 공간에서 길을 찾지 못하고 서성대는 고통스러운 자아가 있다. 여기에서 시적 주체는 이 절체절명의 공간을 벗어나기 위해서 시를 쓴다고 고백한다. 현실 공간도 불안하고 고통스럽지만, 시적 주체의 내면에 자리잡은 자아의 모습도 불안하고 고통스럽기만 하다. 그래서 시적 주체는 스스로 떨어진 꽃잎과 같은 존재로 인식하고 있는 것이다. 이러한 철저한 내면적 고통의 인식은 시를 통해서 자아를 발견하고, 고통을 극복하는 방편으로 작용하고 있다. 시적 주체가 시를 쓰는 궁극적인 이유는 "사막 속에서 길을 잃지 않기 위해서이고, 사막의 모래바람에 묻히지 않기 위한 행위이다"라고 말하는 것은, 시적 주체는 고통을 극복하는 하나의 방편으로 시를 선택하고 있다는 사실을 반증하고 있는 것이다. "바퀴벌레에게까지 임대료"를 받고 싶을 만큼 힘든 가난(「태양의 뒤편 8」)의 고통 속에서 아버지는 중환자실에 입원해 있고, 집은 온통 딱지가 붙어서 쫓겨나야 하는 상황에 놓여 있다. 그래서 시적 주체는 집에 도둑이 오면 임대아파트에 끼여 있는 자신을 데려가라고 하소연하고 있는 것이다. 이처럼 고통스러운 현실에 놓여 있기 때문에 그녀의 시에는 항상 "얼룩얼룩한 슬픔이 싸르르" 맴돌고 있는 것이다.

고통은 그녀의 시를 이루는 근간이 되고, 시적 지평이 확장되는 기원이 된다. 고통의 기원은 가난에서 비롯하고 있지만, 그 고통은 확장되고 변용되어서 이웃의 고통을 시적 주체의 내면으로 끌어들이는 데까지 나아간다. 이 때문에 그녀의 시는 '고통의 현상학'을 잘 보여준다고

말할 수 있는 것이다. '고통의 현상학'은 그녀의 시가 출발하는 공간이
면서 그녀의 시를 규정하는 하나의 준범이라 할 수 있다.

3. 시적 방법론

　이 '고통의 현상학'은 시적 방법론으로까지 나아가고 있다. 그녀의
시는 오후의 풍경화처럼 세상을 관조하고 있는데, 이는 고통을 시적 주
체의 내면으로 끌어들이기 위한 시적 방법론이라고 할 수 있다. 오후
시간은 오전 시간만큼이나 긴박하지 않다. 그렇다고 밤의 시간만큼이
나 여유 있는 시간도 아니다. 오후 시간은 나른하면서도 조밀하게 대상
을 관찰할 수 있는 시간이다. 그만큼 느슨하지만, 그 느슨함은 대상을
보다 세밀하게 관찰할 틈을 부여한다. 그녀의 시가 오후의 풍경을 보여
준다고 말할 수 있는 것은 그만큼 대상을 보는 시선이 완만하면서도 치
밀하다는 것이다. 도시의 주변을 둘러보는 시들을 읽으면 평화롭고 아
늑한 느낌마저 들 정도다. 이것은 앞에서 보았던 그 고통스러운 삶의
현장과는 사뭇 비껴서 있는 느낌이다. 마치 고통의 현실을 벗어나 다른
세계에 자신을 맡겨놓고 있는 것처럼 보인다.

　구불구불 오다가 멈춰 선 여기
　신호등이 좀처럼 바뀌지 않는다

희미한 이정표엔

직진하면 신라로 가는 길이라 하고

가야가 사라진 낙동강 갈대밭으로도 이어졌다 한다

좌회전 신호 끝에는

여섯 옹주를 낳았던 왕비가 한 맺혀 불어놓은 입김처럼

안개에 젖은 도시가 있다고

그곳엔 오래 전 이 도시를 다녀갈 때

걸음이 느리면 역사 속에 남겨 놓고 그냥 가버린다던

유적을 안내하는 여자가 산다

우회전 신호 옆

수레바퀴 굴리는 토우 그림집엔

가야금 열두 줄로 우륵이 위로하던 왕비는 없고

탬버린을 흔들며 여자가 일한다

여자의 가슴 아래 배불뚝이 전광판

분분한 설화가 썰물에 씻겨가다가

소라 몸 속으로 숨을 때

어느 입 큰 사람이 초장도 찍지 않고 꿀떡 삼킬 듯한

횟집 광고가 한창이다

노란 신호 아래 바쁜 듯 生을 건너는 사람들

마흔이 지나도록 길을 정하지 못하고 망설이는 사이

정적 소리가 설익은 가야를 누른다

부록 같은 오후가 휘청거린다.

—「가야교차로」 전문

교차로는 각기 다른 방향으로 가는 사람들이 모이는 곳이다. 따라서 그곳에는 사람들이 붐빈다. 이 시의 시간 배경은 오후이다. "마흔이 지난" 시적 주체와 오후의 도시 풍경은 마치 교차로에서 서로의 존재를 확인하는 것처럼 동일시된다. 교차로에서 어디로 갈지 모르고 서있는 시적 주체의 모습과 "노란 신호 아래" 바쁘게 움직이는 사람들은 극렬하게 대비된다. 도시의 교차로 한편에서 시적 주체의 존재를 발견하려는 느린 발걸음은 세계와 맞서 있지만, 그 행보는 여유롭게 보인다. 이 시에 보이는 오후의 도시 풍경은 평화로운 정경 그대로이다. 살아가는 일이 고통스럽고 힘겹지만, 사람들은 교차로에서 모두 어딘가로 향하고 있다. 그 속에서 놓여 있는 시적 주체는 길을 찾지 못하고 서성대고 있다. 도시의 오후 풍경은 고통스러운 삶의 현장에서 한 발자국 물러나서 "부록"과 같이 덤으로 존재하고 있는 것이다.

기와집 낡은 텃밭에
토막 난 벚나무
나이테를 잃고도 용케도 살아
한쪽으로만 잎을 내리고 있다

그 아래
노모가 쪼그려 봄볕을 뜯고

벚 · 꽃 · 길 · 철 · 길 · 로 · 기 · 차 · 는 · 천 · 천 · 히 · ……

—「경화역」 전문

봄날의 풍경이 환하게 다가오면서도 그 화면은 "천·천·히" 지나가고 있다. 때문에 화자의 시선에는 "토막 난 벚나무"가 보이고, 그 나무가 용케도 살아남아서 봄날 벚꽃을 피우고 있는 장면도 보이는 것이다. 그 아래 노모가 봄볕을 쬐고 있는 장면은 평화롭기만 하다. 그 길을 달리는 기차도 느리게 지나간다. 기차역 주변의 나른한 봄날의 풍경이 정겹게 다가온다. 도시라고 하면 바쁘고 빠르게 지나가는 풍경을 떠올리지만, 시적 주체의 시선에 포착된 도시의 풍경은 느리고 완만하기만 하다. 「경화역」은 도시 속에서 발견하는 평화롭고 고요한 정적인 공간을 상징하고 있다.

그녀의 시에서 고통을 극복하는 또 다른 시적 방법론은 세상을 보는 따뜻한 인식에 있다. 가난의 고통을 견디어내는 방법은 역설적이게도 세상을 사랑하는 것이다. 그녀가 세상을 보는 시선이 남다르게 느껴지는 것은 이러한 긍정의 힘 때문이다. 고통 속에 피어나는 것은 비단 벚나무만이 아니다. 「동백꽃」에는 "심장에 빨간 꽃"이 피어나듯이 희망의 메시지가 존재한다. 대상을 보는 눈이 긍정적이고, 희망적이라는 것은 "오래도록 십자가 가슴에 피어있는 꽃, 하많은 세월이 흘러도 시들지 않는, 내 몸 깊숙이 살아있던 바로 그 꽃"을 가슴에 간직하고 있기 때문일 것이다.

쥐똥나무 울타리 아래

아직 잔설 분분한데

쨍그랑, 할머니들

10원짜리 다보탑에 둘러앉아

쨍그랑

바람기 묻은 매화꽃 꼭 쥔 101호 할머니
등거리에 햇살이 굴러 내리도록
난초는 놓지 않는 402호 할머니
더 탕진할 것도 없는 쭉정이 쌓아놓고
모오리돌 오물오물 굴린다
906호 할머니

밥 때 지난 신도시 옆구리에 끼인 채
흔들흔들
生을 조등처럼 걸어놓은 봄.

—「간이공원」 전문

　이 시는 생을 조등처럼 걸어놓은 할머니들이 쥐똥나무 울타리 아래 모여 화투놀이를 하는 장면이다. 초봄의 한가로운 공원의 정경이라 할 수 있다. 인생은 간이공원과 같이 지나가는 한 풍경일지도 모른다. 이 시는 이런 발상으로 세상을 새롭게 보고 있는 것이다. 이러한 역설의 방법은 세상을 초극하는 시적 방법론이라고 할 수 있다. 「금의암」에서 세상의 고통을 잊고 살아가고 싶다고 말하는 것은 이러한 인식과 무관해보이지 않는다. 그녀의 시에서 인간의 풍경은 더러는 덧없는 행위로 비치기도 하고, 더러는 삶의 궤적들이 고만고만한 것들로 보이기도 한다. 이를테면, 「우주인의 동창회」에서 동창회에서 만난 사람들의 풍경은 모두 고통 속에 살아가는 존재들로 보인다. 그렇다고 그들의 삶은 절망적이지 않다. 그들의 삶에서 인간 풍경의 참된 모습을 발견하기도 하는 것이다. 고통을 극복하는 시적 방법론은 긍정의 힘이라고 했는데, 이 긍정의 힘은 풍자와 해학과 같은 우회적 기법과도 닿아 있다.

기름 값 오르고 뿅, 쌀값 오르고 뿅, 아래층에서 바퀴벌레 올라오고 앞집
남자 바람나고 뿅, 꽃은 환장하고 뿅, 뿅, 때리기도 전에 뿅, 내려가는 건 없
고 뿅, 헐레벌떡 부동산 예쁜이이모 뿅, 증권회사 뿅, 뻘건 불이 뿅, 올라오고
뿅, 뿅, 횟집 수족관에 숭어도 따라 뿅, 망치잡고 뿅, 맞아도 내려가지 않는
세상은 때릴 것이 많아, 맞기 전에 다투어 뿅, 뿅, 목련에, 개나리에, 벚꽃
에, 뿅, 뿅, 뿅, 어쩌자고 뿅, 감출 수 없는 나이도 따라 뿅, 오르고 뿅, 뿅
맞지 않아도 내려가는 탱자나무 울타리집 할아버지 봄만 풍 맞아 구멍 속
을 파고드는
게임 끝난 점수판에 뻘건 불이 뿅…뿅.

—「두더지 게임하는 봄」 전문

이 시의 풍자성은 이번 시집에서 가장 두드러지게 보인다. 흔히 접하는 두더지 게임에서 세상의 모든 일들을 하나하나 풍자하고 있다. 큰 사회적 분위기뿐만 아니라, 작은 주변의 일들까지도 세세하게 풍자하고 있다. 「파리의 항변」에서 이곳저곳 다니면서 온갖 똥을 전파하는 파리보다도 더 못한 존재가 인간이라고 말하듯이, 이 시는 인간들에 대한 푸념을 적나라하게 보여주고 있다. 이 시는 고통의 순간을 극복하는 방법론으로 풍자의 기법을 사용하고 있다고 할 수 있다. 풍자는 세상을

보는 비판적 정신이지만, 그것은 어디까지나 세상을 긍정적으로 바라
보는 것이라고 할 수 있다. 그녀의 시는 이런 풍자의 정신을 시적 방법
론으로 끌어들이고 있다. 이는 고통을 극복하는 긍정적 힘이라 할 수
있다.

이러한 풍자성과 함께 그녀의 시에서 간과해서는 안 되는 것으로 실
험성이 강한 시들을 들 수 있다. 「나비잠」, 「단물빠진 봄」에 보이는 실
험성은 시적 방법론의 새로운 지평을 열어보이는 것이라 할 수 있다.
「나비잠」에서 시행의 배열을 팔과 다리를 벌리고 편안하게 잠들어 있
는 사람의 형상을 묘사한다든지, 「단물빠진 봄」에서 행의 구조를 배열
한다든지 하는 기법은 실험성이 돋보이는 부분이다. 이러한 실험성은
풍자를 담은 시들과 함께 그녀의 시적 진폭을 확장시켜주는 계기가 될
것이다. 그렇다고 지나친 기교주의를 지향하라는 말은 아니다. 풍자와
실험성은 고통을 극복하는 시적 방법론의 하나로 인식해야 할 것이다.

4. 시적 지평의 확장

유행두의 시에서 시적 주체의 고통은 세계와의 불화에 그 연원을 두
고 있지만, 그 고통은 쉽게 내면적 고통으로 변환된다. 그것은 시적 주
체가 고통을 자아의 내면으로 끌어들이고 있기 때문이다. 타자의 고통
은 시적 주체의 고통이기도 하다는 것이다. 이러한 대타적 사랑은 가난

을 겪은 시적 주체의 타자 인식 과정에서 일어나는 종교적 숭고주의와도 같다고 할 수 있다. 이러한 숭고주의 태도는 시적 주체가 내면적 고통에 대해 너그러우면서도 타자의 고통에 대해서는 민감하게 반응하게 한다. 그녀의 시에서 고통은 그녀의 시가 출발하는 공간이자, 동시에 새로움을 모색하는 공간이기도 하다. 그녀의 시를 고통의 문제에서 출발한다고 하는 것은 가난의 체험과 그 가난으로부터 발생하는 다양한 현실 문제와 무관하지 않아 보인다. 그녀의 시에서 고통의 근원은 가족의 가난, 과거의 어두운 기억으로 유추되고 있다. 그 고통을 극복하는 시적 방법론은 세상을 보는 따뜻한 시선과 풍자, 실험성이라 할 수 있다.

서정시는 고통과 슬픔, 행복과 아름다움 따위를 타인과 나누는 행위이다. 타자에 대한 사랑, 소외되거나 버림받은 존재들에 대한 끝없는 관심과 사랑이 서정시가 지향해야 하는 하나의 길이라고 한다면, 그녀의 시는 이 고통의 길을 가고 있는 것이다. 서정시야말로 세상의 고통과 어둠을 피하지 않으면서 그 고통을 받아들이는 것이며, 그 고통 속에서 신음할 수 있어야 한다. 때문에 서정시는 인간 존재의 고통을 외면하지 않아야 하며, 오히려 그 고통을 자신의 내면으로 끌어들여서 녹여내야 한다.

고통의 순간과 함께하는 그녀의 시는 그런 점에서 서정시의 본질을 추구하고 있다고 할 수 있다. 서정시는 시적 주체와 타자의 대립 구도 속에서 자아를 찾아가는 숭고한 정신을 바탕으로 하고 있다. 서정시가 자아의 문제에 천착하는 까닭도 끊임없이 시적 주체와 타자의 관계 속에서 진정한 자아를 찾으려고 하기 때문이다. 그녀의 시는 타자를 고통의 시선으로 바라보고 있지만, 그 고통을 내면화하는 시적 방법론을 취한다. 그녀의 시는 고통의 현상학을 보여주지만, 어디까지나 그 고통은 고통의 문제로 끝나지 않고, 고통을 극복하고 삶의 활기를 충전시키는 방향으로 나아가고 있다. 따라서 그녀의 시는 최근의 '서정시'와는 다른 독특한 시적 지평을 열어가고 있는 것이다.

인간 존재의 근원을 탐색하는 물질의 시학

1. '바람'과 '뼈' – 시의 근원

신용목의 시를 읽다보면 쉽게 만날 수 있는 시어가 있다. 그것은 '바람', '구름', '햇살', '나무', '새'와 같은 자연물이다. 그 자연물의 중심에는 '바람'과 '뼈'가 있다. '바람'으로부터 시작하는 사색의 근원은 '뼈'라는 견고한 물질로 이어진다. 그의 시에서 '바람'과 '뼈'는 추상적 기억의 시간들을 구체적 형상으로 변화시키며, 그것은 인간 존재의 근원을 탐색하는 물질이 된다. 그렇다면 그의 시에서 이 두 가지 물질은 어떤 상징성을 갖는가. '바람'은 유연함, 생동함, 찰나와 같은 부드러운 속성을 가지는 반면, '뼈'는 딱딱함, 고정됨, 견고함과 같은 굳은 속성을 가진다. 이와 같이 대립된 두 물질은 주관의 체험 속에서 상호 충돌하면서 시간의 기억들을 재생해낸다. '바람'은 시간의 기억들을 끄집어내고, '뼈'는 끄집어낸 기억들을 붙잡고 있다. '바람'이 추상적 시간 속에 있다면, '뼈'는 구체적 현실의 층위에 놓여 있다고 말할 수 있다.

첫 시집 『그 바람을 다 걸어야 한다』(문학과지성사, 2004)에서 나타난 '바람'의 원형 상징은 두 번째 시집 『바람의 백만번째 어금니』(창비, 2007)에서도 그대로 이어지고 있다. 그런데 두 번째 시집에서 '바람'의 상징성은 보다 넓은 방향으로 확장되고 있다. '바람'은 우울한 과거의 기억들을 환기시키고 있다. 그런가 하면 '바람'은 '햇살'과 같이 따뜻한 이미지와 만나기도 하며, '어금니'라는 물질과 만나기도 한다.

그의 시는 행과 행의 단절이 놓여서 연속성이 끊어지는 것 같은데도, 전체 구성은 매우 긴밀하게 짜여 있다. 그는 시의 형식으로 모더니즘 기법을 일정하게 선택하고 있지만, 그 내용은 리얼리즘을 지향하고 있다고 한다. 신용목의 시는 모더니즘과 리얼리즘 시의 경계를 팽팽하게 유지하면서 서정시의 본령을 계승하고 있는 것이다. 첫 시집과 두 번째 시집의 시간적 격차가 그리 크지 않지만, '바람'이 몰아오는 상상의 진폭은 두 번째 시집에서 보다 넓어지고 있다.

2. 바람 – 체험의 근원

일반적으로, '바람'은 형상이 없으면서도, 형상에 감각적으로 닿는 신비로운 존재로 인식되어 왔다. 가스통 바슐라르는 셸리의 시에서 바람의 이미지를 부드러움과 난폭함, 순수함과 열광, 파괴적이고 활기를 주는 것으로 분석하고 있다(『공기와 몽상』). 신용목의 시에서 '바람'은 이러한 원형상징으로부터 도출되는 기억의 파편들이다. '바람'은 끊임 없이 과거의 기억을 들추어내고, 그 기억들은 또한 주체의 인식 속으로 녹아들어서 인간 존재의 근원을 되묻고 있다. 이와 같이 주체의 체험을 자극하는 '바람'은 그의 상상력을 거쳐 구체적 시어로 형상화된다. 그의 시는 '바람'이 몰고 오는 독특한 상징의 세계에서 출발한다.

무너진 그늘이 건너가는 염부 너머 바람이 부리는 노복들이 있다
언젠가는 소금이 雪山처럼 일어서던 들

누추를 입고 저무는 갈대가 있다

어느 가을 빈 둑을 걷다 나는 그들이 통증처럼 뱉어내는 새떼를 보았다
먼 허공에 부러진 촉 끝처럼 박혀 있었다

휘어진 몸에다 화살을 걸고 싶은 날은 갔다 모든 謀議가 한 잎 석양빛을 거느렸으니
바람에도 지층이 있다면 그들의 화석에는 저녁만이 남을 것이다

내 각오는 세월의 추를 끄는 흔들림이 아니었다 초승의 낮달이 그리는 흉터처럼
바람의 목청으로 울다 허리 꺾인 家長
아버지의 뼈 속에는 바람이 있다 나는 그 바람을 다 걸어야 한다

ㅡ「갈대 등본」 전문

첫 시집의 대표작이라 할 수 있는 이 시에서 '바람'은 과거의 기억뿐만 아니라, 현실의 고통까지도 떠오르게 한다. '바람'은 내 기억 속의 아버지라는 형상뿐만 아니라, 아버지의 뼈 속까지도 스며들어 있다. 그런데 이 아버지라는 존재를 확인시켜주는 것은 다름 아닌 갈대밭의 '바람'이다. 아버지는 다른 사람들과 마찬가지로 "바람이 부리는 노복"의 한 사람에 불과할 뿐이다. 그것이 아버지의 현재 주소이고, 나도 그 아버지처럼, '바람'의 노복으로 살아야 하는 운명을 타고 났다. 그래서 나 역시 '바람'에다 존재의 일체를 걸어야 하는 것이다. 화자의 기억 속에 있는 '바람'은 무형의 존재지만, 그 '바람'이 지나간 곳에는 기억 속에 살아있는 유형의 존재들이 꿈틀거린다. '바람'은 '자연'의 일부분이듯이 그 바람의 노복인 아버지도 거대한 자연의 일부분일 뿐이다. 그러나 그 존재는 허무한 존재가 아니라, "목청껏 울다 허리 꺾인 家長"과 같이 의미있는 존재이다. 그래서 아버지의 삶 속에는 '뼈'라는 구체적 삶의 형상이 남아있는 것이다.

이처럼 그의 시에서 '바람'이 끌어들이는 기억의 흔적들은 인간 존재의 근원을 탐색하는 계기를 마련해준다. 그의 시가 비유 방식의 새로움 때문에 어렵게 읽히기도 하지만, 그의 시가 어렵게 느껴지는 더 궁극적인 이유는 그의 시가 인간 존재를 탐구하는 철학적 사유 방식을 지향하기 때문이다. 그의 시는 독자들이 쉽게 접근하기 어렵다고 말하는데, 그의 시를 좀 더 찬찬히 읽어보면, 그것은 사실과 다르다는 것을 알 수 있을 것이다. 예를 들면, 위의 인용시에서 "통증처럼 뱉어내는 새떼"라는 구절을 살펴보자. 이 부분은 갈대숲을 날아오르는 새떼의 이미지를 표현한 것이다. 그런데 문제는 새가 날아오르는 장면을 "뱉어낸다"

고 표현한다는 데 있다. 이는 '날아오른다'는 상승 이미지를 새롭게 표현한 예이다. 이 부분은 일상적인 관념을 뒤집어 표현함으로써 낯설게 만든 예이다. 시의 문맥으로 볼 때, 아버지에 대한 기억은 뱉어내고 싶은 욕망이나 다름없다고 말할 수 있을 것이다. 그래서 그는 새가 날아오르는 것을 '뱉어낸다'고 표현하고 있는 것이다. 이러한 시적 방법론을 읽어낼 수 있다면, 그의 시에 쉽게 접근할 수 있을 것이다. 비록 그의 시는 낯설고 새로운 방식을 쓰고 있기는 하지만, 그의 시 저변에는 주체의 체험과 그 체험을 형상화하는 전통 서정시의 기술 방법이 흐르고 있음을 확인할 수 있는 것이다.

3. 뼈 - 기억의 편린

신용목의 시는 서정시의 본령을 충실하게 계승하고 있으면서도, 서정의 한계에 빠져 있지 않다. 더 나아가 그의 시는 주관적 정서에서 확장된 대타적 세계인식을 보여준다. 그의 시에는 주체의 체험들과 함께 동시대 사람들의 현실 문제가 개입되어 있으며, 그들의 삶을 섬세하게 드러내고 있다. 이를 형상화하기 위해서 그는 '바람'과 '햇살'이라는 원형의 물질과 '뼈'와 '어금니'라는 견고한 물질의 형상을 끌어들이고 있다. '바람'의 상상력이 불러오는 견고한 '뼈'의 이미지는 과거의 시간들을 떠올리게 한다. '바람'과 '뼈'는 자연의 일부라는 점에서 동일하다.

그렇지만, '바람'은 기억을 끌어내는 추상적 상징이라는 점에서, '뼈'는
그 기억을 붙들고 있는 구체적 상징이라는 점에서 사뭇 다르다. '바람'
은 어둡고 쓰라린 고통의 시간 속에 존재하고 있지만, '뼈'는 그 기억들
을 새로운 삶의 의미로 바뀌고 있다. 그 고통의 기억을 몰고오는 '바람'
은 주체의 체험을 드러내는 데 머물지 않고, '뼈'라는 구체적 형상과 만
나면서 동시대 사람들의 고통을 어루만지고 있다.

그는 철제 뗏목을 타고 있다. 먼 고향에서

발원한 한 가닥 지류를 타고

여덟 가닥의 해류가 흐르는 바다로 왔다

수십개의 섬을 나루처럼 돌아

몇 번씩 선박을 갈아타고 그러나

그가 여기까지 온 것은

한 척 뗏목을 얻기 위해서가 아니었다 해류는 때로

죽은 물고기떼처럼 부유했으며 어느 목에선

휘고 나뉘어 갈라졌다

그때마다 물결은 철제를 적셔 검은 해초를 키워냈지만

뗏목은 그의 목적이 아니었으므로

소음은 익숙한 노숙자처럼 초연했다

날마다 그는 사방에 솟은 사각의 섬으로

사냥을 떠났다 바다에 와서

말하자면 그는 사냥꾼이 되었다

섬은 층층이 갈라진 틈을 커다랗게 열어

허공을 사각으로 묶고 있었다 그러므로 바다에 와서

그가 배운 것은 암벽타기였다 매일 아침

한 짝씩 슬리퍼 장갑을 끼고

허공의 뼈를 유영하듯 타고 올라 쌍쌍의

검은 물고기떼를 노렸다 욕망을 거울처럼

완벽한 대칭으로 나눠가진 물고기들은

허기의 크기만큼 해초의 유혹에 붙들려왔다

—「허봉수 서울표류기」 부분

이쪽 동에서 저쪽 동으로

푸른 잎들은 몸을 뉘지만

한 번도 가축의 등에

채찍을 얹지 않았다 사육하는 일의

즐거움을 믿는 가축들의

아름다운 신앙을 위하여

낡아가는 우리를 가꿀 뿐 어제는

물통을 청소하고 오늘은

배설구를 씻는다 가축은

정갈해야 하므로

정해진 시간마다

상한 데는 없는지 손전등을 들고

고삐를 훑으러 간다 층층의

우리마다 가축은 마르고

이쪽 동에서 저쪽 동으로

푸른 잎은 몸을 뉘고 말뚝에 앉은

그는 고삐 끝에 힘을 준다

—「경비원 정씨」 부분

　　인용한 두 시의 주인공은 사회로부터 소외되거나, 혹은 낮은 계층에 있는 사람들이다. 시 「허봉수 서울표류기」에서 허봉수 씨는 구두닦이다. 그는 도시에 살아가는 사람들의 구두를 닦아주고 있지만, 그 사람들은 "물컹한 슬픔을 등 태우고" 다니는 슬픈 욕망에 둘러싸인 사람들일 뿐이다. 그래서 허봉수 씨의 뗏목에는 항상 그 슬픔의 이름이 검게 씌어져 있다. 처음부터 허봉수 씨는 구두닦이를 하기 위해 서울에 온 것은 아니다. 도시에 밀려와 살면서 그는 노숙자로 전전할 수밖에 없었으며, 결국 구두닦이라는 직업을 택할 수밖에 없었던 것이다. 그는 도시의 "사각의 섬"(빌딩)을 다니면서 "검은 물고기"(구두)를 수거하고, 그들의 욕망이 담긴 구두를 손질하고, 그들의 우울한 일상을 갈아 끼우고 있다. 그는 구두닦이지만, 동시대 사람들의 슬픈 욕망과 "고여 썩어가는" 도시를 온 몸으로 끌어안고 있는 인물이다. 그런 점에서 이 시는 구두닦이 허봉수의 이력을 말하는 데 그치지 않고, 동시대 사람들의 슬픔과 고통을 풍자하는 방향으로 나아가고 있는 것이다. 그의 시가 주체의 체험을 형상화하는 서정시의 본령에 충실하면서도 동시대의 리얼리티를 획득하고 있다는 것은 이러한 현실 인식 때문이다.

　　시 「경비원 정씨」에서 경비원 정씨는 말 그대로 아파트 경비원이다. 그런데 그의 눈에 비친 경비원 정씨는 아파트에 갇혀 살아가고 있는 슬폰 도시인들을 지키는 사육사의 이미지로 비춰지고 있다. 이 시에서 그는 아파트 주민들을 "푸른 잎"들에 비유하고, 이 때문에 아파트에 살아가는 사람들은 경비원 정씨가 기르는 가축이 되고 마는 것이다. 이러한 현실 인식 때문에 이 시를 읽는 독자들은 경비원 정씨가 소외된 사람이 아니라, 아파트에 사는 도시인들이 소외된 사람이라는 사실을 확인하게 되는 것이다. 이 시는 아파트라는 갇힌 울타리에 살아가는 도시인을 가축에 비유함으로써 인간의 비극을 노골적으로 드러낸다. 그러나 더 비극적인 것은 아파트에 살아가는 사람들은 그들이 사육당하는 존재라는 사실을 망각하고 살아가고 있다는 사실이다.

그의 시가 주관의 체험을 형상화하는 데서 현실의 인간 문제로 시선을 옮기는 것은 '바람'으로부터 이끌어내는 인식의 확장 때문이라 할 수 있다. '바람'은 인간 존재의 근원을 상징하는 시어이며, 개인의 정서에서 현실의 문제로 나아가게 하는 소재이다. 이러한 시적 지평의 확장은 또 다른 서정시의 영역을 개척하고 있는 것이라 할 수 있다. 그런 점에서 그의 시는 동시대 서정 시인들과는 다른 서정의 세계를 구축하고 있는 것이다.

그의 시에서 '바람'과 '뼈'는 어둡고 침울한 과거의 기억을 상징한다. 그의 시에서 유독 죽음, 고독, 무덤, 검은 색, 어둠, 처형과 같은 부정적 시어들이 많은 까닭은 기억의 근원에 자리잡은 '바람'과 '뼈'의 부정적 이미지 때문이다. 그래서 그는 늘 그 근원의 공간에서 탄식처럼 자신의 존재 이유를 묻고 있는 것이다. 그는 "형틀에 감기는 바람만 서쪽 하늘에 붉은 피로 굳어가는 마을, 어떤 처형으로라도, 오래전 당신이 / 이곳으로부터 버림받은 이유를 물었던 것처럼 / 내가 이곳에 버려진 이유를 묻고 싶었다"(「형틀 숭배」)고 고백하고 있다. 실제로 그는 현실에 대해 할 말이 많은 것 같다. 그는 그의 혀를 잘라 "서쪽 하늘"에 걸어놓고 싶을 정도로 "말의 허기"(유성호)에 목말라 하고 있다. 서정시는 주체의 경험을 압축된 언어로 형상화하는 것인데도 그의 시는 오히려 언어를 풀어헤쳐 놓고 있다. 그렇게 시어를 풀어 놓고 있으면서도 그가 택하는 비유의 방식은 독특하다. 비유는 서정시가 갖추어야 할 기본 방법론이다.

4. 일상을 통한 존재의 탐색

이번에 발표한 신작시 다섯 편에서도 주체의 체험이 빚어내는 내밀하고도 풍성한 비유와 과거의 기억을 재현하는 자유분방한 상상의 세계를 만날 수 있다. 그의 시어는 한 곳에 머물러 있지 않고, '바람'처럼 출렁이고 있다. '바람'의 유동성과 '뼈'의 견고한 속성을 통해서 자신의 일상 경험과 과거의 기억들을 살아있는 감각으로 형상화해내고 있다. 병실을 다녀온 경험을 자신의 내면의식으로 끌어들이고 있는 「0시의 자오선」, 산제(山祭)를 지낸 경험을 형상화한 「너머 또 너머」, 가을의 공원에서 현실의 문제를 포착한 「삐라의 나라」, 낙엽과 나무를 태우는 장면에서 인간 존재의 근원을 묻고 있는 「불비」, 아버지의 장례식에서 죽음이 무엇인지를 곤고(困苦)하고 있는 「범죄없는 마을」은 지금까지 그가 형상화한 다른 시들과 마찬가지로 일정한 연장선상에 놓여 있다.

그는 여전히 일상의 문제로부터 인간 존재의 근원을 탐색하고 있는 것
이다.

　　단칼로 떨어지는 0시의 자오선,
　　이별은 그렇게 온다 죽음은
　　그렇게 0시

　　나와 나 사이의
　　별과 별 사이의

　　발자국마다 그 주인의 키로 서서 바람은 물끄러미 스러지는 순간들을 바
　라본다 추억의 처형장인 몸
　　편지를 접어 봉투에 넣고

　　우주의 낱장이여, 안녕
　　시간의 단면이여 문을 닫는다 침대는 도마처럼 반듯하다 문짝과 문틀과
　문틈으로 누워
　　가만히 어둠 속에서 입을 벌린다

　　물속에서 물풍선을 터뜨리듯 ― 내 속의 어둠을 풀어놓는다

　　아무래도 나는 부활할 것 같다

―「0시의 자오선」 부분

삶과 죽음의 경계는 "1초와 1초 사이"에 있다. 그것은 아슬아슬한 곡예의 순간이기도 하고, 순간적으로 자신의 몸을 긋고 지나가는 찰나이기도 하다. '바람'은 그와 한 몸으로 따라 다니면서 사색의 순간을 자극한다. 이 시에서도 '바람'이 불러오는 상상에 마음껏 기대고 있다. 찰나의 공포와 두려움에 빠져 있을 때도 '바람'은 "수북이 털"을 깎으면서 상상력을 자극하고, 그 '바람'은 또한 "물끄러미 스러지는 순간"에도 존재의 의미가 무엇인지를 묻고 있다. 이처럼 그의 시에서 '바람'은 인간 존재의 근원을 탐색하는 기제가 되고, 어둠에 갇힌 존재를 자극하는 근원이 되기도 한다. 그는 문짝과 문틈으로 불어오는 '바람'에 자신의 상상력을 맡기고 있다. 그것은 존재를 확인하기 위한 몸부림이라 할 수 있다. 그는 인간의 몸은 근원적으로 "추억의 처형장"과 같은 것이라고 말한다. 이와 같이 존재의 근원을 탐색하는 데 있어서 과거의 기억은 그의 시를 이루는 중요한 근간이 된다.

    범인을 알았지만 아무도 말이 없었다 형들은 잔을 올리고 막내는 첨잔을
했다
    두건이 젖어 자꾸 벗겨졌다
    작년에 조모도 본 지관이 시켜 형들은 한 삽씩 흙을 던지고 막내는 상복
앞섶에 담아 부었다
    웅달 밭을 우리 집에 팔아넘긴 너머들 아재가 계군을 부려 산역을 했고
큰형이 마지막 뗏장을 바로 앉혔다

    봉분을 오른쪽에서 왼쪽으로 돌아

울지도 말고 말하지도 말고 돌아보지도 말고
산을 내려왔다

올해 사과는 도매상에 밭째 넘겨야겠다
뾰족이 가지를 벼린 者
붉은 피, 다글다글
사과를 맺게 한
그 자 대신 늙은 과부는
농사 이야기만 하고

까맣게 탄 형들도 누나도 막내인 나도
이따금 벗겨지는 두건을 고쳐 쓰며 언제쯤 비가 그치나 하늘만 쳐다보
았다
뒷밭 가지마다 주렁주렁 피가 맺혔지만
용케 올해도

하늘은 고비를 넘겼다
범죄 없는 마을

―「범죄없는 마을」 부분

　어쩌면 과거의 기억들이란 '바람'처럼 지나가거나 희미해지기 마련
일 터인데, 그의 시에서 과거의 기억은 '뼈'처럼 견고한 형상으로 존재
한다. 인용한 시처럼, 아버지의 죽음은 비록 과거의 일이지만, 늘 그의

의식을 지배하는 사건이며, 그 기억은 끊임없는 상상을 불러일으킨다. 실제로 과거는 시간의 속성에 매몰되어가는 '바람'과 같은 것이지만, 그의 시에서 '바람'은 그의 의식을 지배하면서 시어로 재현되는 구체적 형상이다.

그는 과거의 기억 속에 있는 아버지의 죽음을 떠올리면서 그 아버지의 죽음을 둘러싼 여러 가지 비밀을 밝히려고 한다. 그러나 아버지를 죽인 범인은 "응달 밭을 우리 집에 팔아넘긴 너머들 아재"도, "뾰족이 가지를 벼린 春"도 아니다. 아버지의 죽음은 범죄없는 마을 주민 모두와 관련되어 있다. 그는 아버지의 죽음을 슬픈 과거의 기억으로 붙들고 있는 것이 아니라, 아버지의 죽음을 통해서 자신의 존재가 무엇인지를 되묻고 있다. 이처럼 그의 시에서 '바람'은 과거의 기억을 회상하는 소재에 머무르고 있지 않으며, 과거의 기억을 통하여 인간 존재가 무엇인지를 탐색하는 소재로 쓰이고 있다.

숲으로 스며든 길이 먼 날망을 다 감아 이제 저 산도 수구의 염 끝난 한 具입니다 앞도 없는 사무침이 묵은 속살을 파고 졸졸졸 푸른 내 하나 거느리네요 삼복의 하늘이 간간이 비를 뿌려 저 산이 산이라면 물속에 있구요 저 물이 물이라면 산 속에 있는데요 저 산 저 물을 다 불러 술을 따르는 한 무리 가족도 어디 산 아닌 데 어디 물 아닌 데 없이 먼빛으로만 이웁니다 절을 할 때마다 나란히 쓰러지고 일어나는 몸은 꺾인 마음의 꼬챙이에 꿰어져 한 꿈 건너 한 꿈을 함께 앓겠지요 그 꿈 건너 생시의 저편이 생시의 이편을 향해 절을 올리는 정오 잔치처럼 푸른 몸들 다 살린 음식 한 상 그득 차려두고 앉 았습니다 십 리면 십 리 아래서부터 이승 아닌 배고픔이 수만수천의 입으로

하얗게 밀려드는 것을 속절없는 안개는 도무지 산의 것인지 물의 것인지 묻
는 요량도 없이 우리는 비 가린 천막 아래 향을 피우고 보았습니다 고기 한
점 휘익 물가로 던지는 아낙과 그 한 점 늑대의 턱처럼 낚아채는 바람을
─「너머 또 너머」 전문

산이 잠겨 있는 물, 그 물에 비친 산 그림자. 그 아슴한 경계는 삶과
죽음의 경계이기도 하다. 그 경계에 놓인 산과 물을 불러서 제사를 올
린다. 이렇게 화자는 죽은 자와 산 자의 경계를 넘나들면서 영혼을 불
러들이고 있다. 이렇게 영혼을 불러들이는 의식은 슬프다 못해 폐부를
찌르고 있다. 이 시는 마치 죽은 자와 산 자의 경계를 초월하여 한 자리
에서 곡진한 대화를 나누고 있는 장면을 연상시키는 것 같다. 그것은
시행의 배열과 운율을 통해서 더욱 간절하게 다가온다. 죽은 자에 대한
사무치는 그리움은 속살을 파헤치듯이 울림을 준다. 그 자리에 모인 사
람들은 "푸른 몸들 다 살린 음식"을 제물(祭物)로 바치면서, 정갈하게
인사를 올린다. 그 사이에 화자는 죽은 사람을 불러들이고, 그 사람에
대한 그리움을 꼬챙이처럼 정갈하게 꿰고 있다. 그러면서 화자의 의식
은 끊임없이 이승과 저승을 오고 간다.

이승의 "너머 또 너머"에 존재하는 저승의 세계는 그가 사유하는 방
식에 따라 새롭게 재현된다. 이 시에서 그는 죽은 자를 불러들이고, 그
존재에 대한 무한한 그리움을 갖게 한다. 더군다나 군더더기 하나 없는
유장한 가락이 이어짐으로써 그 영혼의 만남은 더 구성지게 들린다. 그
는 자연이라는 대상을 불러들여서 영혼과 합일시키고, 그 자연에다 인
간의 영혼을 정중하게 모시고 있다. 그의 시가 리얼리즘 시의 경향을

보인다는 것은 낮은 곳으로 향하고 있는 현실인식 때문이라 할 수 있
다. 이와 같이 그의 시는 작은 일상에서 시적 모티프를 발견하고 있다.

> 좌판 노인이 마는 국밥 속으로
> 가을이 왔다
> 두 장 천원의 신발깔창과 세 통 천원의 대일밴드
> 가격은 낙엽을 닮았다
> 우수수수
>
> ―「삐라의 나라」 부분

> 낙엽이 날아올랐다
> 불의 왕관,
> 붉다
> 새들의 다리가 검게 탄다
> 어디도 내려앉지 못할
> 이야기들,
> 새들은 먼 하늘에서
> 한 점 재가 되네
> 어떤 장작은 걸어오고
> 어떤 장작은 날아간다
>
> ―「불비」 부분

시 「삐라의 나라」는 낙엽이 떨어지는 가을날 공원의 풍경을 형상화

하고 있는데, 그 풍광을 그려내는 시적 방법이 신선하다. 이를테면, 가을이 오고 있다는 사실을 나무에서 떨어지는 낙엽 때문에 느끼는 것이 아니라, 좌판 노인이 말아먹는 국밥에서 느낀다. 국밥을 말아먹는 노인으로부터 떠오른 상상의 날개는 우수수 떨어지는 국밥의 가격으로 이어진다. 여기서 한 걸음 더 나아가서 낙엽은 삐라로 비유되고, 그 비유는 다시 좌·우익으로 대립하고 있는 우리의 현실에 비유된다. "왼손으로만 바람과 악수하는 나무들"은 이런 대립의 상황을 상징한다. 이처럼 그는 공원에 떨어지는 사소한 낙엽을 통하여 현실의 문제를 부각시키고 있다.

시 「불비」도 이러한 비유 방식이 한 치의 양보도 없이 빼곡하게 들어차 있다. 불에 타는 낙엽이 날아오르고, 그 불길은 마치 왕관을 쓰고 있는 것 같다. 날아오르는 낙엽의 불씨들은 '난다'라는 속성을 가졌기 때문에 '새'에 비유된다. 그래서 날아오르는 불씨들을 보고, "새들의 다리가 검게 탄다"고 말할 수 있는 것이다. 더 나아가 불씨들은 새들처럼, "먼 하늘에서 한 점 재"가 되는 것이다. 새가 되어 하늘로 올라간 재들은 이제 "까맣게 타는, 이야기들"이 되어서 사라진다. 이와 같이 그는 단순한 소재를 다양하게 비유하면서 새로운 서정의 세계를 끌어내고 있다. 그는 사물을 보는 독특한 시선을 가졌고, 그 사물을 새롭게 형상화하는 데 성공하고 있다. 그가 만들어내는 상상과 비유는 추상적 사물을 구체적 형상으로 재현하고, 그로부터 세상의 모든 사물에 존재의 의미를 부여하고 있는 것이다.

5. 물질의 시학

이번에 발표한 신작시 다섯 편에서도 그는 주체의 체험을 형상화하는 데 매달려 있다. 그는 여전히 서정시의 본령에 충실하고 있지만, 때론 그 시적 대응 전략을 새롭게 할 필요가 있다. 아직 시적 변화를 보일 만큼 시력(詩歷)이 있는 것도 아니지만, 두 권의 시집을 낸 뒤로 그 변화가 어느 정도 나타나야 할 것이다. 그러나 이번 신작시는 여러 모로 볼 때, 그러한 변화의 조짐은 보이지 않는다. 이번 신작시는 첫 시집과 두 번째 시집의 연장선상에 있다는 것만 확인할 수 있을 뿐이다. 그는 이제 현란한 시적 비유 방식에서 벗어나서, '말의 허기'를 즐기면서 새로운 시적 방법론을 꾀할 때가 되었다고 본다.

그의 시는 시행과 시행을 단절시키면서 전체 구성을 적절하게 조율해나가고 있다. 이러한 시적 방법론에 걸맞게 감정의 절제와 형식의 균제를 조화시킨다면, 그의 시는 보다 새로운 서정시의 영역을 열어나갈 것이라고 생각한다. 또 하나 경계해야 할 것은 그의 시가 사물을 주체의 체험으로 끌어들이는 데 천착함으로써 서정시의 본령인 동일성을 획득하고 있지만, 지나친 자기중심주의에 빠지고 있는 것은 아닌지 생각해보아야 한다. 그는 '바람'의 상상으로부터 빠져나와 새로운 물질의 시학을 찾아내야 할 것이다. 세계를 구성하는 여러 가지 요소들을 찾아내고, 이들로부터 새로운 상징체계를 끌어내야 할 것이다. 그는 젊은 시인이다. 그는 자신의 문제보다도 더 근원적인 현실의 문제를 끊임없이 파헤치고 있다. 이번 신작시를 읽으면서 그의 시선이 가족에서 사회

로 열려 있음을 다시 한 번 확인할 수 있었다. 그런 점에서 우리는 이
시인의 새로운 가능성을 일찌감치 예감할 수 있을 것이다.

자아를 찾아가는 긴 여정

박선희의 시세계

1. 존재의 시학

서정시의 방법론은 세계를 자아의 내면세계로 끌어들이면서 그것을 동일시하는 방향으로 나아간다. 이러한 서정시의 방법론에서 볼 때, 박선희의 첫 시집은 세상과 맞서는 어두운 그림자가 드리워져 있었다면, 두 번째 시집 『사람거울』(문학의전당, 2008)은 세상에 대한 따뜻한 시선이 지배하고 있다. 첫 시집에는 "세상에 대한 불평과 불만"을 털어놓지 않았는데도 불안한 정서가 자꾸만 자라서 화자의 의식을 사로잡고 있다. 시 「여섯 째 손가락」에서 밝히고 있는 것처럼, 화자의 의식에는 "검은 손톱"이 있고, "검은 아픔"이 있고, "검은 저의"와 "검은 바코드"가 있다. 시집 제목이기도 한 여섯째 손가락은 이러한 부정적 정서를 상징한다.

그런데 이번 시집은 확연히 달라져 있다. 그것은 자아의 의미가 무엇인지를 고민하면서, 그 과정에서 세상을 긍정적으로 인식하는 화자를 만날 수 있기 때문이다. 시적 화자는 어두운 자아의 늪에서 벗어나 자아의 의미가 무엇인지를 탐색하면서 그 자아에 새로운 의미를 부여하고 있다. 이 때문에 이번 시집은 자아의 의미를 찾아가는 긴 여정에 있다고 말할 수 있다.

서정시는 어떤 대상을 시적 소재로 하든지, 그것은 시적 화자의 존재 문제로 귀착된다. 서정시가 화자의 주관적 정서를 강조하는 것도 이 때문이다. 이러한 이유로 서정시는 자아를 어떻게 드러낼 것인가라는 문제를 화두로 삼는다. 서정시가 도달해야 할 궁극적 목표가 자아와 세계의 동일시에 있다고 한다면, 그 자아에 대한 탐구는 서정시가 나아가야 할 방향이기도 할 것이다. 이번 시집이 자아의 문제를 놓고 독자와 소통한다는 점에서 서정시의 시적 전략을 충실히 수행하고 있다고 말할 수 있다.

진정한 자아의 발견은 더러는 사물과 관계 맺기에서 이루어지기도 하고, 더러는 자신의 내면을 궁구하는 행위에서도 이루어지기도 한다. 사르트르는 시인에게 있어서 언어는 외부세계의 한 구조물이라 말한다. 시인이야말로 언어를 통해서 사물에 의미를 부여하는 존재라는 말이다. 이번 시집에서 시적 화자는 사물의 의미를 탐구하면서 진정한 자아를 찾아가고 있다.

생에서 신발 벗을 자리를 알고도 머뭇거리는 거울
구겨진 주어와 헤픈 서술어의 삶이 기막힌 거울
함부로 키워온 죄를 희망의 오지에 모종하는 거울

타인의 삶 속에 서식하는 질병 같은 거울

결핍과 결함으로도 팽팽해지는 연금술사 거울

기막힌 고통을 추월하는 체 게바라 같은 거울

화성남자와 금성여자의 어긋남이 서글픈 거울

감옥과 수도원 사이를 헤프게 오가는 거울

거울이 나를 본다

시치미 떼는 제행무상

거짓 없는 내 거울이다

―「사람거울」 전문

이쪽과 저쪽의 거리가 너무나 지루한

소란과 침묵의 입술이 맞닿아있는

단 한 발짝도 들여놓을 수 없는

수만 평의 고요와 적막으로 읽는 경전

그 아름다운 무위!

―「거울 앞에서」 부분

시 「사람거울」은 첫 시집에서 밝힌 시인의 운명을 반추하는 듯한 인상을 준다. 그러나 분명한 것은 슬픈 족속으로 생각했던 시인의 운명을 새롭게 끌어안고 있다는 것이다. "결핍과 결함으로도 팽팽해지는" 연금술사와 같은 거울, "기막힌 고통을 추월하는 체 게바라와 같은 거울"
을 보면서 스스로 슬픈 운명을 극복하고 있다. 그런 점에서 거울은 슬
픈 운명에 절망하는 것이 아니라, "함부로 키워온 죄를 희망의 오지에
모종을 하는 거울"이 되는 것이다. 거울을 들여다보는 것은 자아를 반
성하고, 그 반성을 통해서 자아를 성찰하는 계기를 삼기 위한 것이다.

시적 화자가 바라보는 거울은 고통과 아픔으로 앓고 있는 거울이 아
니라, 고요와 적막을 동시에 내포하고 있는 평화로운 거울이다. 이 시
에서 시적 화자는 대상과 관계를 맺고, 그 관계 맺기를 통해서 자아를
찾아가고 있다. 그 자아는 우울하고 고독한 자아가 아니라, 외부와 단
절되어 있으면서도 외부를 읽을 수 있는 무위의 자아인 것이다.

거울은 대상을 투영하는 도구이다. 그러나 이 두 시에서 거울은 이쪽
과 저쪽, 소란과 침묵을 동시에 응시하는 상징적 도구로 쓰이고 있다.
이는 세상을 살아가면서 끊임없이 만나는 관계를 상징한다. 그것은 자
아와 외부세계의 만남일 수도 있으며, 자아와 자아의 만남일 수도 있
다. 이와 같이 서정시에서 시적 화자가 어떤 존재를 만나든지 그것은
관계 맺기에서 시작한다. 그러나 이 관계 맺기는 어두운 공간을 지향하
는 것이 아니라, 밝고 평화로운 세계를 지향한다. 자아는 세상의 모든
사물들과 조우한다. 그 사물들은 자아의 진정성을 발견하는 기제로 작
용한다. 실제로 시적 화자는 자신이 어떤 존재인지, 무엇을 하는 존재
인지 발견할 수 없을 정도로 어둠 속에 갇혀 있지만, 그 어둠 속에서도
자아의 진정성을 찾고 있다. 그래서 시적 화자는 "나는 나의 어둠은 아
니다 / 나는 나도 알지 못하는 원초적 비밀이다"(「비밀번호」)라고 고백
하고 있는 것이다.

일반적으로 존재 확인 과정은 세 가지 유형으로 나타난다. 하나는 내면적 자아의 성찰에서 이루어지는 자아와 자아와의 관계이고, 두 번째는 자아와 만나는 타자와의 관계를 통해서 자아를 확인하는 자아와 타자와의 관계이다. 세 번째는 자아와 외부세계와의 만남을 통해서 자아를 확인하는 자아와 세계와의 관계이다. 현대시는 자연에 몰입한 자아가 세계 속에서 자아의 본질을 찾아가는 과정을 지향한다. 자연의 논리에서 인간의 논리로 돌아오고, 그 인간의 본질을 확인하는 것이 현대시의 경향이라 할 수 있다. '나는 누구인가'라는 실존에 대한 물음, 이 물음은 끊임없이 반복되는 회의에서 비롯한다. 그 실존을 확인하는 과정에서 또 다른 타자를 만난다. 그것은 자아와 맞서는 타자이다.

이번 시집에서 시적 화자의 자아 인식 과정은 자아와 자아의 관계에서 출발하여 자아와 타자의 관계로 나아간다. "거울"이 자아를 확인하는 매개체라 한다면, 시 「발걸음을 빌리다」에서 "발걸음"은 타인의 모습을 통해서 자아를 확인하는 매개체이다. 그것은 실존주의 이후 나타난 자아 인식이라 할 수 있다. 이번 시집에서 시적 화자는 타자를 통해서 자아 인식 과정에 도달한다.

> 내 속이 타는 줄도 모르고
> 내 삶이 썩는 줄도 모르고
> 내가 만들어낸 것은 절대로 향기가 아니다
> 삶의 옆구리에서 흘러나온 지독한 냄새로
> 온 삶을 진동시켰다
> 어쩌면 내 속도 모자라 남의 속까지

새까맣게 타게 한 것은 아닐까

남의 영혼까지 진물이 나도록 썩게 한

돌림병을 저지르지 않았을까

향기로운 적멸에 든 사과 한 알의 말씀에

반성처럼 슬그머니

내 삶의 옆구리를 만져본다

―「향기로운 적멸」 부분

이 시에서 사과는 자신이 썩는 줄도 모르고 조용히 명멸해간다. 그 존재를 바라보는 화자의 시선에서 사물의 내부를 꿰뚫어 보는 사랑의 정서를 읽을 수 있다. 그래서 화자는 향기로운 적멸의 과정을 지켜보면서 슬그머니 "내 삶의 옆구리를" 만지게 되는 것이다. 이는 사물을 통해서 자신의 정체성을 확인하는 과정이다. 살아오면서 "내 속도 모자라 남의 속까지" 새까맣게 타게 하지 않았는지, 혹은 "남의 영혼까지 진물이 나도록" 썩게 하지는 않았는지 반성하고 있다. 시인이 종교인의 자세를 가지면서 살아가는 것은 쉬운 일이 아닐 터인데, 이 시의 화자는 종교적 숭고주의를 지향하고 있다. 하찮은 사물이지만, 그 사물에 깃든 영혼을 읽어내고, 그 영혼의 울림을 통해서 자아를 반성한다. 이는 예사로운 일이 아니다. 시적 화자가 존재의 문제에 대해 고민하면서 종교적 숭고주의를 보이고 있다는 것은 타자와의 관계 맺기를 통해서 자아의 진정성을 획득하고 있다는 것이다. 그래서 시적 화자는 "누군가 내 발걸음을 빌어 / 가지 못했던 길을 가"게 하는 것이고, "발자국소리로

만 다가온 그에게 / 한 켤레의 길이 되어주기로" 하는 것이다. 내 발걸음을 타인에게 빌려줌으로써 다른 길을 열어가게 하고, 타자의 삶을 통해서 자기 존재를 확인하고 있는 것이다. 이러한 자아 인식 과정은 단순한 자아 성찰의 과정을 넘어서 종교적 숭고주의를 보여주고 있다. 또한, 이러한 숭고주의는 개인의 차원에서 머무는 것이 아니라, 도시의 빈민층에 대한 사랑으로 이어지고 있다(「불빛」)는 점에서 그 시적 의미가 증폭된다. 이것은 시적 화자가 자아 정체성을 넘어서 대타적 존재로 나아가는 기제가 되기도 한다. 이러한 타자에 대한 사랑이야말로 이 시집이 지닌 또 다른 미덕이라 할 수 있다. 그 사랑과 희생의 근원에는 무엇이 자리잡고 있을까. 그것은 시적 화자의 의식에 내재한 따뜻한 감성에서 찾을 수 있다.

2. 고통과 슬픔의 극복

이번 시집에는 살아가는 일에 대한 고민과 그 고민 속에 내재한 슬픔의 정서가 많다. 이것은 대부분의 여류 시인들에게서 나타나는 현상이지만, 이번 시집에 나타난 시적 화자의 슬픔은 다른 여류 시인과는 다르게 읽힌다. 이번 시집에서 시적 화자의 슬픔, 울음, 고통과 같은 정서는 퍼질러 앉아서 울부짖는 것이 아니라, 그것을 새로운 삶의 열정으로 끌어올리고 있다는 것이다. 첫 시집에서는 더러는 그 슬픈 운명에 갇혀 있기도 했지만, 이번 시집에서는 운명의 굴레를 과감히 벗어던지고 있다.

　시는 독자들에게 세상을 보는 새로운 시선을 제공하기도 하지만, 시인 스스로도 세상을 새롭게 인식하는 계기가 되기도 한다. 이번 시집은 그러한 변화의 틀을 잘 보여주고 있다. 그 중에서 가장 중요한 변화는 세상을 보는 눈이 긍정적으로 바뀌고 있다는 것이다. 자아의 세계에 갇혀 있던 운명의 굴레들을 걷어내고, 그 자리에 새로운 삶의 의미를 부여하고 있다.

　　어쩔 수 없는 풍파가 되어
　　아름다운 주검을 택한 여자

　　미련도 없이 뚝, 낭자한 선혈로
　　스스로 유서가 된 여자

　　동박새 애절한 사랑이
　　청춘의 전부였던 여자

　　찬란한 봄의 발등을
　　슬픈 정념으로 뒤덮은 여자

　　열정의 날카로운 칼날을 물고
　　끝내 한 마디도 못한 채 결별한 여자

빨간 댕기 끝이 서러운

그 여자

꽃, 冬柏

―「그 여자」 전문

이 시는 동백꽃을 여성 화자에 비유한 시이다. 비유의 방식도 독특하지만, 삶을 바라보는 방식도 특이하다. 동백꽃이 떨어지는 장면은 참으로 처절하다. 활짝 피어난 채로 있다가 꽃봉오리 채로 낙화하는 동백꽃을 온 몸을 바쳐 사랑하다가 끝내 한 마디도 하지 않고 세상을 결별하는 여자에 비유하고 있다. 동박새의 사연이 청춘의 전부였던 여자, 그 여자의 죽음이 서럽게 비춰지면서도 이 시는 전체적으로 아름답게 읽힌다. 죽음도 더러는 아름답게 보일 때가 있다. 나라를 위해 초개와 같이 목숨을 버린다든지, 자신의 절개를 지키기 위해 목숨을 버리는 행위는 아름다운 죽음이라 할 수 있다. 이른 봄의 벚꽃처럼, 낙화하는 모습이 처연하게 보이는 꽃이 있는가 하면, 동백꽃처럼 낙화하는 모습이 아름다운 꽃이 있다. 동백꽃이 떨어지는 것은 아름다운 죽음을 상징한다.

이 시에서 동백꽃의 낙화는 운명을 극복하지 못하는 여인의 서러운 죽음을 말하고 있는 것이 아니라, 삶의 열정을 가득 안고 있으면서도 아름답게 죽은 여인을 말하고 있는 것이다. 운명을 극복하지 못해서 구차하게 죽는 것이 아니라, 어쩔 수 없는 운명을 초월하면서 아름다운 죽음을 택하는 것이다. 이 시를 통해서 운명을 초월한 시적 화자의 여유로운 모습을 엿볼 수 있다.

황량한 마루판에 형벌처럼 떠있는

더 이상 아프지도 않는

여벌 없는 남루를 입고도 반짝이는

삶의 성소가 되어버린

순간마다 얼룩졌던 비명

그 아픈 별자리를 본다

— 「상처座」 부분

말라붙은 상처의 바닥에서

펄펄 끓는

삶의 得音을 듣는다

— 「흉터」 부분

　이 시도 앞의 시와 같은 맥락에서 읽을 수 있는 시이다. 상처가 깊어지면 그것은 또 다른 삶의 길잡이가 되기도 한다. 말라붙은 상처 속에서 "삶의 득음"을 얻는다는 말은 이미 상처를 상처로 받아들이지 않고, 그것을 내면화한다는 것을 의미한다. 나무에 상처가 나면 나무는 스스로 그 상처를 아물게 하면서 단단한 옹이를 만든다. 시적 화자에게 주어진 상처와 흉터는 나무의 옹이와 같이 자신을 더 단단하게 만드는 기제가 되는 것이다. 그래서 마루판에 단단하게 자리잡은 옹이는 이미 삶의 성소가 되어있는 것이다. 이율배반적이긴 하지만, 시적 화자는 삶의 고통과 슬픔을 통해서 또 다른 고통과 슬픔을 극복하고 있는 것이다. 더러는 여성의 삶을 아프게 짓누르기도 하지만(「연못사원」), 그것은 "한순간 공허의 재로 날려버리는"(「虛心」) 초월의 경지를 보이기도 한다. 울음으로 얼룩진 세상이 다가오더라도 시적 화자는 그 울음의 깊이를 재어보고 가늠하면서 그 울음의 상황을 극복하고 있는 것이다(「울음무늬」).

시적 화자가 세상을 바라보는 시선은 넓어지고 있다. 이는 고통과 슬픔에 얼룩진 불길한 정서에 새로운 생명을 불어넣고 있다는 것을 말한다. 힘들고 고단한 인생의 여정에서 새로운 자아를 발견하고, 그 자아가 세상과 조우하면서 긍정적인 자세로 바뀌고 있다. 세상의 상처를 끌어안아서 내면화하고, 그 내면화 과정 속에서 진정한 자아를 발견하고 있다. 사물에 생명을 불어넣고, 그 생명의 존재를 각성하면서 시적 화자는 세상과 새로운 관계를 맺어가고 있는 것이다.

3. 모서리의 시학

이번 시집에서 시적 화자는 사물과의 관계를 통해서 새로운 자아를 확인하고 있다. 그런데 자아의 확인 과정은 보이는 것과 보이지 않는 것과의 관계, 남성과 여성의 관계, 나와 너의 관계와 같은 이분법적 사고를 근간으로 하고 있다. 그렇지만 이러한 이분법적 사고는 대립적 사고를 지향하는 것이 아니라, 화합과 융화를 지향하고 있다. 타자와 자아의 관계에서 상호소통을 꾀하고 있다는 말이다. 없는 것과 있는 것의 조화, 그 틈 사이를 소통하려는 것이 시적 화자의 이분법적 사고이다. 그런데 이 이분법적 사고가 논리로 통하는 것이 아니라, 논리 이전의 논리, 논리로 설명할 수 없는 비논리의 경향을 보인다.

> 보이지 않는 꽃이 보이는 꽃을 아프게 한다
> 없는 꽃이 있는 꽃을 질투한다
> 단 한 번도 향기를 뿜지 않는 꽃이
> 번번이 향기로운 꽃을 희롱한다
>
> —「꽃 알레르기」 부분

> 사이를 망설이며
> 사이에 입 맞추며
> 사이를 오가며 사이에 끼어버린 삶
> 사이는 소통이다 꽃밭이다 헛간이다
> 역설이다 함정이다 무릉도원이다
>
> —「사이에 입 맞추다」 부분

보이지 않는 꽃과 보이는 꽃은 서로 떨어져 있지만, 하나의 모습으로 되어 있다. 그렇기 때문에 보이지 않는 꽃 때문에 보이는 꽃이 아픈 것이다. 한 번도 향기를 뿜지 않는 꽃이 향기로운 꽃을 질투하는 것과 마찬가지로 실체와 비실체는 하나의 모습으로 존재한다. 이는 대립된 이분법이 아니라, 화합과 조화를 지향하는 이분법이다. 이러한 이분법적 사고는 사이와 틈으로 존재한다. 서로 떨어져 있지만, 결국 하나로 소통하는 곳이다. 그 소통의 공간은 꽃밭이기도 하며, 헛간이기도 하다.
존재가 화합하여 마지막으로 도달할 수 있는 무릉도원이기도 하다.

내 안에 내가 부재 중일 때가 더 많은 날들

내가 부재 중일 때

세상도 속절없이 부재 중이었다

내 안에 내가 부재 중일 때

전화기 저 혼자 메모를 받아 남겼다

―「내가 부재 중일 때」 부분

매어둔다는 것은 끊어지는 서슬도

눈치 채는 것이리라

매여 있을 때 거기 있는 것은

아무 것도 아니다

너에게 매여 있는 나는 무사한 길인가

―「엘리베이터」 부분

시 「내가 부재중일 때」에서 존재를 인식하는 과정은 "부재 중"일 때
이다. 영혼이 존재하는 자리는 내면세계와 외부세계가 서로 접촉하는
곳에 있다. 자아가 부재하는 것과 존재하는 것 사이에는 세계가 놓여
있다. 그 세계를 통일하는 것은 절대적 자아가 아니라, 내면과 외부가
구체적으로 접촉하는 순간에 있다. 그 순간은 존재와 부재의 혼란을 야

기시킨다. 이는 들뢰즈가 말하는 자아분열의 양상이지만, 그것은 기실 자신의 내면을 인식하면서 진정한 자아를 획득하는 과정이다. "내 안의 내가 부재 중"이라는 사실은 자아의 분열 양상이고, 내면세계와 외부세계가 부닥치는 상황이다. 보이는 것과 보이지 않는 것, 살아있는 것과 죽은 것, 그 사이에 존재하는 것이 영혼이고, 자아의 모습이다. 거울을 통해서 자신의 모습을 확인하듯이, 부재중인 존재를 통해서 진정한 자아를 발견하는 것이다.

시 「엘리베이터」는 진정한 자아가 무엇인지를 잘 보여주고 있다. 스스로 누군가에게 매어있다는 사실을 깨달았을 때 화자는 존재의 의미를 상실하게 된다. 타자와 맞서 있는 독립된 자아의 획득, 이것이 진정한 자아의 모습이다. 시 「엘리베이터」에서 "엘리베이터"라는 사물을 통해서 어딘가에 이끌려 끊임없이 매여 있는 자아를 확인한다. 헤겔은 이러한 자아 발견의 과정을 하나의 정신이 자기 내면에서 자신의 객관성을 발견하여 마침내 자신을 향유하는 의식에 이르는 과정이라 말한다. 매어 있는 존재는 존재일 수도 없으며, 존재의 의미를 부여할 수도 없는 것이다. 자아의 완전한 독립이 이루어질 때 대상이 또렷하게 보이는 것이다. 그래서 시적 화자는 존재의 이분법에 놓인 틈을 통해서 자아의 정체성을 인식하듯이 세상의 중심은 모서리에 있다고 생각하게 되는 것이다.

세상의 중심만 노리는 흔해빠진 화살표조차 눈길 한번 주지 않는 외톨이 모서리에도 꼿꼿한 중심은 있다 날카로운 눈초리를 치켜세워 누군가를 찔러야만 직성이 풀리는 모서리의 중심은 비명이다 모서리를 겨냥하는 것은

모서리뿐이다 모서리를 포용하는 것도 모서리뿐이다

—「모서리를 위한 변명」 부분

그늘에서 말려야 하는 것이 있다
종이 한 장에서 오동나무 잎사귀까지
그늘에서 말려야 팽팽한 맛이 난다

—「그늘」 부분

시 「모서리를 위한 변명」에서 "모서리"는 중심의 또 다른 말이다. 시 「그늘」에서 "그늘"도 빛에 반대되는 또 다른 중심이라 할 수 있다. "모서리를 포용하는 것도 모서리"일 뿐이고, 모서리를 인식하고 겨냥하는 것도 모서리일 뿐이다. 모서리는 선과 선, 면과 면이 만나는 곳이다. 그것은 세계와 자아가 만나는 곳이고, 존재와 부재가 만나는 곳이다. 그것은 일종의 틈이다. 그곳에는 또 다른 중심이 있다. 거대한 세계와 맞서는 자아는 미미한 존재이지만, 그 자아는 세상을 규정짓는 중심이라는 것이다. 시 「그늘」에서 "그늘"이 상징하는 것처럼, 세상은 빛과 그늘이 동시에 존재하는 것이다. 각기 다른 방식의 삶을 추구하고 있지만, 그들은 모두 독립된 하나의 개체로 존재하고 있는 것이다.

세상의 모든 사람들이 모서리라고 주장하는 것도 하나의 중심을 향하고 있다는 것을 의미한다. 그래서 시적 화자는 세상과 맞서는 모든 대상이 나름대로 의미가 있다고 주장하게 되는 것이다. 그것은 진정한 자아의 모습이라고 할 수 있다. 빛이 있으면 그늘이 있고, 그늘이 있으면 빛이 있다. 이는 세상의 이치이고, 그 세상의 이치 속에 자아가 존재하는 것이다. 세상을 이분법으로 보면서도 그 대립된 세상을 끌어안는 포용성을 보이고 있다. 이러한 포용성은 시적 화자를 갇힌 세계에서 벗어나서 세상을 감싸는 너그러운 마음을 갖게 한다.

밤마다 바닷길 몇 갈래 몰고 오는 달, 조개 굽는 연기에 꺼멓게 그을린 달, 허기 몇 잔에 비틀거리는 외로운 달, 몰래 갖다버린 연탄재처럼 허접한 달, 길을 잘못 들어 왼쪽 골목길로 빠져나가는 달, 수천 년 동안 한 줄의 수평선을 탄금하는 달, 풍찬노숙 하는 달, 원시의 깊은 곳까지 오류의 그물을 내리는 달, 아슬아슬 생의 벼랑 끝에 매달린 달, 돌아오지 않는 알바트로스를 기다리는 달, 메밀꽃 필 무렵이라는 간판을 내 건 달, 폐허가 된 황학대 발목까지 밀물지는 달, 달, 달

—「月田에 가다」 부분

세상의 모든 고통과 아픔을 표상하는 달의 이미지는 화자의 바탕에 존재하는 따뜻한 감성을 상징한다. 달이 상징하는 여러 가지 형상을 삶의 편린에 비유하면서 끝없이 자신을 채찍질하고 반성하면서 시적 화자의 정체성을 찾아가고 있다. 세상의 풍찬노숙을 한꺼번에 겪은 달과 같이 시적 화자는 세상의 풍파를 모두 끌어안고 있다. "그을린 달", "외로운 달", "허접한 달"과 같이 세상의 모든 고통은 시적 화자의 삶 속에 용해되고 있다.

물줄기는 점점 넓어지는데
마음은 더 옹졸해지는 내 삶의 하류여

얼마나 더 넓어져야

얼마나 더 깊어져야

오욕과의 댐을 쌓겠느냐

―「저수지」 부분

저수지로 갔었네

목마름이 나를 물가로 향하게 하는 것처럼

물가에 서있는 나무들

온 생을 물에 기댄 채 살아가는 중이었네

접히지 않는 갈증이 있었던 거라네

―「치우침에 대하여」 부분

　　인용한 시에서 알 수 있는 것처럼, 시적 화자는 더 깊어진 마음으로 세상을 보고, 더 넓어진 마음으로 세상을 보려고 한다. 이것은 맑은 영혼을 갖고 살겠다는 의지를 말하는 것이기도 하다. 그래서 시적 화자는 "접히지 않는 갈증"을 해소하듯이 끝없이 자신을 길어 올리려고 하는 것이다. 이처럼, 시적 화자는 "끝내 쫓겨난 사랑"일지라도 끝까지 다시 길어 올리려는 의지(「마중물」)로 세상을 살아가고 있다. 그래서 시적 화자는 모서리에서 둥근 미학을 찾아내고, 그것을 새로운 중심으로 인식하는 것이다.

4. 기교를 넘어서

형식이 내용을 규정하는 것은 아니지만, 이번 시집의 표현 기교를 살펴보면 재미있는 비유가 많이 보인다. 시를 통해서 시인의 정신세계를 만나는 것도 중요하지만, 그 시의 표현 기교를 탐닉하는 것도 중요한 일이다. 이 시집에는 비유가 뛰어난 부분도 있지만, 이와 달리 묘사와 상상력이 뛰어난 부분도 많이 있다. 여기서는 몇 가지 사례만 들어보기로 하자.

시 「불빛」이라는 작품에서 "빈 하품처럼 매달린 알전구"(「불빛」)라는 표현을 보자. 이 부분만 읽어도 우리는 이 시의 전체 분위기를 짐작하고도 남는다. "빈 하품"은 지루한 일상을 말한다. 빈 하품처럼 알전구가 매달린 곳은 어떤 곳일까. 아마도 고단하고 힘겨운 어떤 서민들의 집이나, 산동네의 허름한 집쯤으로 상상할 수 있을 것이다. 알전구가 빈 하품에 비유되면서 가난한 서민들의 삶이 그려지고 있는 것이다. 시 「향일」에서 "처마 끝 물고기들의 짭조름한 몸빛"이라는 표현도 탁월하다. 이 시구를 통해서 처마 끝에 매달린 물고기 모양의 풍경은 살아있는 물고기로 환생하고 있는 것이다. 이 시구에서 "짭조름한"이라는 미각적 표현은 한 순간에 무생물의 풍경(風磬)을 바다에서 갓 잡아올린 물고기로 바꾸어 놓고 있다.

이러한 비유적 표현뿐만 아니다. 시 「月田에 가다」에서 "얼마나 많은 달을 경작하길래 / 月田, 달밭이라고 하나"와 같은 표현은 언어를 풀어 쓰는 기교도 보인다. 월전을 달밭으로 해석하고, 그것을 밭으로 유추한다. 달이 밭으로 바뀌면서 시적 상상력이 펼쳐진다. 달밭은 경작하는 행위로 이어지고, 이것은 생명을 길러내는 생산의 이미지와 연결된다. 이와 같이 하나의 비유는 연관된 다른 시어와 결합하면서 시적 상상력을 불러일으킨다. 시 「말문」에서 "말에도 문이 있다"고 말함으로써 문을 열듯이 쉽게 말이 되는 것으로 의미가 확장된다. 그러면서 말 때문에 일어난 어처구니없는 울화통 같은 사건들과 결합하면서 새로운 의미를 파생시킨다. 하나의 비유가 유사한 시어와 연결되면서 그 상상력은 증폭되는 것이다.

시 「오래된 가방」에서 "이국의 도시가 묵정밭처럼 꿇고 있다"는 표현은 오래 전 여행의 기억을 묵정밭에 기댐으로써 신선한 기교미를 획득하고 있다. 사랑니를 뽑으면서도 예의 그 상상의 나래는 활짝 열리고 있다. 시 「사랑니」에서 "더 이상 사랑은 없었다 / 통속을 씹고 관계를 뜯고 상심을 우물거렸다 / 충치 같은 그리움이 / 멀쩡한 세월을 베어 물 무렵 / 무소 떼가 아득아득 지나가곤 했다"고 말한다. 사랑니는 사랑이라는 시어와 연결되고 그것은 곧 첫사랑의 고통과 떠나간 사람에 대한 그리움으로 이어진다. 다소 엉뚱하긴 하지만, 고등어를 사서 집에서 요리를 하면서 "달관한 듯 서서히 모로 세운 눈알 / 한물간 바다를 토막내고 있다"(「말똥말똥」)고 상상하는 장면도 있다. 이 시구에서 화자가 자르고 있는 것은 고등어가 아니라, 한물간 바다이다. 고등어와 바다를 연결지음으로써 새로운 상상의 공간으로 끌고 가는 것이다. 이러한 상상의 결과로 "한물간 바다를 토막"낼 수 있는 것이다.

이와 같이 이 시집은 내용과 형식의 측면에서 뛰어난 시적 성취도를 보이고 있다. 서정시가 지향하는 세계관에 충실하면서도 시적 표현과 기교를 놓치지 않는다. 그것은 첫 시집에서 보였던 여러 가지 한계를 뛰어넘어 새로운 시적 세계를 지향하고 있다는 말과도 같다. 내용의 측면에서도 이제 시적 화자는 어두운 정서를 걷어내고, 긍정적인 시선으로 세상을 보고 있다. 이러한 시선은 시적 화자를 새로운 세계에 눈뜨게 한다. 그것은 자아의 정체성을 확인하고, 세상을 포용할 수 있는 너그러운 마음으로 변화했다는 것을 말한다.

질척거리는 세상의 길 모두 내려놓고
가파르고 아뜩한 向日의 길에 오른다

한 계단 밟고 올라서면 한 계단
몸 감아버리는 아찔한 벼랑길을 지나
간신히 한 몸 빠져나가는 바위틈 아래
녹음이 만건곤한 날의 동백나무와
처마 끝 물고기들의 짭조름한 몸빛도
펼쳐진 해를 향해 온 생애를 기울이는
그 길,

층층 돌계단 꼭대기까지
힘겨운 내 행보를 이끌던
땀에 젖은 해와 마주서는 순간,
나는 살아있는 향일암이 된다
한 송이 화양연화의 꽃이 된다

어딘가를 향한다는 것은

온 생을 그 앞에 세워두는 극단이다

—「향일」 전문

    이 시에서 시적 화자는 진리를 찾아 떠나는 구도자의 모습을 닮았다. 세상을 초월하여 담담하게 세상의 바깥으로 걸어가는 초월적 자아를 만날 수 있다. 세상을 살다보면 더러는 "아찔한 벼랑"을 지나기도 하고, 한 몸 겨우 빠져나갈 만한 바위틈을 지나기도 한다. 그렇게 "힘겨운 행보"를 마치고 나면, 어느새 참된 자아의 모습을 발견할 수 있다. 그것은 "한 송이 화양연화의 꽃"처럼 아름다운 모습이며, 삶의 극단에서 만나는 진정한 자아의 모습이다. 이 시에서 향일암은 삶의 꼭짓점이다. 그곳을 오르는 것은 자신과의 끝없는 싸움이고, 그 싸움은 온 생을 기울여야 할 만큼 힘든 일이다. 그래도 그 힘든 삶의 여정을 놓지 않는다. 자아의 진정한 모습을 발견하기 위해 자아를 극단에 풀어놓고 있는 것이다.

    이와 같이 이번 시집은 서정시의 본질에 충실하면서도 실존의 문제와 같은 철학적 담론도 너끈하게 풀어내고 있다. 존재에 대해 진지하게 고민하고 있으면서도 그 고민을 감싸는 따뜻한 시선이 있다. 이러한 따뜻한 감성은 세상을 포용하는 근원이 된다. 자아를 찾아가는 긴 여정 속에서 한층 따뜻해진 시인의 감성을 지켜보면서 다음 시집을 예의주시한다.

기억의 파편 속에 부유하는 삶의 풍경들

이영란 시의 존재 방식

시라고 하는 것은 결국 시인의 마음이 외부적 혹은 내부적 감성에 의

하여 충격되었을 때의 그 마음의 비상성(非常性)의 표현이다.

—김기림, 「시의 모더니티」(『신동아』, 1933.7)

1. 시적 존재의 귀향을 위한 사유

시란 도대체 무엇인가? 이 물음에 대해 실존주의 철학자 하이데거는
시란 근본적으로 인간 본질의 존재에 대한 물음이라고 말한다. 인간은
근본적으로 시적 존재라는 것이다. 모든 인간은 지상에서 시인으로 존
재하지만, 그가 시인이라는 사실을 깨닫는 사람은 드물다. 인간 본질의
존재를 탐문하고, 그것에 대해 사유하는 자만이 시인이 될 수 있는 것
이다. 이 때문에 시인이란 인간 존재의 본질을 사유하면서 인간의 본래
처소(處所)로 되돌아가게 하는 존재인 것이다. 독일의 낭만파 시인 횔더

린은 "시인은 인간 존재의 본질을 찾기 위해 끝없는 귀향(歸鄕, Heim-kunft)의 노래로써 동시대인을 일깨우고, 그들을 잃어버린 고향으로 불러들이는 존재"라고 정의한다. 시인은 인간 존재의 본질을 호명(呼名)하여 근원으로 귀향하게 하는 존재이고, 동시에 그 사명을 다하기 위해서 스스로 귀향하는 자이며, 이를 위해 참되게 사유하는 존재인 것이다. 이 때문에 시인은 본질적으로 인간 존재의 본질에 대해 참되게 사유하는 존재이며, 그 존재의 본질을 찾아가는 끝없는 사유 속에서 존재하는 것이다.

시정신은 시인의 사유체계를 말한다. 시정신은 인간 존재의 본질에 영혼을 불어넣는 것이다. 따라서 시적 존재의 사유체계는 다른 어떤 예술가들보다도 값진 것이다. 그렇다면 시정신이란 어디에서 발현되는 것일까. 정신분석학에 따르면, 시정신은 의식과 무의식의 층위에서 재현된다고 한다. 시는 의식과 무의식 층위가 습합(襲合)하여 언어 기호로 표출된 것이다. 서정시는 사물에 대한 의식의 층위를 화자와 동일시하는 전략을 꾀한다면, 모더니즘 시는 의식과 무의식의 층위를 오고가면서 사물과 화자가 불화(不和)하는 전략을 꾀한다.

이영란의 시집 『정오의 기차』(한국문연, 2014)는 모더니즘 시의 전략에 바탕을 두고 있기 때문에 대상과 화자는 비스듬하게 놓여 있다. 불화하는 것 같으면서도 화합하는, 두 의식 층위가 혼효(混淆)하는 형국을 띤다. 이 때문에 이영란의 시를 읽으면 그 의식의 층위를 따라잡기가 어려워진다. 무의식의 층위에 의존하는 시는 보편성의 문제에서 자유롭고, 의식과 무의식 사이의 경계를 두지 않는다. 이영란의 시는 의식과 무의식의 경계를 자유롭게 오고가는 시적 특징을 보이기 때문에 난해하게 읽힌다. 그녀의 시는 의식과 무의식의 층위를 오고가면서 그 사이에 존재하는 시적 존재의 의미를 심찰(深察)한다. 또한, 대상과 자아를 동일시하는 물활론의 관점에서 벗어나 형이상학의 존재로 머물고 있는 자아를 또 다른 시공간인 무의식의 세계에 던져놓음으로써 인간 존재의 근원을 되묻고 있는 것이다. 이영란의 시는 인간 존재의 근원이 무엇인지, 그 근원을 찾아가는 길이 무엇인지를 고민하면서 기억의 파편 속에 부유하는 삶의 풍경을 통해서 시적 존재의 귀향을 서두르고 있는 것이다.

2. 어두운 기억 속에 놓인 존재의 탐문

시간은 끝없이 흘러가는 것이고, 그 시간 속에 존재하는 인간은 유한한 존재이다. 유한한 존재인 인간이 형상화할 수 있는 세계란 것도 알고 보면 자신이 존재하는 동안 기억하는 풍경과 그 순간에 주어진 현실 세계뿐이다. 과거의 기억과 현재의 풍경을 언어로 재현하는 것은 결국 현상계의 문제로 귀결될 수밖에 없는 것이다. 시인이 기억하는 풍경은 시간과 공간 속에서 존재하고, 그 풍경을 형상화하는 시는 현상과 기억 속에 놓인 대상을 전제로 하고 있다. 이영란의 시에서 과거의 기억들은 어둡고 우울한 풍경이 지배하고 있다. 그것은 대상에 대한 회의라기보다는 인간 존재의 근원이 고독하다는 실존에 대한 회의라고 할 수 있다.
  이영란의 시는 어두운 기억의 근원에 잠들어 있는 무의식의 층위를 현상학의 세계로 끌어올리면서 존재의 본질을 찾아가고 있다. 자아가 의식하고 있는 세계는 과거의 기억 속에 존재하는 어두운 풍경과 지금 살아가고 있는 현상계이다. 과거의 기억이나 보이는 현상은 시간과 공간 속에 존재하기 때문에 영원히 존재할 수가 없다. 이러한 인간 존재의 유한성을 깨달은 것일까. 이번 시집의 표제작 「정오의 기차」는 유한한 인간 존재의 본질에 대해서 끝없이 회의(懷疑)하고 있다.

그는 유쾌한 농담을 한다 목젖이 커다랗게 보이도록 웃는다 흰 치아를 환하게 드러내고도 웃는다 후덥지근한 공기 속에 쓱 가르마를 가르며 정오에 기차가 왔다 나는 다리 아래서 기차를 무심코 바라보았다 다시 레일을 타고 온 이들은 한번쯤 가슴을 쓸어내린다 기차는 정녕 모르는 척한다 한 여자가 창가의 햇빛에 바랜 종이 장미를 멀리 던진다 그는 호주머니 속에서 필터가 구겨진 담배를 꺼내 문다 또다시 그가 큰 소리로 농담을 한다 어깨를 들썩이며 먼저 웃는다 기차가 다음 역을 향해 떠나간다 유쾌한 농담을 하며 기침을 하며 간혹 흘러간 유행가 가락을 흥얼대며 달린다 어쩌다 열병처럼 심하게 몸살도 한다 간혹 독한 담배 연기도 흘린다 언제나 레일 위에서

―「정오의 기차」 전문

이 시에서 눈여겨보아야 할 것은 이 시의 탐문 대상인 '그'라는 존재이다. 이 시에서 '그'는 기차이면서 동시에 이번 시집의 곳곳에서 탐문하고 있는 존재의 실체이기도 하다. 이 시에서 '그'가 기차라는 사실은 숨겨져 있다. 그것은 '그'라는 존재와 기차가 교묘하게 뒤섞여있기 때문이다. 이 시의 전체 문장을 다시 해체해서 읽어보면, 그가 두 대상 사이

를 끊임없이 오고가고 있다는 사실을 발견할 수 있을 것이다. '그'는 사람과 같이 유쾌한 농담을 하면서 웃고 있지만, 여기서 유쾌한 농담을 하고 웃는 것은 기차가 내는 소리에 비유한 것이다. 그것은 "정오에 기차가 왔다"는 진술에서 '그'와 '기차'는 동일시되고 있다는 사실을 확인할 수 있다. 그 다음 문장에서 서술자가 등장한다. 나는 다리 아래서 기차를 바라본다. '그'와 '기차'를 한꺼번에 바라보고 있는 것이다. 그러나 기차는 나를 모른 체 한다. 그때 한 여자가 기차에서 "햇빛에 바랜 종이 장미"를 던진다. 여기에 이르면, '그'는 사랑하는 사람이면서 동시에 떠나는 기차라는 사실을 확인할 수 있다. 그가 담배를 꺼내 무는 것은 이별의 상황에서 떠나는 '그'의 모습을 말하는 것이기도 하고, 기차가 떠나는 장면을 말하는 것이기도 하다. 기차는 다음 역을 향해 떠나면서 흘러간 유행가를 부르고 있다. 기차와 그는 동시에 다음 역으로 떠나고 있는 것이다. 이와 같이 이영란의 시에서 '그'는 어두운 기억의 저 편에 존재하면서 끝없이 화자의 의식을 자극하고 있다. 그는 어두운 먹빛으로 사라지기도 하고(「마르크스 아우렐리우스와의 여행」), 화자가 만나자고 제의하지만 끝내 해변에 오지 않은 채 내 가슴을 황량하게 만들기도 한다(「불가사리」). 어떤 때 '그'는 기다리는 가족처럼 불쑥 다가오기도 한다(「카레라이스」). 이영란 시에서 '그'는 떠나간 사람, 죽은 아버지, 사랑하는 사람으로 변주되면서 주체의 의식 한편을 지배하고 있다. 시적 존재의 의식에 투영된 '그'에 대한 기억은 대체로 어둡고 우울하다.

이 시에서 또 하나 눈여겨보아야 할 시어는 '정오'라는 시간이다. 정오는 한 낮의 가운데라는 시간 개념으로 오전과 오후가 나눠지는 경계의 시간이다. 이 경계의 시간은 시간의 연속성을 말하는 것이기도 하지만, 또한 시간의 단절을 의미하는 것이기도 하다. 이 시간의 경계에 서 있는 존재는 영원할 수가 없고, 시간의 꼭짓점에서 그 경계를 알 수 없는 곳으로 사라지는 것이다. '정오의 기차'라는 제목은 시간은 연속되지만, 인간 존재는 유한하다는 깨달음을 상징하는 언표이다. 인간 존재의 본질은 영원히 레일 위를 달리고 있는 기차와 같다고 인식하는 것이다. 종착지가 없이 무작정 다음 역을 향해 달리는 기차는 때론 유쾌하기도 하지만, 때론 열병처럼 심하게 몸살도 앓기도 한다. '정오'는 이러한 인식의 정점에 서있는 존재를 상징한다.

인간 존재의 깨달음을 위한 이영란의 시작 태도는 자아의 각성이라는 화두에 민감하게 반응한다. 그래서 "아무도 기다리지 않는 문을 열고 깜깜한 터널 속"으로 들어가는 자신을 비판하기도 하고(「딸기에 대하여」), "후미진 벽 뒤에서 세상의 지혜란 나를 위한 것이라고 모질게 맘"을 먹기도 한다(「슬픔의 복병」). 이러한 자아의 각성에도 불구하고 이영란의 시에는 어두운 그림자가 도저하게 흐른다. 이번 시집에는 "로봇", "함석"과 같은 금속성 소재가 많은데, 이는 어두운 현실을 상징하는 소재라 할 수 있다. 또한, "검은 넥타이", "검은 테두리", "죽어가는 달걀", "쓸쓸한 사랑", "폐인이 된 하늘"과 같은 어두운 이미지들도 곳곳에 산재해 있다. 왜 이런 어두운 이미지가 지배하는 것일까. 그것은 떠나간 '그'에 대한 어두운 기억과 어린 시절 어머니에 대한 추억, 그리고 아버지의 죽음에 대한 기억들이 무의식의 층위에 남아있기 때문이다.

엄마는 탱자나무 가시예요
탱자의 쓴 향기예요

엄마의 손금은 부스럭거리는 낡은 종이예요

셀로판지 기억이 뿌옇게 흐렸다 되돌아가요

그가 말했어요 장날 형과 함께 장터에 가면 엄마는 잘생긴 형을 데리고
장터를 자랑삼아 돌아다녔어 국밥 집에 맡겨진 나는 부끄러워서 국밥집 아
줌마에게 잠든 척도 했지 엄마는 가만히 기다린 게 신통해서 돌아오면 늘
칭찬해주셨지 장터 사람들이 형을 얼마나 잘생겼다고 하는지 엄마는 기쁨
으로 얼굴에 빛이 났어 지금도 별 수 없지만 그땐 내가 참 왜소했거든

아기덮개인 융담요를 덮고 잠을 자요 꿈속에 그가 엄마의 치마를 잡고 있
어요 그의 손금에 엄마의 손금이 묻어나요 사람들은 원래 그래 그의 탱자나
무 속엔 쓴 향기도 가시도 없어요 공터에서 황톳물이 말갛게 가라앉는 것을
보았어요 얼마나 먼 길을 걸어야 그처럼 말간 슬픔을 볼 수 있죠 엄마의 손금
속에서 가시가 발려나가요 탱자나무 가시에 엄마의 얼룩진 치마가 걸려 있
어요

―「엄마의 손금」 전문

이 시의 3연에서 잠과 꿈은 이 시를 낯설게 한다. 그는 꿈속에서 엄
마의 치마를 놓치지 않고 있다. 독일의 '환상꾼' 호프만(E. Hoffmann)은
꿈과 시는 아주 밀접한 관계를 가지고 있다고 한다. 우리가 공포와 불
안에 휩싸이게 되는 것은 그 대상들이 우리의 세계에서는 낯선 것들이
기 때문이다. 불안과 공포는 낯선 이미지의 조합을 만들어낸다. 이영란
의 시가 '낯설다(fremd)'고 느껴지는 것은 죽음과 같은 불안과 공포의

기억이 심연에 자리 잡고 있기 때문이다.

이 시의 서술자는 '그'와 그의 말을 전하고 있는 화자이다. 2연의 첫 행 "그가 말했어요"는 1연과 2연에 걸쳐 있다. 1,2연에서 그가 전하는 말을 듣고 3연에서 화자는 엄마를 떠올린다. '그'와 서술자는 형제이다. 그런데 서술자가 전하는 '그'의 모습은 현재 사라진 존재이다. '그'는 어디에 있는 것일까. 시적 정황으로 미루어 볼 때, 그는 어렸을 때 죽은 것 같다. 이러한 사실은 1연에서 어머니의 손금은 "낡은 종이"이고, '그'에 대한 기억은 "셀로판지"처럼 뿌옇고, "말간 슬픔"이고, 탱자나무 가시에 "엄마의 얼룩진 치마"가 걸려 있다는 진술에서 알 수 있다. 이미 '그'는 가족들의 기억으로부터 사라진 존재이다. 그의 죽음은 황톳물이 가라앉는 말간 슬픔으로부터 엄마의 얼룩진 치마로 이어진다. 얼룩진 치마는 '그'의 죽음을 지켜보아야 했던 엄마의 눈물인 것이다. 「엄마의 레시피가 없어요」와 같이 우물가의 대야를 두고 일어난 가벼운 에피소드를 다루고 있는 시가 있기는 하지만, 이번 시집에서 어린 시절의 기억을 묘사하고 있는 시들은 어두운 심연 속을 거닐고 있는 시적 존재의 우울한 자화상이라 할 수 있다.

아버지는 독사과를 가졌어요 눈먼 뱀이 푸른 옷으로 치장을 하고 나타났어요 하늘이 너무 멀리 있어 아무도 넘보지 않았던 그즈음에 아버지는 털신 하나 꺼내 신고 웅덩이 같은 덤불로 뛰어 들었어요 사과는 아버지 속으로 들어가 아버지를 붉게 물들였어요 스카프만한 손수건만한 하늘이 내 속으로 들어와 텅 빈 창을 만들고 있어요 네모난 창속에 당신의 사과를 놓아요 유화 속의 정물처럼 빛을 먹어 버린 사과의 귀퉁이가 반짝여요 당신의 손수

건으로 잘 닦은 사과 아까워 베어 먹지 못하고 바라만 보아요 제 흰 치아는
당신의 것 사과를 먹으면 재채기를 하는 알 수 없는 알레르기는 아직도 괴롭
히고 있어요 아버지의 창에 서서 당신을 바라보아요 이제는 푸른 뱀도 보이
지 않아요

—「알레르기」 전문

그녀는 여전히 알지도 못하는 노래를 불렀다 설핏 잠을 깬 고양이는 수염
을 올리고 하품을 했다 창공에 생각의 활을 쏘았다 되돌아올 화살을 기다리
며 기억의 집을 뒤지기 시작했다 아무 것도 없어 허탈한 신음소리가 나왔다
사과 트럭이 달콤한 향기를 풍기며 지나갔다 기억의 집에는 파란 사과 한
알이 남아 있다 8분간 어느 우주를 다녀온 것인가 80년이라 해도 좋은 긴
시간이 아코디언처럼 주름잡으며 스쳐갔다 하늘은 텅 비었다 트럭도 돌아
올 화살도 잊은 채 한줄기 구름이 포물선을 그리며 떨어졌다

—「8분간」 부분

사과의 집을 보여줄 뿐이다 붉은 향기가 집에 가득하다 상자는 목조주택
처럼 그윽해서 나무 냄새만이 불필요한 품위를 내세운다 우리 가족은 한 방
가득 가을을 품고 모여 있다 사과는 두 귀를 세우고 우리의 대화를 듣고 있다
사과와 우리는 금세 가족이 된다 아래층 사과 몇은 그들만의 대화 속에 도란
거린다 사과는 멀리 농원에서의 기억이 아직도 생생하다 우리는 기억의 창
고를 잠시 공유한다 바바리를 입고 농원에 놀러갔던 기억이 사과와 일치한
다 사과 한 알 무심중에 떨어지고 손이 깊은 다른 방문객이 사과를 반갑게
맞는다 악수를 하자 가을이 싱그럽게 신발을 벗고 상자 속으로 들어간다 모

두 잘 익은 사과가 된다

―「사과 상자가 있는 풍경」 전문

시인은 그의 의식에 떠올라오는 몇 가지 상념들을 어떻게 객관화하고 구상화할 것인지에 대해서 고민한다. 그 과정에서 수많은 단어들이 기용되어 그 현장을 살아있는 언어로 재현하고 이러한 재현을 통해서 시인이 원하는 목적을 달성한다. 시인은 기억을 붙들고, 그 기억을 언어로 전달하기 위해 고심한다. 그 단어가 어떤 언어 기호로 이루어졌는가 하는 것은 문제가 아니다. 다만, 자신의 의식을 어떻게 잘 전달하느냐가 문제인 것이다. 시적인 언어가 따로 있는 것이 아니라, 의식을 가장 잘 표현해내는 것이 참된 시적 언어이다.

이영란의 시는 시적 존재의 의식을 직접 드러내지 않고, 의식과 무의식의 아슬아슬한 경계에서 그 기억들을 재생하고 있다. 이 때문에 이영란의 시는 시적 존재의 의식에 떠오르는 여러 가지 기억들을 구체적 언어로 형상화하지 않는다. 의식을 전달하는 시적 언어들이 서로 긴밀한 상관관계를 가지고 있지 않다는 것이다. 이영란의 시는 기억의 파편들을 정황에 따라 자유롭게 떠올리고, 그것을 자유롭게 기술하고 있을 뿐이다. 그렇다고 시인의 의식을 무작정 의식의 흐름에 던져두는 것이 아니라, 현상계에 보이는 이미지들을 일정한 의미체계로 구성하면서 구조를 갖는 시적 문맥으로 만들어내는 것이다. 이영란의 시는 의식을 전달하는 방법이 독특하고, 그 독특함 때문에 의식의 차원을 색다른 시적 방법으로 전달하고 있는 것이다.

위의 시를 찬찬히 읽어보자. 「알레르기」는 사과 알레르기를 느끼는 화자의 의식을 다루고 있는데, 그 기억은 아버지와 관련이 있다. 아버지가 가진 독사과 때문에 공포를 느끼는 화자는 결국 사과를 먹는 과일로 인식하는 것이 아니라, 바라보는 것으로 인식하고 마는 것이다. 아버지는 사과와 관련된 일을 했고, 그 사과 때문에 죽는다. "하늘이 너무 멀리 있어 아무도 넘보지 않았던"이라는 시구는 아버지의 죽음을 상징한다. 아버지의 죽음은 "푸른 뱀"과 같은 신비로운 빛깔을 가진 동물로 상징된다. 사과 때문에 죽게 된 아버지는 네게 사과를 남겨주었다. "눈먼 뱀이 푸른 옷"을 입은 것처럼 "푸른 뱀"은 아버지를 데려갔지만, 그 아버지가 남겨놓은 사과는 시인의 무의식에 남아서 끝없이 아버지라는 존재를 호명하게 하는 것이다. 아버지의 죽음을 현실로 받아들일 수 없는 시적 자아는 모든 것을 신비로운 일로 만들어 버린다. 아버지를 데려간 푸른 뱀은 보이지 않지만, 시적 존재의 의식 속에는 그 어두운 기억이 화인(火印)처럼 남아서 알레르기를 일으키는 것이다. 아버지와 독사과, 그리고 푸른 뱀과 죽음으로 이어지는 사과 알레르기는 결국 자신을 괴롭히는 하나의 공포로 남아있는 것이다. 이런 어두운 기억들은 아버지가 남긴 사소한 물건에도 남아 있고(「아버지의 시계」), "푸르디푸른 엄마의 옷깃"에도 남아 있다. 상실한 것으로부터 비롯하는 이러한 어두운 기억은 시적 존재의 의식을 지배하면서 시적 언어로 재현되고 있는 것이다.

　「8분간」, 「사과 상자가 있는 풍경」에서도 어린 시절 기억은 더욱 공고하게 나타난다. 「8분간」에서 기억의 집 속에 떠오르는 것은 사과 트럭이다. 사과 트럭의 기억은 「알레르기」에서 아버지의 독사과로부터 연상되는 이미지와 동일하다. "푸른 뱀"과 파란 사과는 동일하게 아버지의 죽음을 상징한다. 그리고 그 아버지와 살았던 기억의 집은 아코디언처럼 주름진 어두운 기억 속에 존재한다. 「사과 상자가 있는 풍경」은 그 어두운 기억의 집을 또렷하게 보여준다. 어두운 기억의 집은 사과의 집이다. 사과를 중심으로 함께 모이는 가족이지만, 그 사과는 동시에 어두운 기억을 환기시키는 대상이다. 사과의 집은 아버지의 죽음과 같은 우울한 기억과 붉은 향기가 가득한 정겨운 기억이 공유하는 공간이다. 그러나 시적 존재의 의식 속에는 정겨운 기억보다는 우울한 기억이 더 깊이 각인되어 있다. 사과의 집에 살았던 어두운 기억은 시적 자아를 깜깜한 터널 속으로 몰아넣었으며, 시적 존재는 그러한 자아를 응시하면서 불안해하고 있다. 이와 같이 이번 시집에는 존재에 대한 불안과 공포가 곳곳에 자리 잡고 있다.

3. 기억의 파편에 남아있는 삶의 풍경

이영란의 시에서 어두운 기억의 저 편에 파편처럼 남아있는 체험들은 여러 풍경으로 형상화된다. 그것은 의식과 무의식의 경계를 넘나들면서 구체적 언어로 재현된다. 서정시가 타자를 주체 속으로 끌어들이고 있다면, 모더니즘 시는 자아와 타자가 맞서면서 대상과 객관적 거리를 유지한다. 이영란의 시는 서정시의 방법보다는 모더니즘 시의 방법을 선택하고 있다. 이 때문에 이영란의 시에서 주체와 타자는 분리되고, 언어의 형상과도 일정한 거리를 두고 있으며, 언어와 언어의 경계를 넘어서고 있다. 주체의 과잉 상태를 보이는 모더니즘 시는 언어를 의식으로부터 분리시키는데, 이영란의 시는 이러한 모더니즘 시와는 다르다. 이영란의 시는 시적 존재의 의식을 구체적 이미지로 형상화하고 있기 때문에 이미지를 강조한 모더니즘 시의 경향을 보인다. 이미지는 시적 인식의 과정에서 형성되는 모든 심리적, 감각적 체험의 구상화이며, 동시에 시적 인식의 한 방법이라 할 수 있다.

시에서 주체(subject)가 강조되는 것은 일종의 자기 강박증에서 출발하고 있는데, 이영란의 시는 이러한 자기 강박증과는 근본적으로 달라 보인다. 이영란의 시는 세계를 시적 존재 속으로 투사하면서 의식과 무의식의 경계를 자유롭게 넘나든다. 모더니즘 시에서 종종 보이는 주체 의식의 과잉에서 벗어나고 있으면서도 모더니즘 시의 새로운 서술전략을 지향하고 있는 것이다. 언어는 의식을 드러내는 것이지만, 또한 그 언어는 주체의 의식을 완전히 드러내지는 못한다. 그래서 시적 존재는 의식과 언어의 감옥으로부터 벗어난 곳에서 존재하기도 한다.

이영란의 시는 이미지를 강조하면서 시적 존재를 풍경 속으로 투사한다. 시적 존재를 완전히 잊고, 그 시적 존재를 넘어서는 자리에 놓여 있는 심연의 공간을 탐색한다. 이러한 탐색 과정에서 이영란의 시는 의식과 무의식의 공간을 넘나드는 자유로운 연상을 통하여 구체적 이미지를 끌어내고 있는 것이다. 서정시의 존재 방식이 주체 의식에 내재한 언어의 층위를 통해서 객체와 동일성을 지향한다면, 이영란의 시는 객체 속에 시적 존재를 들여놓음으로써 주체를 객관화한다. 시적 존재의 심연에 자리잡은 무의식의 층위를 통해서 현상을 헤쳐 놓는다.

지하철역 에스컬레이터를 타고 가다 한 남자가 쓰러진다 폐쇄회로 속에
는 뒤따라 온 남자가 달려 나간다 남자는 아슬아슬하게 모자와 바바리코트
만 보인다 쓰러진 남자는 고향을 잃어버렸다고 울부짖는다 호루라기를 불
며 달려온 경찰은 폐쇄회로 속의 남자를 찾는다 이상한 깃털을 꽂은 모자
때문에 남자는 체포된다 폐쇄회로 속의 남자는 자신은 영혼을 잃어버린 피
해자라고 항변한다 경찰은 난감해 한다 차라리 지갑을 잃어버린 사람을 찾
아야겠다고 호루라기 소리만 남긴 채 사라진다 밤으로 가는 지하철이 떠나
자 시간을 잃어버린 사냥개들이 낡은 지갑들을 찾아 차가운 레일 위를 어슬
렁거린다

—「분실」 전문

무엇을 잃어버린 것일까. 서술자는 두 명의 남자를 관찰하고 있지만,
잃어버린 것이 도무지 무엇인지 알 수가 없다. 이 시의 시적 의미를 난
해하게 하는 것은 일상적 관념으로 이해할 수 있는 기표와 일상적 관념
으로 이해할 수 없는 기표가 동시에 존재한다는 것이다. 서술자는 일상
문법체계를 벗어나 낯선 문법체계로 사건을 진술함으로써 사건의 서사
를 비틀어 버린다. 이 시에서 남자가 잃어버린 지갑을 '고향'과 '영혼'
이라는 시어에 빗대고 있는데, 이는 시적 문법체계에서 벗어난 낯선 비
유이다.

다른 측면에서 이 시의 시적 의미를 낯설게 하는 것은 일상적 풍경과
비일상적 풍경을 나란히 놓음으로써 시적 상황을 비논리적 상황으로
만들어버린다는 것이다. 지하철역에서 에스컬레이트를 타고 가다 쓰러
진 남자는 흔히 만날 수 있는 일상적 풍경이다. 그런데 그 남자가 갑자

기 "고향을 잃어버렸다"고 울부짖고, 뒤따르던 남자를 붙잡자 그 남자는 또 "영혼을 잃어버렸다"고 주장하는 것은 비일상적 풍경이다. 지갑이라는 단어가 고향과 영혼이라는 시어로 치환되어 있어서 낯설게 느껴지는 데다가 일상의 풍경을 비일상의 풍경으로 치환함으로써 전체 분위기를 비논리적 상황으로 만들어버린다. 이러한 시적 상황은 "시간을 잃어버린 사냥개들이 낡은 지갑"을 찾아서 레일 위를 어슬렁거리는 행위로 이어지면서 시적 소통기능을 상실시켜 버린다.

그러면 이 시에서 서술자가 전달하려고 하는 시적 의미는 무엇일까. 다시 "고향을 잃어버렸다"는 말과 "영혼을 잃어버린 피해자"라는 진술을 놓고 시적 상황을 찬찬히 살펴볼 필요가 있다. 에스컬레이트를 타고 가다가 넘어진 남자는 지갑을 잃어버렸다. 다행히 폐쇄회로 속에 남겨진 남자의 모자를 추적하여 범인을 잡지만, 모자를 쓴 그 남자는 또 자신이 지갑을 잃어버렸다고 주장한다. 경찰은 난감한 상황에 빠지고, 다시 잃어버린 지갑을 찾으러 나간다. 지하철은 떠나고 텅 빈 역사에는 지갑을 찾는 사냥개들이 레일 위를 어슬렁거리고 있다.

이 시의 서사 전개는 이렇게 밝힐 수 있지만, 이 시를 통해서 시인은 무엇을 말하려고 하는 것일까. 이 시는 낡은 지갑을 잃어버린 하나의 사건을 통해서 인간 존재의 근원을 묻고 있다. 잃어버린 것이 있기는 하지만, 잃어버린 것을 찾을 수 없는 것. 간절하게 찾는 것을 찾지 못하고, 레일 위를 어슬렁거리고만 있는 사람들. 잃어버린 것과 찾는 것, 간절한 것과 어슬렁대는 것의 실체를 찾으려고 한다. 여기서 잃어버린 것은 잃어버린 자아이고, 그것을 찾는 행위는 자아를 찾는 행위이다. 간절한 것을 찾는 사람들 속에 어슬렁대는 대중들의 무관심을 고발하고 있다. 겉으로는 잃어버린 낡은 지갑으로 표상되어 있지만, 그 낡은 지갑은 시인의 눈에는 마음의 고향이고, 인간의 영혼으로 비춰지고 있는 것이다. 이 시의 제목 '분실'은 인간 존재의 본질을 잃어버린 현대인을 풍자하고 있는 것이다.

넝쿨장미가 발톱을 세우고 있다 하늘이 코발트빛의 푸른 망토를 펼친다 넝쿨장미에게 물었다 버림받은 개를 보았냐고 개 같은 오후 검은 눈물 같은 시궁창 옆에서 장미만 더욱 붉다 슬픔이 차 이제는 폐인이 된 하늘, 그렇다 말갛게 가라앉은 지상에서 하늘 한 번 문병하고 한없이 슬프고 싶다 넝쿨장미 목덜미가 찌르듯이 아프다 장미의 경락을 따라 고단한 발바닥을 털어 주었다 넝쿨장미가 붉은 이빨을 드러내고 하르르 웃는다 용광로 속의 진액 같은 햇살이 흘러내린다 끝내 슬픔이 발효되어 이슬로 핀다

—「발효 4—넝쿨장미를 위하여」 전문

이 시는 어두운 현실과 폐허가 된 도시의 모습을 선명하게 그리고 있다. 검은 눈물 같은 시궁창 옆에 피어난 붉은 넝쿨 장미는 실존의 우울한 모습이기도 하고, 어두운 기억의 파편을 안고 살아가는 시적 존재의 모습이기도 하다. 이 시집 전반을 흐르는 분위기는 어둡지만, 시적 존재는 그 현실을 어둠으로만 받아들이지 않고, 그 어둠을 뚫고 끊임없이 발효되는 희망을 보고 있다. 그래서 넝쿨장미는 하늘을 한 번 보면서 한없는 슬픔을 걷어내고 "붉은 이빨을 드러내고" 웃는 것이다. 시적 존재는 어두운 기억 때문에 넝쿨장미가 발톱을 꼿꼿하게 세우고 있는 것처럼 현실을 향해 날카로운 발톱을 세우고 있지만, 그 기억의 저 편에

서는 희망을 안고 있는 것이다.

이영란의 시는 삶의 다양한 풍경들을 낯선 이미지와 결합시킨다. 그
것은 세상을 낯설게 보임으로써 이미지가 선명하게 살아나게 하는 시
적 전략이다. 존재의 본질을 대상에 감추고, 그 대상을 객관적으로 관
찰함으로써 존재의 진정한 의미를 발견하는 것이다. 주체를 객관화시
키는 것은 존재를 무의 세계에 맡겨서 자신의 존재를 밝히는 작업이다.
이 때문에 이영란의 시는 존재의 감옥에 갇혀 있지 않다. 어떤 대상을
비유하든지 그것은 비유의 대상에 머물지 않고, 시적 존재의 내면으로
끌어들이기 때문이다. 이영란의 시는 삶의 다양한 모습을 담아내고 있
으며, 어두운 기억의 파편들을 다양한 풍경으로 그려낸다. 이번 시집에
뚜렷하게 나타나는 시적 성취는 기억 속에 남아있는 다양한 삶의 풍경
을 독특한 방법으로 전달하고 있다는 것이다.

4. 시적 상상력과 의식의 심화

미국의 시인 아치볼드 머클리쉬(A. MacLeish)는 '시는 의미할 것이 아
니라 존재해야 한다'고 말한 바 있다. 시인은 그 자리에 없고 질문만 존
재하는 것이다. 시란 실존주의 철학자 사르트르가 던진 '문학이란 무엇
인가'와 같은 물음만 존재하고 그 해답은 찾을 수 없는 것이다. 시는 모
든 잠든 영혼에 물음을 던지고 충격을 가해야 한다는 것이다. 이영란의

시는 고정되고 낡은 것들에 저항을 하면서 존재의 본질이 무엇인지를 묻고 있다. 이 때문에 이영란의 시는 시적 언어를 낯선 문법체계로 만들어 버린다. 이러한 시적 전략으로 이영란의 시는 의식의 심연에 자리 잡은 존재의 본질을 찾아가고, 그 의식의 심연을 언어로 형상화하고 있는 것이다. 이영란의 시는 대상을 관찰자의 입장에서 관조하면서 존재의 근원에 대한 물음을 제기하고 있다. 이영란의 시 중에서 인간 존재의 본질을 탐색하는 시들은 비교적 짧은 시행으로 이루어져 있는데, 그 짧은 시행 속에 대갈일성(大喝一聲)의 물음이 들어있는 것이다. 이러한 시들은 시적 상상력과 의식의 심화를 꾀하고 있다는 점에서 새로운 시적 가능성을 보인다고 할 수 있다.

또한, 이영란의 시는 사물에 시적 상상력과 의식을 심화시켜 그 대상을 시적 존재의 세계로 끌어들인다. 이를테면 「똑똑한 달걀」에서 달걀을 삶으면서 반숙 완숙이라는 글자가 나오는 장면을 상상한다. 이는 대상에 의식을 투영하여 시적 상상력으로 끌어들이는 것이다. 이것은 시를 의미의 과정으로 인식하지 않고, 존재의 본질이 무엇인지를 묻는 과정으로 인식하고 있다는 것이다.

누군가 계단을 뛰어 올라가는 소리
숨이 가빠온다
탕
옥상 문이 열렸다
하늘
하늘이 뻥 뚫렸다

　　구름 싹이 나왔다

　　연두였다

— 「봄」 전문

　이 시는 생명 탄생의 신비로움을 형상화하고 있다. 하늘이 처음 열리고, 구름 싹이 나오는 것처럼 연둣빛 새싹이 돋아난다. 이 시에서 '봄'은 생명을 상징하는 계절이다. 그 생명의 탄생은 복합적 상상력을 동반한다. '옥상의 문'으로 표상되는 지상의 문이 열리고, 뻥 뚫린 하늘의 문이 열리는 순간, 새로운 싹들이 나오고 있다. 이 시는 싹이 나오는 장면을 시적 상상력으로 그려내고 있다. '탕'하는 소리는 생명 탄생의 고통을 상징한다. 봄에 피어나는 생명의 울림을 이렇게 짧은 시어로 표현할 수가 있을까. 이 시는 시적 상상력과 의식의 심화를 통해서 시적 존재가 인식하는 세계를 이미지로 전달하고 있다. '봄'의 시선은 '연두'라는 나무의 새순에 쏠려 있다. '탕'이라는 청각과 '연두'라는 색채 이미지는 생명 탄생의 절정이 무엇인지를 탐문하는 화두를 상징한다.

　이영란의 시적 전략은 시행의 연결을 단절시키고, 의미와 의미의 단층을 만들어낸다. 그 단절과 단층의 틈에 상상력과 의식의 층위를 채워 넣는다. 이러한 시적 상상력과 의식의 심화로 표상되는 시적 전략은 끊임없이 세상을 새롭게 인식하게 한다. 검은 스타킹 한 짝이 매화나무에 걸린 장면을 보고 박쥐를 상상하고, 러닝머신 위를 달리면서 세월의 무게를 고민한다. 이영란의 시에 보이는 사물에 대한 독특한 상상력은 그녀의 시가 항상 새로운 시적 지평을 향해 나아가고 있다는 것을 말하는 증표이기도 하다. 시적 상상력과 의식의 심화를 보여주는 이영란 시인은 앞으로 더 진지하게 존재의 문제를 고민할 것이다. 그런 시인에게 거는 기대는 한층 뜨겁다.

제3부

상생의 시론

화음과 불협화음, 맹진(猛進)하는 시들

2009년 가을의 시들

1. 다양한 목소리들

지극히 원론적인 문제에 속하지만, 서정시의 정신은 자아와 세계의 조화를 꾀하는 것이다. 산문정신이 자아와 세계가 대립하고 갈등하면서 그 대립과 갈등을 풀어가는 방식이라고 한다면, 서정시는 대상(혹은, 세계)을 주체 속으로 끌어들여서 녹여내는 방식이다. 그래서 서정시에서 대상은 주체에 종속되고, 주체에 의해 윤색되기 마련이다. 이 때문에 시 정신은 주체와 대상의 '거리'에 있어서 결핍의 과정에 놓여 있고, 산문 정신은 주체와 대상에 있어서 일정한 '거리'를 유지하고 있는 것이다.

시에서 산문정신이 나타나면서 이른바 이야기시라는 담론 개념이 촉발하였고, 이는 '시의 산문화' 경향으로 옮겨졌다. 이미 1930년대 시에서부터 나타나기 시작한 '시의 산문화' 경향의 꼭짓점에는 초현실주의 경향의 시들이 놓여 있다. 시에서 주체와 대상의 문제만을 놓고 볼 때,

현대시는 "영속적인 경향(전통적)이나 때때로 지배적인 경향(시대상황의 특징)이나, 두드러지게 미래지향적인 경향(실험적)"[1]으로 나타난다고 할 수 있다. 현대시가 어떠한 시적 방법론으로 기술된다고 하더라도, 이 세 가지 경향에 속할 수밖에 없는 까닭은 시는 대상의 순간을 포착한 주체의 내면 상태를 '표현'하는 양식이기 때문이다. 현대시의 위상이 이 세 가지 경향에 묶여 있다는 것은 최근의 시들에서도 유효하다.[2]

2009년 가을호 문예지에 발표된 시들에서도 주체와 대상의 거리는 '과잉과 결핍'이라는 현대시의 곤경한 상황을 그대로 반영하고 있다. 이 계절의 시들은 시적 주체의 다양한 목소리들을 새로운 시적 방법론으로 변주하고 있다.

2. 화음과 불협화음, 다양한 변주

시적 주체가 사물이나 존재를 바라보는 시선들은 제각기 다르고, 그 사물을 표현하는 방법에도 차이가 있다. 현대시가 동일성의 시학을 해체하기 시작하면서 그 사물이나 존재를 표현하는 방식도 화음에서 불협화음으로 변화하기 시작했다. 현대시는 '거리의 결핍'에서 '차이의

---

1   김준오, 「한국 현대시 어디까지 왔나」, 『현대시와 장르비평』, 문학과지성사, 2009, 87쪽.
2   "일제강점기에서 오늘날에 이르기까지 한국현대시는 크게 세 가지 계열체로 묶을 수 있다. 현실 참여시 계열체, 전통 서정시 계열체, 비이성적 계열체가 그것이다."(문흥술, 「비대상시의 질적 변용을 위한 지난한 도정」, 『유심』 40호, 2009.9·10, 73쪽)

심연'으로 옮겨오면서 다양한 시적 변화 양상을 꾀하고 있는 것이다. 서정시는 대상과 분리될 수 없으며, 비록 대상과 분리되더라도 무의식의 층위에서 그 대상을 표현하는 양식체계이기 때문이다. 대상은 항상 그대로 존재하지만, 그 대상을 보는 시적 주체의 시선은 각기 다르고, 그 차이의 심연은 대상과 존재에 새로운 의미를 부여한다. 이 때문에 서정시는 대상을 바라보는 시적 주체의 심미안이 무엇보다 중요하게 부각되는 것이다. 시적 주체의 표현 방식에 따라 각기 다른 이미지를 드러내는 서정시는 단순한 사색의 차원을 넘어서 사물에 대한 깊고 넓은 혜안(慧眼)의 세계를 보여줄 때, 그 시적 의미가 증폭되고, 사물에 대한 새로운 관점이 제시되는 것이다.

이번호에 발표된 시들은 사물에 대한 깊은 사색을 드러내는 경향, 일상시의 경향, 모순된 구조에 맞서는 현실적 경향으로 나눌 수 있다. 먼저, 사물(혹은, 대상)에 대한 깊은 사색의 과정을 잘 보여주는 시로는 김기택의 「커다란 나무」, 김신용의 「물방울춤」(이상, 『창비』), 송재학의 「니퍼이야기」, 김기택의 「대패삼겹살」·「계란들」, 최승익의 「은박지포장」(이상, 『내일』), 박방희의 「똥탑」, 복효근의 「거울」·「저 푸른 문장들」, 이영옥의 「허수아비」(이상, 『신생』), 박선희의 「뻐꾸기 시계」, 안효희의 「블랙커피」(이상, 『시와사상』)가 있다. 다음으로 모순된 현실에 맞서는 현실적 경향의 시들로는 김산의 「연노랑 물방울 오리지널 사운드트랙」·「랄랄라 집시법」, 백상웅의 「불법」, 송경동의 「아픈 시절을 위한 위로의 노래」·「이 삶의 고가에서 잊혀질까 두렵다」(이상, 『창비』), 나해철의 「용산 911」, 최승익 「단추」(이상, 『내일』)가 있다. 그 외 대부분의 시들은 일상의 일들을 담담하게 서술한 서정시에 속한다. 심보선의 「나날들」, 권덕하의 「가을비」, 이동호 「옆집 아가씨」, 고증식 「선배 대접」·「내 친구 왕별」(이상, 『신생』), 정원도의 「생가를 찾아서」, 맹문 재의 「이발소에 가는 이유」, 김미승의 「자전거 위의 생」(이상, 『내일』)과 같은 작품뿐만 아니라, 대부분의 시들은 일상에 일어나는 군더더기 삶 을 주관적으로 서술한 서정시에 속한다.

먼저, 사물을 보는 관점과 존재의 성찰이라는 차원에서 단연 돋보이 는 시 한 편이 있다. 이미 노시인의 반열에서 견고한 시적 성취도를 보 이고 있는 정진규의 「律呂여」(『신생』, 2009년 가을호)[3]라는 시이다.

> 저녁이 오는 시간은 밝음에서 어두움으로 가는 땅거미의 步法이 가장 분
> 명하다 피리소리를 내며 윤곽을 긋는 시간의 손을 보여준다 律呂여, 피리를
> 부는 그대 손가락이 눈에 밟힐 것이다 한 그루 나무의 그 한 그루는 물론,
> 이파리들의 가장 자리에 고이는, 번지는 그런 몸의 발가락들을 보여줄 것이
> 다 큰 나무는 물론 작은 풀잎이 오늘 피운 꽃잎들의 다무는 입술에도 그 보폭
> 과 걸음새를 보여줄 것이다 아니 그런가 한 그루 느티여, 질경이풀이여, 제
> 일 분명한 것은 안산 저녁 능선일 것이다 거기 서 있는 나무들의 키가 비로소
> 하루치 완성의 키를 얻는다 모든 완성의 내부에는 소리가 흐른다 저녁은 완
> 성의 시간이다 어두움의 律呂여
>
> —정진규, 「律呂여」 전문

---

3   이하 계간지는 가을호를 중심으로 생략해서 표기한다. 『창작과비평』 2009년 가을호는
『창비』로 『신생』 2009년 가을호는 『신생』으로, 「내일을 여는 작가」 2009년 가을호는
『내일』로, 『시와사상』 2009년 가을호는 『시와사상』으로, 『유심』 2009년 9·10월호는
『유심』으로, 『작가와사회』 2009년 가을호는 『작가』로 표기한다.

그동안 정진규의 시가 추구해온 주체의 내면적 탐색이 이 시에서도 그대로 나타나 있다. 그리고 그의 산문시에서 보여준 내밀한 운율론적 위상도 여전하다. 그의 산문시는 운율의 배려가 주도면밀하고, 유려한 율격이 전체 시에 도저히 흐르고 있으며, 숨겨진 것 같은 운율이 지배하면서 자연의 리듬을 은밀하게 살려내고 있다고 평가하고 있다. 인용한 시에도 그 심층에는 운율에 통일성을 부여해주는 일정한 장치를 숨기고 있다. 이 시는 시적 주체가 대상을 보는 관점에서 내면적 깊이가 있으며, 운율적 관점에서 율려의 정신을 잘 표현하고 있다.

시 제목에서 말하는 '율여(律呂)'는 자연의 흐름을 말한다.[4] 「律呂여」라는 제목은 '율려'라는 소리에 체계에 '-여'라는 조사 하나만 넣음으로써 군더더기 사설을 완전히 제거하고 있다. 익히 알고 있는 기본 상식만으로도 이 시는 바람결에 따라 자연스럽게 찾아오는 순환의 질서를 읽을 수 있다. "땅거미의 步法"이라는 심상찮은 발언과 함께 찾아오는 "피리소리"의 율격은 어둠이 내리는 곳의 작은 바람결 하나도 놓치지 않으려는 시적 화자의 은밀한 내면의 심리와 닿아 있다.

이 시의 시적 주체는 사물과 동화, 혹은 감화하려는 경건한 자세를 보여준다. 이 시의 내밀한 리듬을 따라가다 보면 어느 새 사물에 동화된 경건한 자아를 만나게 된다. 시적 주체는 한 그루 나무, 한 그루 느티, 질경이풀의 보폭을 들으면서 서서히, 그리고 조용히 완성된 시간 속으로 빠져들어 간다. 자연 앞에 경건하게 서 있는 시적 주체는 자연

---

4 "율여는 기초적으로 동양적 음악구조이다. 율려란 따뜻한 계절 6개월에 대응하는 양(陽)의 6율(律)과 차가운 6개월에 대응하는 음(陰)의 6여(呂)를 일컫는 말이다. 율려는 우주의 마음이며, 음악이며, 가락이며, 숨소리이며, 질서이다."(박준건, 「김지하 생명사상과 율려사상」, 『신생』 16호, 2003년 가을호, 33쪽)

의 리듬과 흐름에 자신을 맡기면서 그 세계를 경배하고 있는 것이다. 자연의 질서 앞에서 숭고하다 못해 그 자연의 숨결에 자신의 호흡을 맡기면서 이파리들이 움직이는 미세한 진동과 그 "발가락"들의 작은 떨림을 응시한다. 이 시는 자연과 동화된 시적 주체의 내면적 울림이 잔잔한 율려의 가락으로 젖어들게 한다.

이 시에서 주체는 존재하지 않는다. 이 시의 주체는 저녁이라는 어둠 속으로 서서히 잠겨 들어가는 자연의 일부로서 존재할 뿐이다. "생명의 저류란 무엇인가", 그리고 "산다는 것은 무엇인가", "왜 사람들은 폭력의 구조 앞에 무력한가"와 같은 잡다한 인간사의 물음들은 경건한 자연 앞에서 무색할 뿐이다. 인간이라는 주체의식 마저도 사라지게 될 때, "큰 나무는 물론 작은 풀잎"까지도 경건하게 옷깃을 여미는 숭고한 자연의 소리를 들을 수 있는 것이다. 자연의 질서는 "완성된 내부"의 소리이다. 이 완성된 내부의 소리가 곧 율려의 세계이다. 인간의 잡다한 문제를 말하지 않으면서도 인간 존재의 의미를 이토록 깊이 회의하고 반성하고 성찰하는 시가 있을까. 이 한 편의 시를 만날 수 있다는 것만으로도 행운이다.

정진규의 시 「눈썹을 그리기 시작했다」(『신생』)도 「律呂여」에서 보여준 선(禪)의 세계에서 대상을 보는 관점이 드러나 있다. 이 시는 보이는 세계와 보이지 않는 세계를 관통하는 존재의 인식을 보여주고 있다. 시의 첫 머리에 제시한 "영양괘각(羚羊掛角)"과 "연비석란(燃臂石卵)"은 이 시의 전체를 지배하는 화두다. '영양괘각'은 송나라 엄우(嚴羽)가 『창랑시화(滄浪詩話)』에서 제시한 시와 선의 최고 경지를 일컫는 말이다.[5] 이것은 공중에 울려 퍼지는 소리인 듯하고, 물속에 비친 달빛인 듯하고,

영양이 뿔을 걸어 놓은 듯해서 도저히 찾을 수 없는 깨달음의 길을 상징한다. 이 시에서 시적 주체는 선(禪)이면서도 선이 없는 것이 선이고, 시이면서 시가 없는 것이 시라는 깨달음의 경지를 보여주고 있다. 「돌아온 보편」(『신생』)에서 말하고 있는 "자연이란 가장 커다란 本色, 가장 커다란 보편의 맨몸"이라는 존재의 근원에 대한 물음이라 할 수 있다.

자연에 대한 잔잔한 울림에 귀 기울이려는 정진규의 시적 방법론과 유사한 패턴을 보이는 작품으로 고형렬의 「수박」(『창비』)과 김경미의 「입」(『신생』)을 들 수 있다. 고형렬의 「수박」은 주객의 일치라는 전통 서정시의 논법에 충실하면서도 교감의 방식은 다르다. 스스로 "이상하다"고 말하는 첫 행부터 이 시는 수상하게 진행된다. 시적 주체가 수박이 되고, 그 시적 주체와 동격에 놓인 수박은 현실의 '어둠' 속에 있지만, '수박'이 말하고 있는 세계는 지극히 추상적이고 관념적인 세계이다. 구체적인 현실을 바탕에 깔고 있으면서도 수박의 줄기가 뻗어가는 곳은 막연한 경계에 놓여 있다. 이런 '수상한' 발아(發芽)가 진행되는 동안에 수박은 점점 세력을 확장하고, 결국 자신도 모르는 위험에 빠져들고 만다. 시적 주체는 사물과 교감하는 전통 서정시의 논법에 따르고 있으면서도 그 시적 심연은 관념적인 세계로 향하고 있다. 고형렬의 장시 「鵬새」(『유심』)에서 보여주고 있는 상상의 심연은 시 「수박」에서도 그대로 적용되고 있다.

---

5 이 말의 기원은 시와 선의 문제에서 시작한다. 시와 선은 같은 것이다. 송나라 엄우(嚴羽)의 『창랑시화』에서 시와 선에 대해서 '선도(禪道)는 오직 묘오(妙悟)에 달려 있고, 시도(詩道) 또한 묘오에 달려 있다'고 한 말에서 유래한다.(「시인의 봄날」, 『강원도민일보』, 2005.4.11, 문화면)

그 얇고 긴 입으로

온 밤하늘 다 물고 가는 초승달을 본다

물고 가다 잠시 검정고양이처럼 멈춰 서는

검정고양이 입가로 타악기처럼 파닥이는 물고기

저 초승달 한 입 단단히 물고

나도 당신의 세계를 다 끌고 가고 싶다

—김경미, 「입」 전문(『신생』)

　　김경미 시의 세계에 대한 인식은 시적 주체와 대상을 가능한 멀리 놓고 있는 데 있다. 너무 멀리 떨어져 있어서 자칫 그 대상의 본질을 잃어버릴 때가 있다. 이 시는 입을 말하고 있는데, 그 입에 비유된 대상은 입 모양의 "초승달"이고, 초승달 모양의 "물고기"이다. 입이 초승달, 물고기로 환유되면서 결국 시적 주체는 "당신의 세계"를 다 끌고 가고 싶은 관능적인 입을 말하고 있다. 시적 주체가 사물을 보는 관점은 피상적이어서도 안 되지만, 지나치게 관념적이어서도 안 된다. 이 시는 시적 주체와 대상의 새로운 관계를 잘 보여주고 있다. 김경미의 다른 시에서도 이러한 세심한 '관계의 미학'이 잘 나타나 있다. 우리가 잊고 있었던 존재에 대한 각성은 시적 주체가 그들 대상을 새로운 시선으로 바라보는 데서 출발한다. 정지된 시간 속에서 "오늘의 기척들"을 바라보는 존재들의 모습은 쓸쓸하지만, 그것은 어쩔 수 없는 현대인의 자화상이기도 하다.

　　김경미의 「전문가」(『창비』)는 이러한 관계의 미학을 단적으로 보여준다. 이 시의 소재가 된 남탕의 할아버지 이발사는 "남자 머리 하나를 / 최소 네 시간이나 깎는" 비현실적 존재이다. 시간이 돈이 되는 자본주의 시대에 손님 한 사람을 네 시간이나 붙들고 있는 할아버지는 현실 속에서 비현실의 관계를 상징하는 존재다. 자본주의 시대에 비자본주의 시대를 살아가는 사람이 있다는 사실만으로 충분히 화제 거리가 될 수 있다. 할아버지가 다른 남자 손님의 이발을 하는 동안 화자는 소파에 앉아서 무료하게 기다린다. 그러나 결국 화자도 이발이 끝나기를 기다리지 못하고, 목욕탕으로 들어간다. 화자는 욕탕 안에서 "총소리 세 듯" 할아버지가 이발을 끝내기만을 애타게 기다린다. 네 시간 동안 이발을 하는 느긋한 할아버지와 그 광경을 곡진하게 바라보는 화자의 관계 속에서 바쁘게 살아가는 현대인의 자화상을 엿볼 수 있다. 「육식성의 아침」(『창비』)에서도 인간이 먹을 수 있는 범위가 "절벽 위 산양에서부터 / 이에 피가 끼는 식인종까지"라고 풍자하면서 "붉은 나팔꽃 같은 아침부터 육식을 해야 하는 현대인의 음식문화를 비판하고 있다. 김경미의 시는 '관계의 미학'을 잘 보여주고 있다.

가장 먼저 학교에 온 날엔 총채를 들고 교실 바닥에 떨어져 죽은 어린 새를 털고 있었고, 무심히, 새는 단지 허공에 회귀하고 있는 먼지에 불과하다고 여기던 저녁엔 가장 늦게 교실을 나간다 장난감 총구를 들여다 볼 땐 검은 숲에 누워있던 소녀를, 내가 제일 먼저 발견한 눈꺼풀을 아무에게도 말하지 않기로 다짐했고 경중경중 목 없이 뛰어 다니며 소녀는 누군가 매달아 놓은 나무의 그네 위에서 마을 쪽으로 장난감 총을 쏘고 있었다

—김경주, 「매복」 전문(『유심』)

김경주의 시는 상상력의 변주와 낯선 곳에 대한 "기억의 주술"을 잘 보여준다. 첫 시집에서 보여준 발랄한 상상력의 세계는 낯설고 기괴한 양상으로 변주되고 있다. 이 시는 "가장 먼저 학교에 온 날"이라는 첫 행의 문법부터 시를 낯설게 한다. 학교가 주체가 되어서 학교에 가는 것이 정상적인 문법이라면, "학교에 온 날"은 비정상적인 낯선 문법이다. 이렇게 낯선 문법과 만나는 "죽은 어린 새"는 허공에 회귀하는 먼지에 불과하다고 생각한다. 그런데 그 순간 또 낯선 존재 하나가 나온다. "검은 숲에 누워있던 소녀"이다. 그렇게 "내가 제일 먼저 발견한 소녀"는 "목 없이 뛰어" 다니고, 나무의 그네 위에서 마을 쪽으로 "장난감 총"을 쏘고 있다.

이 시는 김경주의 첫 시집보다 두 번째 시집에 더 가까이 다가가 있다. 시의 문맥은 현상학적으로 이해할 수 있는 문법과 규범 자체를 거부한다. 그것은 자유 비행이고, 해방의 방식이다. 존재의 유혹에 갇혀 있는 것이 아니라, 존재의 자유를 구가하는 것이다. 죽은 어린 새가 먼지에 불과하다고 인식하는 것도 시적 주체의 자유로운 상상이고, 검은 숲에 누워있던 소녀가 목 없이 돌아다니는 것도 자유로운 상상이다. 그런 점에서 이 시는 주체의 과잉 속에서 해방된 시적 주체의 무절제한 상상력의 세계를 보여준다고 할 수 있다.

시적 주체의 상황과는 다소 멀어져 있는 「바늘의 무렵」(『창비』)은 '터무니없는 상상의 세계'에서 '그럴듯한 현실'로 돌아와 있다. 어두운 공간에서 신음하던 화자가 급박하게 현실의 감각으로 돌아오고 있다. 「바늘의 무렵」에서 시적 화자는 바늘이라는 사물에 신경을 곤두세우고 있다. 이불 속에 바늘이 들어있다는 생각만으로 감각이 예민해진다. 콕

콕 찔리는 상상을 하면서 시를 읽지만 정작 시적 화자는 옛날 궁녀들이 "발설해서는 안되는 비밀"을 알았을 때, 사인을 숨기기 위해 바늘을 삼키고 죽었다는 사연까지 끌어들이면서 이야기에 열중해 있다. 바늘 때문에 신경이 곤두 서 있는 상황인데도 시적 화자는 능청스럽게 이불 속의 바늘의 비밀을 감추고 있다. 현실의 문제를 가볍게 바꾸어버리는 이 기담(奇談)은 김경주의 시에서 만날 수 있는 새로운 시적 질감이라 할 수 있다.

현대 산업사회가 안고 있는 정치적, 문화적, 사회적 문제점들은 항상 시인의 시선들에 포착되기 마련이다. 서정시는 어차피 "산업사회의 조직에 대해서 단독자적인 저항을 해야 하는 곤경과 이 조직 안에서 빚어지는 소외의 곤경을 극복"[6]하는 기능적 측면이 있기 때문에 시의 현실 참여는 피해갈 수 없는 것이다. 최근 대부분의 시인들이 현실 문제에 슬쩍 비껴서고 있는데 반해 몇몇 시인들은 더욱 첨예하게 현실문제와 맞서고 있다. 현실 문제를 다루고 있으면서도 시적 상상력의 진폭을 각기 다른 시선으로 보여주는 시들로는 나해철의 「용산 911」, 최휘웅의 「개미」, 김언의 「닮지 않았나」를 들 수 있다.

높은 데서
불이 솟구쳐

공중에서

---

[6] 김준오, 앞의 책, 73쪽.

비행기가 가까이 다가와

부딪힐 듯

부딪혀

건물이 화염에 싸여

무너져

많은 사람들이

열심히 살아오고

열심히 살려 한

많은 사람들이

죽고

타서 죽고

떨어져서 죽고

왜

공중에서 날아와

불을 일으켜

사람들이 성실한 사람들이

타서 죽고

떨어져서 죽고

제대로 묻히지도 못하고

—나해철, 「용산 911」 전문(『내일』)

개미가 나들이를 나왔다

엄지손가락이 그걸 눌렀다

혼자 날뛴 죄 값이라고

세상은 입방아를 찍었다

그렇게 그가 온 길은 지워졌다

아니 그런 듯이 보였다

억압과 폭력이 득세한 듯 보였다

힘이 세상을 덮고

주눅 든 자들은 전부 엎드렸다

발밑에 엎드린

가랑잎들은 마른기침을 흘렸다

그런데 으스름 달이 떴다

오솔길이 보였다

다시 동굴이 삐죽이 문을 열었다

나뭇잎들이 증언을 시작하고

누군가 촛불을 들었다

그러자 수많은 개미떼들의 침묵이

죽은 개미가 갔던 그 길을 따라

끝없이 행진하고 있었다

—최휘웅, 「개미」 전문(『작가』)

혁명과 동전 소리
지갑과 바지 뒷주머니
이웃과 이웃을 싫어하는 이웃

냄새와 폭발음
소문과 해명의 어리석은 하모니
흉터와 자신감의 차이

새로움과 해로움의 운명
그것의 미덕과 훈훈한 악담
들려주는 친구와 들어주는 상대

맞장구와 헛손질의 대표들
미안하지만 나
너그럽지만 너

만나지 말걸 만나서 포옹
내 잘못이 아니다
네 잘못도 아니다
화난 얼굴과
못난 몸매

체벌하면서 강화

핵심이면서 반말

제2도시와 촌구석

자폐적인 글쓰기와

민중시인

(…중략…)

시계의 네 시 방향

언제나 출몰하는 적들의

비상식량

우물 안의 속삭임과

부스러기들 :

개구리가 이겼다

개구리가 이긴다

—김언, 「닮지 않았나」 부분(『시와사상』)

　나해철의 「용산 911」은 현실 문제를 직접 드러내는 방식을 선택하고 있지만, 최휘웅의 「개미」는 현실 문제를 우회적으로 표현하는 알레고리 방식을 택하고 있다. 시에서 알레고리는 정치적, 사회적 문제의식을 표현하는 시적 방법론이다. 나해철의 「용산 911」은 군더더기 말들을 사용하지 않는다. 공중의 비행기와 사람들의 죽음이라는 두 가지 축을 중심으로 용산 참사의 비극적 현장을 마치 순결한 촛불의 행렬처럼 경건하게 제시한다. "죽는다"는 시어를 반복하면서 충격적인 장면들을 극대화시킨다.

반면에 최휘웅의 「개미」는 비유적 표현으로 현실의 문제의식을 개진한다. "개미"는 다수의 민중을 상징하고, 이 개미들의 행진을 통해서 연약하고 작은 민초들의 말없는 저항을 부각시킨다. 길은 개미(민중)들이 변혁하려는 세계를 상징한다. 그 길이 지워졌다는 사실만으로 개미들이 들고 있는 촛불은 의미있게 다가온다.

김언의 「닮지 않았나」는 우리 사회의 고질적인 이분법의 논리를 극복하는 방안을 제시하고 있다. 화자가 내린 결론은 양자가 모두 승리하는 것이다. 너무도 무책임한 결론을 이끌고 있지만, 이 시는 앞의 두 시와 다른 각도에서 현실 문제에 접근하고 있다. 한 쪽이 있으면 다른 한 쪽이 있다는 이 쌍방향 인식은 결국 당대 우리 사회의 첨예한 계층 갈등을 해결하기 위한 시적 대응방법이라 할 수 있다.

후기 산업사회의 징후를 여지없이 보여주고 있는 현대 사회는 새로운 폭력의 구조와 맞서 있다. 계층적 갈등뿐만 아니라, 자본의 갈등까지 첨예하게 나타나고 있다. 그래서 "어쩌랴 / 빈족(貧族)의 슬픔은 부족(富族)의 장식이 된 지 이미 오래 / 지구는 죽은 별 / 다, 다 / 반짝인 별"(박제영)라는 극단적 푸념이 쏟아지는 것이다. 인용은 하지 않았지만, 김산의 「연노랑 물방울 오리지널 사운드트랙」, 「랄랄라 집시법」은 시대적 현실을 알레고리 수법으로 표현하고 있다. '연노랑 물방울'은 노무현 대통령의 죽음을 애도하는 물결을 상징한다. 「랄랄라 집시법」은 광장에 모여서 그들의 목소리를 내는 현대 도시인의 문화를 말하고 있지만, 그 이면에는 광장이 철거되고 광장이 사라지는 현실의 안타까움을 말하고 있다.

정진규, 고형렬, 김경미, 김경주의 시들이 현실과 비현실, 현실과 상상, 혹은 환상의 세계를 자유롭게 넘나들면서 존재의 의미를 밝히고 있다고 한다면, 김기택, 김산, 나해철, 정원도, 송재학의 시들은 현실의 문제에 뿌리를 두고 인간 존재의 문제를 날카롭게 비판하고 있다. 이른바 민중시 계열의 시들이라 불리워지는 이들 시는 인간의 문제뿐만 아니라, 인간과 더불어 존재하는 사물들에게까지 그 영역이 확장된다.

이번호에 실린 대부분의 시들이 일상의 순간을 포착하는 전통적 서정방식을 고수하고 있다는 점에서 우리 현대시의 변화 양상은 그리 두드러져 보이지 않는다. 아직 두터운 부분에서 전통 서정시의 본령을 굳건하게 지키고 있다는 말이다. 좀 특이한 방식으로 일상의 순간을 포착한 김신용의 「벚꽃 아래」, 「물방울 춤」(『창비』)은 이런 일상의 움직임을 새롭게 표현해내는 전범(典範)을 보여준다. 그는 여전히 번뜩이는 눈으로 대상의 순간과 일상의 의미를 포착해내고 있다. "한 낮의, 햇빛 환안 성당 마당의 벚꽃 그늘 아래"의 풍광을 통해서 "세상과 불화의 이물질이 조금도 섞여 있지 않은" 무균질의 웃음을 발견한다. 이런 일상의 움직임을 담은 시들은 사회 현실의 문제를 제시하는 민중시와 함께 우리 현대시의 지층을 두텁게 하고 있다.

나뭇가지들이 갈라진다
몸통에서 올라오는 몸을 찢으며 갈라진다
찢어진 자리에서 구불구불 기어나오며 갈라진다
이글이글 불꽃 모양으로 휘어지며 갈라진다
나무 위에 자라는 또다른 나무처럼 갈라진다
팔다리처럼 손가락 발가락처럼

태어나기 이전부터 이미 갈라져 있었다는 듯 갈라진다

오래전부터 갈라져 있던 길을

거역할 수 없도록 제 몸에 깊이 새겨져 있는 길을

너무 많이 가보아서 훤히 알고 있는 길을

담담하게 걸어가듯이 갈라진다

제 몸통으로 빠져나가는 수많은 구멍들이

다 제 길이라는 듯 갈라진다

갈라지지 않으면 견딜 수 없다는 듯

조금 전에 갈라지고 나서 다시 갈라진다

다시 갈라진다 다시 갈라진다 다시 갈라진다

다시다시다시 갈라진다

갈기갈기 찢어지듯 갈라진다

뱀의 혀처럼 날름거리며 쉬지 않고 갈라진다

갈라져 점점 가늘어지는데도 갈라진다

갈라져 점점 뒤틀리는데도 갈라진다

갈라진 힘들이 모인 한그루 커다란 식물성 불이

둥글게 타오른다 제 몸 안에 난 수많은 불길을

하나도 놓치지 않겠다는 듯

맹렬하게 갈라지고 있다

―김기택, 「나무」 전문(『창비』)

김기택의 시는 도심의 일상과 도시인의 일상을 세심하게 관찰하고
있다. 「구직」(『창비』)은 현대 사회를 살아가는 도시인의 비극을 날카로

운 시각으로 접근한 시로서 지금까지 그의 시적 경향과 별로 달라 보이지 않는다. 그러나 인용한 「나무」는 「대패삼겹살」(『내일』)과 함께 새로운 시적 방법론을 보여준다. 「나무」에서 "갈라진다"는 시어는 주목할 필요가 있다. 동어반복으로 이루어진 "갈라진다"라는 시어는 자칫 시를 식상하게 만드는 데도 불구하고 이 시에서는 오히려 나무를 살아나게 하는 기능을 한다. "갈라진다"라는 시어는 뒤로 갈수록 더 많이 반복되면서 격렬하게 생동하는 나무를 표현하고 있다. "갈라진다"라는 동사와 호응하는 의태어 "구불구불", "이글이글"과 같은 시어는 나무를 보다 역동적 존재로 부각시킨다. 이런 발상은 「대패삼겹살」에서도 그대로 나타난다. 삼겹살은 육식성이지만, "대패"라는 시어로 말미암아 육식성인 삼겹살을 식물성으로 환원시킨다. 이 시는 육식성에 대한 거부를 역설적 방법으로 보여주는 것이다.

이번호 시들 중에서 재기발랄한 상상력과 사물에 대한 경배를 잘 보여주는 시편들도 눈에 띤다. 배한봉의 「장엄한 저 꽃 만져보려고」·「주남저수지, 원래는 자연 늪이었다」, 김일연의 「태백 산당화」(이상, 『내일』), 송수권의 「소반 다듬이」(『창비』), 박방희의 「똥탑」, 복효근의 「거울」·「저 푸른 문장들」(이상, 『신생』)이다. 이 시들은 재기발랄한 상상력과 사물에 대한 깊은 사색을 보여준다.

절간의 뒷간인 해우소는
똥의 곳간인지라
똥이 탑을 쌓는다
파리들 앵앵거리며

해금을 연주하고

사부대중 구더기들

무슨 날처럼 득시글거린다

크고 작은 파리와

날벌레들도 와서 공양하며

빙빙~ 탑돌이를 한다

무럭무럭 김나는 탑

발원이 뜨끈뜨끈하니

공덕과 신통력이 오죽하랴!

허리춤 내린 채 나도 조아려 빌고 싶다

—박방희, 「똥탑」 전문(『신생』)

　　최근에 와서 동시를 많이 쓰는 탓인지 박방희의 시는 기발한 동심의 세계에서 착상을 얻는 시들이 많다. '똥'에 모여드는 크고 작은 벌레들의 모습에서 개유불성(皆有佛性)이라는 불교의 근본 진리를 궁구하고 있다. 시적 화자의 이런 발상은 사물의 근원에 대한 성찰이라 할 수 있으며, 시원적 요소에 대한 생동감 있는 접근이라 할 수 있다. 복효근의 근작시도 사물에서 새로운 의미를 발견하려고 한다. 「저 푸른 문장들」은 비온 뒤에 풀이 돋아나는 장면을 통해서 잡초의 새로운 의미를 발견하고 있다. 이 시는 주체가 인식하는 의미있는 순간을 포착하는 날카로운 시선이 돋보인다.

3. 맹진하는 시들

이 계절의 시들은 대상에 대한 화음과 불협화음을 통해서 깊고 넓은 시적 지평을 열어가고 있다. 자연의 울림에 가만히 귀 기울이는 겸허한 화자의 목소리로 변주되기도 하고, 자아의 내면에 잠들어 있는 무의식의 세계 속으로 끝없이 침잠하기도 한다. 시의 위기를 말하는 사람들의 우려와 염려 속에서도 시인들은 끝없이 다양하고 폭넓은 목소리들을 내고 있는 것이다.

시가 전통 서정시의 틀 속에 놓여 있든, 전통에 반하는 비이성적 계열에 놓여 있든, 궁극적으로 지향하고 있는 것은 시적 주체가 대상에 어떻게 다가가고, 그 대상을 어떻게 표현하고 있느냐의 문제에 달려 있다. 시적 주체를 대상과 동일한 위상에 놓으려고 시도한 전통 서정시의 방법론은 화음과 불협화음이라는 변주를 통해서 새로운 의미를 창조해내고 있다. 현대시는 시가 놀이의 대상이 되고, 놀이의 욕구를 충족시키면서 끊임없이 변하고 있다. 이는 시적 주체가 대상을 보는 깊고 넓은 사색의 세계에 근원을 두고 있기 때문이다.

지금 이 시대의 시들은 대상에 대한 새로운 인식과 새로운 표현방법을 찾기 위해서 맹진하고 있다. 어떤 시인들이 어떤 대상들을 어떤 방식으로 표현할 것인지는 예측불허의 상태이다. 다만, 분명한 사실은 이 시대 시들은 화음과 불협화음의 두 축을 중심으로 다양하게 변화하고 있다는 것이다. 그 변화의 도달점이 어디에 있는지는 가늠할 수 없지만, 끝없이 출렁대고 있다는 것만은 사실이다. 다음 계절의 시들은 어떤 대상을 통해서 시적 주체의 내면적 울림을 전해줄지 기대될 뿐이다.
지금 이 시대 시인들은 존재의 인식과 시적 주체의 깨달음이라는 화두
를 향해서 맹진 중이다.

벼랑에 서서 희망을 보다

계간 『작가들』 2010년 겨울호를 읽고

1. 벼랑의 시대

자본이 인간 정신을 지배하면서부터 인간성 회복이 무엇보다 중요한 화두가 되었다. 그런데도 불구하고 우리는 그것을 마치 지난 시대의 화두였던 것인 양 치부한다. 이와 마찬가지로 인간을 둘러싼 환경과 생명의 문제도 이미 지난 세기의 문제인 것처럼 생각한다. 그러나 인간 정신의 회복과 이를 둘러싼 환경과 생명의 문제는 지금 이 시점에 우리가 해결해야 할 당면한 과제라 할 수 있다. 이런 맥락에서 이 시대의 문학은 인류가 해결해야 할 문제를 풀 수 있는 마지막 보루의 역할을 하고 있는지 모른다. 물질과 자본이 모든 것을 좌우하는 이 시대에 정신과 영혼의 빈한함이야 말해서 무엇을 하겠는가. 그나마 다소 위안이 되는 것은 서정시의 정신이 우리 시대의 작은 물길이 되어 혼탁한 세상에 맑은 영혼의 기운을 불어넣고 있다는 것이다.

그런데 2010년 겨울호의 시들을 읽으면 이 시대의 서정시마저도 벼랑 앞에 선 현실에 대해서는 어쩌지 못하고 있다는 사실을 느낄 수 있다. 이 때문에 이 시들을 읽으면서 어두운 현실에 대한 무게가 남다르게 느껴진다. 이 시들은 깊은 수렁 속에 허덕이는 자아의 어두운 모습을 그리거나, 자본과 개발의 폭력에 속수무책으로 당하고 있는 이 시대의 자화상을 여과 없이 보여주고 있다. 인간 정신의 높은 곳을 향해야 하는 서정시의 본령이 현실의 무게를 극복하지 못하고 짓눌려 있는 형국을 드러내고 있다.

이 시대 시의 소명의식은 자연으로 회귀하거나 현실에 맞서는 두 가지 선택의 귀로에서 극단의 사유체계를 보여주고 있는 것 같다. 자본이 지배하는 시대에 인간은 자본의 문제에 자유롭지 못하고, 시인은 거대한 자본의 폭력 속에 끝없이 침잠하는 현대인의 모습을 목격함으로써 자멸의 상황으로 빠지고 있는 것은 아닌지 의문이 들 정도다. 그만큼 이 시대의 겨울은 시인들에게 혹독하게 다가오고 있는 것이다. 따라서 우리는 이 계절의 시를 읽으면서 대부분의 시인들이 공유하는 이 현실의 무게를 어떻게 형상화하고 있는지를 살펴보는 것이 이 계절의 시를 대하는 전제 조건이 되어야 할 것이다.

2. 원초적 생명의 세계

동양의 사유체계에 따르면, 태극은 서로 상관관계를 형성하면서 공생공존의 상태로 존재하고 있다. 태극의 형상이 우주의 이치를 설명하는 하나의 기호체계라고 한다면, 하늘과 땅과 인간은 서로 조화를 이루면서 살아가는 기호체계 속에 있는 것이다. 태극의 형상과 마찬가지로 음과 양의 조화를 이루고 있는 것이 자연의 질서이다. 인간의 가치는 이러한 우주의 원리 속에 존재하는 하나의 존재로서 가치를 지니고 있을 뿐이다. 인간과 자연, 인간과 인간은 서로 긴밀한 공생공존의 관계를 형성하면서 살아가고 있는 것이다. 이러한 조화와 상생의 관계는 원초적 생명의 세계이고, 이것은 생물이든 무생물이든 상관없이 모든 것은 존재 가치를 가지고 있다는 것을 의미한다.

동양사상의 요체라 할 수 있는 물아일체와 동기감응은 결국 자연의 일부로서 인간의 가치를 바라보는 것이라 할 수 있다. 장자의 '제물론(齊物論)'이나, 노자의 '무위자연(無爲自然)' 사상은 사물과 인간, 자연과 인간의 상호관계 속에서 존재 가치를 발견하는 것이라 할 수 있다. 우주론적 관점에서 볼 때, 인간은 자연의 일부일 뿐이고, 자연 앞에서 서 있는 순간 가장 순수한 가치를 발견할 수 있을 것이다. 서정시의 본령이 이미 물아일체의 관점에서 출발하고 있기 때문에 근원에 대한 성찰은 이 시대 서정시의 진정한 의미가 될 수밖에 없을 것이다. 따라서 이 시대 시인들이 지향하고 있는 시적 세계관은 원초적 생명의 세계에 대한 탐색이라 해도 지나친 말이 아닐 것이다. 서정시가 지향하는 이러한

세계관은 우주의 원리에 닿아 있고, 상생과 공생의 관계 인식을 이루는
바탕이 될 것이다.

바다에 갔었네,

벼랑들을 끌고 밀며 갔었네,

피나무 몇 그루

그 벼랑에 거꾸로 매달린 채

뿌리를 들어내고 있었네,

푸른 암초 하나쯤으로 엎드려

여생을 견디든가,

그 여생의 밤하늘로

어릴 적

은하수를 불러내 보려고

가을 바다에 갔었네,

무거운 벼랑들을 끌고 밀면서

늙은 남자 하나,

바다에 갔었네,,,

—이건청, 「은하수를 찾는 남자」 전문(『작가들』, 2010년 겨울호)

이 시의 화자가 서있는 생명의 공간은 바다이다. 여기서 바다는 원초
적 생명이 살아있는 공간을 상징하고, 인간 존재가 마지막에 도달하는
무위자연의 공간을 상징한다. 이러한 공간을 상징하는 바다를 찾기 위
해 화자가 헤매고 있는 시간들은 '벼랑의 삶'에 비유되고 있다. 삶의 긴

여정은 무거운 벼랑과 같았다. 벼랑에 서있는 형국은 이 시대 인간들이 살아가고 있는 모습이라 할 수 있으며, 이 시대 우리들의 자화상이라 할 수 있다. 그러나 이 시의 화자는 그 "무거운 벼랑들을 끌고 밀면서" 바다를 찾아간다. 그 바다를 찾을 수 있었던 원동력은 어릴 적에 보았던 은하수 때문이었다. 여기서 은하수는 동심(童心)을 상징한다. 동심(童心)은 인간이 태어나면서부터 지니고 있는 원심(原心)이라 할 수 있다. 그 원심이 있기 때문에 그는 바다라는 원초적 공간에 다다를 수 있었던 것이다. "늙은 남자"가 어린 시절의 순수한 동심을 발견하기 위해서 바다라는 태초의 공간에 선 것이다.

말 그대로 "늙은 남자"는 "벼랑에 거꾸로 매달린 채" 인생의 온갖 풍파를 겪으면서 아슬아슬한 삶을 살아왔다. 그렇게 살아온 늙은 남자는 이제 생명이 다다를 수 있는 마지막 공간인 바다에 서있는 것이다. 이 공간에서 그는 순수의 세계를 발견하고, 온갖 삶의 고난과 시련이 마감되는 공간을 발견하게 된 것이다. 이러한 원초적 세계에 대한 지향은 이 시대 서정시의 한 경향으로 자리 잡고 있다. 이번호에 발표된 박인자의 시도 이러한 생명 세계에 대한 경외의 시선을 보이고 있다.

연초록 잎새들
살랑거리며 흔들린다

말갛게 개인 호수
이끼 긴 연잎 사이
무슨 속삭임이 일렁인다

가슴에 바람이 인다

커다란 광주리 속 같은 일체감
아아 아아아
소리 지르면
회오리치는

—박인자, 「노래」 전문(『작가들』, 2010년 겨울호)

이 시의 제목은 노래이다. 시의 내용에서 볼 때, 바람의 울림은 노래처럼 다가온다는 것이다. 인간과 자연이 하나가 되는 합일의 관점에서 사물을 응시하게 되면, 모든 것은 제각각의 빛깔과 소리가 있고, 그 빛깔과 소리에 따라 고유한 존재가치를 가지게 되는 것이다. 그 자연의 빛깔과 소리를 들을 수 있다는 것은 자연과 인간이 하나의 울림으로 존재한다는 공명(共鳴) 의식에서 출발한다. 이러한 공명의식은 자연과 인간이 서로 동기감응(同氣感應)을 일으키는 순간에 가능하고, 이 순간의 미학은 서정시를 이루는 바탕이 되는 것이다. 인간이 자연과 합일하면서 그 자연 속에 존재하는 하나의 생명이라는 인식이 있을 때, 자연의 빛깔과 소리를 들을 수 있는 것이다.

동양 시학의 근원은 물아일체와 동기감응의 생명의식에서 출발하고 있다. 중국 송나라와 양나라 연간에 살았던 문학이론가 유협은 『문심조룡』 '원도(原道)'에서 "자연의 모든 것은 외부에서 꾸며진 것이 아니라, 대개 자연일 따름이다. 그러므로 형체가 서면 곧 문장이 성립되고, 소리가 나오면 곧 문장이 생기는 것이다"[1]라고 말하고 있다. 이것은 모든 문장의 근원을 이루는 것이 자연이고, 이 자연의 순리에 따라서 이루어지는 것이 문채(文采)이고, 그것을 자연스럽게 표현한 것이 문장(文章)이라는 것이다. 따라서 시를 쓰는 행위는 말 그대로 자연의 이치에 따르는 행위이고 자연 속에서 자신의 존재를 확인해가는 과정이라 할 수 있는 것이다.

박인자의 시는 이러한 동양 시학의 근원을 탐색하고 있다고 말할 수 있다. 이 시의 화자는 자연스럽게 흔들리는 연잎의 모양을 보면서 그들의 미세한 속삭임을 알게 되고, 그 속삭임은 화자의 가슴에 바람이 되어 울리고, 마침내 그 울림은 하나가 되어서 회오리바람처럼 거세게 몰아닥친다. 속삭임의 파문은 "커다란 광주리 속의 일체감"을 느끼는 것처럼 확장되고, 마침내 회오리가 되어 화자의 가슴에 전달되는 것이다. 이 시가 다른 서정시와 다르게 읽히는 이유는 바람의 파문을 자연스럽게 확장하고 있다는 데 있다. 단순히 자연의 소리를 듣는 교감의 상태로 멈추었다면, 평이한 자연주의 서정시에 머무를 수밖에 없었을 터이지만, 그 교감이 확장되고 증폭되는 과정 속에서 자연의 위대함을 발견하기 때문이라 할 수 있다. 이 시의 마지막 부분에 보이는 비종결 어미는 그 소리의 진폭이 파장이 되어서 계속 이어지고 있다는 것을 보여주고 있는 것이다.

동일한 지면에 실린 정충화의 「그들의 제의」도 이런 맥락에서 읽힐 수 있는 시이다. 이 시는 자연의 질서에 따라 삶과 죽음이 결정되는 엄숙한 제의의 순간을 담아내고 있다. 이 시는 버마재비 한 마리가 갯강

---

1 "夫豈外飾, 蓋自然耳. 故形立則章成矣, 聲發卽文生矣."(유협, 최동호 역, 『문심조룡』, 민음사, 1994, 35쪽)

구를 잡아먹는 장면을 포착하고 있는데, 짧은 한 순간의 장면을 통해서
삶과 죽음이라는 자연의 질서를 엄숙하게 그려내고 있다. 작은 생명에
대한 관심을 넘어서 그들의 모습에서 자연의 위대한 질서를 발견하고
있다는 점에서 박인자의 시와 동일한 선상에서 이해할 수 있을 것이다.

자연의 위대한 질서에 경건하게 대응하는 서정시가 있는가 하면, 반
대로 이러한 자연의 질서에 위반하는 행위에 대해서는 여지없이 비판
의 칼날을 세운 시들도 있다. 김정희의 「모피 코트 한 벌」은 이 시대 시
인들이 생명에 대해 어떠한 소명의식으로 다가가고 있는지를 잘 보여
주고 있다. 인간은 자연 속에서 서로 공생공존의 관계로 이어져야 하는
데도 불구하고 인간이 자연을 파괴하고 있다는 것은 불행한 일이 아닐
수 없다. 김정희의 시는 이러한 시대에 대해 반발하는 것이 이 시대 시
인의 몫이라는 사실을 일깨워주고 있다.

　　지금
　　그대의 몸을 부드럽게 감싸고 있는 것
　　그대가 자랑스럽게
　　어깨에 두르고 있는 그것은
　　옷이 아니라네

　　이백 마리의 밍크
　　열한 마리의 여우
　　마흔 마리의 너구리
　　예순 마리의 담비

열두 마리의 족제비

백 마리 토끼의 처참한 주검일 뿐이네

아니,

평생을

손바닥만 한 철창에 갇혀 고통받던 그 놈들이

전기충격으로 가스로 毒으로 죽어가면서 내지른

눈물과 비명이며

산 채로 껍질 벗겨져 죽어간 놈들의 공포와

恨이네

지금

그대의 등을 덥혀주고 있는 건

욕망에 눈먼 그대를 위해 도살된 놈들이 흘린 피니

그것을

더는 옷이라고 말하지 말아야 하네

—김정희, 「모피 코트 한 벌」 전문(『작가들』, 2010년 겨울호)

    제러미 리프킨은 『공감의 시대』라는 책에서 "가축은 최초의 움직이는 재산이었고, 서로 교환하는데 사용할 수 있는 표준매체였으며, 사람이나 영토를 지배하는 힘으로 사용할 수 있는 도구였다"[2]고 전제하면서 이 가축이 자본과 힘을 형성하는 원천이 되었다고 말한다. 자연의

---

2   제러미 리프킨, 『공감의 시대』, 민음사, 2010, 33쪽.

일부를 상징하는 가축이 인간을 위한 잉여 재산으로 이용되고, 그것이 자본의 형태로 정착되면서 인간은 자연에 대해 폭력과 파괴를 일삼기 시작했다는 것이다.

이러한 자본의 논리에 맞서는 김정희의 시는 모피를 입는 사람을 비판하는데 머무르고 있는 것이 아니라, 동물과 인간이 교감하지 못하는 현실을 비판하고 있다. 여우 조끼 한 벌의 가격이 서민들의 한 달 생계비에 달하는 것은 말할 것도 없고, 어떤 모피옷은 가난한 동네의 전세값에 해당하는 것도 있다고 한다. 이 정도라고 한다면, 이미 모피옷은 겨울의 추위를 이겨내기 위한 방편으로 사용하는 것이 아니라, 자본주의 시대 부의 상징으로 사용되고 있는 것이다. 따라서 이 시대 모피옷이라는 것은 세계의 질서가 자급자족의 농경사회에서 자본주의 체제의 형태로 바뀌면서 나타난 잉여 재산과 부를 상징하는 것이라 할 수 있다. 세계 제국을 꿈꾸었던 시대에 정복자의 상징으로 쓰이게 된 것이 호피(虎皮)였듯이, 각종 동물의 가죽은 말 그대로 자연을 정복한 위대한 인간 승리와 그것을 통해 획득한 자본의 상징이 된 것이다.

그러나 이 시의 화자는 모피가 만들어지기까지 인간이 동물에게 가한 학대의 장면에 초점을 두면서 인간의 자연 파괴를 비판하고 있다. 그는 모피옷이야말로 인간이 동물을 악랄하게 죽인 상징물이라고 말하고 있다. 인간들은 전기충격과 가스, 그리고 독(毒)으로 동물들을 죽이고, 산 채로 껍질을 벗겨서 동물들의 가죽을 얻는다고 말한다. 이 처참한 과정 속에서 죽어간 뒤에 남긴 동물들의 가죽은 말 그대로 그들의 눈물과 비명이기도 하며, 그들의 공포와 한이기도 하다. 또한, 그것은 "욕망에 눈먼 그대를 위해 도살된 놈들이 흘린 피"이기도 하다. 이렇게 끔찍한 살인으로 얻은 모피는 더 이상 옷이라고 말할 수 없다. 그래서 화자는 모피옷을 입는 사람들에게 준엄하게 꾸짖고 있는 것이다. 그는 이제 사람들은 더 이상 모피옷을 "옷이라고 말하지 말아야"한다고 말한다.

이 시는 처참하게 죽어간 동물의 가죽을 입고 자랑스럽게 생각하는 인간들의 반생명적 행태를 보면서 자본주의의 모순을 비판한다. 이를 통해서 그는 동물과 인간이 하나가 되는 세상을 꿈꾸고 있는 것이다. 손택수는 시 「소가죽북」에서 죽어서도 매를 맞아야 하는 소의 운명을 측은하게 바라보고 있다. 이 시에서 그는 소는 죽어서도 그 한을 씻어 내지 못해서 제 몸을 치고 있다는 역설을 통해서 인간의 반생명성을 비판하고 있다. 김정희의 시도 이 시와 마찬가지로 모피옷을 입은 사람을 동물의 피와 눈물과 한을 입고 있다고 전제하면서 자본의 그늘에 감추어진 인간의 욕망을 여지없이 비판하고 있다.

3. 시대에 맞서는 시들

이렇게 동물과 자연이 대립된 상황으로 이어지게 된 것은 개발이라는 인간의 욕망과 닿아 있다. 자본의 속성이 잉여가치를 생산하는 것이고, 그 잉여가치를 생산하기 위해서 끝없이 개발할 수밖에 없는 속성을 가지고 있다. 자급자족의 경제체제에서 자본을 생산하고 축적하는 경제체제로 바뀌면서 모든 것이 자본화되기에 이르렀다. 그것은 인간의 욕망과 필연적으로 관계를 맺으면서 이루어진다. 인간은 그들의 욕망을 달성하기 위해 주변의 환경을 바꾸고, 자본의 가치가 있는 것은 모두 개발의 현장으로 바꾸고 만다. 따라서 우리는 자연과 인간의 불균형으로 빚어지는 이런 시대야말로 '벼랑에 서있는 시대'라 명명하지 않을 수 없다.

자연의 개발과 파괴로 빚어진 문제는 결국 인간 삶의 문제에까지 위협하면서 심각한 환경 파괴의 상황으로 몰고 가기에 이르고 말았다. 자연과 인간이 '공감하는 시대'에는 평화로운 공존이 가능했다면, 자연이 자본의 가치로 전락한 시대는 폭력과 파괴만 남을 수밖에 없다. 자본주의의 속성은 상부구조가 하부구조를 지배하지 않으면 안 되는 구조로 되어 있다. 따라서 인간의 가치도 자본주의 체제를 공고히 하기 위한 수단으로 이용될 수밖에 없으며, 이 때문에 인간의 모든 가치는 자본주의 체제의 속박으로부터 벗어날 수가 없는 것이다. 육체노동의 신성한 가치는 자본의 가치로 환산되고, 이것은 인간 자체를 자본주의 체제에 예속하게 만든다. 앞서 살핀 동물과 인간의 공생 관계가 해체되는 것과 마찬가지로 인간의 자본화는 인간과 인간의 관계를 해체하는 계기가 된 것이다.

대기업은 중소기업을 자본으로 예속하고, 중소기업은 그 보다 작은 기업들을 자본으로 예속한다. 서로서로 지배와 피지배 관계를 이루면서 견고한 자본주의 체제 속에서 거대한 세계자본주의를 형성하게 되는 것이다. 이러한 기계적인 지배체제 속에서 살아남을 수 있는 길은 그 지배체제 속에서 끝없이 자본의 가치를 생산해내는 수밖에 없다. 자

본의 가치를 생산해내지 못하거나, 지배체제에 적응하지 못하는 것은
결국 자본주의 체계 속에서 죽어가는 길뿐이다.

그가 폐업을 했다
벌집 같은 시간들 틈에서
늘 하품을 하던 그

그의 쳇바퀴 공간 속
은밀한 소문들이 떠돌았다

박력 있는 심호흡은
거친 한숨이었고

삶은
숭숭 구멍 난 탈모증처럼
뻥 뚫려 있었다고

폐업신고서를 받아든 이들
하나, 둘
그를 찾아오고

마른 눈물 안주 삼아
그를 추억하며

술잔과 함께 삼켜 버·린·다

그가
영정 속에서 활짝 웃고 있다

—정경해, 「폐업신고서」 전문(『작가들』, 2010년 겨울호)

자본주의 체제 속에서 폐업은 말 그대로 죽음뿐이다. 죽은 그 사람을 문상하러 오는 사람들은 폐업신고서를 들고 있다. 그들은 그들의 슬픔을 술잔과 함께 천천히 삼켜버린다. 끝없이 물고 물리는 자본주의의 견고한 체제를 벗어나고서야 그는 비로소 영정 속에서 웃고 있다. 자본의 쳇바퀴를 벗어나는 길은 죽음뿐이라는 사실을 웅변하고 있는 이 시를 통해서 우리는 자본주의 체제의 비극성을 체험하게 된다. 폐업은 박력 있는 생명을 한숨밖에 남지 않는 생명으로 만들어버리고, 이 때문에 그의 삶이란 구멍 난 탈모증처럼 뻥뻥 뚫리고 마는 것이다. 그를 추억하면서 만나는 사람들은 모두 슬픈 그림자로 찾아와서는 그들의 한과 슬픔까지도 마셔버린다. 이 비극의 현장은 먼 나라의 얘기가 아니라, 우리 시대 사람들이 겪고 있는 현장의 얘기다. 이 시에서 우리는 자본주의 체제 속에서 인간은 한낱 기계적인 존재에 불과하다는 사실을 몸소 체감하게 될 것이다.

누가 바다를
파이 자르듯 잘랐어요

멀쩡한 갯벌과 바다
금 그어 몰아내니

그 넓던 서해 바다도
이제 몸을 줄여야 해요

바다 가르는 소리
하늘에도 금을 내는데

쏴- 쏴-
갯벌에 젖 물리러 온 밀물이
방조제를 치며 울어요

죽어가는 갯벌도
하늘이 붉도록 울어요

—박방희, 「새만금 공사」 전문(『작가들』, 2010년 겨울호)

이 시도 앞의 시와 마찬가지로 비극적인 현실 문제를 다루고 있다. 이 시는 시적 화자를 어린 아이로 설정함으로써 천진난만한 세계와 개발의 세계가 대립하는 구도를 형성하게 만들어 놓고 있다. 이 시의 화자는 새만금 간척지를 보면서 갯벌이 사라지고 있다는 사실을 인식하면서 슬픔을 감추지 못하고 있다. 바다를 잘라서 바다와 갯벌의 경계를 만들고 바다는 어쩔 수 없이 갯벌을 만날 수 없다. 인간이 바다와 갯벌을 인위적으로 갈라놓음으로써 갯벌은 죽어가고 있는 것이다. 바다의 생명이 갯벌의 생명을 길러내고, 바다는 갯벌과 더불어 존재함으로써 자신을 정화한다. 그런데 그 정화의 순기능을 막음으로써 바다와 갯벌은 동시에 죽어가는 존재가 되고 마는 것이다. 그래서 죽어가는 갯벌은 하늘이 붉어지도록 울고 있는 것이다.

단순하고 편안한 시어로 첨예한 환경문제를 다루고 있지만, 그 내면에는 현실에 대한 깊은 비판과 성찰의 자세가 나타나 있다. 다만, 현실 문제에 정면으로 맞서지 못하고 스스로 절망하고 말았다는 점에서 일정한 한계점이 있다. 현실의 문제점을 시적 비유로 끌어들이는 점은 높이 살만하지만, 그것을 내면으로 삭이고 있다는 점에서 현실 문제에 비껴서 있다는 느낌을 줄 수 있다는 것이다. 앞의 김정희의 시와 대조할 때, 김정희의 시는 현실과 맞서고 있다고 한다면, 정경해와 박방희의 시는 현실을 에둘러 표현하고 있다고 할 수 있다.

4. 희망 찾기

한편, 현실 자체를 어둠으로 인식하고, 어둠 자체의 공포 분위기를 통해서 이 시대를 진단하는 시들도 있다. 어둠과 빛은 공존하는 개념이지만, 현실을 단지 어둠의 상황으로만 바라보고 있는 시들이 있다. 이 시들은 현실의 상황이 다만 무서움만으로 존재한다는 부정적 인식을 바탕으로 한다. 죽음과 같은 공포의 시간이 이어지면서 인간의 운명은 이미 결정된 채로 투기(投棄)된다. 그렇기 때문에 인간에게는 더 이상 희망도 행복도 존재하지 않는 것이다. 막연한 두려움과 공포, 어딘지 모를 음산한 분위기만이 이 시대를 지배하는 코드라고 인식하고 있는 것이다.

그가 설움의 털을 세우고 우는 겨울밤 눈보라가 몰려왔다

묘안(猫眼) 속으로 버려진 골목 사나운 눈발이 이역의 시계(視界)를 열고
기울어진 새를 끌어안았다
날아오를 듯 루핑을 흔들던 검은 몸
공중으로 날카로운 휘파람을 밀어 넣었다

허기진 배 속에서 뒤척이던 아이들은 길에서 태어나 길에서 죽을 바람의
내력 손바닥에 그어진 줄 몰랐다
먹장구름이 쪽창 아래로 흘러내려 깔깔거리는 웃음을 덮자
갓난아이의 목소리 외딴 발자국들 위에서 울렁거렸다
　　　　　　　－김은상, 「고양이가 불러온 눈보라의 노래」 부분(『작가들』, 2010년 겨울호)

검은 글자로 쓴다 종이 위에서 어미 없는 얼룩말들이 태어난다 얼룩말들은 실컷 풀을 뜯고도 아무도 어른이 되지 않는다 숲은 무성한 풀 비린내로 번지고 자음이 탈락한 모음들처럼 목동의 목소리는 의미를 잃고 풋과일의 모양으로 가지마다 대롱대롱 매달려있다 숲에는 어린 아이의 목덜미에서

흐르는 선홍색 피가 있고 핏물에 비친 검은 글자들이 있다

—심지아, 「검정 물감 팔레트」 부분(『작가들』, 2010년 겨울호)

인용한 두 편의 시는 아무런 이유와 근거가 없이 무겁고 어두운 상황만을 제시한 시들이다. 김은상의 시부터 보자. 이 시에 등장하는 고양이는 불길한 일을 상징하는 동물이다. 고양이가 날아오를 듯 지붕 위로 올라앉아 날카로운 소리를 낸다. 어둡고 음산한 분위기는 이어지고, 아이들은 이미 손금에 그들의 운명이 결정된 채로 태어난다. 먹장구름은 깔깔거리며 정겹게 지내는 웃음소리를 덮어 누르고, 갓난아이의 목소리는 외딴 발자국 사이에서 울리고만 있다. 겨울밤 눈보라가 몰아치는 것처럼 음산한 이 시대는 말 그대로 공포의 순간만 이어질 뿐이다.

심지아의 시는 우선 검은 색이 주는 중압감이 이 시를 압도한다. 얼룩말이 태어나기도 하지만 아무도 어른이 되지 않는다는 것은 발육을 멈추었다는 것이다. 발육은 생명의 순간순간이 연속되고 있다는 것을 말하는데, 그 생명의 순간이 이어지지 않는다는 것이다. 풀냄새마저도 향기롭지 못하고, 비린내를 내고 있다. 자음과 모음이 어울려 하나의 글자를 이루는데, 그 과정도 제대로 되지 않는다. 어린 아이는 선홍색 피를 흘리며 죽어 있다. 그래서 세상은 온통 검은 빛으로만 존재하고 있는 것이다. 마침표가 없이 이어지는 문장은 공포감을 더욱 심화시키고 있다. 이러한 공포와 절망의 순간만이 존재하는 것이 이 시대의 모습이라 할 수 있다.

그러나 이러한 현실의 무게 속에서도 시인들은 절망하지 않는다. 어두운 순간순간에 새로운 세상에 대한 희망의 목소리는 늘 자리하고 있

는 법이다. 절망과 희망, 생명과 죽음은 변증법적 전개과정 속에 있다. 봄, 여름, 가을, 겨울은 한 순간도 멈추지 않고 생성과 성장, 변화와 소멸의 과정을 겪는 것처럼 세상의 모든 원리는 순환의 구조를 반복한다. 그것은 영원한 죽음만이 존재하는 것이 아니라, 죽음 뒤에는 항상 생명이 있다는 것을 말한다. 생명과 죽음은 이러한 이원론적 사유체계를 받쳐주는 두 개의 기둥이라 할 수 있다.

한 겨울 들판
마른 가지 끝에 남아 있는
까만 열매 하나

꽃잎 빡빡 밀고
동안거에 든
비구니 머리 알 같다

허공에 꾹 찍어놓은
까만 점 하나

떨어질듯 완강히 매달려
기어이
겨울을 건너고 말겠다는 듯

문 열어라

이 겨울 지나면

저 문 열어 제끼고

환호작약할

꽃

―김혜수, 「문」 전문(『작가들』, 2010년 겨울호)

이 시의 제목은 '문'이다. 여기서 문은 봄으로 가는 길목을 상징한다. 문은 소통을 전제로 한 것이다. 안과 바깥의 경계를 열어주고 안과 바깥을 소통하게 한다. 한 겨울 들판에 있는 작은 열매는 까만 점처럼 존재감이 희미하지만, 그 열매의 기개(氣槪)는 한 겨울의 추위를 넉넉하게 이겨낼 것처럼 굳세다. 봄의 문이 열리는 날, 환호작약하면서 만개할 준비를 하고 있다. 굳이 그 작은 열매를 비구니에 빗댄 이유는 비구니는 생명의 본성을 지니고 있기 때문일 것이다. 여승의 가련한 이미지 속에는 작은 열매가 생명을 감추고 있는 것처럼 오도(悟道)를 향한 열망으로 가득하다는 것이다.

우리 시대 시인들은 절망의 시대로부터 희망의 시대를 읽을 수 있는 혜안(慧眼)이 필요하다. 어둡고 음산한 시대라 하더라도 그 시대를 딛고 일어설 수 있는 기개가 필요하다. 한 해를 마무리하는 겨울호를 읽으면서 2011년 봄호의 시들이 기다려지는 것도 이러한 이유 때문이다. 겨울이 아무리 차더라도 언젠가는 봄이 올 것이다. 모든 생명이 위협당하고, 사람들이 자본의 폭력 속에 여지없이 무너지고 있더라도 언젠가는 새 봄이 와서 모든 생명들이 제자리에서 각자의 몫을 다하면서 살아갈 때가 있을 것이다. 절망의 시대가 가고 희망의 시대는 반드시 올 것이

다. 그것은 겨울호 시들을 읽으면서 예견할 수 있는 사실이다. 절망의
시대에 웅크리지 말고 어깨를 펴야 하는 것도 절망의 시대에 새로운 희
망의 전언들을 읽을 수 있기 때문이 아닐까 한다. 이미 우리에게 겨울
은 가고 봄은 오고 있지 않은가.

사물에 대한 독특한 접근법

김행숙과 정익진 시집 단상

1. 사물의 형상화

서정시의 지평이 어떤 방향으로 나아갈지에 대해서는 말할 수 없지만, 서정시의 다양성은 이미 현대시에 들어오면서 많은 변화의 방향으로 나아가게 되었다고 할 수 있다. 친근한 사물이 낯선 사물로 비유되고, 대상을 주관화하는 방법을 벗어나 대상을 객관화해서 바라보는 방법이 종종 시적 방법론으로 나타나기도 한다. 그런 점에서 서정시는 이미 그 지평이 보다 넓고 다양한 방법으로 나아가게 되었다고 할 수 있다. 김행숙의 시집과 정익진의 시집을 읽으면서 발견할 수 있는 사물의 형상화 방법은 독특하게 보인다. 김행숙은 사물과 일정한 거리를 두면서도 궁극의 지점에서는 그 사물과 동일시하고 있으며, 정익진은 언어와 언어, 행간과 행간을 단속(斷續)하면서 전체의 구도를 드러내고 있다. 이런 점에서 이 두 시집은 서정시에서 사물을 형상화하는 독특한 방법을 보인다고 할 수 있다.

2. 타자의 소리로 부르는 자아의 소리

김행숙의 시집 『에코의 초상』(문학과지성사, 2014)은 서정시의 본령이 무엇인지를 묻고 있다. 서정시의 본질은 화자와 사물, 사물과 화자의 관계를 긴밀하게 연결하는 동일성의 시학에 있다. 이것은 고금(古今)의 시학에서 늘 강조되어 왔던 것이다. 그런데 김행숙의 시는 이러한 '동일성의 시학'과는 거리가 먼 '타자성의 시학'을 보여주고 있다. 제3의 어법으로 제3의 화자가 되어서 사물과 대상을 바라본다. 대상을 자기화하지 않음으로써 대상은 객관화되지만, 그것이 객관화에 그치지 않고 주관으로 몰입된다. 따라서 그녀의 시에서 화자는 대상에 무관심한 척 하지만, 사실은 그 대상에 지독한 관심을 갖고 있다고 할 수 있다.

그녀의 시는 대상을 바라보는 따뜻한 감성을 그리는 것이 아니라, 대상을 객관화하는 차가운 감성을 형상화하고 있다. 중국의 가오싱젠[高行建]은 『창작에 대하여[論創作]』라는 책에서 '차가운 글쓰기'를 새로운 글쓰기 방법으로 제시하고 있다. 이는 사물과 대상을 제2, 제3의 눈으로 바라보는 방법이다. 대상을 자신으로 끌어들이는 것이 아니라, 대상을 바라봄으로써 그 대상과 화자의 차이가 생기고, 그 차이 속에 나타난 감정의 틈새를 형상화하는 것이라고 말한다. 이 틈새에서 대상을 보면 따뜻한 감성이 어느 정도 사라진 차가운 글쓰기가 된다는 것이다. 나와 너의 혼용으로 기술하는 태도는 나의 어법이 아니라, 너의 어법으로 기술하는 방법이다. 이러한 글쓰기는 현대사회의 속성을 반영하는 창작 방법이다. 시인은 늘 사물이나 대상 속에 있지만, 그 사물과 대상으로부터 철저히 고립된 존재로 놓여 있다. 이것은 자본주의 시대를 살아가는 현대인의 자화상일지도 모른다. 이번 시집의 제목으로 삼고 있는 「에코의 초상」을 살펴보자.

> 입술들의 물결, 어떤 입술은 높고 어떤 입술은 낮아서 안개 속의 도시 같고, 어떤 가슴은 크고 어떤 가슴은 작아서 멍하니 바라보는 창밖의 풍경 같고, 끝 모를 장례 행렬, 어떤 눈동자는 진흙처럼 어둡고 어떤 눈동자는 촛불처럼 붉어서 노을에 젖은 회색 구름의 띠 같고, 어떤 손짓은 멀리 떠나보내느라 흔들리고 어떤 손짓은 어서 돌아오라고 흔들려서 검은 새 떼들이 저물녘 허공에 펼치는 어지러운 군무 같고, 어떤 얼굴은 처음 보는 것 같고 어떤 얼굴은 꿈에서 보는 것 같고 어떤 얼굴은 영원히 보게 될 것 같아서 너의 마지막 얼굴 같고, 아, 하고 입을 벌리면 아, 하고 입을 벌리는 것 같아서 살아있는 얼굴 같고

—「에코의 초상」 전문

에코(echo)는 소리가 어떤 물체에 부딪혀 되울리도록 하여 극적이고 신비스러운 분위기를 주는 기계적 효과음을 말한다. 원래 에코는 그리스 신화에 나오는 산의 요정을 말한다. 제우스의 부인인 헤라의 노여움을 산 에코는 남의 끝말을 되풀이하는 것 말고는 말할 수 없게 된다. 이 시에서도 그리스 신화의 에코처럼 낱말의 연쇄와 울림을 통해서 말하고 있다. 이 시에서 우리는 입술에서 가슴, 가슴에서 눈동자, 눈동자에서 손짓, 손짓에서 얼굴로 이어지는 울림을 주목할 필요가 있다. 또한 이 시에서 "어떤"이라는 관형사를 눈여겨봐야 할 것이다. "어떤"은 대상을 뚜렷이 밝히지 아니하고 이를 때 쓰는 말이다. 이 시에서 어떤 입

술, 어떤 가슴, 어떤 눈동자, 어떤 손짓, 어떤 얼굴은 모두 타인의 모습들이다. 그 어떤 얼굴은 "영원히 보게 될 것 같아서" 너의 얼굴과 같다고 말한다. 여기서 타자의 얼굴이 구체적으로 '너'라는 2인칭으로 나타난다. 수많은 입술, 가슴, 눈동자, 손짓, 얼굴 중에서 '너'를 찾기는 힘들다. '너'를 찾아가는 과정은 반대편의 상황을 동시에 놓고 볼 때, 가능한 일이다. 이 시에서 낮고 높은 것, 진흙처럼 어둡고 촛불처럼 붉은 것, 떠나보내고 돌아오는 것, 처음 보고 꿈에 보고 영원히 보고 마지막으로 보는 것들을 통해서 타자(너)를 확인한다.

에코의 울림은 '나'의 타자성을 확인하는 과정이고, 또한 '너'의 타자성을 찾아가는 과정이다. 이 시는 시적 대상이 주관화되지 않고 객관화될 때 어떤 상황이 펼쳐지는지를 잘 보여주고 있다. '에코'의 울림은 원음(原音)과 파생음(派生音)의 복합으로 되어 있다. 여기서 원음과 파생음은 다른 음이 아니라, 원음으로부터 분리된 다르면서도 같은 두 개의 음이다. 따라서 어찌 보면 다른 소리라고 할 수 있지만, 그것은 동일한 원음으로부터 나오는 또 다른 소리일 뿐이다. 그래서 입술, 가슴, 눈동자, 손짓은 동일한 대상의 다른 이름일 뿐이다.

너의 손목은 술병 근처에서 손을 펼친다. 식탁 위에 동그랗게 빛이 모아져 있었다.

언젠가 나는 크게 화를 낸 적이 있다. 누구에게? 혼자 잠을 깬 너에게? 혼자 잠을 잔 나에게?

가끔 나는 나의 감정으로부터 분리되는 것 같다. 나는 나의 기쁨의 솜털을 모르며.

나는 나의 고통의 소용돌이를 모르며, 나는 나의 사랑의 부리로 쪼아대는 검은 바위를 모르며.

모르는 사람의 어깨에 기대어 졸다가…… 졸다가…… 깬 것처럼 어쩔 줄 모르는 순간이 찾아왔던 것이다. 기차를 타고 있었다면 백 킬로미터, 비행기를 타고 있었다면 천 킬로미터 쯤 옮겨갔을 것이다.

산의 허벅지를 뚫고 갔으며, 구름의 깊은 복부를 찢으며 날아갔을 것이다. 비행기가 조금 흔들렸을 뿐이다. 그뿐만 아니라 안내방송이 정중한 문어체로 흘러나왔다.

누가 비명을 지를 것인가.

메아리처럼 돌아오는 것들이 잠옷을 입고 있다.

침대에서 조용히 사라진 너의 손목이 술병 근처에 나타난다. 술병이 너의 푸른 손목 근처에서 도드라진다.

너의 주변에 쉽게 발견할 수 있는 것들이란 그런 것. 술병, 비 내리는 창문, 오전 두 시의 슬리퍼와 오후 두 시의 슬리퍼, 안경, 손톱깎이……

너는 또 발을 쥐고 웅크리고 있다. 톡, 톡, 손톱깎이가 내는 소리에 중독된 너는 세상에서 가장 짧은 손톱과 발톱을 가진다. 너는 안경을 벗었다, 썼다, 벗었다. 내가 또 안경을 쓸 때.

또 안경을 벗을 때. 너는 변하는 것에 중독됐는가. 변하지 않는 것에 중독됐는가. 너의 죽음은 언제부터 네 주변을 어슬렁거렸는가.

─「차이와 동일성」 전문

그녀의 시에서 차이와 동일성은 다른 대상이 아니다. 너와 나는 "메아리처럼 돌아오는 것들"을 경계로 분리되어 있다. 나와 너는 차이가 있는 대상이면서 하나이다. 너의 주변을 어슬렁거리는 죽음의 우울한 정서가 이번 시집을 에둘러 싸고 있지만, 그것은 너의 죽음이기도 하면서 동시에 나의 죽음이기도 하다. 나의 감정으로부터 분리된 나는 고통의 소용돌이를 모르며, "사랑의 부리로 쪼아대는 검은 바위"를 모른다. 그 존재는 너이기도 하고 나이기도 하기 때문이다. 차이는 분리된 자아의 단절로부터 오고, 동일성은 분리된 자아의 연속으로부터 온다. 이 때문에 차이는 동일성의 다른 말이기도 하다. 그렇다면 애초부터 분리된 것은 없다는 말이다.

이번 시집에서 울리고 있는 타자의 목소리는 결국 자아의 목소리이기도 하다. 그녀의 시에서 죽음, 우울, 고통의 정서는 타인에게 일어나는 문제들이지만, 이들을 자아와 동일시함으로써 그 정서를 자신의 것으로 만드는 것이다. 그런 점에서 이번 시집에서 보이는 타자의 목소리는 귀 기울일 필요가 있다. 그것은 타인의 고통을 내면화하는 작업이다. 따라서 이번 시집에 나오는 에코의 변주음은 주관의 객관화가 아니라, 객관의 주관화라는 점에서 색다른 시적 접근방법이라 할 수 있다.

3. 단절과 연속의 시적 방법

정익진의 시집 『스캣』(문예중앙, 2014)을 읽고 나니, 여전히 그의 시는 출렁대는 물결과 같다는 느낌을 받는다. 그것은 그의 시가 어디로 튈지, 어떤 문양(紋樣)으로 그려질지, 어떤 재기발랄한 상상력으로 이어질지 모른다는 말이다. 그의 시는 행간과 행간이 단속(斷續)되어 있어서 끊어질 듯 이어지는 아슬아슬함이 있다. 시가 문자로 되어 있기 때문에 그 문자를 통해서 독자들을 만나고 독자들에게 그 의미를 전달한다. 그런데 정익진의 시에서 문자는 마치 재즈음악과 같이 예측 불가능한 세계를 보여주고 있다. 그것은 단순한 전달어법의 수순을 밟고 있는 것이 아니라, 행간의 어긋난 어법으로 전체 구도를 형상화하고 있다는 것이다. 그림에 빗댄다면 한 조각 한 조각은 모두 단절되어 있지만, 전체의 그림 속에서 보면 결국 하나의 구도로 완성되어 있다는 것이다.

이번 시집은 앞서 발표한 『구멍의 크기』(천년의 시작, 2003), 『윗몸일으키기』(북인, 2008), 『낙타 코끼리 얼룩말』(신생, 2013) 등에서 보여준 시적 세계의 연장선상에 있긴 하지만, 그 각각의 문양들과는 다른 시적 풍경을 보여준다. 2003년 발표한 『구멍의 크기』는 재미있는 상상력의 활발한 진폭을 보여주었다면, 이번 시집은 문자를 해체하고 행간의 단절과 연속을 통해서 기워내는 조각보 같은 미학을 보여주고 있다. 자칫 이번 시집은 그 행간의 단절이 웅얼거리는 독백으로 비춰지면서 그 시적 의미를 떨어뜨릴 위험성까지 갖고 있다. 그런데 그 중심에는 흔들리지 않는 시적 방법이 있다. 그는 우주가 순환하는 논리와 같이 시적 언어 전달 방식도 끝없이 꼬리에 꼬리를 물고 이어지는 것이라고 생각하고 있다.

검은 타이즈 차림에
훌라후프를 돌리는 저 아가씨

어느새, 핑그르르

홀라후프를 남겨놓고 그녀는

비 내리는 창문 밖으로 달려갑니다

홀라후프를 돌리며 옥상 위에서

뛰어내린다면, 날아갈 수도 있지 않을까요

한꺼번에 스무 개가 돌아가는 홀라후프,

꼭 헬리콥터 같았지요

보세요, 봐요, 츄파춥스를 빨며

홀라후프를 해봐요

츄파춥, 홀라훕, 츄파춥

누군가가 남기고 간 홀라후프를 돌리면서

왠지 쓸쓸해지네요

이런 줄거리가 왜, 일본 영화와 어울릴까요?

앵그르의 화폭 속에 그려진

풍만한 여성의 육체와 겹쳐지면서

눈앞에 어른거리는 엉덩이 지느러미

홀라후프 시곗바늘이여

제 꼬리 씹어 삼키며 빙빙 도는

뱀들이여

—「홀라후프 생각」 전문

　이번 시집 중에서 비교적 쉽게 읽혀지는 시이긴 하지만, 여전히 그 의미를 전달하는 방식은 어렵게 보인다. 그것은 행간이 끊어져 있기 때문이다. 첫 번째 부분의 장면에서 홀라후프를 돌리는 아가씨가 있다. 그런데 다음의 상황은 어이없게도 그 아가씨가 비 내리는 창문 밖으로 달려간다. 그 다음 장면에서는 여럿이 홀라후프를 돌리는 장면으로 이어지고 있다. 이처럼 각 연은 서로 단절되어 있다. 이 시는 연과 연 사이가 단절되어 있다는 점에 유의해야 한다. 왜냐하면 그 단절 사이에 화자의 상상력이 끼어 있기 때문이다. 이 시에서 홀라후프를 돌리는 아가씨가 "비 내리는 창문 밖으로" 달려 나간 까닭이 무엇인지 알 수 없다. 그 상황을 이해하기 위해서는 수많은 상상력이 개입될 수밖에 없다. 그런데 이런 상황은 단절되어 있는 것 같지만, 결국 하나의 순환 속에서 이어지고 있다. 언어로 전달하는 상황은 마치 제 꼬리를 씹어 삼키는 우보로스의 뱀과 같은 원환(圓環)의 구조 속에 놓여 있기 때문이다. 이 시는 사람들이 생각하는 모든 상황이라는 것, 그리고 문자를 통해서 전달하려는 것은 모순과 역설의 순환 속에 놓여있다고 말하고 있는 것이다.

　바람 부는 쪽으로 해바라기 씨를 담아

　수천 통의 편지를 부쳤지만 되돌아오지 않는 목소리,

겨드랑이와 등 뒤로 돋아나 지느러미를 펄럭이며,

적요의 바다 위를 유영할지니

해변으로 끊임없이 밀려오는 태양과 달

바람의 시체들이여

쉬쉬쉬괜찮아쉬쉬브와브와부와예 오키프 깊이

더 깊이 안아줘, 사랑해 …… 사랑해 푸르스름한 푸르디시린

그리하여 피의 그림자란 것이

저 산정 위에 펼쳐진 불그스레붉디 푸른 노을이었음을 ……

아프라 바툴라 에밍풋

프리푸르샤 르파랑 부블라푸부와 에클라뷔아 ……

—「스캣」 부분

　이번 시집의 표제작인 「스캣」의 일부분이다. 이 시는 일상의 일들이 마치 한 컷 한 컷 끊어진 필름 속에서 재생되듯이 이어지고 있다. 화자는 세상의 일들은 "의식의 흐름 기법처럼 관능적이고 여유롭다"고 생각한다. 이런 발상 때문에 이 시는 화자의 일상 속에 비춰지는 장면들을 하나하나 끊어서 보여주고 있다. 개인의 사소한 일상으로부터 세계 곳곳에 일어나는 불안, 공포, 광기, 그리고 폭발음, 폐허가 된 지구촌의 풍경까지 이어진다. 화자는 "수천 통의 편지를 부쳤지만 되돌아오지 않는 목소리"가 된 단절의 상황 속에서도 "더 깊이 안아줘, 사랑해 …… 사랑해"라고 외친다. 그리고 세상의 모든 피의 그림자들이 산꼭대기에 걸려있는

붉은 노을과 같이 한 폭의 아름다운 풍경으로 묻혔으면 하고 기원한다.

　이러한 일상에 대한 의미들은 상황의 전위(轉位)와 전복(顚覆)을 통해서 거꾸로 보여주기도 하고(시 「마지막 장면」), 기발한 상상력을 통해서 그 장면들의 행간과 행간을 끊어놓기도 한다(시 「오공본드」). 그는 이번 시집에서 시적 상황의 단속(斷續)을 통해서 시의 전체 구도를 이끌어내고 있으며, 이 일상과 상황의 단속을 통해서 그가 표현하고자 하는 시 정신의 본질을 보여주고 있다. 시 「도마뱀」은 그럼 점에서 눈여겨 보아야할 작품이다. 이 시는 성경의 인류 탄생과 불교의 정신세계를 통합하고, 흩어진 생각의 파편을 그러모아 하나의 형상으로 만들어낸다. 그는 언어의 해체와 상황의 해체, 그리고 사물과 사물의 관계를 끊어놓음으로써 새로운 상황을 만들어내고 통합된 전체의 시 구도를 그려내고 있다. 시는 문자로 표현된 예술이기 때문에 그 문자를 어떻게 운용하고 그 문자가 전달하는 상황을 어떻게 펼쳐나갈 것인가는 매우 중요한 문제이다. 정익진의 시는 문자를 어떻게 아름답게 사용할 것인가 고민하기 이전에 문자를 통해서 그려내는 상황을 단절시킴으로써 행간의 상상력이 돋아나게 하고 있다.

우울한 도시의 풍경과 근본을 향한 회귀

변영희와 해림의 시 풍경

1

거대한 자본주의 시스템 속에서 국가 지배체제가 견고해지는 사회에서 인간들은 존재 자체의 문제에 대해서 회의할 수밖에 없다. 개인이 이러한 지배체제의 구조적 모순에 맞선다는 것은 불가능한 사회가 되었다. 개인을 지배하기 위한 체제만 있고, 그 체제 속에서 적응해가는 개인만이 존재하는 사회에서 소통을 매개로 하는 시적 정서가 끼어들 여지가 점점 사라지고 있다. 이러한 현대사회에서 인간은 거대한 무덤 속에서 신음하는 우울한 존재로 살아가고 있을 뿐이다. 자본의 상징인 도시 속에서 인간은 존재에 대한 회의를 넘어서 절망과 죽음이라는 극단의 상황 속에서 좀비처럼 방황하고 있는지도 모른다.

제국주의에서 자본주의로 이행되는 과정에서 인간 중심의 개발이 난무하다보니 공생과 공존의 삶이 사라지게 되었다. 인간 중심의 사

고는 결국 거대한 생명의 질서가 파괴되는 결과를 초래하게 된 것이
다. 이러한 상황 속에서 인간들은 우울증에 시달리고 있다. 우울증은
경쟁과 성과중심의 사회에서 일어날 수 있는 정신질환이다. 국가와
사회의 폭력구조 속에서 소외되고 있다는 위기의식은 우울증에 시달
리게 되었고, 그것은 인간 존재의 근본을 되돌아보게 하는 계기가 되
었다.

최근에 읽은 두 시인의 시는 현대 사회에서 인간들이 겪고 있는 정신
질환과 인간 존재의 문제를 여일하게 드러내고 있다. 변영희의 시는 도
시의 우울한 풍경들을 형상화하고 있다면, 해림의 시는 인간 존재의 근
원을 찾아가려는 화자의 욕망을 시화하고 있다.

2

변영희의 시는 민감한 촉수를 가진 생물이 세상을 만나고 있는 느낌
을 준다. 주변에 일어나는 일에 대해 둔감한 시대에 날카로운 촉수를
가지고 세상을 살아간다는 것은 어쩌면 현대 사회와는 동떨어진 삶을
살아가는 방식이라 할 수 있을지도 모르지만, 오히려 이러한 삶의 방식
이야말로 이 시대의 문제를 풀어가는 새로운 방법이라고 말할 수도 있
을지 모른다. 인간관계가 관심에서 무관심으로 바뀌어가는 세상에서
무심결에 내뱉은 말 한마디에도 깊은 관심을 귀울이는 것은 관계의 회

복을 지향하는 삶의 방식이라 할 수 있다. 변영희의 시에서 형상화하고 있는 현대 사회의 풍경은 우울하기만 하다.

　　여보, 당신이 나를 낳아줘서 정말 고마워 그래서 당신 정말 사랑해 큰애가
선물 사왔다고 나도 사서 보냈지 이제 당신도 좋은 거 입어야 할 때지 파삭
늙었는데 나이에 어울리게 입어야지 작은애가 맛있는 거 먹자 한다고? 사양
하지 말고 먹어 왜 미안해? 아니 그러지 말고 무조건 하자는 대로 해 안하는
것도 습관 된다니까

　　지하철 한 칸을 느릿느릿 휘돌아 가는 뱀의 통화였다 줄무늬 양복에 단정
한 머리를 한 남자가 웅얼웅얼 허공을 향해 텅 빈 눈동자로 말 걸고 있다 여
보, 당신이 나를 낳아줘서 고맙고 사랑해 사랑한다고

　　웃음기 없이 순환선에 올라탄 언어들, 통통 튀어 오르지도 못한 채 하얗게
부서져 내리며 무덤이 되었어 사방팔방 아랑곳하지 않는 남자의 구음은 농
익어가고 사람들은 모두 휴대폰의 액정 속을 드나들고 지하철은 속도를 잃
지 않았지 구음에 귀 기울이는 마음만이 무덤을 힐끔거릴 뿐 여보 당신이
나를 낳……

—「구음(口吟)」 전문

　　이 시는 관찰의 대상이 되고 있는 한 남자의 '낮은 웅얼거림'이 강한
메시지로 다가온다. 지하철에서 한 남자가 웅얼거리고 있는 것은 사랑
하는 사람을 간절하게 기다리는 목소리이다. 그런데 여기서 한 남자가

중얼거리는 말에서 관심을 집중시키는 것은 '나를 낳아줘서 정말 고마워'라는 진술이다. 남자가 아내를 호명(呼名)하고 있는데, '낳아주었다'라고 표현하고 있다. 이 표현은 가능한 어법인가? 남자가 호명하는 아내는 자기와 함께 살았던 사람이었지 낳아준 사람은 아니다. 그런데도 낳아주었다고 말하는 것은 자기를 알아주는 대상이 존재하기 때문에 자신의 존재가 그 가치를 가진다는 것을 의미한다. 그 남자는 아내를 통해서 자신의 존재 가치를 알게 되었고, 그래서 자신을 낳아주어서 고맙다고 말하고 있는 것은 아닐까? 자신의 정체성을 상실한 시대에 타인을 통해서 자신의 정체성을 확인하는 것, 이것이 그 남자가 아내에게 '낳아주어서 고맙다'고 말하고 있는 까닭일 것이다. '낳는다'는 것은 새로운 생명으로 태어난다는 것이다. 소외와 절망의 문법은 죽음의 또 다른 언어적 대응이라 할 수 있다. 지하철이라는 소외된 공간 속에서 아내를 애타게 찾고 있는 이 남자의 자화상은 타자를 통해서 자신을 확인하려는 이 시대의 우울한 모습이라 할 수 있다. 이 남자가 혼자서 웅얼거리고 있는 것은 거대한 사회 구조 속에서 질식할 것 같은 모습으로 살아가는 사람들이 서로 소통하기 위한 탄식이라고 할 수 있다. 아무도 들어주지 않는 허공을 향해서, 지하철 속에서 웅얼거리고 있는 낯선 남자에 대한 관심은 소외의 고통 속에서 허덕이고 있는 사람에 대한 애정이다. 화자가 남자의 웅얼거림을 향해 귀를 기울이는 행위는 '엿들음'이라는 관음행위가 아니다. 무관심한 세상에서 소외되고 있는 낯선 사람에 대한 이타행위이다. 아무도 귀 기울이지 않는 곳에서 귀를 기울이고 있는 화자의 모습을 통해서 관계의 의미에 대해서 다시 한 번 반성과 성찰을 하게 된다. 이 시대 도시의 풍경들은 이러한 우울한 국면 속에 놓여 있다.

삼천포로 빠진다는 말 사람들이 사용하는 이유를 아느냐고 술에 취한 남
자가 묻는다 머리카락 듬성듬성한 그의 정수리가 붉디붉게 달아올랐다 난
정말 궁금해 왜 그렇게 말하는 건지 자꾸만 되뇌는 말이 간지럼처럼 번져
내게 건너왔다 빙 둘러앉아 염소 수육을 씹고 있는데 아이가 발 구르며 떼쓰
듯 묻고 또 묻고 수육은 점점 질겨져 삼킬 수 없고 말은 해답을 찾지 못해
길길이 뛰고 간지럼은 가려움으로 바뀌어간다 둔각으로 세운 손톱이 일어
선다 끝없이 반복되는 말 삼천포를 북북 긁어본다 삼천포가 문제다 삼천포
로 가자 삼천포로 빠져버린 남자를 추방하고 삼천포 삼천포로 가자 전염성
강한 가려움 내려놓고 싶다 혹, 당신은 향기도 모양도 없는 그 말의 연원 알
고 있나요? 음메에엠 음메에엠 메에엠

—「말의 연원을 묻다」 전문

이 시는 우선 '간지럼'과 '가려움'의 의미를 생각해 보게 한다. "삼천
포로 빠진다"는 이 말 한마디에 염소 수육을 씹고 있는 화자는 처음에
는 간지럼을 느끼고, 그 '간지럼'을 통해서 결국 '가려움'을 느끼게 된
다. 고대 로마 시대에 죄수에게 가해지는 형벌로 간지럼을 태운 적이
있다고 한다. 죄수의 발을 소금물에 담갔다가 염소에게 핥게 하는 형벌
이다. 이 시의 화자는 "삼천포로 빠진다"는 말을 듣고 염소 고기를 먹으
면서 로마 시대의 죄수처럼 간지럼을 느끼고 있는 것이다. '간지럼'은
타인으로부터 발생하는 것이다. 반면에 '가려움'은 자신으로부터 발생
하는 고통이다. 이 시에서 '간지럼'에서 '가려움'으로 바뀌는 과정은 타
자로부터 자아로 전이되는 과정이다. 타자의 작은 일상들이 화자에게
는 '간지럼'에서 '가려움'의 상황으로 바뀌는 것이다. 이것은 타자의 고

통을 자아의 고통으로 끌어들이는 것이라고 할 수 있다.

　이와 같이 변영희의 시는 '도시의 세포(생명)'들이 웅얼거리는 것 같은 풍경이 주류미학을 이룬다. 시 「무서운 책」은 머리를 수그려야 드나들 수 있는 가난한 동네에서 바퀴벌레와 싸우던 시절이 있었고, 지금 그 동네는 뉴타운으로 바뀌었다고 진술하고 있다. 그 변화와 함께 화자는 책을 수집하던 사람에서 그 책으로 바퀴벌레를 잡을 수 있는 사람으로 바뀌었다. 그 시간은 "참 잠깐의 일" 속에서 일어난 것이다. 변화하는 것은 우리가 인식하지 못하는 사이에 일어나는 법이다. 책에 의미를 두고 살았던 시절이 있었지만, 그 시절이 지나고 나니 책은 이제 바퀴벌레를 잡는데 쓰이거나, 냄비받침으로 쓰이는 도구가 되고 말았다. 이러한 변화 양상을 바라보는 화자의 내면 풍경은 우울하기만 하다. 시 「핸드백 속의 꿈」은 새벽에 출근하는 여자가 버스에서 화장을 하는 장면을 포착한 시인데, 그녀와의 짧은 만남에서 '도시의 세포'들이 얼마나 바쁘게 살아가고 있는지를 보여주고 있다. 시 「상상 대기실」은 병원의 수술실에서 기다리고 있는 사람들의 풍경을 그리고 있다. 이러한 풍경을 바라보고 있는 화자의 눈길도 여전히 우울하고 슬플 뿐이다.

　변영희 시에서 주로 보이는 산문의 글쓰기는 읊조림과 웅얼거림이라는 독백에 어울리는 문맥들이다. 변영희의 시는 이러한 방법론과 함께 화자의 시선에 포착되는 일상들을 통해서 우울한 도시의 풍경을 잘 보여주고 있다.

3

　해림의 시는 삶에 대한 반성을 통해서 사물의 근원으로 회귀하려는 의지를 보여준다. 일상에서 흔히 일어나는 일들에 대한 새로운 발견은 사물의 근원을 다시 생각한다. 무의식적으로 인식하던 것들에 대한 방법론적 사유는 사물에 대한 새로운 발견으로 이어진다. 해림의 시에서 사물에 대한 사유의 방식은 오랫동안 잊어버리고 있었던 세계와 만나는 것이고, 단순한 과거로의 회귀가 아니라, 인간 존재의 문제를 탐색하는 근본주의로 돌아가는 것이다. 돌아가는 것, 혹은 뒤돌아본다는 것은 앞으로 나아간다는 것을 의미하는 것이 아니라, 현재의 상황에서 머뭇거리면서 살펴보는 행위이다. 모든 것이 빠르게 흘러가는 시대에 근본의 문제를 돌아보고 그 문제에 천착한다는 것은 거슬러가면서 사물을 새롭게 본다는 것을 의미한다. 글쓰기의 진정성이 외려 글을 쓰지 않는 것이라고 뒤집어 말하듯이, 돌아가는 것, 회귀하는 것은 잊어버리고 있었던 "아주 오래된 기억" 속으로 되돌아가는 것을 말한다.

나는 바이칼 호수를 떠나왔다
뼈 마디마디 뼈와 뼈 사이 박힌
뿌리에 대해서 집중하는 순간에
자유로운 영혼으로 떠돌고 싶은
열망에 사로잡히는 순간에
거듭나는 생멸 전생의 전생

윤회의 시원으로부터 울려오는 유랑의 노래를 듣는다

낙엽송과 자작나무숲길을 따라

북방의 땅을 유랑하던 그 옛날

아버지 어머니 형제들의 손을 잡고

바이칼 호수를 떠나던 날

태양은 붉게 타오르고 풀잎은 싱그러웠다

카자흐스탄의 초원과 사막을

떠돌이별처럼 떠돌던 유랑의 길

풍요로운 약속의 땅을 찾아서

끊임없이 걷던 남쪽으로의 행군

산과 숲과 나무의 그림자

강물에 잠긴 달빛 눈부신 설국에

무릎 꿇었던 날들의 여정이여

나의 가슴은 대지의 숨결을 기억한다

나의 귀는 알타이 산맥을 스쳐 지나가던

바람소리를 기억한다

—「아주 오래된 기억」 전문

이 시가 소재로 삼고 있는 "바이칼 호수"라는 장소는 윤회의 시원이다. 시 「구름의 항로」에서 구름의 다양한 모양을 통해서 "바람의 영혼이 떠도는 길"을 발견하듯이, 이 시에서는 "떠돌이별처럼 떠돌던 유랑의 길"을 발견하고 있는 것이다. 화자는 유랑의 길에서 생멸의 근원에 대해 사유하고, 자신의 뿌리를 발견하고 있는 것이다. 장소는 기억과

더불어 존재한다. "바이칼 호수"는 아버지의 아버지, 또 그 아버지의 아
버지가 살았던 장소이다. 그 오래된 시원의 공간에 스며있는 바람소리
를 기억하면서 존재의 근원을 찾아가고 있는 것이다. 화자에게 있어서
유랑의 길이란, 노마디즘과 같은 사유이다. 급박하게 돌아가는 현대인
의 삶이 아니라, 천천히 사유하면서 걸어가는 '머뭇거림'의 삶이다. 그
것은 근대로 돌아가는 삶이 아니라, 현재의 삶에 대한 회의와 반성으로
부터 비롯하는 진지한 삶의 발견이다.

무슨 말을 어떻게 해야 할까

어디에도 닿지 못하는 공허한 말들

바람이 되어 떠도는 말

너에게 전하고 싶은 말이 있었다

구름의 말로 구름에게 말하듯이

꽃의 말로 꽃에게 말하듯이

새의 말로 새에게 말하듯이

바람의 입술이 되어 말하고 싶다

공정하지 못함에 대하여

정의롭지 못함에 대하여

내게서 네게로 전달되어지는

아주 특별하고 고귀한 말

너에게 꼭 하고 싶은 말이 있었다

그러나 시답지 않은 말로

시답지 않은 시를 쓰고 있는

말(言)이 안 되는 말로

말(言)이 안 되는 시를 쓰고 있는

나는 누구인가

오늘은 너에게 묻고 싶다

―「공허한 말」 전문

사물과 하나가 되려고 노력하는 것, 그 사물과 소통하는 말, 그 말은 "아주 특별하고 고귀한 말"이다. 그러한 말들을 쓰지 못하고 "말이 안 되는 시를 쓰고 있는" 자신을 반성하고 있다. 사물과 소통하지 못하고 "공허한 말"을 하는 것은 말을 하지 않음만도 못하다고 할 수 있다. 바람과 구름, 꽃과 새의 말로 말하고 싶다는 것은 자연과 하나가 되려는 공감의 자세에서 비롯하는 소망일 것이다. 이러한 공감은 비우는 데서 시작한다. 여기서 말하고 있는 공허(空虛)함은 텅 비어 있는 상태를 말한다. 떠도는 말만 하고 있는 현대인의 말들은 특별하고 고귀한 말이 아니다. 이러한 시대에 시인으로서 가치 있는 말을 해야 하는 것은 일종의 소명의식일 것이다. 그것은 또한 이 시대 모든 사람들이 해야 할 진정한 가치이기도 할 것이다. 떠나온 자리로 다시 돌아가는 것이 삶의 의미라고 한다면, 말의 근원을 찾아가는 것이야말로 이 시대 시인이 해야 할 책무가 아닐까. "미루나무 숲으로 날아가는 / 휘파람새에게", 혹은 "새벽별"에게 존재의 의미가 무엇인지 묻고 있다(시 「꽃에게 말하다」). 해림의 시에서 전하고 있는 메시지는 말의 근원, 존재의 근원으로 돌아가자는 것이다.

　이와 같이 해림의 시는 무의식적으로 지나쳤던 일상 속에서 새로운 삶에 대한 가치를 발견하는데 있다. "아무도 찾지 않는 이 없는 독거노인"과 "어두운 지하상가 길목에서 / 잡동사니를 파는 행상"들의 삶에서 존재의 의미를 발견하고 있다. 그들의 고통은 그들만의 고통이 아니라, 우리들의 일상에서 늘 마주치는 고통이다. 순례자의 처지로서 세상의 물상을 만나고, 그들을 통해서 자신의 존재를 발견한다. 타자로부터 자신을 발견하는 자세는 대상에 대한 연민과 애정으로부터 시작한다. 해림의 시가 "시원으로부터 울려오는 유랑의 노래"라고 한다면, 그 노래는 생멸의 근원에 대한 번민에서 비롯하고 있다. 삶의 진실이 무엇인지를 고민하는 것은 삶의 진정한 가치를 찾기 위한 노력이다. 그런 점에서 해림의 시는 타자에 대한 사랑을 바탕으로, 존재의 근원을 찾기 위해 유랑하고 있다고 말할 수 있다.

4

시의 방법론이 다르고 현실의 대응 방법이 다르다고 해도 현대시가 지향하고 있는 의미는 유사한 점이 있다. 변영희의 시는 산문적 진술로 세상의 가벼운 일상에 대해 웅얼거리고 있다면, 해림의 시는 유랑의 길에서 만나는 대상을 머뭇거리면서 관찰함으로써 존재의 근원이 무엇인지를 고민하고 있다. 사회의 구조가 견고해지면서 인간들은 점점 고독한 존재가 되어간다. 인간이 만든 체제와 구조는 이제 인간만의 문제가 아니라, 모든 사물에게도 똑같이 영향을 끼치는 문제가 되고 있다. 물질만능주의가 오히려 사물에 대한 경시로 이어지고, 그것은 거꾸로 인간에게로 돌아오고 있는 것이다.

이러한 시대에 시인의 책무는 무엇일까? 작은 것에 대한 관심, 관계와 관계로부터 시작하는 본질의 회복, 사물에 대한 애정과 관심 따위가 가치의 회복이라는 큰 화두에 접근하는 방법이 아닐까? 변영희의 시와 해림의 시는 현대사회가 봉착하고 있는 문제들을 여일하게 보여준다는 점에서 분명한 의의가 있다.

고통의 치유방식과 생명의 옹호

최창균의 시세계

1

　서정시에서 사물을 형상화하는 방법은 대상과의 관계로부터 시작한다. 이 관계는 사물과 화자의 독특한 체험을 바탕으로 하고 있다. 사물과 화자가 관계를 맺으면서 정서적으로 같은 기운을 느끼게 되고, 그 기운을 통해서 서로 감응하게 되는 것이다. 이와 같이 서정시는 사물과 화자가 서로 동기감응을 느끼면서 소통한 정서적 반응을 언어로 표현한 것이다. 더 나아가 사물과의 소통을 매개로 한 정서적 반응은 독자의 정서에까지 전달되어서 시적 감응을 체험하게 되는 것이다. 서정시가 화자와 사물의 관계에서 비롯하기 때문에 그 사물을 화자가 어떻게 내면화시킬 것인지의 여부가 중요한 문제로 떠오르는 것은 당연한 일이다.

　최창균의 시는 사물과 화자가 서로 감응하면서 그들의 고통을 자신의 고통으로 끌어들이는 데서 출발한다. 그의 시는 이른바 고통의 현상학이라 할 수 있을 만큼 사물의 아픔에 공감하려는 마음을 잘 표현하고 있다. 그의 시는 고통의 나눔을 통해서 생명의 가치를 옹호하고 있으며, 대상과 감응함으로써 고통을 치유하고 있다. 그는 소를 키우면서 그 소의 아픔에 감응하고 그들의 고통을 나누고 있다. 그것은 소의 고통이 소만의 고통이 아니라, 그 소와 관계를 맺고 있는 모든 대상의 고통이라는 점에서 이타적(利他的) 인식의 고통이라 할 수 있는 것이다. 따라서 그의 시에서 감응이라는 말은 고통을 치유하는 하나의 방법론이고, 고통의 치유를 통한 관계의 회복이라 할 수 있다. 그의 시는 사물과 화자가 동기감응하면서 새로운 생명의 질서를 만들어간다.

그의 시가 화려한 수사를 사용하지 않으면서도 독자들에게 소통될 수 있는 까닭은 서정시의 본령에서 벗어나지 않는 사물과의 관계성 때문이고, 이 관계성은 타자의 고통을 내면의 고통으로 치환하고 있기 때문에 타자들이 그의 시적 정서와 쉽게 공감할 수 있는 것이다. 그의 시는 사물과 내밀하게 소통하고, 그 소통은 감응을 통해서 이루어지기 때문에 더욱 절실하게 다가온다고 할 수 있다. 그의 시가 고통과 생명의 문제에서 출발하고 있다는 것은 그의 체험 영역이 흙의 사유에서 출발하기 때문이라 할 수 있으며, 또한 그의 시를 두고 고통의 현상학, 생명의 시학이라고 말할 수 있는 것은 사물에 대한 동기감응의 자세와 고통의 내면화를 통한 생명의 소중함을 형상화했기 때문이라 할 수 있다. 여기서는 그의 작품에서 발견할 수 있는 사물과의 관계에서 고통의 문제가 어떻게 형상화되고 있는지를 중심으로 살펴보고자 한다.

2

일반적으로 기쁨은 나누면 두 배로 늘어나고, 고통은 나누면 두 배로 줄어든다고 한다. 고통은 나눔의 배려를 통해서 치유할 수 있으며, 고통을 고통으로 생각하지 않는 유연한 자세를 통해서 스스로 극복할 수 있다. 그의 시는 고통의 분담 방식을 자연스럽게 보여주고 있으며, 이를 통해서 사물과 공감하고 있다. 고통의 나눔을 통해서 고통의 치유방법을 모색하는 것은 그의 시가 출발하는 공간이다. 이러한 고통의 치유방법은 사물과의 관계와 사물과의 공감으로 시작한다는 점에서 생명시학의 새로운 방법론을 보여준다고 할 수 있다. 그 방법론은 사물을 의인화하는 방법을 넘어서 고통을 내면화하는 방식을 통해서 사물과의 진정한 관계를 회복하고 있다. 그는 오랫동안 길렀던 소의 아픔을 내면화하고, 숲 속의 나무가 겪었던 고통을 공감하려고 한다. 이러한 관계의 의미가 그의 시에서 만날 수 있는 생명의 미학이라고 할 수 있다.

> 풀밭에 맷돌 같은 이빨을 묻고 있네
> 똥과 오줌으로 풀밭의 너른 영역 누비고 잘살았던
> 소 한 마리 그만 풀밭에 아주 눕고 있네
> 이제 풀을 되새김질해 살과 가죽을 얻지 못하네
> 반 평 가죽옷으로 짜낼 것이 그리 많았는지
> 진저리 새김질로 풀의 바다 퍼마셨나
> 마구 퍼마셔 술 취한 몸 풀어놓았나

풀기둥에 어쩌지 못하는 뿔을 묶고

늘어진 귀는 말문을 막았네

죽어 더욱 그윽해진 눈 속으로 뛰어드는 풀들이

고스란히 저 주검의 무게를 밀어올릴 것이네

풀이었던 초록의 몸뚱어리

공중으로 망울망울 터뜨려버릴 것이네

땀이 솟지 않는 콧잔등으로 풀이 헤엄쳐 오고

끊임없이 벌름거렸던 뱃구레 속에서

배설을 기다리던 풀들이 일제히 헤엄쳐 나오고 있네

저 장엄한 풀들의 행진 속으로

소가 풀꼬리를 감추고 있네

—「소 5—소 쓰러지다」 전문

그는 소의 고통을 너무도 잘 알고 있는 듯하다. 풀밭에 죽어있는 소는 풀과 하나가 되고, 그 소는 결국 "초록의 몸뚱어리"가 되어서 "장엄한 풀들의 행진 속으로" 걸어가는 것이다. 소가 죽어가는 그 고통의 순간을 풀과 하나가 되는 공명의 관계로 나아가게 만든다. 소의 주검을 감싸는 풀들의 행진은 소의 고통을 치유하기 위한 행위라 할 수 있다.

뉴욕 병원의 내과 의사인 에릭 카젤(Eric J. Cassell)은 고통을 줄일 수 있는 하나의 방법으로 '유연성(flexiblity)'를 들고 있다. 이것은 고통받는 상황을 다른 양상으로 대체하는 행위를 말하는 것이다. 이 시에서 소의 주검을 바라보는 화자의 고통은 "풀들의 행진" 속으로 서서히 대체되고 있다. 쓰러지는 소의 고통을 치유하려는 그의 노력은 대상과 공감의 관계에서 이루어지고 있다. 이러한 고통의 치유 방법은 어린 시절 소가 코뚜레를 뚫는 고통을 없애기 위해서 코뚜레를 만드는데 쓰는 노간주나무를 베어서 불질러버린다거나(「소 5-코뚜레」), 한 평생 농사꾼으로 살다가 죽은 친구의 고통을 덜어주기 위해서 그의 고통을 지게의 고통으로 대체함으로써 은유적으로 비껴가게 한다(「지게」). 다음 시도 이러한 고통의 치유방식을 보여주고 있다.

저 그루터기로 보아 베어내기 아까웠던
한때 참 잘 자랐던 나무인 걸 한눈에 알아봤어요
한아름도 넘는 밑동이 곧게 자랐을 거란 믿음 같은 거
누군가 그 나무 베어낼 때 몹시도 슬퍼했던 흔적 같은 거
단번에 베어내지 못하고
몇 번이고 쉬어간 톱자국이 그걸 말하고 있어요
제 몸에서 걸어나온 나무의 아픈 흔적 같은 거
어쩌면 누군가도 그 나무 속으로
저와 같은 흔적 남기며 걸어 들어갔을지도 모를 일이지요
그루터기나무의 가족으로 보이는
작은 나무들의 나뭇가지가 찢겨 있어요
쓰러지는 그루터기나무 받아 안고
내어주지 않으려다 찢어진 마음들 같은 거
작은 나무기둥 사이로 큰 슬픔이 빠져나간 듯 길이 나 있어요
하늘도 누수하듯 거길 들여다보고 있어요
그런데 참 이상한 것은

허공에다 파놓았던 그 나무의 푸른 웅덩이 사라진 뒤

환한 햇빛의 웅덩이가 새로 생겨나 있는 거예요

아무래도 그루터기나무는 어데 멀리 간 것이 아니라

숲이 내준 환한 슬픔의 자리에 앉아 있는 듯해요

나도 그렇게 그루터기나무와 함께 앉아보는 슬픔으로요

—「앉아있는 나무」 전문

나무의 고통을 인식하는 것은 공감의 상황일 때 가능한 것이다. 그루터기만 남은 죽은 나무를 그는 "그루터기나무"로 명명하고 있다. 일반적으로 사용하고 있는 그루터기라는 명사에 나무라는 명사를 덧붙임으로써 그루터기는 더 이상 죽은 존재로 있는 것이 아니라, "그루터기나무"라는 살아있는 존재로 인식하게 되는 것이다. 이 때문에 이 시에서 베어진 나무는 그루터기라는 황량한 존재로 죽어가는 것이 아니라, "작은 나뭇가지"를 싹 틔우는 살아있는 존재가 되는 것이다. 이러한 공감의 인식 때문에 그는 그루터기나무가 베어질 때의 고통까지도 읽어내고 있으며, 그 그루터기나무를 따뜻한 시선으로 감싸고 있는 것이다. 이 시에서 화자는 몇 번이고 쉬어간 톱자국을 통해서 그루터기나무가 베어질 때의 고통을 함께 느끼면서 그 나무의 고통을 치유하고 있다. 그 나무의 고통은 화자 혼자만 공감하는 것이 아니라, 그 자리에 앉았던 누군가도 공감하는 것이고, 그루터기나무가 살았던 숲 속의 모든 생명들도 공감하는 고통이었을 것이다. 그래서 그 나무의 고통은 더 이상 혼자의 고통이 아니라, 나와 누군가, 그리고 숲의 생명들이 공감하는 고통이라 할 수 있다.

이 시에서와 같이 그가 나무의 고통을 치유하는 방식은 나눔의 방법이다. 모든 사물의 고통이 그의 내면으로 들어오는 순간 그 사물들의 고통은 그와 하나가 된다. 이러한 고통의 공감을 통해서 그는 사물의 존재에 의미를 부여하고 있다. 이 때문에 그의 시에는 버려진 구두 한 조각도 살아있는 사물로 다가오고, 무생물인 돌들도 생명의 존재로 다가오게 되는 것이다. 이러한 사물의 인식 때문에 그는 죽은 나무에서 걸어 내려오는 향기를 맡을 수 있는 것이다. 그의 시에서 사물의 의인화가 유독 많은 까닭은 만물이 모두 생명이 깃들어 있다는 정령 신앙에 바탕을 두고 있기 때문이다. 흙을 바탕으로 한 사물의 인식이 대개 그렇듯이 그의 시가 바탕을 두고 있는 생명의 옹호는 결국 허공에 떠도는 먼지에서 생명을 발견하기도 하고, 작은 벌레에게도 거대한 생명의 울림을 인식하기도 한다.

3

서정시가 사물과 감응한다는 것은 무위자연의 시학에 놓여 있다고 할 수 있다. 최창균의 시는 사물의 고통과 감응하는 무위자연의 시학이 돋보인다. 길가에 버려진 구두 한 켤레, 나무를 기어오르는 작은 벌레, 언덕 위의 나무 한 그루까지도 예사롭게 지나치지 않는다. 그들은 하나같이 생명이 있는 존재이고 존재해야 할 가치가 있는 것이라고 생각한다. 만물은 모두 제자리를 지키면서 그 자리에서 존재의 의미를 발견할 수 있는 것이다. 초록에 공명하고, 죽어가는 것에 동기감응을 일으키는 행위는 시인으로 가져야 할 당연한 자세라 할 수 있을 것이다. 그런데 그가 사물에 공명하는 자세는 다르다. 왜냐하면 그는 자신을 낮추는 겸허의 자세로 사물과 공명하고 있기 때문이다.

나는 무릎 꿇지 않네

무릎 시려오고

무릎이 쑤셔오는

내 삶에게나 꿇으면 꿇지

나는 아무에게나 무릎 꿇지 않네

그러나 어찌하여,

오늘 나는 이 무릎을 데리고 나가

무릎이 해지도록 꿇고

또 함부로 꿇고는 있지

들에 나가 초록에게나

한없이

한없이

—「기도」 전문

이 시는 자연을 대하는 경건한 자세를 잘 보여주는 시이다. 자신을 낮추는 행위는 아무데서나 할 수 있는 행위가 아니다. 싸워야 할 대상에게 무릎을 꿇는 것은 비굴한 패배를 의미할 것이지만, 연민해야 할 대상을 향해 무릎을 꿇는 것은 겸허한 공경을 의미할 것이다. 그가 "들에 나가 초록에게나" 무릎을 꿇겠다고 말하고 있는 것은 진정한 경배(敬拜)의 정신에서 우러난 것이라 할 수 있을 것이다. 이렇게 자신을 낮추면서 기도하는 행위는 자연을 공경하는 마음에서 비롯하고 있다. 대상을 공경하고 대상을 연민하는 것이야말로 그가 추구하고 있는 시적 세계관이다. 그는 자신을 낮춤으로써 세상 만물을 공경하고 있는 것이다.

흙을 공경하고 들판을 공경하는 것은 순수한 자연의 세계에 대해서 자신을 낮추는 행위라 할 수 있을 것이다. 그는 겸허한 공경을 바탕으로 한 순수한 시심으로 세상을 바라보기 때문에 더러 새벽의 적막에 울리는 여러 가지 소리들에 민감하게 반응하기도 하고(「소리의 집」), "산더미처럼 쌓아놓은 건초 더미"로부터 죽은 풀들의 고통을 느끼면서 측은지심을 발현하기도 한다. 사람이 태어나서 마지막으로 돌아가야 할 곳이 흙이고, 생명을 길러내는 근원이 흙이듯이, 그는 "맨발의 흙길을 서럽도록" 걸어가면서 생명의 울림과 공명하고 있는 것이다.

그의 슬픔이 걷는다

슬픔이 아주 긴 종아리의 그,

먼 계곡에서 물 길어올리는지

저물녘 자작나무숲

더욱더 하얘진 종아리 걸어가고 걸어온다

그가 인 물동이 찔끔,

저 엎질러진 생각이 자욱 종아리 적신다

웃자라는 생각을 다 걷지 못하는

종아리의 슬픔이 너무나 눈부실 때

그도 검은 땅 털썩 주저앉고 싶었을 게다

생의 횃대에 아주 오르고 싶었을 게다

참았던 숨살이 벗어나기 위해

또는 흰 새가 나는 달빛의 길을 걸어는 보려

하얀 침묵의 껍질 한 꺼풀씩 벗기는,

그도 누군가에게 기대어보듯 종아리 올려놓은 밤

거기 외려 잠들지 못하는 어둠

그의 종아리께 환하게 먹기름으로 탄다

그래, 그래

백년 자작나무숲에 살자

백년 자작나무숲에 살자

종아리가 슬픈 여자,

그 흰 종아리의 슬픔이 다시 길게 걷는다

— 「자작나무 여자」 전문

이 시에서 그의 슬픔은 자작나무의 하얀 종아리에 비유되고 있다. 저물녘일수록 더 하얘지는 자작나무의 종아리는 감출수록 더 커지는 화자의 고통이라 할 수 있다. 어차피 숨길 수 없고 피할 수 없는 슬픈 운명이라면 그것을 겸허하게 받아들이면서 살아가고 있다. 고통을 치유하는 방법 중에서 고통을 내면화시키는 전략은 그 고통을 고통으로 받아들이지 않고, 당연히 찾아오는 운명이라고 생각하는 것이다. 그가 "백년 자작나무 숲에서 살자"고 외치는 것은 주어진 슬픔에 무릎을 꿇지 말고 그 슬픔을 내면화하여 받아들이면서 겸허한 자세로 살자는 것이다.

이 시에서 우리는 어쩌면 지극히 겸허한 한 농민의 참살이를 보고 있는지 모른다. 평생 짊어져야 할 운명이라면 거부하지 말고 받아들일 줄 아는 것, 고통과 더불어 고통을 이겨낼 줄 아는 것, 상처가 난 나무가 옹이를 만들어서 더 단단하게 자기를 내면화 하는 것, 이것이 그가 지향하는 시적 세계관이다.

시집 『백년 자작나무 숲에 살자』의 해설을 쓴 김종태는 그의 시집에 나오는 특징으로 "식물 친화적 상상력"을 들고 있는데, 그 까닭은 그의 시에 사용된 시적 소재가 초식동물인 소와 나무가 많이 나오기 때문이라고 말한다. 그의 시를 읽어보면 그의 시가 소와 나무의 수사학이라고 할 수 있을 만큼 이 두 가지 소재는 그의 시와 떼래야 뗄 수 없는 관계에 놓여 있는 것이 사실이다. 어쩌면 이 두 소재는 농촌에서 소를 키우면서 살았던 그의 체험이 시적 세계의 근간을 이루기 때문에 어쩔 수 없는 것이라 할 수 있을 것이다. 그러나 이러한 체험이 그의 시적 지평을 확장하는 또 다른 바탕이 된다는 사실을 간과해서는 안 될 것이다.

왜냐하면 서정시의 본질이 동기감응이고, 그 동기감응이 사물의 내면화를 통해서 이루어진다고 한다면, 그가 소를 키우면서 가졌던 친연성은 소의 고통을 함께 할 수 있는 공감의 상황으로 나아가게 하였고, 그것은 결국 그의 시적 근간을 이루는 바탕이 되었다고 할 수 있다.

4

　그의 시는 사물의 내면화를 통해서 시적 지평을 심화시키고, 그 인식을 확장해간다고 할 수 있다. 그의 시에서 사물과 감응하는 관점은 다른 서정시와 크게 다른 점이 없지만, 사물의 고통을 내면화하는 방법은 다르다고 할 수 있다. 그는 고통을 통해서 그 사물의 아픔을 자신의 내면으로 끌어들이고, 대상과 합일하려는 관점으로 나아가게 된다. 이러한 합일의 관점은 생명의 옹호라는 이 시대의 화두를 풀어가는 열쇠가 될 수도 있다. 따라서 그의 시는 서정시의 동일성을 넘어서 심화와 확장의 길을 열어가고 있다고 말할 수 있는 것이다. 이것은 지나친 논리의 비약일 수도 있을 것이다. 그러나 그는 서정시가 본령으로 삼고 있는 동일성을 넘어서 사물의 고통까지도 내면으로 끌어들이면서 우주의 논리에 따르는 생명의 질서를 옹호하고 있다는 점에서 서정시를 심화하고 확장시키고 있다고 말할 수 있다.

물은 말라가는 것에서 방울

떨어져 죽어가는 것에서 한 방울

떨어져 살아있는 것에서 똑

떨어졌다 나 떨어졌다 나 살렸다

손톱이 머리털이 탈 없이 자랐다

가뭄이 백년에 한번 온다하여

눈물샘 팠다 땀샘 팠다

가파른 주름타고 급격히 수위가 내려갔다

깊어지는 계곡 어두운 골짜기 쪽으로

즙을 다 짜낸 몸이 기울어 갔다

마지막 물기 초목에게 보태로 가는 물방울이다

—「물」 전문

이 시에서 사물에 대한 감응은 그 대상의 영원성을 인식하는 데 있다. 모든 사물은 죽어가는 존재가 아니라, 우주의 질서 속에서 영원히 존재하는 살아있는 존재로 바라보는 것이다. 그것은 종교적 내세의 원리와는 다른 생명론이다. 죽어가는 것과 살아가는 것은 이분법의 논리가 아니라, 하나의 원리 속에 포섭될 수 있다. 생명의 질서는 딱딱하고 견고한 고착성에 있는 것이 아니라, 물과 같이 흐르는 유동성에 있다. 물은 말라가고 죽어가는 것에 생명의 기운을 북돋워주고, 그 마지막 물기까지도 초목에게 주고 간다. 눈물샘이 다 마르고, 땀샘마저도 다 마른 뒤에서는 어두운 골짜기와 같은 죽음의 세계가 있지만, 그 마지막 물기가 다시 초목으로 가서 새로운 생명을 길러내고 있다. 그것이 물방

울의 속성이고, 이 작은 물방울의 세계가 생명이 순환한다는 우주의 원
리와 닿아있는 것이다.

> 숲에서 파닥 소리 들렸다
> 매가 새 낚아채
> 나뭇가지에 앉아 부리로 찢고 있다
> 작은 새의 몸은
> 매의 몸속으로 뜨겁게 옮겨가
> 콩닥콩닥 뭉클한 알로 뭉쳐지고 있으리라
> 몸 바꾼 작은 새는
> 날카로운 부리와 발톱으로 자라
> 매의 생 앞자리 바짝 움켜쥐고 쪼아대고 있으리라
>
> —「새」 부분

　　이 시는 먹이를 찾아서 숲을 날아올랐던 새 한 마리가 매에게 채여서
죽게 되는 장면을 그리고 있다. 새는 매에게 죽어가고 있지만, 그 작은
새의 몸은 매의 몸속에서 "콩닥콩닥 뭉클한 알"로 뭉쳐져서 매의 생을
쪼아댈 것이라고 한다. 그는 새의 죽음을 영원한 죽음으로 보는 것이
아니라, 죽음을 통해서 새로운 생명으로 태어난다고 보는 것이다. 모든
우주의 질서는 순환과 인과의 논리 속에 존재한다. 봄이 가고 나면, 겨
울이 오기 마련이고, 잎이 지면 또 다른 새 잎이 나게 마련이다. 이것은
생명의 논리이고, 순환의 논리이고, 우주의 논리이다.
　　그의 시가 고통의 치유에서 생명의 옹호로 나아가고 있는 것은 이러

한 생명의 순환 논리를 통해서 사물을 인식하고 있기 때문이다. 이 때문에 그는 생명과 공감하는 서정시의 시적 지평을 확장하고 있다고 말할 수 있다. 그는 사물의 고통을 내면으로 끌어들이면서 그 사물과 공감하고, 그 공감을 통해서 사물의 고통과 기쁨을 공유하고 있다. 이것은 동기감응의 과정을 거쳐서 우주 속의 자신의 존재를 인식하는 과정이라 할 수 있다. 인간은 거대한 우주 속의 먼지와 같은 존재이지만, 사물과 은밀하게 회통하는 순간, 죽음과 삶의 문제를 초월한 존재로 나아가게 되는 것이다. 생명이 있는 모든 것은 언젠가는 사라지게 마련이지만, 그것은 영원히 사라지는 것이 아니라, 또 다른 생명을 길러내는 순환의 과정이라고 보는 것은 동양 생명 담론의 관점으로 사물을 인식하는 것이다.

> 당신의 몸속에는 보석이 참 많지요
>
> 당신의 몸속에는 초록보석이 가득하지요
>
> 당신 스스로 어찌 할 수 없어
>
> 우두두 짐승의 발굽에 몸 연 다지요
>
> 하여 당신은 맨몸, 그 맨땅으로
>
> 바람의 발목 잡고 몸 열기도 하는 거구요
>
> 당신은 참으로 용 하세요
>
> 어찌하여 당신의 몸은 풀씨 가득 백년 임신 중이고
>
> 어찌하여 올올이 풀 번져 낳는 가요
>
> 공손하신 당신의 몸
>
> 당신의 몸 한 삽 떠서 장례식 날 부토 했습니다

당신의 몸속에 백년 씨앗 부토 했습니다

—「당신의 몸속에는」 전문

이러한 순환론적 생명담론으로 존재를 인식하기 때문에 그는 굳이 죽음 자체를 부정적으로 보지 않고, 새로운 생명의 씨앗을 길러내는 것으로 받아들이고 있는 것이다. 이 시에서 말하고 있는 "당신"은 10년 전에 돌아가신 아버지일 터이지만, 그 아버지의 몸속에 들어있는 씨앗은 새로운 생명을 만들어내는 보석이라 할 수 있다. 소의 되새김질처럼 끊임없이 반복되는 생명의 논리를 인식함으로써 그의 시적 지평도 심화되고 있다. 삶과 죽음에 대한 새로운 인식은 우주의 질서를 인식하는 과정으로 나아가면서 그는 앞의 시에서 보았던 고통의 현상학에서 벗어나고 있다. 버려진 존재, 베어진 나무, 죽어가는 소, 건초 더미 속에서도 끊임없이 생명의 울림을 읽어내려는 그의 노력은 생명의 영원성을 인식하는 계기가 되었던 것이다. 모든 사물은 우주의 질서 속에서 순환한다는 논리는 생명의 논리이고, 모심의 논리이고, 모성의 논리다. 그의 시는 이러한 근원의 문제를 탐색하고 있다.

그의 시가 값지게 읽혀야 하는 까닭은 거대한 폭력의 구조 속에서 죽어가는 생명을 붙들고, 그 생명을 옹호하려는 낮은 저항의 자세가 있기 때문이다. 이것은 시 「씨알」에서 아버지의 죽음도 끊임없이 생명을 키우는 일을 하고 있다는 생각으로 나아가게 하는 계기를 마련해준다. 이러한 인식 때문에 그는 아버지의 죽음마저도 우주의 순환 논리 속에 일어나는 지극히 당연한 일로 받아들이게 되는 것이다. 아버지의 죽음은 그의 표현대로 하면, 숲이 내려와 식구를 데려가는 것처럼 가벼운 일이기도 한 것이다. 죽음이라는 것은 자연의 원리 속으로 걸어 들어가는 하나의 행위에 불과한 것이다. 그가 끊임없이 연민하고 있는 죽어가는 생명에 대한 고통은 결국 생명의 옹호에 있으며, 이는 그의 시가 지향하는 궁극의 세계라고 할 수 있다.

언덕이 언덕 오르고 있다

어디든 가자고 언덕이 언덕 부리고 있다

온몸 구부려 나무들이 오르는

구부러질 때로 구부러진 언덕

언덕 죽어라 오르내린 나도 몹시 구부러져 있다

아들이 체중 실어 꾹 꾹 밟아도 펴지지 않는 언덕

젊은 애인은 실증이 나 떠난 지 오래된 언덕

발 붙이 하나 둘 떠나는 언덕

어서 내려가라고 냅다 떠다미는 사람들이 늘어나는 언덕

이걸 언덕이라고 나를 올려놓았나 하다

왠지 더욱 애착이 가는 언덕

아직도 구부릴 게 있는 언덕 오르고 있다

―「언덕」 전문

그가 이 시에서 고백하고 있듯이 그가 시를 쓰면서 살아가야 하는 이유는 아직 구부릴 언덕이 남아있기 때문이다. 아무리 무거운 발로 밟아도 펴지지 않는 고통과 기쁨의 언덕이 있기에 그는 시를 써야 하고, 그 시를 통해서 모든 생명을 옹호해나가야 하는 것이다. 사람들이 하나 둘 떠나는 자리를 지키면서 그가 고집스럽게 시를 쓰고 있는 것은 고통의 언덕 때문이라고 생각할수록 더욱 절실하게 읽힐 것이다.

그의 시는 사물에 대한 연민으로부터 시작하여 그 사물의 생명을 옹호하는 데까지 나아간다. 그것은 이 시대의 폭력구조에 저항하는 또 다른 방식이라 할 수 있다. 자본파시즘과 개발시스템이 지배하는 시대에 죽어가는 사물에 대한 연민과 고통의 내면화는 이러한 폭력성을 극복하고 생명의 질서를 회복하려는 몸부림이라 할 수 있다. 폭력에 맞서는 것은 폭력이 아니라, 그 폭력에 시달리는 생명에 대한 옹호라고 할 수 있다. 그는 모든 만물의 생장에 바탕이 되는 땅의 사유를 통해서 생명의 의미를 발견하고, 이를 통해서 생명의 궁극 지점을 찾아가고 있다.

그의 시적 사유가 가족과 주변에 국한되었다는 한계가 있긴 하지만, 무엇보다 그 가족과 주변이 풍족한 대자연에 뿌리를 두고 있는 곳이기 때문에 그 사유의 진폭은 심화되고 확장되어가고 있는 것이다. 사물과의 동기감응은 사물과의 또 다른 소통으로 나아가고 있으며, 그것은 생명의 옹호라는 거대한 화두를 실현하는 방법론이 되고 있다. 우리 시대 시인들의 몫이 폭력과 시스템 속에서 신음하는 모든 생명들에게 가치를 부여하고 그 생명의 소중한 의미를 밝히는 것이라고 한다면, 그가 보여주고 있는 시적 지형은 무엇보다 소중하다. 농촌공동체의 회복이라는 낡은 구호보다도 더 절실한 문제는 인류 모두가 안고 있는 생명경시의 패러다임을 극복하는 것이다. 살아있는 모든 생명에 대한 경시는 인간마저도 생명의 위협을 느끼는 상황에 이르게 된 것이다. 이러한 시대에 시인의 책무는 살아있는 것, 죽어가는 것에 대한 애정과 연민이다. 여기서 더 나아가 그 생명의 고통을 나누는 배려가 있어야 할 것이다. 그의 시는 고통의 나눔뿐만 아니라 생명의 영원성을 인식하고, 그 생명을 옹호하는 데까지 나아가고 있다는 점에서 이 시대 시의 전범(典範)이 될 수 있을 것이다.

폐허된 도시와 연민의 시학

이종복 시의 의미

1

공간은 시간과 함께 존재한다. 공간은 시에서 어떤 의미를 가지는 것일까. 이종복의 시집 『신포동, 그 낯익음에 대한 낯설음』(다인아트, 2009)을 말하면서 공간의 의미를 먼저 말하고 싶은 까닭은 그의 시에는 이 공간의 의미가 매우 중요한 요소로 작용하기 때문이다. 그의 시에는 인천이라는 공간, 특히 그 중에서도 신포동 주변은 그의 시를 형성하는 든든한 공간적 토대가 되고 있다.

시간과 공간은 일정한 관계를 유지하면서 기억을 통해서 생성되고 소멸된다. 기억에서 사라지면 공간은 사라진다. 그래서 하이데거는 "시인은 존재하는 것을 언어로 만들어내는 자이고, 존재하는 그 모든 것을 기억하면서 살아간다"고 말하지 않았던가. 어디 시인만 그렇겠는가. 모든 인간은 유한한 시간 속에서 영원한 공간을 기억하고, 그 기억을 언어로 표현하려고 한다. 영원한 시간 속에서 공간은 끊임없이 변해간다. 그것을 기억하고 있는 사람도 변한다. 그 변화의 과정을 바라보면서 존재는 허무와 절망에 빠지기도 한다. 시와 공간의 문제를 생각하면 인간 실존의 문제가 화두가 될 수밖에 없는 까닭은 이러한 속성 때문이다. 기억은 공간의 형상을 있는 그대로 재현해내려고 한다. 그러나 공간은 외부의 힘에 의해 끊임없이 변하는 형국에 있다. 이종복의 시는 공간의 문제와 더불어 변하는 것과 변하지 않는 것 사이에 가로 놓여 있다.

2

　이종복의 시는 공간의 변화에 민감하게 반응한다. 그는 자신의 기억 속에 존재하는 공간들을 붙들고, 그 공간 속에서 변화하는 것들에 맞서고 있다. 그것은 '낯익음'과 '낯설음'이라는 문제로 대응되고 있다. '낯설음'은 공간이 변하는 것과 관련이 있고, '낯익음'은 변하지 않는 것과 관련이 있다. 물론 그 반대의 경우도 가능할 것이다. 어떻든 공간에 대한 두 가지 인식은 그의 시를 이루는 두 개의 축이다. 그는 변하지 않는 것에 대해서 애정 어린 눈길을 보낸다. 그 공간은 대불호텔, 양지여관, 답동성당과 같은 해묵은 곳이다. 이들 공간은 더러는 세월 속으로 사라진 것도 있지만, 어떤 것은 그 모습을 굳건하게 지키는 것도 있다.

아무도 더러는

삶을 길어 올리지 않는

재개발 예정지 송월동

쉬르바움 shirbaum 옛터에서

유년의 기억을 지배했던

우물 하나가

가만히 폐허를 품고 있다

―「오래된 우물」 부분

이 시에는 오래된 것, 혹은 변하지 않은 것에 대한 연민의 정이 잘 나타나 있다. 송월동은 재개발로 변하고 있지만, 그 옛터에는 변하지 않는 우물이 폐허를 품고 있다. 우물이라는 공간은 그의 기억을 붙들고 있으며, 그 기억은 그 옛날 쉬르바움 터까지 거슬러 올라가게 한다. 그는 그 기억의 끝자락을 더듬으며 세상의 변화를 아프게 바라보고 있다. 왜 세상은 변해야 하는 것일까. 변하지 않는 것은 없는 것일까. 이런 회의가 그의 시 곳곳에 존재한다. 그래서 그의 시는 아프다. 존재가 세상에 대해 절망을 하는 것이 아니라, 변하는 세상을 보면서 아파하고 괴로워하는 것이다.

따라서 모든 상처에는

아픔이 저장돼 있다

다시,

손가락이 아파온다

세상이 온통 상처투성이다

―「송림동 재개발지구」 부분

　재개발지구라는 도시의 공간을 바라보는 그의 가슴에는 손톱 아래를 후벼파는 것처럼 날카로운 아픔이 자리하고 있다. 그 아픔은 인천 지역의 뒷골목 풍경을 볼 때도, 만국공원의 내리막길 신포동 시장을 바라볼 때도 나타난다. 그는 변해가는 낯선 도시를 측은하게 바라보고 있는 것이다. 그가 바라보는 도시는 온통 상처투성이다. 그의 기억 속에 존재하는 과거의 공간은 여전히 아름답게 공존하고 있는데, 지금 그의 눈에 비친 도시는 늙고 병들고 지쳐 있다. 그래서 그는 새순 같이 돋아나는 순하디 순한 청년을 기억하기도 하고, 가고 없는 공간과 사람들을 기억하기도 하면서 스스로 아파하고 있는 것이다.

　그가 기억하고 있는 공간은 독쟁이 고개, 거북 시장 고가 다리 밑, 북성동 차이나타운, 신포동의 69다방, 답동성당, 내동길, 송월동 쉬르바움 옛터, 의장지 골목, 동인천역 뒤 폐허와 같이 후미진 뒷골목이다. 그는 왜 이렇게 외진 공간을 기억해내는 것일까. 그것은 그곳에서 생명의 존재를 만날 수 있기 때문이다. 그 공간에는 변하지 않는 생명이 뿌리를 내리고 있다. 그가 삶의 뿌리를 내리고 있는 신포동 시장은 이렇게 생명이 넘치는 공간이다. 그는 시장에서 떡 장사를 하면서 그곳에서 변하지 않는 존재들을 만나고 있다. 그는 이들과 더불어 살아가면서 삶의 의미를 찾고 있다. 그는 변하는 것을 두려워하는 것이 아니라, 개발이라는 명분으로 변하는 것을 비판하고 있는 것이다. 이 때문에 그의 시는 신포동의 낯선 거리들이 낯익은 거리가 되기를 바라는 지점에 존재하고 있는 것이다.

또한, 그의 시는 과거의 사물들을 기억해내면서 현재의 변화를 날카롭게 비판하고 있다. "니야까 밖으로 삐죽 고개를 내민 / 유년의 그 꼬마가 / 냉전 시대의 유물을 / 물끄러미 바라보고" 있는 것처럼 시니컬하다. 아이스께끼 구루마 속에 숨은 과거의 흔적들은 현재의 우리들 삶을 되돌아보게 한다. 그가 기억해내는 변하지 않은 공간은 영등포 문래동의 외삼촌 댁 가는 길에도 있고, 신포동 주차장 설립 예정지에도 있다. 그것들에 대한 기억은 정겹다. 그 곳에는 사람답게 살아가는 모습이 보인다. 그의 기억 속에 존재하는 것은 아름답고 정겨운 것들이지만, 지금 그의 눈에 비치는 도시는 황량하고 창백하기만 하다(「낙엽의 시간 3」). 그가 보는 도시는 한 칸씩 허무를 채워가는 반복된 일상만 이어질 뿐이다. 과거의 공간은 낯익은 것들이지만, 현재의 공간은 낯선 것들이다. 그렇다고 그는 무작정 과거를 지향하는 회고 취향을 드러내지는 않는다. 변하지 않는 기억 속의 공간을 통해서 현재의 변화를 새롭게 바라보고 있는 것이다. 그래서 그의 시에는 변하는 것과 변하지 않는 것이 아름답게 공존하고 있는 것이다. 신포동의 시장은 텅 비어 있는 가게와 임대 쪽지가 나풀거리는 을씨년스러운 공간이지만, 그 곳에서는 켜켜로 솟아오르는 아침 햇살이 있다.

그의 시선은 두 가지 의미를 중심으로 세상을 보기 때문에 변하게 하는 것들을 증오한다. 이라크 침공으로 일어난 폭력 상황을 그는 "여섯 살짜리 계집아이 / 머리통을 꿰뚫고 지나간 / 이라크 침공 미군의 총알이 / 별똥처럼 스치고 있다"(「동지팥죽」)고 비판하고 있다. 그가 아파하고 있는 것은 도시의 변화뿐만 아니라, 전쟁으로 죽어가는 아이들, 그의 주위에 살아가는 가난하고 평범한 사람들에게 미친다. 이는 신포동 칠성상회 가족의 삶을 그린 시 「명백한 아침」에서도 잘 나타나 있다. 칠성상회 형수는 죽고, 술꾼인 형님, 서른 갓 넘은 백수 아들, 미친 딸아이. 이들의 삶은 비참하고 극적이다. 칠성상회 가족은 우리 시대 소외된 사람들의 한 모델이라 할 수 있다. 그는 이들을 측은한 마음으로 바라보고 있다.

3

　도시를 바라보는 시선과는 반대로 그가 기억하는 유년의 뜨락에는 따뜻한 '공백'이 존재한다. 대불호텔에 자장면을 먹으러 갔던 기억, 그 아름다운 기억들은 유년의 진공 속에서 아름답게 존재한다. 그는 변하지 않는 과거의 것들과 함께 변하는 현재의 모습에서 진정한 삶의 의미를 발견하고 있다. 그래서 그는 변하지 않는 것에 시선을 두고 있는 것인지 모른다. 그의 시에서 후미진 구도심 만석동 굴다리 아래를 지나가는 방물장수의 모습이 낯설게 보이지 않는 것은 이런 이유 때문일 것이다.
　'낯익음'과 '낯설음'. 그의 시에서 이 두 가지 요소는 서로 상반되어 있지만, 그는 이들을 나란한 공존의 관계로 만들어 가고 있다. 이런 관점으로 세상을 보기 때문에 그의 시는 끝없이 자신을 낮추는 곳으로 향하고 있는 것이다.

자기를 낮추는 일이다

한없이 가벼워져

자신마저 없애버리는 것이다

그런 사람,

그렇게 살다가

육신마저 완전히 잃어버려

살 집도 쪽박도

하나도 남김없이

이름 몇 쪽 덩그러니 떼어주고 가버리는

—「낙엽」 전문

그의 시는 변하지 않는 것에서 의미를 찾으려고 하지만, 그렇다고 변하는 세상에 절망하지 않는다. 그것은 자신의 존재도 결국 하나의 낙엽처럼 아무 것도 남기지 않고 떠날 것임을 알기 때문이다. 그는 변하지 않는 것을 통해서 세상을 새롭게 보고 있는 것이다.

이러한 장점에도 불구하고 이 시집은 군데군데 흠집이 보인다. 차례와 본문의 제목이 다른 것은 차치하고, 오자와 탈자도 더러 보인다. 시인으로서 언어를 정제하는 것이 무엇보다 중요한 일일 터인데, 이 시집에는 시인으로서 가져야 할 기본자세를 놓치고 있다. 시를 잘 쓰고 못 쓰는 일도 중요하지만, 꼼꼼한 교정으로 독자를 만나는 것도 무엇보다 중요한 일이다. 소외된 주변을 사랑하고 인천이라는 지역 공간을 누구보다 사랑하는 시인이 작은 문제로 큰 흠집을 남겨서는 안 될 것이다.

리얼리즘 시의 변화와 성숙

백무산 시 단상

아이들 부축을 받으며 노인이 계단을 밟고 암자로 올라왔다 손자의 손엔 할머니 영정이 들려 있었다 마당가에 아름드리 오동나무를 보고 상기된 얼굴로 올려다보다가 두팔로 껴안아보다가 그대로 가만히 있다가

목을 쑥 빼고 담장 너머 뒷산을 바라보다가 산 너머 구름을 올려다보다가 뻐꾸기 우는 쪽으로 고개를 돌려 생각에 잠기다가

으스름 뒷산에서 총성이 울린 건 노인의 젊은 시절이었다 다급하게 청년이 숨어든 곳은 산마을 외딴집 눈이 먼 애기무당이 홀로 법당을 지키고 사는 집이었다 애기무당은 그를 숨겨주었다

밤엔 산으로 갔다가 첫닭이 울기 전에 돌아오고 낮엔 숨어 지내다 어느날 그 청년은 영영 돌아오지 않았다 여름이 가고 가을이 갔다 동짓달에 애기무당은 혼자 아기를 낳았다

그 아이 다섯살 무렵 남자가 돌아왔다 청년은 애기무당을 데리고 마을을
떠났다

그 법당 자리에는 새 법당이 지어졌고 곁방이 있었다 노인은 그 곁방을
들여다보고 문지방에 앉아도 보았다 가죽나무 그늘 고샅길을 돌아가면서
몇 번이고 뒤돌아보았다

그때 그 곁방에 숨어 지내던 나도 암자를 떠난 지 십년이 넘었다 그 시절
내가 심어둔 수수꽃다리 다섯그루는 얼마나 자랐을까

—백무산, 「수수꽃다리 다섯그루」(『창작과 비평』 146호, 2009년 겨울호)

1

앙리 베르그송은 "존재한다는 것은 변화하는 것이고, 변화하는 것은
성숙하는 것이며, 성숙한다는 것은 스스로 창조하는 것이다"라고 말한
다. 베르그송의 이 말은 우리 시대 리얼리즘 시의 행방을 말하는데 유
효한 것 같다. 백무산의 「수수꽃다리 다섯그루」는 이용악의 시 「낡은
집」에서 보여준 존재의 허망함과 고독감을 느끼게 한다. 그러나 백무
산의 시는 이용악의 시에 나타난 절망의 기조와는 사뭇 다르게 읽힌다.
그것은 우리 시대 리얼리즘 미학이 현실과 맞서 있는 것이 절벽의 형국

이 아니라, 인간 존재의 근원에 대한 물음으로 나아가고 있다는 것을 말한다. 이 두 시는 근·현대사를 관통하는 시대 현실의 변화를 상징적으로 보여주고 있다. 이용악의 「낡은 집」은 일제식민지 시대의 절망적 상황을 상징하고, 백무산의 '외딴집'은 존재의 창조적 변화와 기억의 지속성을 상징한다. 물론 그 변화에는 시대뿐만 아니라, 시인의 의식 변화도 있겠지만, 백무산의 시는 이용악의 시와는 다르게 읽힌다. 백무산의 시는 이용악 시에서 보이는 절망의 기조를 넘어서 창조적 변화를 꾀하고 있다.

　이용악의 「낡은 집」에서 "날과 밤으로 거미줄 치기"에 바쁜, "마을서 흉집이라 꺼리는 낡은 집"은 일제식민지 시대 우리 민족이 겪어야 했던 현실을 상징하는 공간이고, 백무산의 시에서 애기무당이 살았던 '외딴집'은 소외된 민중이 겪어야 했던 현실을 상징하는 공간이다. 그러나 「낡은 집」은 절망의 공간이지만, '외딴집'은 소외된 사람들이 만들어가는 희망의 공간이다. '외딴집'은 눈 먼 애기무당이 사는 집이고, 다급하게 쫓기던 청년이 숨었던 곳이다. 그곳에서 두 사람은 새로운 사랑을 꽃피운다. 이용악의 「낡은 집」은 "꽃 피는 철이 와도 가도 뒤 울안에 / 꿀벌 하나 날아들지 않는", 그야말로 사람의 발길이 끊어진 공간이지만, 백무산의 '외딴집'은 새로운 사람들이 들어와서 살아가는 희망의 공간이다. 수수꽃다리는 그 희망의 연속성을 상징한다.

2

　서정시가 궁극적으로 지향하고 있는 곳은 인간 존재의 근원에 대한 탐색이다. 서정시가 생경한 방법론을 취하더라도 인간의 문제를 벗어날 수가 없는 것은 이 때문이다. 80년대 리얼리즘 서정시를 지향했던 백무산의 날선 칼날이 무디어진 것이 아니라, 그 칼날의 방향이 서정시의 본령인 인간 존재의 문제로 돌아온 것이라 할 수 있다. 그의 시는 시대의 극점에서 소외된 노동자의 삶을 다루었던 80년대나 인간의 문제로 돌아온 최근이나 그 시적 지향점은 동일한 위상에 놓여 있다고 할 수 있다.

　10년 전 어느 외딴 절의 곁방에서 들었던 노인의 사연은 기구했다. 다급하게 쫓기던 청년은 어느 산골의 '외딴집'에 숨어들었다. 그곳에는 눈 먼 애기무당이 살았다. 청년은 밤에는 산에 갔다가 첫 닭이 우는 새벽녘에 애기무당이 있는 외딴집으로 돌아왔다. 그러는 사이에 두 사람은 애틋한 정이 들었다. 어느 날 청년은 바람처럼 사라졌다. 애기무당은 그 청년의 아이를 낳았고, 그 아이가 다섯 살 될 무렵 청년은 돌아왔다. 청년은 애기무당을 데리고 그곳을 떠났다. 그렇게 떠났던 외딴집에는 새로운 법당이 들어섰고, 또 그렇게 세월이 흘러갔다. 청년은 노인이 되었고, 애기무당은 영정이 되어 외딴집으로 돌아왔다. 아름드리 오동나무는 그대로 버티어 서있고, 뒷산의 뻐꾸기는 여전히 울고 산 너머 구름은 무심히 흘러가는데, 청년과 애기무당이 살았던 외딴집은 사라지고, 청년이었던 노인은 손자와 함께 이곳에 나타났다. 노인은 법당의 곁방에도 앉아보고, 애기무당과 함께 했던 가죽나무 고샅길도 몇 번이나 돌아보았다.

그 절의 곁방에서 숨어 지냈던 화자는 노인의 모습에서 자신의 미래를 떠올린다. 아름드리 오동나무가 두 사람의 과거를 기억하고 있듯이 수수꽃다리 다섯그루도 자신의 과거를 기억하고 있을 것이다. 청년과 애기무당의 사연을 알고 있는 오동나무는 그대로 서 있고, 애기무당과 아쉬운 이별을 나누었던 고샅길도 그대로인데, 그 청년은 노인이 되었고, 애기무당은 이미 이승을 떠났다. 수수꽃다리는 해마다 5월이면 피는 꽃이다. 일반적으로 조선정향, 개똥나무, 해이라크라고도 불리는데, 보통 라일락이라고 불리는 꽃이다. 흔히 잘 알고 있는 꽃이지만, 화자의 기억 속에 있는 수수꽃다리는 특별한 존재다. 수수꽃다리는 인간의 유한성과 대비되는 자연의 무한성을 잘 보여주고 있다.

「만국의 노동자여!」라고 외쳤던 노동자 시인 백무산의 시가 인간 존재의 근원에 대한 물음을 제기하고 있다. 그러나 이것이 낯설거나 생경해보이지 않는다. 왜냐하면 노동자의 삶이야말로 인간 존재의 의미가 무엇인지를 묻는 가장 곤고한 위상이기 때문이다. 자본주의 시장 경제의 논리는 노동을 신성한 가치로 보지 않고 자본의 하나라고 본다. 그것은 인간 존재의 본질을 값으로 매기는 행위이다. 이런 상황에서 과연 인간 존재란 무엇일까. 자본주의 사회에서 인간은 돈으로 환산되는 기계적 가치로만 존재할 뿐이다. 이 기계적 가치를 벗어나 인간 존재의 진정성을 찾아가는 것이야말로 이 시대 리얼리즘 문학의 본령일 것이다. 이것이 80년대 노동자 시인이었던 백무산이 인간의 문제로 돌아올 수밖에 없는 이유가 아닐까 생각한다.

이 시는 노인의 일생에 빗대어 자신의 삶을 돌이켜보고 있다. 한때 쫓겨 다녀야만 했던 화자의 처지나 노인의 처지는 같아 보인다. 어쩌면 화자는 노인의 쓸쓸한 얼굴빛에서 자신의 노년을 읽고 있는지도 모른다. 노인은 산 너머 구름에 시선이 머물고 뒷산의 뻐꾸기 소리를 가만히 들으면서 무슨 생각을 할까. 나이 어린 손자를 데리고 이곳을 찾아서 무슨 골똘한 생각에 잠겼을까. 한때는 세상을 바꾸어보기 위해 혁명의 열정을 가지고 살았는데, 사랑하는 사람보다도 더 소중한 것이 세상을 바꾸는 것이라 생각했는데, 돌이켜 생각해보니, 그것은 산 너머 구름과 같이 허망한 것인지도 모른다. 회한이라기보다는 인간이 추구해야 하는 진정한 가치가 무엇인지를 묻고 있는 것이다.

노동자 시인 백무산은 이제 돌아와 인간 존재의 근원을 탐색하고 있다. 현실과 자연의 경계에서 끝없이 침잠하는 인간의 존재를 말없이 바라보고 있다. 그는 사회와 인간을 대립적 관념으로 보는 것이 아니라, 무한한 자연 앞에서 초라한 인간 존재를 통해서 인간과 사회를 통합의 관계로 바라보고 있는 것이다.

이 시에서 노인을 통해서 시인이 말하려고 하는 것은 무엇일까. 이 시에서 화자와 노인은 서로 동기감응(同氣感應)하고 있지만, 자연과 이들의 존재는 불상유통(不相流通)하고 있다. 노인은 한때 반역의 기질을 가진 청년이었다. 청년은 사회로부터 변혁을 꾀한 존재였다. 애기무당도 마을 사람들로부터 버림받은 존재였다. 버림받은 두 사람이 새로운 사랑을 만들어 낸다. 그들의 변혁과 사랑은 현실적으로 영원하지 않지만, 인간의 기억 속에서는 영원할 것이다.

3

　인간이 지향해야 하는 것은 반역도 현실에 대한 도피도 아니다. 인간과 현실의 경계를 넘어선 무심의 경지, 지나가는 구름처럼, 뒷산에 울고 있는 뻐꾸기처럼, 아름드리 오동나무처럼, 그리고 10년 전 심었던 수수꽃다리 다섯그루처럼 말없이 서서 자기 자리를 지켜가는 것뿐이다. 평범한 일상 속에서 자신의 존재를 묵묵히 지켜가는 수수꽃다리와 같은 존재야말로 창조적 변화의 주체가 되는 것이다.

　역사는 끝없이 이어지고 있다. 「낡은 집」이 '외딴집'으로 이어지듯이 묵묵히 흘러가고 있다. 그 역사의 흐름 속에서 '외딴집'이 헐리고, 새 법당이 들어서고 그리고 곁방이 들어서는 변화를 겪는다. 세상은 끊임없이 변하고 있는데, 각자의 기억 속에 존재하는 것들은 영원히 이어지고 있다. 노인과 애기무당의 기억은 과거의 일로 끝나지 않는다. 애기무당이었던 할머니의 기억은 영정을 들고 따라온 손자의 기억으로 이어질 것이고, 수수꽃다리가 자라듯이 인간의 기억들도 끝없이 변화하면서 성장할 것이다. 베르그송이 말한 것처럼, 시간 속에서 "연달아 나타나는(successive)" 인간 존재는 일직선으로 지속하는 것이 아니라 그 구성요소들은 '상호침투'하면서 지속하고 있는 것이다. 그 과정 속에서 창조적 변화가 이루어질 것이며, 노인이 청년 시절에 꿈꾸었던 세상도 언젠가는 이루어질 것이다. 우리가 모르는 사이에 세상은 또 다른 것을 기억해내고 변화시켜 나갈 것이다. 영정을 들고 노인을 따라온 손자에게서 그런 희망을 만날 수 있을 것이다. 수수꽃다리가 피는 5월이 되면 노인의 소망을 떠올릴 것이다. 수수꽃다리가 얼마나 자랐을까. 세상은 얼마나 자랐을까. 세상은 그렇게 서서히 변화해 갈 것이다.

잃어버린 '오빠'를 찾아서

이덕규 시 단상

만취해서 만추의 거리를 걷는 밤이었어

길을 건너려는데 술에 취해 가눌 수 없는 몸을 가로등에 기댄 채 흐느끼던

앳된 여자애가 갑자기

허공에 대고 나직이 외쳤어

오빠,

이 얼마만의 다정다감한 우쭐한 호칭인가

오빠, 한때 전선에서 나라를 지키던 오빠, 학교에서 거리에서 정의와 진

리를 찾아 헤매던 오빠,

어둑해지는 골목 끝에서 치한을 물리치던 오빠,

믿어라, 믿는다, 손만 잡고도 세상 어디든 갈 수 있다던 오빠,

그 오빠를 따라간 후로 감쪽같이 실종된 누이들, 결국 아무데도 못가고

오빠하고 사는 누이들아!

　　오빠가 없다, 전선은 여전히 팽팽하고
　　정의와 진리는 오리무중이고 치한과 도둑은 거리를 활보하는데
　　그때 그 오빠가 없다
　　언제 어디서든 부르면 어김없이 달려오던 그 이름

　　오빠야,

　　지금 이 늦은 가을 밤, 바싹 마른 낙엽처럼 곧 바스라질 것 같은 저기, 길
　건너
　　우리들의 빨간 물방울 원피스가 위험하다

—이덕규, 「오빠,」(『신생』 41호, 2009년 겨울호)

　우선 이 시의 제목을 유심히 살펴보자. 오빠라는 제목 뒤에 굳이 찍을 필요가 없을 듯한 쉼표가 있다. 오빠라는 다소 감성적인 제목에 굳이 쉼표를 찍은 까닭은 무엇일까. 이 시를 읽기 전에 제목에 찍힌 쉼표부터 곰곰이 생각해보아야 할 것이다. 쉼표를 염두에 두고 이 시를 찬찬히 읽으면 그 의미를 새롭게 짐작할 수 있을 것이다. 이 시의 제목에 굳이 쉼표를 붙인 까닭은 오빠로 호명되던 존재들이 쉬고 있다는 것을 말하기 위해서이다. 그런 점에서 쉼표는 단순한 문장 부호가 아니라, 오빠를 상실한 이 시대를 상징하는 부호이다. 쉼표는 어느 날 문득 까맣게 잊고 있었던 오빠라는 존재를 발견하는 순간을 의미한다. 그는 한

때는 잘 나가던 오빠였다. 그러나 지금은 잠시 쉬고 있는 오빠다. 잠시 쉬면서 자신을 되돌아보니 그는 한때 정의를 위해 몸을 불살랐던 용감한 오빠였던 적이 있었던 것이다. 쉼표를 통해서 그는 자신의 존재를 발견하고 있는 것이다. 오빠를 잃어버린 시대에 잠시 쉬면서 자신을 돌아볼 여유를 가지자는 것이다. 무엇인가를 찾기 위해 잠시 쉴 수 있는 시간과 공간이 필요하지 않을까. 제목 뒤에 붙은 쉼표는 그런 점에서 의미심장하게 읽힌다.

이 시는 이러한 문장 부호 하나에만 의미를 부여하고 있는 것이 아니다. 이 시의 내용을 찬찬히 살펴보면 더 깊은 속내를 알 수 있다. 이 시의 계절적 배경은 가을이다. 가을이라는 분위기는 이 시 전체의 구도를 잘 살려내고 있다. 그것은 존재의 발견이다. 흔히 가을은 절망과 허무의 계절이라고 말하기도 하고, 남자의 계절이라고 말하기도 한다. 이러한 일반적 통념 속에 오빠가 존재한다. 노드롭 프라이는 가을의 뮈토스 (Mythos)를 비극이라고 말한다. 가을은 절망과 허무를 상징하는 비극의 장르이다. 이 시에서 가을은 그러한 절망의 이미지와 닿아 있다.

이 시는 가을을 배경으로 하여 남성들의 권위가 사라진 시대를 잘 보여주고 있다. 낙엽이 지는 가을은 인간 존재의 의미가 무엇인지를 생각하게 한다. 이 시는 늦은 가을날, 쓸쓸한 거리를 술에 취한 화자가 걸어가면서 가로등에 기대어 흐느끼고 있는 여자애를 발견하는 짧은 순간을 포착하고 있다. 그러나 그 내면에는 수많은 이야기들이 존재하고 있다. 그 이야기를 구성하는 방법이 탁월하다. 이 시의 계절적 배경과 화자의 대립적 상황이 그러하다. 만추(晩秋)의 계절은 존재의 의미를 무엇인지를 생각하게 하는 시간이지만, 만취(滿醉)한 화자는 자신의 존재가 무엇인지를 망각하고 있는 상황이다. 이 극적 대립 관계 속에서 문득 까맣게 잊어버리고 있었던 자신의 존재를 발견하고 있는 것이다. 그것을 불러내는 시어가 오빠라는 단어다.

다시 이 시의 내용을 찬찬히 살펴보자. 화자는 늦가을의 밤거리를 술이 취해 걸어가고 있다. 그렇게 걸어가던 화자는 문득 술에 취해 흐느끼고 있는 "앳된 여자애"를 만난다. 그 여자애는 어떤 오빠로부터 버림을 받았는지, 어떤 오빠와 어떤 말 못할 사연을 안고 있는지 모르겠지만, 나직하게 "오빠야"라고 부르고 있다. 그 소리를 듣는 순간, 그는 화들짝 놀라면서 그동안 까마득하게 잊고 있었던 오빠라는 존재를 발견하게 되는 것이다. 그도 한때는 잘 나가던 오빠였던 것이다. 그가 오빠였을 때, 그는 시대의 정의와 진리를 실천하기 위해 고민했고, 어둑한 골목에서 치한을 물리치기도 했다. 그렇게 건강하고 용감한 오빠들이 존재했던 적이 있었다. 그런 점에서 이 시에서 오빠라는 보통명사는 이 시대의 청년들을 상징한다. 한때 정의와 진리의 상징이었던 오빠. 그러나 지금은 그 오빠들은 어디로 가버렸는지 사라지고, 늦가을 거리를 술에 취해 걷고 있는 초라한 오빠들만 존재하고 있는 것이다.

그는 한때 전선에서 나라를 지키던 용감한 군인이기도 했고, 학교에서 정의와 진리를 찾아다니던 열혈 청년이기도 했다. 그러나 지금 그는 가련하고 앳된 그 여자애를 구해줄 만한 용기도 없고, 그렇다고 정의를 위해 몸을 던질 만한 일을 하고 있는 것도 아니다. 그는 그저 거리의 건너편에서 그 여자애가 무사하기를 기원하는 초라한 존재일 뿐이다. 오빠라는 남성을 상실한 시대를 살고 있는 것은 어찌 화자뿐이겠는가. 지금 우리가 살고 있는 이 시대는 그렇게 건장하고 용감하고 믿음직하던 오빠들이 사라지고 없는 것이다. 그는 밤길을 걷다가 술에 취해서 몸을 가눌 수 없는 여자애를 만나지만, 이미 그는 "바싹 마른 낙엽처럼 곧 바스라질 것 같은" 그 여자애를 외면하고 반대편 길을 건너고 말았던 것이다. 그렇게 그는 비겁하고 초라한 오빠가 되어가고 있는 것이다. 이 시대 오빠들은 빨간 물방울 원피스를 입은 그 소녀를 구원해줄 용기가 없다. 다만, 길 건너에서 바라보며 안타까운 마음으로 발을 동동 구르는 오빠들만 존재할 뿐이다. 그는 가련한 여자애를 구할 수 있는 용감한 오빠가 없는 시대를 비판하고 있는 것이다.

그래서 이 시의 후반부에 독백처럼 이어지는 "오빠가 없다"라는 짧은 탄식은 더욱 가슴 저리게 한다. 이 탄식 속에는 그야말로 용감하고 무모하기까지 한 그때 그 시절의 오빠들이 없다는 것이 은유적으로 담겨져 있다. 그 오빠들이 없는 자리에 무엇이 놓여 있을까. 바스러질 것 같은 앳된 여자애들이 있다. 이른바 오빠들이 우상으로 삼고 있는 소녀들이 있다. 광우병 파동으로 나라가 소란스러울 때, 가장 먼저 거리로 뛰어나온 것은 촛불을 든 소녀들이었다. 이 소녀들의 이미지는 국민여동생이라는 신조어를 만들어 내고, '소녀시대'와 같은 걸그룹의 탄생을 예고했다. 지금 이 시대 오빠들은 정의와 진리보다는 소녀들을 통해서 자신의 존재를 발견하고 있는 것이다. 그들은 '길 건너편'에 서서 가련한 그 여자애를 바라보듯이 이 시대의 소녀들을 바라보고 있는 것이다.

늦가을 쓸쓸한 밤거리에서 흐느끼고 있는 술 취한 소녀를 구하고 싶은 것이 오빠의 마음이듯이 이 시대의 아픔과 고통을 극복하기 위해 오빠들은 자신들이 이루지 못한 소망을 이 시대 소녀들을 통해서 성취하려고 하고 있다. 가련한 소녀가 "오빠야"라고 부르는 순간, 그동안 까맣게 잊고 있었던 "다정다감하고 우쭐"한 자신의 존재를 발견하고 있는 것이다. 텔레비전에 나오는 소녀들의 화려한 옷차림과 현란한 춤을 보면서 넋이 빠진 가련한 오빠들과 거리의 가로등에서 오빠를 찾고 있는 소녀의 모습은 어쩌면 동병상련의 아픔을 겪고 있는 것인지도 모른다. 이 시대 오빠들은 낡은 추억들을 붙들고, 과거의 영예를 붙들고 시대에 침잠해가고 있듯이, 이 시대 소녀들은 상품 시장에 맡겨진 위험한 "빨간 물방울 원피스"로 살아가고 있는 것이다. 한때 무적의 로봇 태권브이와 같이 용감하게 적을 물리치던 그 오빠들은 어디로 간 것일까. 이 시는 잃어버린 이 시대의 오빠를 간절하게 호명하고 있다.

소녀가 여성을 상징하는 대명사이듯이, 오빠는 남성을 상징하는 대명사이다. 정의와 진리를 위해 거리로 뛰쳐나올 수 있었던 그때 그 시절의 오빠들은 사라지고, 이제 연약하고 가련한 소녀들만 이 시대의 새로운 영웅으로 떠오르고 있다. 이 시의 화자는 남성의 권위가 사라지고 여성의 권위가 새로운 세계의 위계질서로 나타나고 있는 사회 현상을 측은한 시선으로 바라보고 있는 것이다.

이 시대는 여전히 정의와 진리가 제대로 실천되지 않고 있으며, 치한과 도둑들이 거리를 활보하고 있다. 그럼에도 불구하고 이 시대를 변혁시킬 만한 오빠들은 어디론가 사라지고 말았다. 이제 그 오빠들은 '길 건너'에서 그저 바라만 보고 있을 뿐이다. 정의와 진리를 찾아서 용감하게 거리를 활보하던 그 오빠들은 모두 어디로 간 것일까. 오빠들이 사라지고 없는 지금 술에 취해 가로등에 기대어 흐느끼고 있는 소녀들이 위험하다.

그는 늦가을의 거리를 술에 취해 걸으면서 아픈 각성을 한다. 오빠를 잃어버린 시대에 다시 그때 그 시절의 오빠를 호명하고 있는 것이다. 남성이라는 권위를 찾으려는 것이 아니라, 시대의 아픔을 고민하고 정의와 진리를 찾기 위해 노력하던 오빠를 찾으려고 하는 것이다. 그러나 그 오빠들은 이미 길 건너편에서 다른 시대를 살아가고 있다. 그가 생각하는 오빠는 무모한 용기를 가진 오빠가 아니라, 나라를 지키고, 학교와 거리에서 마음껏 거리를 활보하면서 정의를 외치던 용감한 오빠다. 이 시의 화두는 그런 오빠의 존재를 찾아가는 것이다. 소녀가 부르는 간절한 목소리에서 문득 까맣게 잊고 있었던 그때 그 시절의 오빠를 발견하고 있는 것이다.

시는 존재의 발견이라고 말한다. 그 존재의 발견은 어느 순간을 통해서 이루어진다. 시가 존재의 미학이고, 순간의 미학이라는 말은 이런 이유 때문이다. 이 시는 짧은 순간의 풍경을 포착하면서 자신의 존재를 발견하고 있다. 이 시의 배경을 이루는 가을도 시적 분위기를 유도하고 있지만, 그 가을날 가로등에 기대어 흐느끼고 있는 여자애를 통해서 자신의 존재가 무엇인지를 깨닫고 있는 것이다.

현실과 환상을 넘나드는 시적 상상력

김성규 시 단상

눈보라가 괴물의 울음소리를 내며 몰려오고 있었다 내가 죽자 바람이 멈추고 눈송이는 창문에 달라붙어 나를 바라보고 있었다 어머니가 사진 속에서 걸어나와 내 몸을 껴안고 우셨다 나는 천정으로 날아올라 누워있는 내 얼굴을 바라보았다. 어머니는 파랗게 식어가는 내 손을 쓰다듬고 있었다

차라리 잘되었다 이제 아침을 거르지 않아도,
하루 한 끼만 먹으며 지나치게 마법을 부려 힘이 빠지지 않아도,
돈 없어서 집에만 쳐박혀 있지 않아도……

나는 어머니의 등을 두드려 주었다 어머니는 공기 중을 떠다니는 내 얼굴과 누워있는 시체를 번갈아 바라보셨다 어머니는 눈동자에서 작은 눈송이들이 쏟아지고 있었다

남의 마법을 흉내 내다 괴로워 하지 않아도,

나만의 마법을 찾으려 울지 않아도,

누구의 연락을 기다리며 외로워하지 않아도 된다고요

그때 찬바람이 방안으로 몰아치고 문이 열렸다 어머니는 서둘러 사진 속
으로 걸어들어가 눈물을 닦았다 나는 방안으로 들어온 주인집 노파와 경찰
에게 혀를 내밀었다 시체 1구 발견, 시체 1구 발견, 방안에 널려있던 종이들
이 어지럽게 날아다녔다 경찰은 무전을 쳤고 눈보라가 점점 울음 소리를 크
게 내고 있었다 월세도 내지 않고 죽어버리다니 노파는 구시렁 거렸다 천장
까지 밀려들어온 찬바람이 내 몸을 밀어내고 있었다

눈보라 속으로,

팔을 벌리자 하늘 끝 눈보라 속으로,

내 몸이 나도 알 수 없는 방향으로 날아오르고 있었다

—김성규, 「눈보라 속으로 날아간 마법사」(『유심』 42호, 2010.1·2)

무어(G. E. Moore)는 '존재하는 것은 지각되는 것이다'라고 말한다.
특히, 시는 대상을 지각하고 그것을 언어로 형상화하는 것이다. 시인이
지각하는 의식은 처음부터 애매성과 혼란을 동반하고 있다. 그런 점에
서 의식하는 대상은 더러는 의식의 작용으로부터 독립하여 존재한다.
최근의 시들은 대상과 의식의 분열이 뚜렷하게 나타난다. 이번 달에 읽
은 시들 중에서 김성규의 시는 무어가 제시한 관념론을 바탕으로 하고
있으면서도 존재와 지각의 경계를 자유롭게 오고 간다.

　김성규의 시는 현실과 환상의 경계를 자유롭게 넘나드는 상상력이

돋보인다. 이른바 '몽환의 수사학'으로 불려지기도 하는 그의 시는 현실 경험 속에서 만나는 비참한 삶의 현장을 잘 포착하고 있다. 죽음과도 같은 현실, 불길한 현실이 그가 인식하고 있는 경험의 세계이다. 인용한 시에서도 확인할 수 있듯이 그의 시는 현실을 그로테스크하게 포착하고 있다. 그러나 이러한 불길한 경험 세계는 결국 환상의 세계와 만나게 된다. 현실의 불길한 존재를 지각하면서 의식은 그 대상으로부터 독립하여 존재하는 것이다. 그의 시는 현실 경험의 눈으로 바라보는 세계에 머물지 않는다. 오히려 현실에서 인식하지 못하는 환상의 세계로 나아가려고 한다. 현실에서 환상을 바라보는 눈, 이 전복적 상상력은 유려한 언어 미학과 함께 새로운 시적 세계로 안내한다. 그의 시는 죽음, 불행과 같은 어둠의 세계를 말하고 있는데도 그의 시를 읽다보면, 어느새 새로운 세계 속으로 몰입되게 된다.

　현실은 마법사처럼 사람들을 어둠의 골짜기로 몰아간다. 그 마법을 벗어나는 길은 죽음뿐이다. 죽음의 세계로 향하고 있는데도 불구하고, 그의 시에서 죽음은 더 이상 슬프거나 우울한 풍경이 아니다. 사람들은 죽은 나를 바라보고 있지만, 나는 "방안으로 들어온 주인집 노파와 경찰"과 죽은 나를 동시에 본다. 그러면서 나는 노파와 경찰, 그리고 나를 향해 "혀를 내밀"면서 시니컬하게 웃고 있다. 나는 현실과 환상의 세계를 은밀하게 넘나들고 있다. 나는 소통이 되지 않는 세계를 소통하고 있다. 이것은 몽환과도 같은 시적 상상력의 세계에서 가능한 일이다. 그러나 그의 시적 문법에는 자신의 죽음마저도 자신이 찬찬히 돌아보아야 하는 비정함이 가로 놓여 있다. 나는 월세도 내지 못하고 더러는 아침도 걸러야 하는 가난한 처지에 놓여 있다. 그렇게 어려운 처지를 견디지 못하고 죽은 나를 두고 주인집 노파는 그의 죽음을 안타깝게 생각하는 것이 아니라, "월세도 내지 않고 죽어"버렸다고 구시렁대기만 한다. 죽음이라는 극단의 문제 앞에서도 돈을 따지고 있는 비정한 현실이 노파의 말을 통해서 드러난다. 경험의 세계에서는 듣지 못하는 것을 환상의 세계를 통해서 듣게 되는 것이다. 결국 이 시는 인간의 존재의 비정함을 적나라하게 포착하고 있는 것이다.

시 제목 「눈보라 속으로 날아간 마법사」에서 '마법사'는 이 시대 실업자들의 모습을 상징하는 존재이다. 청년실업자 34만 명 시대를 살아가는 우리 시대의 자화상이라 할 수 있다. '눈보라'는 칼바람 같이 차디찬 현실을 말한다. 그 눈보라 속에서 싸늘하게 식어간 주검을 두고 나의 의식은 현실과 환상 세계를 넘나들면서 비정한 인간의 군상을 폭로하고 있는 것이다. 경험 세계의 지평에서 나는 아침에 일어나면 끼니 걱정을 해야 하고, 하루를 살아가려고 발버둥 쳐야 하는 고단한 존재였다. 그의 삶은 고통의 연속이었다. 그 가난한 현실을 벗어나는 길은 죽음이라는 선택뿐이다. 바깥은 눈보라가 몰아치고 있으며, 내가 죽자 어머니의 영혼이 사진 속에서 걸어나와 내 몸을 껴안고 울고 있다. 나는 그 장면을 목격한다. 어머니는 영혼이 되어 떠도는 나와 주검으로 놓여진 나를 동시에 바라본다. 어머니의 눈동자에는 작은 눈송이와 같은 눈물방울이 뚝뚝 떨어지고 있다. 눈보라 치는 겨울과 싸늘한 시체는 혹독한 겨울을 맞이해야 하는 가난한 우리 이웃들의 풍경이다. 그러나 이 비참한 풍경을 바라보는 시인의 눈은 냉소적이다.

이 시는 죽은 사람, 시체, 불길한 징후와 같은 어둠의 문제에 천착해 온 김성규 시인의 경향에 비추어 보면 그리 색다른 시라 할 수 없을지도 모른다. 그러나 이 시는 이미지스트의 면모가 더욱 선명하게 드러나면서 색다른 문맥으로 읽힌다. 그것은 눈보라의 흰색 이미지와 주검의 이미지가 적절하게 조화를 이루고 있으며, 찬 겨울과 어두운 현실이 만나서 더욱 혹독한 현실의 경험에 맞서게 한다. 부패한 현실의 경험을 독특한 어법으로 이끌어내는 그의 시적 역량이 한층 성숙해진 것 같다. 이 시는 의식을 이미지로 끌고 가는 방식이 탁월하다.

사진 속에 있던 어머니가 걸어 나와 죽은 나를 위무하는 장면에서는 시·공간을 뛰어넘는 판타지의 세계를 보여준다. 시와 동화적 상상력의 만남이 자연스럽게 이어진다. 사실 우리의 삶이란, 어디가 시작이고 어디가 끝인지도 모르는 것이 사실이다. 그렇다면, 나의 죽음도 그리 슬픈 일이 아닐 수도 있다. 그의 독법대로 한다면, 나의 죽음은 현실의 경계 너머 저 편으로 가는 하나의 여정일 뿐이라고 할 수 있다. 죽음은 현실의 마법을 푸는 열쇠이고, 그 열쇠를 통해서 현실에 혹사당하던 나는 현실의 바깥으로 가볍게 떠나게 되는 것이다. 이 시의 끝부분에서 "눈보라 속으로, / 팔을 벌리자 하늘 끝 눈보라 속으로, / 내 몸이 나도 알 수 없는 방향으로 날아오르고" 있는 것은 경험의 세계 바깥에 존재하는 아름다운 판타지의 세계일 것이다. 인간 존재가 어쩔 수 없이 꼭 한 번은 만나게 되는 죽음의 문제를 놓고 그는 자유로운 영혼을 상상하고 있는 것이다. 그는 현실의 문제를 벗어나 자유롭기 위해서는 죽음이라는 최후의 보루를 선택하는 것이고, 그것이 비록 슬픈 운명일지라도 자유로운 영혼이 되어 날아가는 즐거운 상상을 하는 것이다. 그러한 상상은 현대인이 존재에 절망하지 않고 살아가는 하나의 방법인 것이다. 그래서 "알 수 없는 방향으로 날아오르고" 있는 나의 영혼이 더욱 아름답게 보이는 것이다. 이 시에서 나는 비록 가난한 현실을 비관하여 죽은 사람이지만, 시인은 죽은 사람이 그 현실을 벗어나서는 편하게 살아가기를 바란다. 그것은 현실을 보는 시인의 따뜻한 시선이라고 말할 수 있을 것이다.

김성규의 등단작이었던 「독산동 반지하동굴 유적지」의 충격이 채 가시기도 전에 그는 연신 죽음과 공포, 고통, 불길함과 같은 어둠의 세계를 다양한 이미지로 그려내고 있다. 암울한 세태를 바라보는 시인의 눈길은 멈출 줄 모른다. 시대를 보는 시적 상상력은 마음껏 열려 있으면서도 시적 언어는 절제와 긴장을 꾀하고 있다. 동화적 상상력의 세계를 보여주고 있으면서도 기실은 참혹한 형상들이 바탕결을 이루고 있는 것이다. 사람들이 외면하는 세계에 대한 지나친 천착이 세계를 다르게 보는 눈이 된 것인지도 모른다. 그의 시에는 현실의 참상 너머에 존재하는 세계, 인간들이 외면하는 풍경들을 집요하게 끌어내는 '마법'과 같은 힘이 존재한다. 눈보라에서 연상되는 환상적인 모티프는 나의 죽음을 비참하게 몰아가지 않는다. 오히려 짓궂게 장난을 치듯이 혀를 내밀고 있는 기묘한 풍경으로 그려진다. 이 시는 비극을 넘어서는 희극적 장면 때문에 새로운 세계를 경험하게 한다.

이 시의 또 다른 미덕은 비교적 단정한 구성 방식으로 나의 죽음을 기술하고 있다는 것이다. 2, 4연으로 이어지는 현실은 6연에 와서 환상의 장면으로 바뀐다. 또한, '그'라는 지칭어가 아니라, '나'라는 지칭어를 씀으로서 나의 현실과 환상을 더 또렷하게 바라볼 수 있게 한다. 나의 죽음은 내가 바라보아야 하는 현실 속에 놓여 있다. 그리고 나의 현실은 조금씩 조금씩 노출된다. 단정한 구성 방식 속에 나의 죽음을 서술함으로써 그 사연은 더욱 곡진하게 다가온다. 안개와 같은 먹먹한 세상에서 '나'의 죽음은 희미하게 가려져 있다. 현실의 문제도 이와 같다. 현실은 노출되지 않는 대다수의 적들이 도사리고 있다. 그 적들에 둘러싸여 있는 나는 죽음을 선택할 수밖에 없다. 그것은 잘못 날아 온 새처럼 현실과 떨어져 있는 존재이기 때문이다.

그의 시가 답답하고 힘겨운 현실을 보여주고 있는데도 역설적으로 읽히는 것은 "유려하고 아름다운 언어 때문"(황현산)이라고 지적하기도 한다. 그러나 이 때문만은 아니다. 오히려 그보다는 현실을 넘어서는 환상적 모티브 때문에 그의 시가 역설적으로 읽히는 것이 아닐까 생각한다. 경험의 세계를 다양한 방법으로 변주해서 그것을 환상의 세계로 끌고 가는 그의 시는 이러한 방법의 전환 때문에 더욱 매력적으로 읽힌다. 그런 점에서 김성규의 시는 '사물의 시인'으로 불리는 프랑시스 퐁주의 글쓰기 전략을 연상하게 한다. 퐁주의 시론은 사물을 포착하는 힘과 그것을 언어로 형상화하는 과정에 나타난 사물 자체의 의미를 중시하고 있다. 이와 마찬가지로 김성규의 시는 사물의 내면에 들어있는 관념의 세계, 사물의 너머에 존재하는 것에 대한 넓은 상상력을 통해서 사물을 바라본다. 경험의 세계와 환상의 세계를 가로지르는 상상력은 그의 시를 지탱하는 원동력이라 할 수 있다. 현실에서 초현실로 나아가는 황홀한 경지, 그 황홀한 경험의 세계로 안내하면서도 그는 그 세계를 낯선 세계로 만들어 버린다. 김성규 시의 매력은 대상과 의식을 독립된 개체로 인식하면서 또 다른 환상의 세계를 만들어 내는데 있다.

범상치 않은 일상을 붙드는 힘. 그 언어적 마법은 종종 그의 시를 황홀한 경지로 빠져들게 한다. 그의 시는 아름다운 언어 미학과 조화를 이루면서 독자들을 낯선 환상의 세계로 안내한다. 그의 상상력과 언어적 마법을 따라가는 것은 여간 즐거운 일이 아니다.